国家社会科学基金西部项目
"云南边地作家抗战书写与国家认同研究"
（21XZW014）的阶段性研究成果。

# 云南书写与
# 国家认同研究

## 1937—1945

董晓霞 ◎ 著

中国社会科学出版社

## 图书在版编目（CIP）数据

云南书写与国家认同研究：1937—1945 / 董晓霞著 . —北京：中国社会科学出版社，2023.6

ISBN 978-7-5227-1870-5

Ⅰ.①云⋯ Ⅱ.①董⋯ Ⅲ.①地方文学史—文学史研究—云南—1937-1945 Ⅳ.①I209.974

中国国家版本馆 CIP 数据核字（2023）第 089151 号

| | |
|---|---|
| 出 版 人 | 赵剑英 |
| 责任编辑 | 慈明亮 |
| 责任校对 | 王佳玉 |
| 责任印制 | 戴 宽 |

| | |
|---|---|
| 出　版 | 中国社会科学出版社 |
| 社　址 | 北京鼓楼西大街甲 158 号 |
| 邮　编 | 100720 |
| 网　址 | http：//www.csspw.cn |
| 发行部 | 010-84083685 |
| 门市部 | 010-84029450 |
| 经　销 | 新华书店及其他书店 |

| | |
|---|---|
| 印刷装订 | 三河市华骏印务包装有限公司 |
| 版　次 | 2023 年 6 月第 1 版 |
| 印　次 | 2023 年 6 月第 1 次印刷 |

| | |
|---|---|
| 开　本 | 710×1000　1/16 |
| 印　张 | 17.5 |
| 插　页 | 2 |
| 字　数 | 301 千字 |
| 定　价 | 89.00 元 |

凡购买中国社会科学出版社图书，如有质量问题请与本社营销中心联系调换
电话：010-84083683
**版权所有　侵权必究**

# 目　录

绪　论 ……………………………………………………………（1）
　　一　问题的提出 ……………………………………………（1）
　　二　研究现状述评 …………………………………………（4）
　　三　研究目标和论题思路 …………………………………（13）
第一章　走入边地——战时滇缅、滇越边地旅行记 ……………（18）
　　第一节　战时的边地河山 …………………………………（19）
　　　　一　滇越道上 ……………………………………………（21）
　　　　二　滇缅路纪行 …………………………………………（36）
　　第二节　发现边地丰富之处 ………………………………（48）
　　　　一　从"边夷"到抗战中的同胞 ………………………（50）
　　　　二　边城风貌 ……………………………………………（61）
　　第三节　战时边地问题 ……………………………………（73）
　　本章小结 ……………………………………………………（80）
第二章　介绍边地——云南边地作家的地方经验与国家观念 …（83）
　　第一节　彭桂萼：澜沧江畔"保卫南方"的史诗 ………（84）
　　　　一　主动汇入"抗战总流"的家乡边地 ………………（85）
　　　　二　自觉担起"号兵"的启蒙责任 ……………………（90）
　　　　三　呈现边地由"牧歌"转向"战歌"的进程 ………（93）
　　第二节　白平阶：跨过横断山脉　见到古树繁花 ………（97）
　　　　一　国家话语的传达 ……………………………………（98）
　　　　二　边民主体身份的觉醒 ………………………………（101）
　　第三节　马子华：陷入战火的滇南边地 …………………（105）
　　　　一　边民的国家认同危机 ………………………………（106）
　　　　二　抗战中的觉醒 ………………………………………（109）

  三 "夷方地"在战火中的苦难……………………………（111）
  四 "漂亮的说词"背后的事实………………………（114）
 本章小结……………………………………………………（118）

## 第三章 保卫边地——诞生于滇缅抗战前线的作品………（120）
 第一节 "扬威异域"………………………………………（122）
  一 远征壮志——出征时的畅想………………………（122）
  二 远征人语——反攻时期的豪情……………………（140）
 第二节 保卫的边地………………………………………（156）
  一 "地图上的一条红线"………………………………（156）
  二 飞机上看边地河山…………………………………（170）
  三 远征军士兵笔下的边地同胞………………………（174）
 第三节 战争与边地国土之关系…………………………（181）
  一 "处在同一命运里"…………………………………（181）
  二 牺牲的意义…………………………………………（183）
 本章小结……………………………………………………（191）

## 第四章 "线"与"点"联结起的国家共同感………………（193）
 第一节 滇缅公路——歌颂路的现代化与凝聚力………（193）
  一 "向新世纪跃进"……………………………………（194）
  二 路的凝聚力…………………………………………（202）
 第二节 中印公路——现代化的胜利之路………………（215）
  一 勘路记——"中央人"对沿线民族的主动认识……（215）
  二 通车记——亲历士兵对现代化工程的颂赞………（220）
 第三节 "野人山"书写与民族国家观念表达……………（231）
  一 区域的认识…………………………………………（232）
  二 "野人山的新主人"…………………………………（241）
 本章小结……………………………………………………（249）

结　语…………………………………………………………（250）

参考文献………………………………………………………（254）

后　记…………………………………………………………（275）

# 绪　　论

## 一　问题的提出

从19世纪末到20世纪上半叶，在西方殖民列强对传统华夏边缘地区的争夺觊觎以及日军侵华而国危族殆之局势下，中国知识分子自觉建构"中华民族"这一国族理想，探讨天下与国家，边陲与边界，华夏和蛮夷等概念。列文森就说近代中国思想史的大部分时期，是一个使"天下"成为"国家"的过程①。"天下"是一种差序格局，"是对以中原为中心的世界空间的想象"②。"天朝君临四方"的思想在中国具有悠久的历史文化传统，中心清晰，但对边缘地带的认识是比较模糊的，将所谓"夷狄"所居之域称为边地，多以文化分野，并无精准概念。中国从传统国家到现代国家的转型，是将传统中原地域与四围边地合为一个现代民族国家之过程，这个过程不仅是以政治、军事手段建立统一的国家体制，还以教育和学术推广并建立相应的知识话语体系。"'中国'自古以来就并存着其'实体'和'观念'两种面相。""'观念中国'既是对'实体中国'的认知，也是对后者的进一步建构和扩展。"③ 对于中国复杂的现代化历史进程，从"冲击—回应"模式到"中国中心"史观都有各自的阐释体系，并有很大的影响力，但我们如果仅仅只是围绕沿海城市和中原古都来谈论的话，中国广袤边地的现代性问题并没有得到有效阐释。④

---

①　[美]列文森：《儒教中国及其现代命运》，郑大华、任菁译，中国社会科学出版社2000年版，第88页。

②　许纪霖：《多元脉络中的"中国"》，葛兆光、徐文堪等编《殊方未远：古代中国的疆域、民族与认同》，中华书局2016年版，第30页。

③　徐新建：《边地中国：从"野蛮"到"文明"》，《西南民族大学学报》（人文社会科学版）2005年第6期。

④　参见段从学《"边地书写"与"边地中国"的现代性问题——以抗战时期的"大西南"为例》，《西南民族大学学报》（人文社会科学版）2019年第2期。

在传统王朝时期,"边地"就是中原、中央以外的"四方",是地理上、发展上以及认同上的边缘。在华夏边缘,"人们强烈地坚持一种认同,强烈地遗忘一种认同,这都是在族群核心所不易见到的。这也使得'边缘'成为观察、了解族群现象的最佳位置"①。云南远离社会秩序核心,是地理、政治、文化的边缘地带,自汉代司马迁以来的官方叙事下,就被视为异域和边荒,如《史记·西南夷列传》中的"异俗殊风",《汉书·叙传》中的"别种殊域"。以"异""外""殊"等词冠之,是中原正史对云南的基本观点,以至于小说、笔记、地方志或是文人游记都是对这些正统观点的扩展和演绎。对云南的记述,除了凸显异域殊方的野蛮神秘和奇风异俗,更多记载的是中央对云南的治理沿革、叛乱、归顺、朝贡与平蛮、羁縻、教化。面对这种特殊的"华夏边缘",关于云南的书写始终徘徊于文化共同体中的文明与野蛮,现代性线性时间观念中的进步与落后,民族国家内部的中央与边缘、汉族与边夷的关系之中,一直在内与外,同与异之间滑动。然而,从1937年12月下旬修筑滇缅公路开始,作为大后方的云南开始直接卷入战火,高校、研究所、出版社等文化机关和文人的西迁与南渡,使云南成为时人关注的焦点。中国远征军、驻印军两次入缅远征和滇西抗战,让云南成为"二战"战局中的中缅印战区之一部分,而作为国家间的边界交错地带的滇缅边地也成为现代中国进入国际秩序的前沿地带。因抗日战争全面爆发带来的巨大变化,这一时期对云南的书写必然是非常独特的。

滇缅抗战的发生促使人们对云南边地有了更为全面、清晰的认识。因为滇缅公路是滇缅抗战的"导火索"②,筑路过程中经常遭到日机轰炸,云南边地已从后方转入战时状态,而第一次入缅作战亦是为了防止日军切断这条抗战生命线。所以,本书讨论的"滇缅抗战"是从修筑滇缅公路开始直至1945年1月27日中国远征军和驻印军芒友胜利会师的时间段,这也是学界对于"滇缅抗战"概念广义的界定。③ 因滇缅抗战这一契机,

---

① 王明珂:《华夏边缘:历史记忆与族群认同》,浙江人民出版社2013年版,第5页。
② 杜聿明、郑洞国等:《亲历滇缅抗战》,团结出版社2011年版,"前言"第2页。
③ 如何卓新、杨文忠、冯书亮合著的《滇缅抗战纪实》(中国文史出版社2008年版)一书中把滇缅公路和中印公路作为滇缅抗战始终的标志,"生命之线"部分就是对两条公路的书写。云南政协报社编的《云南往事·滇缅抗战》(云南人民出版社2012年版)一书中,云南民众修筑滇缅公路就作为第一辑"众志成城"的一部分。

当时出现了很多有关战时云南边地的文学书写，创作主体主要是旅行者、考察者，云南本土作家和远征军将士、随军记者。

因滇越铁路和滇缅公路的畅通，大量旅行者、考察者深入滇边，甚至出现了诸如"边疆人文研究室""滇西边地考察团""云南地理考察队"等有明确考察目的的团队。很多旅行记作者往往具有双重身份，大多是人类学、民族学、地理学、语言学等相关领域的专家、学者，"学术"与"爱国"在抗日战争中发生了更为紧密的联系。他们创作的旅行记是抗日战争时期关于民族国家体验的风景认同和现代人在战乱流亡中复杂感受的融合，正如朱自清说的"大众的发现和内地的发现"，从而增强"爱国心和自信心"①。相比去"发现"边地的"外边人"，对于发生在家乡的战争，云南边地作家是以独有的亲近感，鲜明的地方性，向人们"介绍"着抗日战争中的边地。而作为保卫者的远征军将士和随军记者，在征战往返中对所要守卫的土地、所守护的人民有着特殊的情感。中国远征军、驻印军中有大量知识青年从军者，留下众多抗战日记、战地纪实和文学创作，这在整个中国抗战文学中是比较特殊的，这些真正诞生于抗日战争"前方"的作品弥漫着烽火硝烟，是最为真实的战争体验。出征的兴奋、撤退的忧患以及凯旋的自豪，都会给予边地不同的观看角度，他们在感同身受中呈现战时边地的复杂处境，思考战争与边地国土之关系。修筑滇缅公路、中印公路和败退、反攻野人山在滇缅抗战中具有重要意义，吸引了筑路参与者、旅行考察者、云南边地作家以及远征军将士和随军记者的共同关注，相关书写体现了现代交通与民族凝聚力，战争与边地现代性、边界建构的复杂关系。所以，本书探讨抗日战争时期的云南书写与国家认同的问题，即是滇缅抗战激发的云南边地融入现代中国同一进程的问题。

国际交通路线的贯通与滇缅抗战的局势，不仅提高了云南边地的重要性，而且对其观看和描述势必发生变化。旅行者、考察者，云南边地作家以及远征军将士、随军记者从不同角度亲历并认识着云南边地。抗日战争中的国家共同感，让他们将其纳入现代中国同一历史进程中来考察，不再是曾经想象的野蛮与危险，混杂与失序，而是强调云南边地对于国家复兴和国际生存竞争的重要性，思考在抗日战争中边地之于现

---

① 朱自清：《新诗杂话·抗战与诗》，朱乔森编《朱自清全集》第2卷，江苏教育出版社1996年版，第347页。

代民族国家的意义。所以抗日战争时期的云南书写具有非常明显的国家认同观念。滇缅抗战不仅激发了人们对于云南边地的认识,更为重要的是因此而建构的独特的"边地中国"形象,不再强调"异"与"殊",而是发现"同"与"似",建构的过程蕴涵于对边地和国家话语的理解之中,使之成为印刻着人文意识、历史记忆和民族认同的地方,云南边地因此进入"观念中国"的文学叙事中。

## 二 研究现状述评

因抗日战争激发的国家共同感,现代知识分子将云南边地纳入现代中国同一历史进程中来考察,强调云南边地对于民族存亡和国家复兴的重要性。抗日战争时期的云南书写所体现的国家认同观念是值得关注的。由于本书具体探讨的是滇缅抗战之中的"边地中国"是如何被现代文学叙述而同质化为"现代中国"的问题,要把滇缅抗战时期的云南边地书写与国家认同研究结合在一起,目前还没有直接相关的论述。从对与本论域有关的滇缅抗战相关作家作品的关注以及"边地文学"研究的现状,可以从侧面了解本论题的可行性以及进行探讨的必要性。

### (一)滇缅抗战文学研究现状

滇缅抗战在中国抗日战争中是比较特殊的,是甲午战争以来中国军队首次出国作战,时人视为"扬威异域"。滇缅公路、中印公路、飞虎队、滇西抗战以及印缅战场等在现代文学中的书写亦呈现出丰富、独特的内涵。目前,相关讨论大都从题材史的角度介绍一些书写滇缅抗战的作品,其中对滇缅公路文学书写的关注较多。蓝华增的《中华民族救亡的勇士之歌——白平阶三四十年代反映修筑滇缅公路的边地小说评介》分析了《驿运》一书中的作品,认为白平阶的创作是滇西抗战的艺术记录。[①] 赵锐在《"西南作家最值得注意者"——论白平阶》中强调白平阶开启了滇缅公路文学形象的书写。[②] 易彬在《"滇缅公路"及其文学想象》中主要讨论了谭伯英的《修筑滇缅公路纪实》

---

① 蓝华增:《中华民族救亡的勇士之歌——白平阶三四十年代反映修筑滇缅公路的边地小说评介》,《民族文学》1994年第6期。

② 赵锐:《"西南作家最值得注意者"——论白平阶》,《中国现代文学研究丛刊》2021年第3期。

和杜运燮的《滇缅公路》，认为作者在处理苦难题材时个体写作良心让位于即时的集体观念与话语制造，生命境遇和苦难叙述让位于高扬的时代主旋律与强势的历史逻辑。① 秦弓的《抗战文学中的滇缅公路》对王锡光的《筑路谣》，杜运燮的《滇缅公路》，萧乾的《血肉筑成的滇缅路》和范长江的《缅甸与滇缅公路》加以充分肯定，认为这些战歌与赞歌创造了英雄群像，是抗战文学中的壮丽篇章。② 叶子对照"二战"期间《纽约客》关于滇缅公路的多次报道，分析了华裔作家黎锦扬 1958 年在《纽约客》小说栏发表的系列小说《土司与他的秘书》。③ 向芬的《中国与西方的现代意象：抗战时期滇缅公路的舆论建构》通过分析作家、筑路者、旅行家、传教士、中外记者笔下的滇缅公路，试图从现代化和西方化语境分析战时舆论建构背后的深层意义。④ 赵树芬认为滇缅公路意象生成的原因主要有：筑路的恢宏与悲壮、滇缅公路的特殊贡献、世界的广泛关注。⑤

除了对滇缅公路书写的关注，评论者也注意到了与滇缅抗战相关的其他题材的创作。首先是西南联大从军师生的创作得到了学界的关注。易彬的《从"野人山"到"森林之魅"——穆旦精神历程（1942—1945）考察》一文结合穆旦的从军经历来分析《森林之魅——祭胡康河谷上的白骨》，从而探讨穆旦败走野人山的经历对其诗歌创作风格的影响。⑥ 李华文从穆旦的从军心态、野人山记忆以及战时西南联大三个方面，力图勾勒全民抗战的历史洪流下穆旦的文人从军心路历程。⑦ 闻黎明的《关于西南联合大学战时从军运动的考察》和《西南联合大学的青年远征军》主要

---

① 易彬：《"滇缅公路"及其文学想象》，《中国现代文学研究丛刊》2007 年第 4 期。
② 秦弓：《抗战文学中的滇缅公路》，《抗战文化研究》第 2 辑，广西师范大学出版社 2008 年版。
③ 叶子：《滇缅公路·"摩登"·共产党人——〈纽约客〉之〈土司与他的秘书〉系列小说》，《杭州师范大学学报》（社会科学版）2013 年第 1 期。
④ 向芬：《中国与西方的现代意象：抗战时期滇缅公路的舆论建构》，《北大新闻与传播评论》第 10 辑，北京大学出版社 2015 年版。
⑤ 赵树芬：《滇缅公路文学意象及其生成原因》，《玉溪师范学院学报》2021 年第 5 期。
⑥ 易彬：《从"野人山"到"森林之魅"——穆旦精神历程（1942—1945）考察》，《中国现代文学研究丛刊》2005 年第 3 期。
⑦ 李华文：《抗战烽火下知识分子的从军心路——穆旦、西南联大与中国远征军的历史交集》，《云南社会主义学院学报》2015 年第 3 期。

是从史学角度研究西南联大师生的从军史。通过全面梳理西南联大的青年从军运动不同阶段的从军意识、动员方式、服务特征等问题，力图呈现这次教育界献身抗战建国事业的壮举的全貌。① 李光荣的《文学抗战的艺术呈现——论西南联大抗战文学》认为西南联大抗战文学的特点是"以人为本"，谈及的滇缅抗战文学作品有卢静的《夜莺曲》，马尔俄的《林中的脚步》以及杜运燮、穆旦的诗歌创作。② 李光荣还发掘整理了杜运燮所佚组诗《机场通讯》，组诗由写及机场设施和"飞虎队"军人工作的18首诗构成。不仅丰富了反映飞虎队的文学题材，还呈现了杜运燮抗战诗歌的独特内涵。③ 夏彪认为学生社团创作的抗战文学成为西南联大文学创作的一个重要主题。④ 马绍玺的《声音里的西南联大——文化抗战与西南联大学者演讲》强调在民族生死存亡之际，西南联大学者面对公众演讲时把专业知识与抗战救国紧密结合，开发民智、激励民众、鼓舞抗战。⑤ 杨绍军的《西南联大文学书写的战争记忆》从战乱现实的书写、战争历史的反思两个层面评述了穆旦、赵瑞蕻、海男、宗璞等作家的相关创作，认为他们用文学作品强化了人类对战争的记忆，凝聚了民族精神。⑥ 其次是对滇缅抗战相关文学创作的评析。刘敏的硕士学位论文《中国远征军文学作品审美特征论》选取20世纪40年代与90年代两个时间点来讨论相关作品风格的悲壮美和人物形象的崇高美。有关滇缅抗战题材小说的探讨只是简单提及了宗璞的《西征记》，邱对的《中国远征军》，赵陨雨的《铁血远征军》，李开云的《花开血途》，海男的《缅北往事》，对于其他大量的相关创作并没有涉及。⑦ 李直飞的《历史的记忆与悲壮的叙述——

---

① 参见闻黎明《关于西南联合大学战时从军运动的考察》，《抗日战争研究》2010年第3期；闻黎明：《西南联合大学的青年远征军》，《江淮文史》2014年第2期。

② 李光荣：《文学抗战的艺术呈现——论西南联大抗战文学》，《社会科学研究》2014年第5期。

③ 李光荣：《稀世珍品：杜运燮所佚组诗〈机场通讯〉初读札记》，《现代中国文化与文学》第25辑，巴蜀书社2018年版。

④ 夏彪：《抗战中西南联大抗战文学研究——以学生社团创作为例》，《成都大学学报》（社会科学版）2018年第1期。

⑤ 马绍玺：《声音里的西南联大——文化抗战与西南联大学者演讲》，《文学评论》2022年第2期。

⑥ 杨绍军：《西南联大文学书写的战争记忆》，《学术界》2021年第7期。

⑦ 刘敏：《中国远征军文学作品审美特征论》，硕士学位论文，云南大学，2018年。

论中国远征军的文学书写》主要介绍了一些书写远征军抗战的作品：孙克刚的《缅甸荡寇志》，黄仁宇的《缅北之战》，李明华的《野人山历劫记》，杜运燮、穆旦的诗歌以及80年代以来的一些纪实作品、历史小说。① 陈桃霞在《论抗战视野下的中国远征军书写》中概述了谢永炎、黄仁宇、孙克刚、穆旦、杜运燮、萧乾以及80年代以来的相关创作，比较了新中国成立前后远征军书写的不同特征，认为多数作品拘泥于史实，缺乏政治哲学层面的高度。② 王学振在《抗战文学的飞虎队题材》中介绍到了《缅甸的飞虎》《缅滇沿线轰炸记》《克里福在滇西》等涉及滇缅战场的飞虎队题材作品。③ 笔者在《现代文学史上的第三位"赵令仪"》中通过对文史资料的发掘、考辨，明晰了学界曾认为"生平不详"或是误认为是黄裳的从军诗人赵令仪的生平，特别是其参加远征军的经历，并整理分析了他的抗战诗歌。④

以上学术论文的讨论，对滇缅公路、西南联大以及穆旦、杜运燮关注得较多，其他的都是概括性地介绍了一些与滇缅抗战相关的作品。关于滇缅抗战的文学书写，目前还没有研究专著，只是在一些著作中偶有提及：蒙树宏的《云南抗战时期文学史》⑤ 介绍了白平阶、彭桂萼、马子华的相关创作，在第四章罗列了一些滇缅抗战的纪实文学作品；易彬在《穆旦与中国新诗的历史建构》⑥ 中提及了穆旦的"野人山经历"对其精神和创作的影响；李光荣的《季节燃起的花朵——西南联大文学社团研究》⑦ 中介绍到了马尔俄的《飓风》，田堃的《野人山居随笔》，赵令仪的《马上吟——去国草之二》以及闻山的《山，滚动了》等有关滇缅抗战的作品。

---

① 李直飞：《历史的记忆与悲壮的叙述——论中国远征军的文学书写》，《重庆师范大学学报》（哲学社会科学版）2012年第6期。

② 陈桃霞：《论抗战视野下的中国远征军书写》，《河南师范大学学报》（哲学社会科学版）2014年第6期。

③ 王学振：《抗战文学的飞虎队题材》，《当代文坛》2015年第2期。

④ 董晓霞：《现代文学史上的第三位"赵令仪"》，《新文学史料》2020年第2期。

⑤ 蒙树宏：《云南抗战时期文学史》，云南教育出版社1998年版。

⑥ 易彬：《穆旦与中国新诗的历史建构》，中国社会科学出版社2010年版。

⑦ 李光荣、宣淑君：《季节燃起的花朵——西南联大文学社团研究》，中华书局2011年版。

笔者于 2012 年完成的硕士学位论文《滇缅抗战与现代文学》①，可以说是第一次整体性地关注到滇缅抗战的相关创作，从题材史的角度介绍了现代文学中关涉滇缅抗战的作品。主要讨论的内容有：老舍、谭伯英、萧乾、范长江、白平阶、杜运燮写的滇缅公路；南渡知识分子，如梅贻琦、吴宓、朱自清、费孝通、沈从文、冯至、汪曾祺、冯友兰、蒋梦麟、陈寅恪、王力、李广田、赵瑞蕻、罗寄一、鹿桥的日军轰炸体验；谢永炎、黄仁宇、孙克刚、乐恕人的战地纪实；西南联大从军师生穆旦、杜运燮、张祖、刘离、王宗周的作品；曾昭抡、姚荷生、马子华的云南旅行记；80 年代以来的有关滇缅抗战的纪实作品和历史小说概述。因研究视阈狭窄，相关作品、史料收集有限，论文只是讨论滇缅抗战与现代文学这一复杂问题的最初准备阶段，不仅是题材史的介绍，而且还遗漏了大量著作和现代报刊上的作品。此外，笔者为了凸显研究对象的文学史价值，大量篇幅用来书写西南联大知识分子的战争体验，除了介绍几部战地纪实和联大从军师生作品，对远征军将士以及云南边地作家的大量创作并没有提及。有关西南旅行记的论述，也只是对《缅边日记》《水摆夷风土记》《滇南散记》三部作品做了概述性的介绍。

可以看到，滇缅抗战文学书写虽然已逐步被研究者关注，但相关论述主要还只是对其中一些作家、作品的评析和介绍。有的论者肯定了其文化意义和史学价值，但大多研究者是以纯文学的观念去评判，认为滇缅抗战书写审美价值不高，文学性不强，研究视野依然受限于学界对抗战文学价值的一般认识上。新时期的抗战文学研究"将起点置放在研究对象的'正名'中。如何将抗战文学描述为中国左翼文学发展的一部分，成为研究工作的主要任务"②，需强调研究对象的"进步性"与"革命性"。在"重写文学史""审美现代性""新批评"等理论装置中所倡导的"纯文学"观念导向来看，抗战文艺是否具有文学价值是值得怀疑的。抗日战争被认

---

① 董晓霞：《滇缅抗战与现代文学》，硕士学位论文，西南大学，2012 年。论文的部分章节已经发表：《鬼影底下的伤城——西南联大知识分子对日军轰炸的书写与记忆》《简论有关滇缅抗战的纪实文学》《简论滇缅抗战背景下的西南旅行记》《远征异域的文学记忆——西南联大从军师生的战争书写》分别刊于由李建平、张中良主编，广西师范大学出版社出版的《抗战文化研究》第 5、6、7、8 辑。

② 吴伟强、李怡：《中国抗战文学研究的新的可能》，《西南大学学报》（人文社会科学版）2006 年第 6 期。

为阻断了中国现代文学的现代性进程,因此产生的文学相当粗糙,没有艺术性,只是口号式地宣泄或是为了宣传而摇旗呐喊。抗战文学的价值一再遭到质疑,甚至致力于研究抗战文学的学者每每开篇就要强调对象的研究价值,焦虑于没有得到应有的重视,"抗战文学研究仍然是中国现代文学研究领域中最为薄弱的一个环节"①。抗战文学在文学史叙述中"总是被轻视甚至被遮蔽",甚至断言"有抗战无文学",我们需要"重新认识抗战文学的历史地位"②。至今,学界对抗战文学的概念依然存在分歧与争论③,当然,这也是为了呈现抗战文学的丰富性。但是从时段上、题材内容方面拓展抗战文学研究的边界后,"抗战文学"有被"战争时代的文学"代替之势。如果抗日战争只是作为作品中的一个时代背景,就会引起质疑:在这样宽泛的界定中的研究是否能体现抗战文学的独特性,是否模糊了甚至抹去了真正的战争中的文学的价值。为了凸显抗战文学的研究价值,学者们也在不断拓展其研究领域,显示出丰富的阐释价值。④ 值得

---

① 靳明全:《抗战文学研究的新收获——评王学振新著〈抗战时期大后方文学片论〉》,《海南师范大学学报》(社会科学版)2014年第2期。

② 张中良:《重新认识抗战文学的历史地位》,《中国现代文学研究丛刊》2014年第9期。

③ 主要代表性观点有:吴福辉认为是"大抗战文学",包括抗战14年时段里面直接写战事、写战争阴影下的日常生活的作品,甚至包括间接以战争的情绪、战争的思考为中心带来的那些叙事作品和抒情诗篇,也包括战争结束之后人们不断在反思中对战事和人加以深化和再认识的作品(《战争、文学和个人记忆》,《河北学刊》2005年第5期)。郝明工提出抗战文学不是战争文学而是战时文学,并且呈现为区域发展的文学现实(《"纪念抗日战争胜利60周年暨抗战文学学术研讨会"述要》,《文学评论》2005年第5期)。曹万生认为,从广义上讲,"抗战文学"指的是抗战时期的文学,即1937—1945年间的文学创作。从狭义上讲,"抗战文学"则是以抗日战争为题材的,这也包括两种类型:一是共时性的抗战文学,二是历时性的抗战文学。所谓共时性文学,即指与抗日战争同时产生的抗战文学作品;所谓历时性作品,即指迄今为止还在创作的以抗日战争为题材的文学[《中国"抗战文学"特点之再思考》,《四川师范大学学报》(社会科学版)2007年第2期]。房福贤提出"百年抗战文学",抗战文学的上限为甲午战争,没有下限(《百年历史视野中的中国抗战文学——有关抗战文学问题的再认识》,《文艺争鸣》2013年第8期)。张武军认为,半殖民文学与解殖民书写是我们进入抗战文学、重构抗战文学史观乃至于重构整个文学史观的全新视角(《半殖民性与解殖民书写——革命文学、抗战文学的历史重构》,《天津社会科学》2015年第3期)。

④ 如李怡倡导用"民国文学"视野来关照、思考抗战文学的意义;段从学认为抗战不是中断,而是丰富和发展了中国新文学的现代性进程,应该把抗战文学当作思考复杂人性的契机;王学振研究大后方抗战文学题材,如内迁、飞虎队、空袭题材;逄增玉研究东北抗战文学,李建平研究广西的抗战文化;谭桂林探讨佛教抗战文学的独特性;李光荣研究西南联大抗战文学;汤哲声阐释现代通俗文学的抗战叙述和家国情怀,等等。

关注的是张中良从民族感情和国家立场出发,从 2005 年以来就不断呼吁应重视正面战场文学。① 他注意到现代文学研究中所关注的战场多是敌后战场,即便偶有提及正面战场,也往往缺乏历史感,但"正面战场文学是抗战时期文学的重要一翼,其中表现正面战场悲壮抗战的作品远远多于揭露正面战场阴暗面的作品,只要返回抗战历史时空,看看当时的出版物,这一点清晰可见"②。其专著《抗战文学与正面战场》的出版,让我们看到作者勇于历史担当的学术胆识。张中良直面抗日战争的真实,辅之以历史的同情,倡导研究者应该通过对抗日战争文史资料的发掘与整理,从而"回到历史去寻找答案"。

有关滇缅抗战的作品,同样需要我们避开带有和平年代对历史的"后见之明",通过查找史料,努力进入历史情境之中,以获得历史感,并不是以某种后设的理论框架去装一些作品,或以单一的文学审美性为标准来评价内蕴复杂的抗战文学。滇缅抗战因其特殊性备受时人关注,相关创作是非常丰富的,因大量知识青年从军,有很多真正诞生在战场上的文学作品。正如周维东所说的,当下文学史描述的抗战文学,基本构成多是战争"后方"的文学,人们应该关注"诞生于'前方'的文学"③。因为硕士学位论文写作留有很多遗憾,笔者一直在搜集与滇缅抗战相关的文学作品,翻阅了大量现代时期的文学期刊和报纸副刊,也查找到了一些当时外国记者、作家的记述来作为阅读参照,发现时人围绕滇缅抗战的书写涉及诗歌、小说、日记、新闻报道、回忆录、书信、报告文学等文学样式,体现了复杂的边疆、民族、国家观念,因此可探讨抗日战争所孕育和激发的民族整体关联感与国家共同感。我们以"大文学"视野,从滇缅抗战时期的云南书写入手,最终指向的则是现代民族国家演进过程中的观念问

---

① 张中良关于正面战场研究的论文有:《抗战文学与正面战场》(《河北学刊》2005 年第 5 期);《抗战文学对正面战场的正面表现》(《涪陵师范学院学报》2006 年第 1 期);《抗战文学对正面战场问题的表现——抗战文学与正面战场研究》[《陕西师范大学学报》(哲学社会科学版) 2006 年第 2 期];《抗战时期作家与正面战场的关系》(《抗战文化研究》2007 年第 1 辑);《抗战文学研究的概况与问题》(《抗日战争研究》2007 年第 4 期);《抗战文学中的武汉会战》《抗战文学与昆仑关战役》(《抗战文化研究》2010 年第 4 辑);《应还原正面战场文学的历史面貌》(《理论学刊》2011 年第 2 期);《中国抗日战场文学论》[《西南民族大学学报》(人文社科版) 2015 年第 10 期];《抗战文学经典的确认与阐释》(《山东社会科学》2018 年第 6 期)。

② 张中良:《抗战文学与正面战场》,社会科学文献出版社 2014 年版,"导言"第 7 页。

③ 周维东:《抗战文学的"正面战场"与"正面形象"》,《文艺争鸣》2015 年第 7 期。

题，而不是仅止于处理一个介绍有关滇缅抗战作品的题材问题。

**（二）"边地文学"研究现状**

当下的"边地文学"研究大都以特定的题材来界定并进行谈论的。王晓文把边地文学当作是乡土文学的一部分，认为其与内地文学相对，是对边地人生、风情和生态的描写。其创作主体有三种类型：有少数民族血统并且有鲜明的边地民族意识的作家；也有自愿选择到边地流浪的作者；还有从边地到内地的少数民族作家。① 王晓文的博士学位论文《中国现代边地小说研究》，是以马子华、李寒谷、艾芜、蔡希陶、沈从文、端木蕻良等的创作讨论边地的"野性魅力"和"传奇人生"，以及如何在参照中"重铸中华文化"。② 于京一研究的是当代边地小说，认为以往从地理、政治、经济和文化意义维度上来界定边地，显得过于机械和单一，应该辐射为"西南边陲的高山雪域文化圈、西部北部的游牧文明圈和东北边地的半游牧半狩猎文明圈"。边地小说叙写的必须是发生于边地的人情世故，创作主体必须与边地息息相关。③ 于京一也在探讨新世纪边地小说"边缘的意义"和对传统思想的思考。④ 其博士学位论文《想象的"异域"——中国新时期边地小说研究》主要从"生态之美""存在之真""信仰之善"以及"现代性"四个角度来谈论新时期边地小说。⑤ 彭兴滔认为边地文学的界定应是主体和客体的统一，具体包括：边地的原生态文学，边地作家创作的以边地为主题的文学以及有过边地体验的作者的创作。边地范围包括西南边地、西北边地和东北边地。⑥ 可以发现，研究者们所探讨的"边地文学"是以作者身份和作品涉及的地域文化来界定的。

也有很多研究者把"边地"作为走出某个文学观念"中心"，从而彰

---

① 王晓文：《边地：一个新的文化空间的理论视野——对1919—1949中国现代文学史的另一种构想》，《山东社会科学》2009年第3期。

② 王晓文：《中国现代边地小说研究》，博士学位论文，山东师范大学，2009年。

③ 于京一：《"边地小说"：一块值得期待的文学飞地》，《中国现代文学研究丛刊》2011年第2期。

④ 于京一：《边缘的意义——对新世纪"边地小说"的一种解读》，《扬子江评论》2014年第3期；《论新世纪边地小说对传统思想的思考》，《中国现代文学研究丛刊》2013年第8期。

⑤ 于京一：《想象的"异域"——中国新时期边地小说研究》，博士学位论文，山东大学，2010年。

⑥ 彭兴滔：《从边地认识中国文学的多样性》，《西南民族大学学报》（人文社会科学版）2016年第4期。

显中国文学复杂层面的方法。如马绍玺从边地风景体验来切入西南联大诗歌和少数民族诗歌研究。①金春平研究21世纪的西部边地小说的风景叙事以及现代性焦虑问题。②王春林注意到当代长篇小说对边地文化的探索。③雷鸣认为十七年小说中的边地书写是建构民族国家想象和认同的表意工具④，新世纪长篇小说中的边地书写是"礼失而求诸野的精神宿地"⑤。刘大先以新世纪的边地文学创作出发，强调把"边地"作为问题后就会发现以往的文学制度、文学批评所形成的文学观念有缺失之处。⑥值得注意的是段凌宇的博士学位论文《现代中国的边地想象——以有关云南的文艺文化文本为例》。段凌宇以沈从文、冯至为代表的西南联大作家和艾芜、马子华、邢公畹的相关创作来谈论"云南书写与现代视角的萌芽"；认为十七年和"文化大革命"时期的云南叙事是"阶级视野下的民族身份建构"；在80年代的文化反思语境中探讨"人性和文化视阈中的云南书写"；关注90年代以来的"消费文化和乌托邦想象"。⑦段凌宇是在探讨从现代时期直至90年代的"外来者"对云南的想象和叙述，虽然依次梳理了近百年来的云南边地叙事，但并没有涉及滇缅抗战与云南边地的关系问题，也没有对云南本土作家过多展开。

我们可以看到，除了段凌宇是从国家认同的角度切入云南边地研究，很多研究者对"边地文学"的关注是以一种特定的文学题材来谈论的。段从学就注意到新中国成立后，因国土和边疆等现代性概念已在国际政治秩序中得到界定，当代文学虽也使用"边地文学"或"边疆文学"，"但

---

① 马绍玺:《边地风景体验与西南联大诗歌》，《文学评论》2005年第1期；《边地风景与少数民族诗歌的民族国家想象——以晓雪、饶阶巴桑、张长早期诗歌为例》，《民族文学研究》2012年第5期。

② 金春平:《风景叙事与小说主体的现代性理念流变——以新时期到新世纪的西部边地小说为中心》，《当代作家评论》2014年第3期；《论西部边地文化小说叙事的现代性焦虑》，《云南社会科学》2014年第3期。

③ 王春林:《论近年长篇小说对边地文化的探索》，《文学评论》2009年第6期。

④ 雷鸣:《民族国家想象的需求与可能——论十七年小说的边地书写》，《中国现代文学研究丛刊》2013年第1期。

⑤ 雷鸣:《突围与归依：礼失而求诸野的精神宿地——论新世纪长篇小说的边地书》，《当代文坛》2010年第1期。

⑥ 刘大先:《"边地"作为方法与问题》，《文学评论》2018年第2期。

⑦ 段凌宇:《现代中国的边地想象——以有关云南的文艺文化文本为例》，博士学位论文，首都师范大学，2012年。

他们的'文学'已经不再是一个动词，失去了想象和建构'现代中国'——即朱自清所说的'建国'——的历史实践能力，而只是简单地根据既定的国家、少数民族、边疆等政治概念，单纯从题材的角度来运用'边疆''边地'等词语"①。但在现代时期，"边地"并不是简单的题材问题，而是反过来塑造和影响现代文学现代特征的动词性存在。

"抗战以来，第一次我们获得了真正的统一，第一次我们每个国民都感觉到有一个国家——第一次我们每个人都感觉到中国是自己的。完整的理想已经变成完整的现实了，固然完美的中国还在开始建造中，还是一个理想。"②朱自清的《抗战与诗》《诗与建国》《爱国诗》都谈及了抗日战争之于"新中国"的推动作用以及诗人所担负的责任，强调的是抗日战争中文学创作与"建国"的动态关系。同样的，在滇缅抗战所形成的特殊的历史文化空间中，"边地"是一个动态的概念，旅行者、考察者，云南边地作家以及远征军将士、随军记者的云南书写亦是在"发现"或是"介绍"边地人民强大的力量和边地的"广博和美丽"，他们以自己特有的体验建构着"边地中国"的形象。

### 三 研究目标和论题思路

本书的研究目标是从"现代文学"如何建构和想象"现代中国"这一思考维度出发，循着"从周边看中国"的学术视野，探讨在滇缅抗战的特定历史情境中，与云南边地建立了特殊联系的旅行者、考察者，本土作家以及远征军将士和随军记者如何通过具体行动，以及与之相应的文学实绩，把想象的对象变成与自己密切相关的感知对象，并把传统中国的边缘地带叙述为"现代中国"的有机组成部分。在"现代中国"的国家感情中，对抗战建国有自豪、兴奋之一面的在滇缅抗战中比较明显。为充分说明在滇缅抗战这一时代背景中，时人怎样发现了云南边地，又如何重新定义和建构云南边地形象，笔者秉承"大文学"视野，将游记、考察记、诗歌、小说、日记、书信、回忆录、报告文学、新闻报道等熔于一炉，史

---

① 段从学：《从边地中国到现代中国——1940年代文学中的"大西南"形象和国家认同》，国家社会科学基金西部项目"四十年代文学中的'大西南'形象与现代'国家共同感'的形成研究"结题成果打印稿，结题证书号：20181564。

② 朱自清：《新诗杂话·爱国诗》，朱乔森编《朱自清全集》第2卷，江苏教育出版社1988年版，第359页。

料与文本双管齐下,"以诗证史"又"以史证诗"。通过对行动(旅行、采访、田野调查、行军、战斗、测勘、筑路等)、叙述(抒情、记录、报道等)和符号(华夏/边夷、中央/地方、边陲/边界等)的全面分析和归纳整理,呈现"走入"边地的旅行者、考察者,"介绍"边地的云南本土作家以及"保卫"边地的远征军将士、随军记者这三类观看主体各自建构的"边地中国"形象,加之对具有抗战地标性质的特殊地理符号——滇缅公路、中印公路和野人山相关书写的探讨,力图全面展示出一幅生气勃勃的云南边地融入"现代中国"的动态图景。

  沿着滇缅公路和滇越铁路走入边地的旅行者、考察者的创作实绩,体现了地理现代性和民族国家意识在战时的融合。他们带着去发现丰富之处的目的深入滇边从而消除固有成见,把曾经的"异域殊方"叙述为"现代中国"的一部分。旅行者、考察者是从内地、中央进入边地,以"外边"人的视角主动认识云南"这边"。那原本生活在这些边缘地带的本土作者如何回应大时代,思考家乡边地与现代民族国家关系的问题,也是需要关注的,以此会形成对"边地中国"观看、建构的内、外视角的对比和统一。相比旅行者、考察者于"在路上"的流动空间中对云南边地的体察以及云南本土作家持地方经验对家乡边地的介绍,远征军将士和随军记者的书写是在征战往返中对所要守护的边地国土的感受。中国远征军两次入缅作战和滇西抗战是从中央到地方最为直接的军事力量。"民族—国家与大规模的军队相伴出现,它们也同是拥有领土边界的政治共同体中公民身份的孪生标记。"① 作为保卫者的远征军将士和随军记者所建构的烽火边地形象呈现了现代民族国家与战争暴力之间的复杂关系。对于同时引起三类观看主体注意到的滇缅公路、中印公路以及野人山的撤退与反攻,以相关书写来做个案分析,可以更为深入具体地探讨滇缅抗战在云南边地融入"现代中国"的同一进程之中所起的推动作用。

  在由《光明日报》书评周刊编的《边地中国》② 一书中,"边地中国"的提法是在围绕"观念中国"出现的诸如费孝通的"乡土中国",高希均的"经济中国",杜维明的"文化中国",王德威的"小说中国"等众多阐释中的一种。徐新建在《边地中国:从"野蛮"到"文明"》中

---

① [英]安东尼·吉登斯:《民族—国家与暴力》,胡宗泽、赵力涛译,生活·读书·新知三联书店1998年版,第280页。

② 《光明日报》书评周刊编:《边地中国》,中国社会科学出版社2004年版。

以民国时期边政研究的实例，通过对"中国"的含义以及"边地"概念演变的介绍，来"探讨学界有关'文明'与'野蛮'的划分及其在此基础上对国家现代化进程的推动"①。段从学则直接指出："边地中国"是区别于传统"天下中国"文化等级秩序观和现代"口岸中国"线性进步史观的提法。他以抗日战争时期的"大西南"书写为例，从"边地中国"的角度思考"现代中国"的历史性建构问题。② 本书所使用的"边地中国"概念是受到段从学的启发，强调的是抗日战争时期对边地的实地考察和切身经验所带来的对兼有天下帝国历史和有限国家形态的"现代中国"的认同和建构。

关于"现代中国"的论述，很多学者强调并不能直接搬用"想象的共同体"这一西方民族国家理论。费正清强调中国的现代进程不是西方民族国家观念在中国的翻版，直接把这一术语运用在中国却没有对其内部进行演变性的了解的话，只会引向歧途。"它的政治必须从它内部的发生和发展去理解。"③ 张中良认为中国现代文学中民族国家理论的运用背离了中国的历史实际。"以欧洲近代民族国家的历史进程来硬性框定中国数千年的多民族国家历史，以源自异域的西方民族国家理论任意裁剪个性鲜明的中国现代文学复杂现象，其荒谬结果和负面影响应引起足够的警惕。"④ 温春来也强调："国族建构论的缺失可能在于对传统的过度割裂。"⑤ 同样的，葛兆光亦提出要在历史中理解民族国家，须注意中国的"历史延续性和文化同一性"⑥。抗日战争时期的云南书写体现出来的国家认同，其实就是滇缅抗战与"边地中国"形象建构的关系，有着具体的空间和特定的时间范畴。尽管本书用"传统中国""现代中国"的概念，

---

① 徐新建：《边地中国：从"野蛮"到"文明"》，《西南民族大学学报》（人文社会科学版）2005年第6期。

② 参见段从学《"边地书写"与"边地中国"的现代性问题——以抗战时期的"大西南"为例》，《西南民族大学学报》（人文社会科学版）2019年第2期。

③ ［美］费正清、罗德里克·麦克法夸尔主编：《剑桥中华人民共和国史（1949—1965）》，王建朗等译，上海人民出版社1990年版，第14—15页。

④ 张中良：《导论：中国现代文学的民族国家问题》，《民族国家概念与民国文学》，花城出版社2014年版，第20页。

⑤ 温春来：《从"异域"到"旧疆"：宋至清贵州西北地区的制度、开发与认同》，生活·读书·新知三联书店2008年版，第2页。

⑥ 葛兆光：《宅兹中国：重建有关"中国"的历史论述》，中华书局2011年版，第5页。

但两者并不是对立或是彼此孤立的关系。葛兆光就强调:"把传统帝国与现代国家区分为两个时代的理论,并不符合中国历史,也不符合中国的国家意识观念和国家生成历史。在中国,并非从帝国到民族国家,而是在无边'帝国'的意识中有有限'国家'的观念,在有限的'国家'认知中保存了无边'帝国'的想象,近代民族国家恰恰从传统中央帝国中蜕变出来,近代民族国家依然残存着传统中央帝国意识,从而是一个纠缠共生的历史。"① 我们可以发现,旅行者、考察者,云南边地作家以及远征军将士、随军记者为了抗日战争时期民族国家共同体的建构,把"想象"的对象变成了彼此密切关联的感知对象:他们或是实地考察,把途经的地方一一标记,用文字构建了行旅的云南边地文学地图;或是体察边地家乡在抗战中的变迁,致力于让"外边人"认识家乡"这边";或是以热血换来边地的捷报,往返征战中在云南边地版图画上了一条条"红线";或以滇缅公路、中印公路、野人山的书写来思考滇缅抗战所孕育和激发的民族国家认同。滇缅边地进入传统中国的管辖范围有着长远的历史,他们以亲历亲闻后的创作建立起边地与内地、中原之间的认同基础,把"想象"的对象变成实际体验,让我们看到在早已形成的历史文化共同体这个不言而喻的"国家"基础上,滇缅抗战促使云南边地融入了"现代中国"的进程。因此,探讨滇缅抗战时期的云南书写与国家认同的问题,可以凸显形成"现代中国"国家意识观念不同于通行理论的复杂性。

"在与我们的论题有关的半个世纪中,战争标示着季节的节奏,打开并关闭时间的大门。它甚至在表面上平息的时候,也继续暗中施加它的压力。它似乎消亡却仍然存在。"② 我们需要思考战争与文学想象、文化建构的关系。在滇缅抗战所形成的特殊的历史文化空间中,"边地中国"形象建构是一个复杂的动态过程。为了解滇缅抗战中云南边地是如何被亲历者叙述为"现代中国"的,笔者所涉及讨论的几乎都是刊于现代时期的作家、作品,力图尽量置身于历史场景中理解过去。当然不敢奢望还原历史真实,但通过对具体作品的钩沉和细读,力求少一些理论演绎和以今律古式的评判。所以本书有很多对当时作品的引用,不仅是因其能细致、全

---

① 葛兆光:《宅兹中国:重建有关"中国"的历史论述》,中华书局 2011 年版,第 28—29 页。

② [法]费尔南·布罗代尔:《菲利普二世时代的地中海和地中海世界》第 2 卷,吴模信译,商务印书馆 1996 年版,第 302 页。

面地呈现滇缅抗战对边地融入时代进程的推动作用，更贴近地体察那已然远去的年代的历史文化氛围，并得到许多细节上的丰富，而且也能拓宽抗战文化的研究空间。或许没有这次论文写作的机会，很多作品还是湮没于历史长河之中，笔者从故纸堆中翻出这些带有写作者生命历程与情感体验的作品，或许能让一些人看到虽已逝去但终是见证过那个悲壮恢宏的大时代中的生命痕迹。

# 第一章

# 走入边地——战时滇缅、滇越边地旅行记

20世纪三四十年代赴滇缅边区进行实地考察,并出版《边政论丛》《滇边经营论》《滇边散忆》等专著的陈碧笙是这样界定云南边地的:"所谓'滇边',当然系指云南对外接壤的区域而言。依历史及地理的关系上看,可以分作'滇越边区'和'滇缅边区'。"① 滇缅边地、滇越边地是作为抗日战争后方的云南离战火最近并陷入烽烟的地方,可谓边地之边地。抗日战争时期,人们沿着滇越铁路、滇缅公路迁徙与旅行,还出现了诸如"边疆实业考察团""滇西边地考察团""云南地理考察队""边疆人文研究室"等考察团队。抗战所带来的社会流动性正如卞之琳所说的"沉睡的地图在动了","侵略者为中国人民发动了中国地图"②。旅行者、考察者亲自用脚步丈量着祖国的山河,深入传闻中野蛮落后的神秘之地,亲赴以往只是在地理书上提及的并只隐藏在地图边角的地方,经过长时间的调查、探访后,把书本上的抽象知识变成了实在体验,去除了笼罩于边地的原始可怕的面纱。郑子健《滇游一月记》的"自序"就比较能说明时人深入云南边地的缘由和经旅行后所产生的新认识:

> 诚以云南封守险阻,幅员广阔,山有点苍,耸翠之峻,川有金沙,澜沧之限,故能缜密经画,崛起有功。方今外患交侵,山河破碎;自越沦于法,缅陷于英,门户洞开,藩篱尽撤;滇越一路,汽车二日可达昆明,腾缅一路,沿边数千里不能为守;此固云南之隐忧,

---

① 陈碧笙:《滇边散忆》,长沙:商务印书馆1941年版,第1页。全面抗日战争时期因为南渡、内迁,很多出版社的所在地会有变化,所以本书标注现代时期出版的著作时,只要版权页写明出版地的,本书都会标出出版社所在城市。

② 卞之琳:《地图在动》,高恒文编《卞之琳作品新编》,人民文学出版社2009年版,第83—84页。

亦中国之大患!是即云南之边地问题,未可忽视也。不佞酷嗜旅行,有志滇游久矣,徒以误于蛮烟瘴雨之传说,怵于深山穷谷之艰辛,畏葸不前,欲行旋止。今夏,因有事于昆明,爰绕道越南而行。虽跋涉山川,风尘仆仆,然云南山陵之雄伟,河流之奔放,平原之妩媚,气候之温和,物产之丰饶,民族之朴实,诚足令人流连不忍去;使能尽量开发,群起建树,虽僻处一隅,有关全国,就国防上论,云南固为恢复民族生存之壁垒也。①

虽意识到外患隐忧的"云南之边地问题",但"误以"野蛮之传说,"怵于"道路之艰辛而不敢前往。当郑子健经滇越铁路对滇边有了实地体验后,从发现山川、民族、物产之丰饶,到思考其开发建设与国防意义,这是地理现代性与民族国家意识在战时的融合。这样的认识在抗日战争时期并不是个案,而是因铁路与公路所带来的滇缅、滇越边地旅行记创作热潮中的共识,我们应该注意时人对云南边地的认识,从先前的"蛮烟瘴雨""深山穷苦"到"恢复民族生存之壁垒"这一转变的过程与缘由。

通过滇越道、滇缅线的旅行记,我们可以思考时人在抗日战争中是怎么来看边地山河的,铁路、公路旅行的风景叙事与民族国家认同的关系是怎样展开的;他们带着去发现丰富之处的认识装置看边地人事时,是如何把边地民族塑造成抗战中的同胞的,边境城市在他们笔下又呈现出何种风貌;将滇缅、滇越边地纳入现代中国的同一进程后,去思考边地在抗战中之于国家民族的意义同时,也会发现边地所存在的问题。这就是本章接下来所要探讨的。

## 第一节 战时的边地河山

1938年,《旅行杂志》的编者在《西南专号书后》中注意到12年来所刊出的1500余篇游记中,写云南的只有9篇,"这实在太单薄可怜了",但"大时代的来临"使"西南专号"得以成形②。抗日战争全面爆

---

① 郑子健:《滇游一月记》,上海:中华书局1937年版,第1—2页。
② 编者:《西南专号书后》,《旅行杂志》第12卷第11期,1938年11月1日。

发,日军封锁了中国东南沿海地区,南渡、西迁的人们取海道需经由滇越铁路进入大后方,在往返中逐步认识着滇越边地。梅贻琦曾说西南联大西迁"并不是专以安全为原则","到云南,是因为有滇越与滇缅两条路可以通到国外,设备仪器容易运进来"①。1938年和1939年,滇越铁路的客运量剧增,仅这两年中分别售出客票4200万余张、4542万余张,比1927年增长22倍多。②但因日军多次轰炸破毁,1940年6月滇越铁路被截断,"自滇越铁路中断后,凡由沪港两埠往昆者,取道英属缅甸仰光为唯一安全途径"③。1938年8月通车的滇缅公路,为辗转迁徙至内地的或主动深入边地的旅行者、考察者提供了便利。人们已认识到"西南是建国的田园"④,对于滇缅边地、滇越边地的旅行、考察亦是时兴之举。

《旅行杂志》的编者亦说到抗日战争全面爆发后"谁还有游山玩水的心境","既不忍登载过去悠闲式的文字,更不愿刊录沦陷山河的图景"⑤。但西南旅行记在抗日战争时期反而形成了创作热潮。⑥ 山河破碎,旅行何处,战时旅行记书写自有其特殊的文学表达。传统山水型游记已"不忍"写,因不止登山临水的"游观而已",而要"述其山川人物地理风俗,特别指出其可爱之点,与经济上之重要,以唤起其国民之注意"⑦。须通过旅行,一一枚举地大物博之处,处处寻遍锦绣河山之美,"更竭纸笔之力张扬之","读之虑之,以为群力救死之一"⑧。作者"希望每个人于披读

---

① 梅贻琦:《在联大校庆九周年纪念会上的讲话摘要》,西南联合大学北京校友会校史编辑委员会编《笳吹弦诵在春城——回忆西南联大》,云南人民出版社、北京大学出版社1986年版,第512页。
② 谢本书、李江编著:《昆明城市史》第1卷,云南大学出版社2009年版,第215页。
③ 中国旅行社编:《由沪港赴滇》,《昆明导游》,中国旅行社1941年版,第57页。
④ 孙福熙:《西南是建国的田园》,《旅行杂志》第12卷第11期,1938年11月1日。
⑤ 编者:《西南专号书后》,《旅行杂志》第12卷第11期,1938年11月1日。
⑥ 段美乔就注意到:"随着抗战的进程,西南旅行记的写作出现了一个热潮。这个写作热潮是显而易见的。依据《民国时期总书目》,并参考上海图书馆编《中国近代现代丛书目录》和《商务印书馆图书目1897—1949》《中华书局图书总目1912—1949》可知,民国时期出版游记图书近600种,涉及西南地区的近70种,其中抗战及抗战胜利后出版的近50种。又如,以《中国现代文学总书目》为例,在1937—1948年间,就有超过25部的西南旅行记问世。"段美乔:《试论抗战时期西南旅行记的勃兴》,《现代中国文化与文学》第11辑,巴蜀书社2009年版。
⑦ 杨钟健:《抗战中看河山》,生活·读书·新知三联书店2014年版,"序"第4页。
⑧ 贺伯辛:《八省旅行见闻录》,重庆:开明书店1935年版,"郑叙"第1页。

之余，注意到地理和人文所表现的事实，激发爱国之心情"①。旅行者的作用就在于："把美丽河山赤裸裸的介绍给我们"，从而"知道本国河山的可爱，而激发其爱国心"②。我们可以看到，抗日战争时期所倡导的旅行记创作已不是个人的悠闲式的文字，而是要张扬河山之美，发现国土之可爱，从而激发民众的"爱国心"。

　　滇缅边地、滇越边地旅行记的作者大多是已经历了西迁、南渡的逃难、离乱与迁徙，对战争所带来的破毁与灾难深感忧患。他们的旅程和写作都受到历史情境、认知体系的影响，形塑着个人身份与民族共同体意识。在滇越、滇缅边地的旅行和考察，既有战时关于现代民族国家体验的风景认同，又有现代人在战乱流亡中的复杂体验。铁路、公路线通过空间节点的连接形成网络，实现了大幅度的空间转移，延展了旅行者的审美视野。"在路上"所造成的流动空间，得到的是超乎日常的风景体验，他们对滇边的发现之旅是从边地河山的视觉冲撞开始的。

## 一　滇越道上

　　于1930年底开始云南之行的埃德加·斯诺，在《景色壮丽的滇越铁路》中记述了旅途感受。他一路领略沿途自然风光，不禁感叹这是一条"很不寻常"的铁路，"仿佛是存心让你在旅途结束之后连气都喘不过来，只能赞叹不已"：火车行驶在山峦绵延的滇南，河谷狭窄，山峰险峻，爬过顶峰时，映入眼帘的总是连绵的山谷，弯曲无尽，一片郁郁葱葱，被河流拓宽的坝子上，"农民的勤劳就展现在眼前，绿色的豆子、黄褐色的麦子，在谷底平得整整齐齐的地里起伏，一块一块的，像钉在裤子臀部的补丁似的"。③斯诺除了客观书写滇越边地的自然风光外，他还提及了铁路的开通并没有给"冷漠的、毫无兴趣的云南人"带来多大变化，陈旧变形的列车已"摇摇欲坠"。这样的表述正如刚刚引述的风景描写，优美的句子后面却加了一句"像钉在裤子臀部的补丁似的"。斯诺所见的滇越道是一明一暗——明丽优美的自然风光，破败落后的边地社会，这是典型的现代人线性进步时间观的表述。他以隔膜、疏离的安全角度观看，毕竟这

---

　　① 赵君豪：《岁首献词》，《旅行杂志》第12卷第1期，1938年1月1日。
　　② 陈宗祥：《论边疆探险事业》，《旅行杂志》第18卷第5期，1944年5月31日。
　　③ ［美］埃德加·斯诺：《景色壮丽的滇越铁路》，《马帮旅行》，李希文等译，云南人民出版社2002年版，第27页。

只是在异国所见。

同是对滇越道沿途的记述，抗日战争时期的旅行者带有了更多复杂的情感体验。对滇越边地的书写主要集中于两个时期：一是人们因战争而南渡、内迁时如走海道，滇越边地是迁徙途中又重新踏入国境的地方，从而留下很多旅行书写；二是日军大举进入越南，危及滇越边地，旅行者们从昆明至此关乎战局的国防重地的见闻。

（一）殖民符号的"消隐"

滇越铁路的修筑是法国殖民扩张的标志，法国修建滇越铁路是出于其资源掠夺与远东地缘战略的需要。在由中华职业教育社农学团国内农村考察团的向尚、李涛、钟天石、汪本仁、姚惠滋五人合写的《西南旅行杂写》中就这样形容："这是法国人向云南作经济侵略的一大工具，等于用一根矛直刺入云南的心腹。"① 旅行者面对这一彰显法国殖民野心但又是别无他选的铁路的感受是非常复杂的。

写作《黔滇川旅行记》的薛绍铭感到该路因营业不振，"车上站上都陷于陈腐状态，其一切设备，较任何国有铁路均不及。'外国人的东西，不一定样样都好，'滇越铁路就是一个好例子"②。说其不好，因它本是"外国人的东西"。胡嘉信步闲游于蒙自，在昔日所谓的法租界也只看到庭草没径、冷落破败之久已闭门的法国医院和只剩下两个希腊老夫妇在支撑着的几乎门可罗雀的歌胪司洋行。面对如此衰颓的遗迹，胡嘉想到的是："我们却绝不可发生云南可以苟安偷生的心理；目下西南边陲之尚保完整，谁说不是消极的受赐于一时的侥幸！"③ 潘世徵在《滇越道上》也说这种如租借地一般不平等的待遇，虽"为抗战一扫而光，但遗迹传入眼帘中。仍不免令人有一番感怀"④。潘世徵的《滇越路沧桑》一文也强调滇越铁路乃是法帝国主义者用我国同胞的血肉所筑成，继而为之实行侵略我国的工具。他回忆接管前买车票的黑幕情形后感叹："法人对我搭客的苛虐横暴任意凌辱有时实较对越人犹有过之。"并接着这样写道：

---

① 向尚、李涛等：《西南旅行杂写》，上海：中华书局1937年版，第193页。
② 薛绍铭：《到达昆明》，《黔滇川旅行记》，上海：中华书局1937年版，第66—67页。
③ 胡嘉：《南蒙盆地》，《滇越游记》，长沙：商务印书馆1939年版，第45页。
④ 潘世徵：《滇越道上》，《战时西南》，上海：华夏文化事业社1946年版，第47页。

在以前火车到站最忙碌的时候，往往可以看到几个路局的法籍人员，悠闲的在附近草地上拍网球，令人不平的愤慨着，他们养尊处优的住在那些车站附近的最精致的西式住宅内，外面漂亮的红墙，内面种植南国气候中才能生长的红叶树和美丽花草，那时他们真的是"天之骄子"……尽情的享用着多少人的血汗，然而今天，这些现象已不再存在了。①

潘世徵所强调的"今天"，即抗日战争全面爆发的时代，此时的滇越铁路已为我国所用，殖民符号已"为抗战一扫而光"。于是他赞颂道："接管后的滇越路，无论组织及管理方面，莫不日臻健全，焕然一新，各车站秩序井然，车厢亦整齐清洁。再不致雨天须在车厢内撑伞了。"②抗日战争时期，内地及沿海的大批工厂、学校以及政治、文化机关等大批迁移，滇越铁路客运量剧增，成为"西南对外大动脉"③，其殖民符号已被所发挥的实际功用掩去，如迁徙求学的方和昌看到繁忙的滇越铁路，感受到的就是"它已成为支持我国抗战的命脉"④。

鉴于滇越铁路至关重要的作用，日机从1938年9月开始多次轰炸滇越铁路。此后几年，日机对滇越铁路轰炸几未中断。熊佛西的夫人朱君允偕三个儿女从北平取海道经滇越路辗转至四川，她以《滇越路上》一文记录了这次旅途遭遇轰炸的感受。朱君允开篇就提及在六年前听朋友说起滇越铁路，谈到的都是法国人处心积虑的野心，但当她自己流亡迁徙，踏上滇越道的感受却是不一样的。奔波了一路到达老街，知道明早就要跨入国境，就迫不及待地隔河望着对面的祖国。因为要避空袭，火车只能夜里行驶，朱君允一行在暮色苍茫中被人群推挤着上车。半夜，因前路的铁轨被炸坏了，只能换乘铁路局临时另开的一列车。过桥时，看见几步开外的路轨陷在一个个炸出来的深坑里，才知道敌人的目标原是大桥，朱君允感

---

① 潘世徵：《滇越路沧桑》，《战时西南》，上海：华夏文化事业社1946年版，第39页。
② 潘世徵：《滇越路沧桑》，《战时西南》，上海：华夏文化事业社1946年版，第42—43页。
③ 陈沧来：《滇越道中——西南对外大动脉》，《华美》第1卷第30期，1938年11月12日。
④ 方和昌：《滇越道上》，《金中学生月刊》第2期，1939年12月10日。

叹:"这时代,不仅是年头,顷刻间,万人灰烬!这究竟是严重,还是滑稽!"① 但是惧怕、愤慨的情绪被过来帮着搬东西的士兵安抚了,"孩子们生活在倭兵伪将的鼻息下,今晚见着了自己国家的士兵,那亲热高兴",而士兵们也向他们探问"北方"的消息,此时的滇越道已成为来自天南地北的人们的情感纽带,"这时的环境和我们的情绪,是同一节奏的默契和谐"。危机解除,作者终于能欣赏滇越路的夜景:"久居北方,久不见青翠迎人,山高水深映带的风景。这夜晚,倒觉身临新境。天上星月微明。山脚下,一阵阵春风带来的香味,旁边是急流的水声。"② 在抗日战争时期变为救亡图存的交通要道上内迁,来自北方的"我们"与天南的战士因在滇越路上的共患难而感受到了"亲热"和"同一节奏"的和谐。

萧珊曾署名"陈嘉"在《滇越路上——旅途杂记之三》中记述了到昆明求学的旅途见闻,主要是表达看到祖国河山的欣喜与激动之情。萧珊在越南乘坐火车,进入国境后不再有异乡的惶恐和流亡的惧怕,因为"这土的颜色,使我记起了广州"③。沿途的美景让作者不禁和同学"站在车板上,让风吹和太阳晒",虽有太多的山洞,但一出来总能看到水秀山明。车厢里,从英国回来预备为祖国服务的工程师教大家唱国际学生歌,同学们一路欢欣歌唱。"天色灰黑了,远远的,我看见有灯光,那是昆明。雨声更大,但是我们的歌声却把雨声压倒了。"④ 迁徙途中的学生从车厢传出的"歌声",以及铁路尽头的"灯光",这象征着希望的细节是萧珊的真实体验。滇越铁路也就成了民族危亡之际弦歌不辍,薪火得以相传的希望。

朱君允和萧珊的书写让我们可以思考:风景是从什么时候开始被感知的,铁路沿线"风景的发现"有怎样的独特内涵?她们笔下的滇越铁路是一路流亡又踏入国境后的通往新生之地的通道,在抗战中承载着个人和国家民族的希望。滇越铁路的旅行让辗转后方的人们彼此感受到战争中所共同承担的命运与责任,于是,人们看到了滇越道旁与故乡一样颜色的土地,闻到春风微送的香味,道旁山水成为他们的情感寄托。

---

① 朱君允:《滇越路上》,《灯光》,上海:商务印书馆1947年版,第18—20页。
② 朱君允:《滇越路上》,《灯光》,上海:商务印书馆1947年版,第20—21页。
③ 陈嘉:《滇越路上——旅途杂记之三》,《宇宙风》第94、95期合刊,1940年3月1日。
④ 陈嘉:《滇越路上——旅途杂记之三》,《宇宙风》第94、95期合刊,1940年3月1日。

## (二) 于边地河山发现古典诗境

身处滇越边地的山川河流之中,人们并非在一个被光线变幻渲染的虚空里,而是生活在一组关系之中,融合了大时代、个人生命与民族国家历史命运。"铁路是一个空间与权力关系的新面相。这关系到建立一个不必然与传统公路对应的交通网路,但是它们却必须放在社会性质与历史中考量。"① 米歇尔·福柯强调铁路在联结政治权力与领土空间或城市空间时,虽然会使战争变得更容易进行,但是也促进了人们之间的熟悉。在行进的火车上,虽然身体被车厢限制了移动范围,但却被"车窗"赋予了和一般场景不同的空间意义。透过车窗,很多旅行者寻找可以体现文人山水情怀的意境,并以古诗的文体形式书写着旅途所见,把散布在大地上的自然形态组合成彰显自己审美观念和文化记忆的统一体,开掘我们熟悉的传统诗意文化传统,发现隐藏于边地河山之下的文化脉络。

1938年,冯沅君与陆侃如离开已经沦陷的北平到上海小住,后又取道香港及越南河内,乘滇越铁路的火车至昆明。冯沅君写了夜行滇越路的感受:

闪烁流萤拟落星,千岩万壑夜深行。
天南驿路秋风急,一涧芭蕉作雨声。②

天南之地的夜行被冯沅君勾勒成了一幅流萤落星、雨打芭蕉图。沿途的蕉林、榕树,路旁艳丽的木棉,雅致的茅屋与静谧的稻田,这些可以联系古诗意境的景色,让冯沅君觉得此处与"中原"一样:

蕉林榕树出烟村,夹道木棉艳以繁。
茅屋稻田萦曲水,越南毕竟似中原。③

---

① [法]米歇尔·福柯、保罗·雷比诺:《空间、知识、权力——福柯访谈录》,包亚明主编《后现代性与地理学的政治》,上海教育出版社2001年版,第5页。
② 冯沅君:《滇越道上》,袁世硕、严蓉仙编《冯沅君创作译文集》,山东人民出版社1983年版,第211页。
③ 冯沅君:《滇越道上》,袁世硕、严蓉仙编《冯沅君创作译文集》,山东人民出版社1983年版,第211页。

"中原"像一幅色泽不变的心灵地图。"似中原",是一种亲近熟悉的类比。诗人将风景本身变成了文化记忆的载体,拉近了边地与自己、与内地、与传统文化的联系。带有这样的亲近之感去看滇越边地时,冯沅君发现了古代文人所追寻的桃源诗意。旅行者在强调风景之"似",而不是边地之"异",于山明水秀之中建构了田园牧歌般的诗境。

1939年,时为中山大学教授的古典文学学者詹安泰,因学校奉命内迁至云南澄江,4月9日启程,绕惠州经香港再转越南取道滇越铁路至昆明。因此次旅程,写有《滇越车中口占六首》。詹安泰不仅赞叹了滇越铁路:"度岭穿云路万千,一百七洞相穿连。"而且留意到了窗外闪过的片片蕉林:

芭蕉百里拂车窗,巨干繁华作绣幢。
朝市山林原一觉,偷闲何必恋湖江。①

滇越边地的芭蕉林使辗转一路的旅行有了与古代文人相通的美好意境或是羁旅游思。芭蕉是古诗词中常见的意象,之前途经异国的不适与无奈随着国境内出现的这源远流长的中国文学意象所消散。冯沅君写了深涧雨打芭蕉、芭蕉出烟村的诗意,詹安泰描绘百里芭蕉拂车窗的生动意趣,诗人通过呈现我们古老的风景文化传统,来强调边地与自己的联系。但此时的"芭蕉"带有边地特色,不是"主人窗外有芭蕉"(杜牧《雨》),"碧纱窗外有芭蕉"(晁补之《浣溪沙》),或是"满院芭蕉听雨眠"(李洪《偶书》)这样静立住所旁的三两株芭蕉,滇越道上的旅行者书写的是高山深涧里的片片蕉林。"蕉窗听雨""窗外芭蕉"中的"家窗"变成了流动的"车窗",这是现代人的旅行体验。当然,这并不妨碍拥有共同知识背景的人们与古典文学意趣相通,依然唤起了文化记忆中的风景。

詹安泰除了书写道旁的百里芭蕉,还看到了山光水色中边地民族的祥和静穆的生活:

夷语蛮歌孰与听,但如鸟雀玲珑声。

---

① 詹安泰:《滇越车中口占六首》,《詹安泰全集》第4卷,上海古籍出版社2011年版,第91页。

口脂红衬齿牙黑,别有风情未易名。①

因抗日战争激发的民族国家共同感,诗人不会作野蛮或是落后的评价,而是体现了一种理解与欣赏的观看态度。所以"夷语蛮歌"如此好听,"黑齿"亦"别有风情"。

跟詹安泰一样强调滇越道旁的边地民族风情的还有植物学家胡先骕。1939年,胡先骕由重庆飞抵昆明,在农林植物研究所稍事休整后,乘滇越铁路由昆明至越南河内,再由香港乘海轮经上海回北平。此次旅程写有《滇越道中》4首。胡先骕通过古诗意境的营建,把一个在空间上甚至文化习俗上都与中原有很大差异的边地纳入同一审美范畴:

木棉飞欲尽,榕叶碧成阴。
竹屋鸡豚静,雪溪草木深。
峒蛮蕉里饭,水牯背栖禽。
黑齿谁家女,相携入箐林。②

胡先骕与詹安泰欣赏边地民族优美的生活环境,理解他们独特的审美。榕树木棉,竹屋清溪,水牯白鹭,风情夷女,歌声悠扬,这是旅行者在滇越边地见到的被"文明人士"所向往的田园牧歌。

火车时而悬空疾驶,时而曲折蜿行,深山树木荫翳、空谷鸟鸣,既滋生诗意,也会触发前路漫漫的愁绪,胡先骕这样抒写:

市集荒山外,游人禁旅愁。
树梢鸟蛤蚧,鸟语和钩辀。
春尽瘴云黑,花深宿雾稠。
一宵眠未稳,前路尚悠悠。③

鹧鸪声声,春尽花深,触景生情,游子离愁。但一路山林繁茂,高山

---

① 詹安泰:《滇越车中口占六首》,《詹安泰全集》第4卷,上海古籍出版社2011年版,第91页。
② 胡先骕:《滇越道中》,《文史季刊》第1卷第3期,1941年9月。
③ 胡先骕:《滇越道中》,《文史季刊》第1卷第3期,1941年9月。

幽壑，悬崖飞瀑，胡先骕也在赞叹滇越路的宏伟：

> 云端盘鸟道，天际识蚕丛。
> 术异五丁力，山开百十重。
> 峰峦迷向背，车轨倏西东。
> 国界今朝到，行探柱铸铜。①

云端天际亦有蚕丛鸟道，但筑路工人如神话中的大力士般凿石开山。壮观的高架桥，穿行于悬崖绝壁间的道路，让人叹为观止。教育家黄炎培赋诗曰：

> 缭天一线矗云鬟，尽日纤行苍翠间。
> 失喜前车出幽谷，却寻来路见他山。
> 飞身拔海惊千尺。照发迴塘得一湾，
> 终古长虹横绝涧，匠心端合让红颜。②

高山幽谷，路转苍翠，深涧长虹，黄炎培赞叹着大自然的瑰丽。他在诗末还为"匠心端合让红颜"作注："有长桥跨深谷，诸工师束手，一女子制图应征，桥乃成。"诗中的"长虹"就是滇越铁路第135座桥——人字桥，位于云南省屏边县五家寨，以独特的设计、险峻的地势成为滇越铁路的标志性工程。设计人字桥的工程师保罗·波登曾被人们误认为是女性，所以才有"匠心端合让红颜"的感慨。

除了抒发路旁或静穆祥和或奇险瑰丽的风景，诗人们同样感受到这平静的大自然背后隐伏的战火危机：

> 秦皇开象郡，声教被炎荒。
> 绝域同文轨，豪酋偶跳梁。
> 谤兴嗟薏苡，花绽认扶桑。
> 属国成瓯脱，还遭税吏狂。③

---

① 胡先骕：《滇越道中》，《文史季刊》第1卷第3期，1941年9月。
② 黄炎培：《滇越铁道中》，《苍桑集》，上海：开明书店1946年版，第2页。
③ 胡先骕：《滇越道中》，《文史季刊》第1卷第3期，1941年9月。

胡先骕以越南被殖民、被侵略的历史和现状警醒国人。跟胡先骕有同样感受的还有萧乾,他在《安南的启示》中强调在安南随处都有"我们的文字,我们的建筑,甚而我们的日用器具"。中国文明之行于亚洲,如长江、黄河般漫流着,"安南自然也逃不掉它的灌溉"。但"在安南,你可以看到一个国家应有的东西:美丽的山河,现代的文明;所缺乏的只有一样,是自由——独立国人民应有的自由"①。

随着日军进入越南,面对滇边战火的威胁,教育家汪懋祖以《滇越道中》一诗强调虽有天险,也须警惕:

乱峰奔踔似翔龙,凿轨穿冈曲曲通。
只许雷声喧绝壑,应无雁迹渡荒濛。
日斜严谷羊群下,烟尽村墟驿戍空。
天险还凭人力守,忍看胡骑满居庸。②

滇越道中,风景是投身于山峦、河流、田野之上的想象建构。诗人在曾经神秘、陌生的滇越边地,把道上所见组织成一幅幅自然有序的画面,而不是走马观花式的零星碎片。冯沅君、詹安泰、胡先骕、黄炎培等在滇越道中感受到的或是静谧古朴、田园牧歌或是雄奇险峻、鬼斧神工的诗意风景。他们把沿途的鸟语花深、云端峰峦、葱茏幽谷纳入传统诗歌中的山水意象,这种承续着传统文化的古诗意境,是心境的表征,而不止视觉性的存在。诗人强调彼此的历史、地理和文化渊源,当道旁之景可入诗时,已充分体现了作者对边地河山的咏赞,滇越道上的风景也就成为一种心灵和情感的同构。

(三)流动的"车窗风景"

交通方式决定了滇越道上的旅行之一大特点就是乘车赏景,胡嘉就把滇越道上的沿途所见称为"车窗山水",一路上"车随路转,望山九面"③。风景的连续性会彰显国族疆域的空间整体性。火车的速度会给旅行者带来独特的视觉体验,道旁连绵的风景及由远眺扩展的想象空间,使旅行者从

---

① 萧乾:《安南的启示》,《人生采访》,河北教育出版社 1994 年版,第 234—240 页。
② 汪典存:《滇越道中》,《民族诗坛》第 2 卷第 1 辑,1938 年 12 月。
③ 胡嘉:《滇越道中》,《滇越游记》,长沙:商务印书馆 1939 年版,第 82 页。

车窗欣赏山水,并没有坐井观天之感。铁路沿线的山川、河流、田野一一展现、变幻,又在疾驰的车窗外慢慢消隐。空间结构的变化,让车窗外闪过的空间地理在火车的行进中得以压缩、框定,从而形成宏大的景观拼图。除了把边地风景入诗,更多的旅行者透过车窗,用生动写意之笔极力描摹一幅幅壮丽河山。他们一边惊叹着映入眼帘的雄奇山川,另一边又急忙以文字留住这从车窗外不断闪过的一帧帧彰显着国土之壮丽的图画。

> 由昆明到阿迷洲(开远),如由山麓向山腰爬。其实,距顶峰还很远很远,但已觉高得晕人。云南和贵州的大不同处,贵州是遍地皆山,而云南则爬过一重,便可降落到一片为青山环抱着的平原,四下都是江南风味的稻田,笨大的水牛低垂了脖颈在田塍上徘徊着。这景色似有意使旅客喘口气。特别是在芭蕉稻田丛中,还杂着北方的玉米。"云南的土真是无所不宜的"。刚要梦起平原的老家,突然,火车又钻山洞了。宜良那节是出一个大的进一个小的,一连四五十个,使人不用打算喘口气。紧紧尾随着火车的澄黄江水,有时远远看到山洞便偷偷躲起了,但一钻出洞来,它又凑近成平行了。风是渐渐有些烘脸了。窗外有时还飞着热带型的美丽昆虫。这还不稀奇,在塘池,可以看到弱水,是一个为青山紧抱起的小湖,有绿草地长长地伸入湖中,形成天然的码头,是最动人的景色了。①

这是萧乾于1938年感受到的昆明至开远路段的沿途风光。接下来他继续捕捉车窗外不断闪现的高大艳红的木棉花、一望无际的芭蕉园、倾泻着万斛银珠的瀑布、神奇的山洞、美丽的平原。一路上变幻多端、瑰丽秀美的景物,让萧乾不禁感叹:"风景的离奇,旅人有的只是叹惜。"

萧乾写的是昆明到开远段,而河口到开远的途中,因景色之奇绝、山川之雄伟,也被旅行者反复描写。胡嘉详细描摹河口至开远一段:火车时而高山盘旋,时而渐入平原,"有时看那悬崖急湍,湿翠欲滴;有时又看那奇峰怪石矗立左右,而云烟之气,迷漫峰巅,虽然如置身画中,可要用文笔来描摹,却不容易"②。郭垣与胡嘉一样,认为风景之美、地形之险,

---

① 萧乾:《安南的启示》,《人生采访》,河北教育出版社1994年版,第232页。
② 胡嘉:《滇越道中》,《滇越游记》,长沙:商务印书馆1939年版,第82页。

当以河口至开远途中为最。他由车中可见，处于山谷时，由山巅流下之大瀑布如银河倒泻、万马奔腾，且地势愈高，路轨愈奇。"车行于万山重叠之中，旋转曲折，左右盘旋，谓之为火车爬山，殆为逼真之为真。景之最奇者，则车绕山迂回而新；前望去路，似在顶上；殆行抵山腰，俯视来路则在足底，高下之差，已不知数十公尺矣。"①田绍英也认为"河口到开远一段，为滇越铁路风景最好之区"，车行于万山丛中，盘旋往复，时而疾驰，时而后退。过猸姑附近，有人字铁桥架在两山石壁中，无桥柱支持，从这山洞穿出，越过铁桥，钻进另一山洞，人们"在黑暗中俯视这巨险工程，惊叹无已"②。河口至开远，风景绝佳，且一地一景，应接不暇。

除了书写主要路段连绵的图景，旅行者还善于捕捉从车窗外飞速而过的景致，描摹这流动变幻的画面。署名"雪山"的作者以旅行日记的形式详细写了滇越道上的见闻，反复写及的都是窗外所见：刚刚感受到松柏青翠宜人，山涧清流，穿崖石作声，如奏天然之音；忽见道旁瀑布如练，两岸石壁，屹立千丈；复穿山洞，又见山旁平原，田畴交错，顿成大观。作者感叹自碧色寨至大树塘，山势之险恶，山洞之复杂，为世界任何铁路所未有。"自大树塘至河口，则山势渐平，亦渐有小平原，而南溪至河口一段，仅行于山间溪旁，两岸松篁，四围山色，小鸟啁鸣于篁间，炊烟温于山麓；颇有'山重水复疑无路，柳暗花明又一村'之概。"③谢彬在《云南游记》中叙述了从河口至昆明的见闻。抵达波渡箐，道路曲折盘旋，步步高升，山洞涧桥，经过无数。"最奇特者，中有一桥高架空中，连接两端洞口，两岸壁立千仞，猿不可攀，下即绝涧，水中巉岩密布，视之胆落。火车甫出甲洞，飞越过桥，又入乙洞，构造之精巧，地势之险恶，一时惊喜交集于脑海。"④而到了碧色寨又是富庶的平原，稻田与村树，杂布其间。帅雨苍从老街到河口，"火车似鲮鲤般的穿洞过岭，蚂蟥堡，南溪，马街，腊哈地，波渡青，猸姑，戈枯，落水洞，碧色寨一站站

---

① 郭垣：《云南省之铁路交通》，赵君豪编《西南印象》，中国旅行社1939年版，第217页。
② 田绍英：《滇越道中（下）》，《新语》第8卷第20期，1940年10月15日。
③ 雪山：《滇越旅途三日记》，《新中华》第5卷第4期，1937年2月25日。
④ 谢彬：《云南游记》，上海：中华书局1938年版，第59—60页。

地过去,夜色沉沉,我们还是在前进着"①。江南正是隆冬腊月,帅雨苍感到在滇越道上宛若是"美丽的冬天里的春天",一路鸟语花香、风和日暖,一路"前进着",夕阳沉入群山,夜色苍茫,悬在车厢两端的灯亮起来,"与那天空间星点同样地闪烁着"。这是一种线性景观空间,旅行者把火车上的一段段飞掠而过的景致,组织成一幅幅地域辽阔、神奇秀丽,且又有明显同一性的宏大山水长卷。

  旅行者在描摹窗外的山水图景时,笔调是惊奇而匆促的,这源于窗外雄奇险峻、变化万千的风景的视觉冲击。伟大的筑路工程与秀丽山川相互映衬着,章宗培感叹"由昆至海,一路向南,天气温暖",因风景绝佳,所以需写文来作"导游"②。杨钟健自河口入国境,乘着火车翻山越岭,穿许多隧洞,经许多险工,"凭高仰视山巅、俯视深谷、耳听瀑声,自为一乐",但当回溯筑路之艰巨,"自然感到天地造物之奇,然尤可感到人工克服天然之更奇"③。戴欲仁需作昆明之行,因江航停顿,粤汉路中断,从 1938 年 11 月由沪赴港,十日舟行到海防后取道滇越路。"车轮既动,旅客莫不凭窗眺望,以领略久有声名之国内奇景",沿路到处皆是流泉飞瀑,峻岭高山,"其中以湾塘瀑布为最美观,猓姑附近铁桥为最险要",下临深渊,溪流湍急,铁路"盘旋而行,风景既美。工程尤大,莫不惊奇欣赏,如步行过此,必流连不忍遽去也"④。钱蕙圃因"战事投奔昆明",从上海乘船,途经汕头、香港、老街,踏入云南边境时,他这样书写看到筑在崇山峻岭中的滇越铁路时的心情:

    蜿蜒曲折,是铁轨,逢山凿洞!遇川架桥!有一处简直是悬崖峭壁。探出头去一看,真觉得下临无地。工程的伟大,为任何铁路所不及,路旁多植香蕉,疏落成林,葱翠可爱,山水湍急,潺潺路旁,有时如奔腾万马,有时如飘动红纱,水的颜色,是红的,衬了二旁的嫩绿,愈加显出了美丽的风景。⑤

---

  ① 帅雨苍:《阿迷洲记》,《旅行杂志》第 14 卷第 5 期,1940 年 5 月 1 日。
  ② 章宗培:《滇越旅行导游(续完)》,《西南公路》第 21 期,1939 年 1 月 9 日。
  ③ 杨钟健:《西南的河谷》,《抗战中看河山》,生活·读书·新知三联书店 2014 年版,第 117 页。
  ④ 戴欲仁:《滇行纪程》,《旅行杂志》第 14 卷第 3 期,1940 年 3 月 1 日。
  ⑤ 钱蕙圃:《沪滇纪行》,赵君豪编《西南印象》,中国旅行社 1939 年版,第 197—198 页。

与杨钟健、戴欲仁一样，钱蕙圃看到的"美丽的风景"是人之伟力与自然之神奇的相得益彰。铁轨蜿蜒，蕉林葱翠，绿树红水，铁路之伟与风光之美相映成趣，增强了旅行者的民族自豪感和自信心。

一帧帧的山水图景，随着火车的前行，千变万化，目不暇接，旅行者的笔调是激动、惊奇的，甚至有因美不胜收而带来的匆忙与遗憾。抗日战争中迁徙的人们融合在这道路与高山、峡谷、平坝、绿水、丛树的联系里，所描绘的道旁景致不是印象的画，不是对静物的模拟。因行进的火车带来的风景延伸性，给旅行者提供了一个想象中国的广阔空间。原本分散的风景，被串联成一幅整体的彰显家国秀美的构图。铁路所带来的景观流动性和间断性并没有影响旅行者对风景的凸显，他们没有把"车窗山水"看成是陌生的、异域的甚或疏远的，而是亲近的、美丽的，可以彰显民族伟力的大好河山。旅行者对风景意象的选择和整合都趋向一致，所唤起的是抗战中对中华民族共同价值的认同。

### （四）"祖国形势的天险"

从祛除殖民符号，抒写可唤起中国文化记忆的古诗意境，到描摹车窗外连绵的壮丽河山，滇越边地被旅行者视为亲切的祖国天南。除此之外，抗日战争时期，旅行者行进在鬼斧神工的滇越路，他们对边地高山险峻的强调，除了彰显战时之民族伟力，亦是突出其作为"天险"所发挥的国防作用。

方和昌在越南乘坐火车时感到"借道于人"的痛心和离别祖国的留恋，所以当跨入祖国领域时，是非常欣慰的。"首先和我们见面的，就是河口，这是我们南部边防重地，商业亦有相当的发达。这里的地势，较之安南境一片平原要高得多了，峻峰深谷，比比皆是，使我们感到祖国形势的天险。"① 严德一在《滇越边疆》中介绍了战时河口边区繁忙的交通往来，以及作为"滇东南要隘"的麻栗坡边区的复杂险峻。他这样称赞红河流域："悬崖瀑布，青山绿水，既擅风光之美，又具形势之胜。"② 严德一所强调的"要隘"与"形势之胜"，都是在凸显作为天险的边地河山的国防意义。

一个署名"铭"的记者记录了在越南局势紧张的情况下的归国所见，

---

① 方和昌：《滇越道上》，《金中学生月刊》第 2 期，1939 年 12 月 10 日。
② 严德一：《滇越边疆》，《云南边疆地理》，重庆：商务印书馆 1946 年版，第 36—39 页。

在《滇越行》中于"祖国在望"部分写了抵达滇越边界时的心情:"本来,境界是人为的;没有越土之特色,没有滇地之异样,山是连续的,水是续流的",但"三年漂荡的我,未见过国土,听说祖国在望,远眺大好山河,能不感动涕零"。从河口至开远途中,沿途崎岖,当火车沿着铁轨一步步上升,看到边界地势四面多秃山,峭岩壁立,峻险异样,这就是守卫天南的重要关隘,但"路经白寨桥,弹痕满山,至鸡翼桥,火车从双峰间的架桥通过,俯视心寒"①。"弹痕满山"是由于日机数次对滇越铁路滇段中最大的一座桥梁——白寨大桥的轰炸、破毁。署名"磐陀"的作者在《滇越道上》也记录了战争威胁下边地的萧条:"沿途的花枝招展,绿丛成荫,在岗峦起伏的群山中,蜿蜒着长蛇似的轨道,表示出山国农村凋敝,经济破产的总因素来。暮色苍茫的黄昏,车抵开远。"②旅行者企图通过呈现美丽的风景遭到破坏而将风景破坏者凸显为同仇敌忾的对象,唤起民族认同感。

因日军大举进入越南,国民政府抽调第五、第九集团军,协助以卢汉为首的第一集团军防守滇南,于1940年9月宣布成立滇越铁路线区司令部,为防御日军沿滇越铁路进犯滇南,只能破坏、拆毁道路。李同愈在《滇越路步行过境记》中就记述了在1940年秋,因昆明至海防的路段中断,老街到河口的交界大桥被炸毁,只能步行到河口。作者在人迹罕至的崇山峻岭中走了3天,一路被密林环绕:靠近热带,白雾笼罩着远近的山头,浓密繁茂的树木也不见凋零,在阳光照耀下,暗绿变成了玲珑剔透的翠绿,许多几人才能合抱的大树,在山腰里生着根。③李同愈笔下的景致洋溢着顽强的生机,象征着自己的人生旅程以及祖国在抗战中的希望。当步行到了"分省地图上也列着地名"的大树塘,看到路旁的记程碑指示着前面是河口,又逢着好些兵士在南溪的路上工作,作者一路悬着的心终于安定。潘世徵的滇越行,也看到了铁路被拆毁的情形,他在《个碧石道上纪行》中记述了碧色寨、个旧、蒙自、建水、石屏之行。因为抗战情势变幻,滇越铁路仅可通车路段就是从昆明至碧色寨。潘世徵特意到碧色寨车站的路基上"凭吊一番"。"从此南去,铁轨已拆,路基犹在,有

---

① 铭:《滇越行》,《新命》第2卷第5、6期合刊,1940年10月20日。
② 磐陀:《滇越道上》,《旅行杂志》第14卷第9期,1940年9月1日。
③ 李同愈:《滇越路步行过境记(上)》,《文潮》创刊号,1944年1月1日。

石方，有大桥，有铺路的碎石泥块，远瞻仍似有一条铁路在。"① 在《滇越道上》，潘世徵从昆明出发，他介绍了滇越路旁山岭上的水塘站，草木苍然的小龙潭站，以及"自从越南被侵略以来，抗战后的繁荣，昙花一现之后，即特别显出萧条来"的开远②。而后，作者换乘汽车视察，在弥勒竹园只见"公路两旁，甘蔗田绿丛成林，随风飘动，远望有如稻田片片，使人兴味盎然，车行其中，如在江南原野，又有到处家乡之感"③。到达息宰村中，看到有某军工兵营驻扎在此，全营士兵把全村的道路修筑得非常整齐清洁，房屋的墙上也涂了一律的色泽，作者感到一种温度与力量。潘世徵记述了沿途城市在滇越铁路被切断后的没落与沉寂，但更多的是表达出对沿途风景的熟悉感和战时军民融融的亲近。

胡嘉、潘世徵笔下的滇越铁路在抗日战争中去除了殖民符号并焕然一新，成为支持我国抗战的命脉。萧珊、方和昌途经滇越路到大后方求学，一路风和日暖、水秀山明。朱君允带着孩子内迁，在滇越道上与前来帮忙的天南战士的交流中，感到了"同一节奏的默契和谐"。冯沅君、胡先骕、黄炎培、詹安泰于滇越道中感受到的或是山水田园、静谧古朴或是雄奇险峻、鬼斧神工的诗意风景。郭垣、胡嘉与田绍英认为河口至开远一段为风景最好之区。杨钟健、戴欲仁、钱蕙圃强调铁路工程之伟大与自然风景之奇绝的相辅相成。谢彬、雪山、帅雨苍捕捉车窗外流动的景致。方和昌、汪懋祖、严德一突出边地河山的天险作用。滇越铁路中断后，署名为"铭"的记者看到弹痕满山，俯视心寒；李同愈记录了步行穿越滇越边地的经历，描述着充满顽强生机的深山绿林；潘世徵凭吊拆毁的滇越路，但沿途如江南家乡的风景和守卫滇边的士兵让他充满豪情与希望。从祛除殖民符号，抒写"车窗山水"，到关注滇越边地的天险作用和抗战局势危机，这些滇越道上的旅行体验中的风景成为形塑民族共同体的重要媒介。滇越道是被抗日战争时期特殊的旅行者们的迁徙行动、风景体验激活的地方，是被视为有亲切感的祖国天南，有着可以再现古诗意境的山水、彰显民族强力的壮伟河山以及守卫家国的天险。

---

① 潘世徵：《个碧石道上纪行》，《战时西南》，上海：华夏文化事业社1946年版，第70页。
② 潘世徵：《滇越道上》，《战时西南》，上海：华夏文化事业社1946年版，第46页。
③ 潘世徵：《滇越道上》，《战时西南》，上海：华夏文化事业社1946年版，第48页。

## 二　滇缅路纪行

### （一）从"神秘区域"到"有关整个国家生死存亡的地域"

艾芜于1927年至1930年在滇缅地区漂泊，他对此边区的印象是一种孤独旅人面对异地的冒险和惧怕。途经禄丰，上午城外原野中蚕豆花开得正盛，是仲春的繁茂景象；正午翻过几座山，看到此地农人已在收割蚕豆；晚上嗅着用来照明的松烟，感到于云南西部的旅行是可以在一天看到"划出两个世纪那么不同的现象"，如此"异景"，让人有"追怀远古的情调"①。穿行于高黎贡山中，稠密的林丛和高耸的危岩让人恐惧，所以看到山路对面突然出现的提着长刀的行人，吓得屏住呼吸。好笑的是，行人也是"神色惊惶"地与"我"擦身而过，这才发现他背上竹筐装的原是一些马铃薯②。"怀着阴郁的疑虑"夜宿在"瘴气最毒"的潞江坝，借宿于江边傣族人家，作者把这一夜的经历看作是"到了幽冥世界一样"③。到了夷方坝，艾芜这样描述四周环境："高山，黑郁郁的高山，头上包着帕子也似的白雾，绵亘在原野的两侧，现出蛮狠凶恶的样子。山头上，那些白茫茫的雾里，就正躲藏着野人之家。他们的生活，据说便是下山来抢掠原野中的傣族，和过路的旅客的。"④这里的"据说"二字非常重要，表明艾芜并不想去考辨这些神秘传闻的真实性，他虽然有了实地体验，但对滇缅边地的认识依然带着以往中原对边地的固有印象——"异景""远古""瘴气"，还是一片令现代人惧怕的莽荒异域，有一种化外之地的神秘。

埃德加·斯诺与艾芜差不多同时期开始了他前往缅甸的"马帮旅行"。"狂暴而凶悍的原野"，"黑沉沉的激流"，是斯诺看到"云南"二字时的联想。行进到大理的途中，需越过刀刃一样的山脊和数重屏障。"一大片茫茫的峰峦把我们和遥远的内陆文明隔绝开来了。我们已经深入到中亚地区令人忧心忡忡的巍峨的山峦中来了。"⑤抵达高山环绕的大理，

---

①　艾芜：《旅途断片》，《艾芜全集》第12卷，四川文艺出版社2014年版，第33—34页。
②　艾芜：《旅途杂话》，《艾芜全集》第12卷，四川文艺出版社2014年版，第36页。
③　艾芜：《潞江坝》，《艾芜全集》第12卷，四川文艺出版社2014年版，第37—38页。
④　艾芜：《走夷方》，《艾芜全集》第12卷，四川文艺出版社2014年版，第39页。
⑤　[美]埃德加·斯诺：《一出云南府，就沿着古老的马帮之路"爬楼梯"》，《马帮旅行》，李希文等译，云南人民出版社2002年版，第60页。

感受是"崇高而带一点可怖"。大年三十在大理城看到"驱鬼的队伍",灯火辉煌的门道里溢出的是"浓厚的鸦片烟的气味和淫荡的谈笑声",门外还倚着浓妆艳抹的女子,天空"沉郁阴暗",稻田亦是"黑沉沉"的。漾濞几个月前还被土匪控制着,永平的县长有鸦片烟瘾,永昌在不太久远的时间以前"还是亚热带草木丛生的地带"。斯诺笔下的滇缅边地是古老神秘、原始可怕的地方,被高山阻隔了文明,市镇颓败落后,凸显的是来自先进、文明国度的作者在异国落后之地的神奇冒险之旅。

同样的是从昆明到缅边,滇缅公路通车后,一个叫韦烽的作者写文感叹,一年前还只能靠牛马和步行,现在已经有最新式的长途汽车了,且一路山水雄奇,足为寻胜探幽之资。韦烽这样书写看到边地河山时的感受:

> 山脉是永远看不见顶和尽头,水流又是那么湍急,那单调的色彩,使我觉得空旷,但这正是它的所以配称作伟大;在以前我会觉得孤寂,但是现在我始终没有离开祖国的怀抱。黑暗已经来了,但是光明也就紧跟在它的后面。①

文中的"以前"和"现在"的区分在于抗日战争的全面爆发。国家陷于危难,国人四处漂泊与流亡,但大时代中的个人在滇缅路上体会到了抗日战争中所承担的共同命运,所以不会感到"孤寂"——山河的"伟大"让"我"觉得一直置身于"祖国的怀抱"。在作者看来,滇西险峻的高山不会让人惧怕,只会"更显得祖国的伟大",所以行进在滇缅公路上才会感到"光明"的希望。韦烽没有写异域的陌生,反而突出了滇缅边地对抗战胜利的重要性。

古老的茶马古道被现代化的公路取代,旅行者所行走的是抗日战争中的生命线,由云南数万民族同胞凿山筑成,是辗转迁徙的人们通往大后方的希望之路。在敌机轰炸下,行驶在路上的人们抢运着大量抗战物资,中国远征军踏着这条路开赴缅甸,把最后方的边地变成最前沿的国际战场。西南联大地学系教授张印堂在《滇缅沿边问题》中就说道:"值此抗战期中,云南已成为我国后方的重要省区,滇缅接壤的沿边一带,在我国后方的经济建设上及我国对外之国际交通上尤为重要。这个有关整个国家生死

---

① 韦烽:《滇缅公路一重镇:保山》,《兼明》第 2 期,1939 年 7 月 10 日。

存亡的地域的一切的重要既成了大家公认而不可讳言的事实。"① 潘世徵的《西征行——从昆明到保山》就写了滇缅路沿途热闹繁忙的景象。作者一年多来在滇西随军工作，此次跟随六辆装有美军大炮的车队，运往西线去。车行横断山脉中，景色幽奇，青水朗山，树木丰茂，但最为引人注意的是途经市镇的变化：土官村原本是一个"与世隔绝的桃源"，但现在因为滇缅路工务局从下关搬迁至此，汇聚了全国各地四五百人；一平浪是滇中产盐中心，市容很大；筑路时曾经大费周折的天子庙坡，如今附近的道路已全部被修理得宽阔平整；澜沧江以西的偏远小村瓦窑也有了汽车指挥所。② 王伟于 1938 年入滇，旅居八年，"在此八年中虽曾跋涉三迤，然未离滇，旅居虽苦，亦饶幽趣"③。他在《记云南驿》中注意到战时繁忙的生命线让云南驿非常热闹。作者由昆明出发循着滇缅公路前进，汽车排列细长如蛇。各菜馆旅店灯烛辉煌，应接不暇，为后方出力供应物资的同志们招待食宿。赶马街子的路上，有苍翠古木，有藤萝绕壁高踞的寺宇，有淙淙的溪流。离开云南驿半年后再来记述，作者的感受是："听说滇缅路交通被阻后，商业已非昔比，可是敌人仍旧密切觊觎着；要知道，这终究是一个梦想，敌人在陆上固难攫取云南驿。在空中更难飞越云南驿的！"④ 因为云南边地在抗日战争中"有迅速加以注意的必要"，潘世徵详述自己的"西征行"，对沿途各站一一叙写。王伟笔下的云南驿是一个因滇缅路的繁忙而热闹起来的地方，有大时代新的气象，更有抗战胜利的希望。

公路通车后，大量旅人往返于大后方与滇缅边地之间，对滇缅边地的书写因抗战所形成的认识装置有了不一样的呈现。曾昭抡在《缅边日记》开篇说起了滇缅路旅行的缘由：

  滇缅公路成功以后，到缅边去考察，是许多青年和中年人共有的欲望。一来因为滇缅路是目前抗战阶段中重要的国际交通路线；二来因为滇缅边境，向来是被认作一种神秘区域。在这边区里，人口异常

---

① 张印堂：《滇缅沿边问题》，《西南边疆》第 12 期，1941 年 5 月 30 日。
② 潘世徵：《西征行——从昆明到保山》，《战时西南》，上海：华夏文化事业社 1946 年版，第 19—30 页。
③ 王伟：《滇居幽趣》，《旅行杂志》第 20 卷第 6 期，1946 年 6 月 1 日。
④ 王伟：《记云南驿》，《旅行杂志》第 16 卷第 12 期，1942 年 12 月 31 日。

稀少;汉人的足迹,尤其很少踏进。我们平常听见关于那地方的,不过是些瘴气、放蛊,和其他有趣的,但是不忠实的神奇故事。至于可靠的报告,实在是太感缺少。①

之所以有那么多人想去缅边考察,是因为如张印堂所说的滇缅边地因抗战已变成"有关整个国家生死存亡的地域",且已是"公认而不可讳言的事实"。滇缅边地因为国际交通路线的畅通已不再是闭塞原始的区域,滇缅抗战的爆发更让其成为国际战局的焦点。通过自己的旅行、考察,把曾作为"神秘区域"的滇缅边境的真实面貌呈现出来,这正是抗日战争时期人们亲赴边地的目的,他们去认识边地国土,描摹边地河山,为国人提供"忠实"的情况和"可靠的报告"。

### (二)"看出云南高原的伟大"

1939年,萧乾调查采访滇缅公路的施工进程。陡岩绝壁下,车沿着怒江边行驶,梅子箐旁巉峭森凛的山,亚热带的藤蔓缠绕着参天古木。惠通桥畔,"在全国河流中踞势之险峻"的怒江汹涌奔腾,犹如"宇宙间一条巨蟒,东岸屏念他翕余脉的怒山,西岸便是三小时害得汽车呜咽喘嘘的高黎贡山"②。面对边地这奇险壮丽的河山,行旅于滇缅公路中的人们都会反复着笔。正如钱伯明在《滇缅公路历程记》中说的,作为抗战生命线的滇缅公路"甚至将较目前的紧急时期更具重大效用,似乎势必成为世界上著名风景优美的国际道路之一。在此路上行驶几天,广漠的景物,丛山峻林,悬崖幽壑,刻刻变化不停"③。

1941年10月,老舍与友人查阜西乘车去大理,《滇行短记》一文便是此次行旅的见闻。山高弯急,"到处都是车"的滇缅公路会让人感到战事的紧张。作者一行一路领略着滇缅道的艰险,过了圾山坡和天子庙两处险坡后,老舍写道:

> 终日在山中盘旋。山连山,看不见村落人烟。有的地方,松柏成

---

① 曾昭抡:《缅边日记》,文化生活出版社1941年版,第1页。
② 萧乾:《血肉筑成的滇缅路》,傅光明编《萧乾文集》第2卷,浙江文艺出版社1998年版,第153页。
③ 钱伯明:《滇缅公路历程记》,《旅行杂志》第13卷第5期,1939年5月1日。

林；有的地方，却没有多少树木。可是，没有树的地方，也是绿的，不像北方大山那样荒凉。山大都没有奇峰，但浓翠可喜；白云在天上轻移，更教青山明媚。①

作者对于战事的隐忧消融于满目皆绿的路旁景致，"浓翠可喜""青山明媚"，看到的是大地皆春的希望。老舍到大理的路上没看到奇峰，但金洪根跨过澜沧江时，只见群峰环列，绝壁千仞。"两旁的山像两条巨人的腿，笔直地插入云霄，山石都变得狰狞起来，又坚硬，又庞大。驮马道很狭窄地沿着江边湾来湾去，脚下是如临深渊，如履薄冰的感觉。"② 怪石嶙峋，岗岭巍峨，绵延不绝，金洪根相信繁忙的滇缅路会让"旅行者行于万山丛中，当更感觉西南之伟大也"③。从滇缅路沿途景致而联想到西南或云南"伟大"的还有蒋云峰，他八年没有回到故乡，流浪国内，在《滇腾古道写归程》中写了归乡感受。作者行进在滇缅公路上，"可以随时看出云南高原的伟大。这儿有四时不凋的常绿草木，有终年不冷不热的温和气候，青山苍翠欲滴，野花含笑迎人，若不是曾经几年来的颠沛流离，还曾让你疑心在南京陵园车上兜风"④。他还这样描述高黎贡山："'深山大泽龙蛇吼，古木苍藤日月昏'，确是他的写景，白云横飞，怪鸟啁，几疑置身洪荒时代。路边流水潺潺，巨石嶙峋，风景清幽。兼有终南、泰岳、八达岭、六盘山之胜。"⑤ 这与艾芜笔下所描述的"黑郁郁""蛮狠凶恶"的边地高山完全不一样，蒋云峰认为这巍峨壮丽的高山已可与"终南、泰岳、八达岭、六盘山"相媲美。

对于滇缅路壮伟的景致，从缅甸归国的旅人感受更深。佘贵棠从腊戌出发，宿芒市，过腊猛站。"系高黎贡山境。逾此下驶，转折亦多，望原来卡车，鼓轮升陟，匍匐如蚁，俯视怒江。迂回入画，而惠通桥渐次在望。"⑥ 周修荃从仰光坐车到昆明，公路绵延不断，忽而匍匐而上，忽而

---

① 老舍：《滇行短记》，《老舍全集》第 14 卷，人民文学出版社 2013 年版，第 288—289 页。
② 金洪根：《滇西驿道半月行程》，《旅行杂志》第 16 卷第 6 期，1942 年 6 月 1 日。
③ 金洪根：《滇缅路风景线》，《旅行杂志》第 15 卷第 12 期，1941 年 12 月 1 日。
④ 蒋云峰：《滇腾古道写归程》，《旅行杂志》第 14 卷第 12 期，1940 年 12 月 1 日。
⑤ 蒋云峰：《滇腾古道写归程》，《旅行杂志》第 14 卷第 12 期，1940 年 12 月 1 日。
⑥ 佘贵棠：《滇缅公路纪行》，《旅行杂志》第 14 卷第 12 期，1940 年 12 月 1 日。

顺流而下，忽而峰回路转，"更有一段路是巉峻得难比蜀道"，但一路"风景卓绝"。"一直到昆明，都是在万山丛中。有时，当在山巅盘旋之际，只见层峦叠翠，奇峰突出；有时，当车身下降到山谷时，只见两面怪石嵯峨，削壁千仞。"① 1940年，张腾发在西南运输处运输人员训练所服务，奉调赴缅工作，于12月4日由昆明起程，先后在腊戌、仰光、八莫等地从事运输工作一年半之久，1942年夏，缅甸沦陷时返回。他在《缅甸观感》中记述了往返滇缅道上的感受，他强调滇缅边地"还有许多雄伟奇特而富有国防意义的山川形胜"。行至功果桥的四周，山峦挺秀，草木青葱，江流曲折，水声淙淙，景象异常深幽。然而"桥边两岸的山腰上，给敌机炸得遍体鳞伤，附近的树木也给它炸得东歪西倒，护桥队住的房子已炸毁，只剩得颓垣坏壁，瓦砾纵横"②。到惠通桥时，张腾发这样书写：

> 这河流在横断山脉中间千回百转，激成狂流，滩多水急，不能通航，且两岸山脉绵亘，灌溉之利殊少，惟在国防上之价值则甚大。遂一水之隔，而高山耸峙，蔚为天堑，拆去渡桥，即无法飞渡，虽有千兵万马，惟有望江兴叹而已。③

与张腾发同样强调边地山河国防价值甚大的还有汪永泽，他专习地理科学，又好游山水，当至友邀游滇南，因得以三月时光深入边地，探风探胜，兼调查战时概况。车行滇缅路，穿山越岭，澜沧江盘旋若带，江流层峰中，水流湍急，峡石幽深，江上横着铁索桥，即功果桥。"工程浩大，令人欣观止焉！水势狂急，奔腾澎湃，雄壮几可辟易千军。"④ 行至怒江峡谷边上，"深壑千寻，悬崖百丈，势极雄奇。白水如带，蜿蜒流深谷间。对江高黎贡山上，公路迂回，亦如白带，相映成趣。汽车鸣鸣声，隐约可闻，而两山顶之陆上距离，则在八十华里以上。"怒江上的大桥，

---

① 周修茎：《滇缅道中——伟大事业成功于急需之时》，《旅行杂志》第14卷第1期，1940年1月1日。
② 张腾发：《缅甸观感》，《公路月报》第4期，1944年1月。
③ 张腾发：《缅甸观感》，《公路月报》第4期，1944年1月。
④ 汪永泽：《滇缅道上》，《川缅纪行》，上海：独立出版社1942年版，第34页。

"倭机曾来轰炸数次，近桥之两山岩石，炸痕甚多，惟桥之本身迄未中弹耳"①。

滇缅公路沿线都是高矗云际的山脉和奔腾浩荡的大江，萧乾、老舍、钱伯明、金洪根、蒋云峰、佘贵棠、周修荃、张腾发、汪永泽等笔下的边地河山突出的亦是崇高壮伟的一面，是具有"国防意义的山川形胜"，作为天险镇守于西南一方。旅行者极力描摹边地河山的"大好"，为的是让人们"看出云南高原的伟大"，"更感觉西南之伟大也"。看到的景色越是雄奇瑰丽，当滇西陷于战火时，当面对日机轰炸后的焦土，就越会感到愤慨，所以胡筠在《怀念滇缅路》中说，怒江、高黎贡山一带正遭受着敌骑的践踏，"我们痛心大好河山的惨被凌污"②。

（三）风景之"似"

除了对沿途高山大河的描摹，旅行者更多的是对滇缅公路沿线城镇乡村的一一记述。认识边地，不仅是赞美山川，更是要把这些深藏于高山河谷中的地方逐一呈现，于是滇缅公路途经的地方就密集地出现在战时的旅行记中。前面已提到，埃德加·斯诺认为是横断山脉把滇缅边地与内陆文明隔绝开来了，他所描写的也是与文明相较之下的蛮荒。但于抗日战争时期滇缅线上的旅行者来说，最重要的不是区别边地与内地之"异"与"殊"，而是发现风景之"似"。

汪永泽在《滇缅道上》一文中除了描写怒江、澜沧江的壮阔，也以优美的笔墨介绍了从昆明至芒市的旅途所见。产盐的一平浪以西，为横断山脊，层峦叠嶂，有很多奇松怪树，姿态各异，琳琅夺目。山脊往下，便是开阔的坝子，田畴如织，炊烟袅袅。楚雄据坝子边缘，"城尚雄伟，颇具新兴气象"。云南驿的坝内小村里，"池塘青草，溪头群鸭，荷锄归来之农夫农妇，晴空一碧，几处鸦声，萧萧落叶，淡淡田歌，均俨如江南凉秋九月之风味"③。当渐入大理平原，棕色的土地，苍翠的林木，衔远山，横清溪，村舍俨然，杨柳夹道。汪永泽注意到的是滇缅边地物产丰饶，静谧祥和，恰有九月江南的风味。

老舍在《滇行短记》中写道，当车从下关城穿出，苍山、洱海各在

---

① 汪永泽：《滇缅道上》，《川缅纪行》，上海：独立出版社1942年版，第36—37页。
② 胡筠：《怀念滇缅路》，《旅行杂志》第17卷第5期，1943年5月31日。
③ 汪永泽：《滇缅道上》，《川缅纪行》，上海：独立出版社1942年版，第29页。

一旁,到处是苍山流下来的雪水形成的清溪,水浅绿,翻起白花。大理城内有很多家卖大理石的铺子,牌匾"非常的雅致"。"在晴和的阳光下,大家从从容容的作着事情,使人感到安全静美。"到了喜洲镇,老舍禁不住感叹:"我想不起,在国内什么偏僻的地方,见过这么体面的市镇。"① 进到镇里后:

> 仿佛是到了英国的剑桥,街旁到处流着活水:一出门,便可以洗菜洗衣,而污浊立刻随流而逝。街道很整齐,商店很多。有图书馆,馆前立着大理石的牌坊,字是贴金的!有警察局。有像王宫似的深宅大院,都是雕梁画柱。有许多祠堂,也都金碧辉煌。②

看到山水间这么一个镇市,老舍认为这"真是世外桃源"。大理让老舍感到抗战中难得的"安全静美","体面"的喜洲镇让老舍觉得仿佛是到了英国剑桥,这都是一种亲近熟悉的类比。

1941年,西南联大化学系教授曾昭抡趁着寒假,搭机关的便车从昆明行至中缅交界的畹町,他一路走,一路看,在《缅边日记》中把沿途所经的地点都记录下来。从禄丰到一平浪是一段风景绝美的路,像富春江旁,也似大规模的"九溪十八涧"。一平浪有一片新式的盐厂房,途中常见背着耸起甚高的盐瓣的"背子"。楚雄城内,石板街,青砖砌成的城墙,在夕阳中露出苍老的颜色。祥云县的下庄街原先的鸦片贸易已经除绝,特地改称为"维新街"。凤仪县城有"凤鸣书院",附近的坝子满是金黄色的油菜花,配合着蚕豆的绿叶,很是调和有趣。下关是货物流通的总站,被碧绿澄清的洱河环绕着,街市尽头,可以看到山顶有积雪的苍山和蔚蓝的洱海。由漾濞到永平的路上,杨梅岭近顶一段,都是正在盛开的茶花树,点染着苍翠青山。沿着澜沧江走,看到闻名的功果桥,是"一座伟大的新式钢索吊桥",因形势险要,在抗战中戒备很严。"讲起风景来,澜沧江在两座多树高山间流下,衬以横跨江上的新式吊桥和旧式铁索桥,一方面是非常地壮伟,同时也是异常地美丽。"③ 从陆窝坝起,一路下山,望去是如带的怒江,衬着对岸高山,"形势很是壮伟"。惠通桥刚

---

① 老舍:《滇行短记》,《老舍全集》第14卷,人民文学出版社2013年版,第290页。
② 老舍:《滇行短记》,《老舍全集》第14卷,人民文学出版社2013年版,第291页。
③ 曾昭抡:《功果桥》,《缅边日记》,上海:文化生活出版社1941年版,第48页。

落成不久，比功果桥"还要伟大"，用十八根钢索吊起，士兵在桥的两端荷枪守卫着。腊猛路旁的山坡，是一层一层的梯田，灌溉的水一叠流到一叠，形成一个个小瀑布。行至龙陵，"仿佛是汉人文化的最前线"，中国的邮政正式地也只通到这里。滇西怒江流域，一路遍山粉红，那是木本杜鹃，花开正盛，别处从未曾看到过。曾昭抢以旅行日记的形式把滇缅公路贯穿的边地市镇都如实描写，以自己的亲历来作"可靠报告"，而不是想象"不忠实的神奇故事"。他一路书写一切沿途可记的风景，一再强调山水的"美丽"，发现每一地方皆有可爱之处。

1941年，金洪根要去参观滇缅铁路沿线的工程，到了被称为"小上海"的一平浪。在崎岖不平的路基上步行，白云稀疏地缀在碧空，路两旁是高山和大江，江底怪石，急水澎湃，青峰耸峙，修好的公路在云层掩映下若隐若现。山坳里羊肠驿道上，行进着一队驮马，鸾铃声隐隐约约地回荡。他不禁感叹："这真是山国最别致的风景线啊！将来这条滇缅铁路筑成了，有这样的奇丽的配景，而且公路铁路隔岸对峙，更为生色，其工程之雄伟，风景之优美。"① 他在禄丰爬山参观西灵寺，踩着马蹄踏出来的山道，迂回处现林泉清幽，山寺古雅。② 在《滇西驿道半月行程》一文中，金洪根从禄丰出发，"我梦想着更美丽的地方，我不惜投身到更荒芜的边区，在人们不敢去的瘴区里，找寻我希冀的绿洲"。汽车翻过一座比一座更高的山峰，经镇南，又到祥云，县城外是一大片草地，尽头是洱海，"碧波万顷，白帆数片，随波飘荡；温煦阳光中，海鸥三二，迎风翔舞，景致好极了"③。细雨迷蒙中从弥渡出发，山高道窄，险峻万分，黄昏时分，摸进了万家灯火的蒙化。地位扼要使得蒙化日趋繁荣，街道宽坦，现代建筑林立，"颇有上海霞飞路的风味"。跨过漾濞江，途经螺丝镇、金马村，渡过澜沧江，欣赏了顺宁的风光，一路从云县至著名的瘴区之一猛赖，但作者却说这只是一般人想象中的可怕。他所看到的却是："其地面临南丁河，背靠大云山脉，山高水秀，每当日影黄昏，余辉微染，绛霞碧空里，翠峰插天，绿野茅舍间，蕉树三五，炊烟四起，风景非常秀丽，倒是个挺有诗意的地方咧。"④ 金洪根与曾昭抢一样，把边地所

---

① 金洪根：《一平郎行》，《旅行杂志》第15卷第9期，1941年9月1日。
② 金洪根：《禄丰西灵寺》，《旅行杂志》第15卷第3期，1941年3月1日。
③ 金洪根：《滇西驿道半月行程》，《旅行杂志》第16卷第6期，1942年6月1日。
④ 金洪根：《滇西驿道半月行程》，《旅行杂志》第16卷第6期，1942年6月1日。

见组织成一个个有序而协调的画面，而不是走马观花式的零星碎片。曾昭抡初衷就是记下沿途一切可记的风景，而金洪根是为了找寻"希冀的绿洲"，当带有这样的观看目的时，传闻中令人恐惧的瘴区也会被描绘成一个"有诗意的地方"。

1942年，鞠孝铭在滇西从事地理调查，沿着滇缅路到下关，后又有蒙化之行。启程时天色阴晦，苍山十九峰，峰峰为云雾迷漫，云色愈浓，山色愈暗。"好一幅气魄雄伟的水墨画啊！"横在下关与蒙化之间的旭照山，也被白云笼罩山巅。"黄山庐山之云的美，是静的。而下关诸山之云，则是动的美，静的美固然是叫人起一种温柔闲适之感。然而，动的美，不是更叫人胸襟奔放豪迈吗？"① 在山麓步行，所望苍山洱海，"如盆景一座"。因为要探访西南联大时的同学，他到了邓川，行走在苍洱之间，"深深体验到中国城市的自然之美"。到青索村时，在雨后长虹的映衬中，"眼前是一片良田美畴，麦秀青青，油菜花黄"，波光入境的湖面鸥鸟飞翔上下，便望见林木掩映中"静穆的乡村"②。鞠孝铭到了大理，只见苍山顶上白雪为青峦衬托，洱海映照，山光水色，山色愈青，洱海愈碧。于月白风清的晚上在水波澄碧的洱海赏月："周方三百余里的水面上，银光跳动，皓月一轮，倒影海中，海水愈碧，月色愈明；月色愈明，海水愈碧。月色水光，水光月色，交相辉映；更加上点点渔火，不啻天际的繁星，这样便构成了一幅景色绝美的风景画，或一首音节响亮的抒情诗。"③ 本是作地理考察，鞠孝铭却沉醉于沿途的或是水墨画般，或如田园牧歌的边地景色，是以优美的文字捕捉这诗意山水。

作为《旅行杂志》特约记者的帅雨苍，在抗日战争时期游览昆明、宜良、路南、曲靖，并沿着滇缅公路一路经禄丰、楚雄、镇南到了山明水秀的大理城。一路上古木成荫，洱海银波绿漪，点点渔舟，当夕阳西下，菰蒲杨柳，掩映残照之下，一池碧水，花香水汽，绿满汀州。在柳叶摇摆的缝隙里，波光闪耀之间望去，只见"风景幽丽，足可与秦淮西子媲美"，"加以这里气候终年似在旖旎春光，溪涧幽胜，真有胜于杭州的了"。点苍山因积雪消融，两山之间必有一溪，溪鸣谷应，"也有十八溪

---

① 鞠孝铭：《蒙化屐痕》，《旅行杂志》第17卷第6期，1943年6月30日。
② 鞠孝铭：《邓川的访问》，《旅行杂志》第17卷第12期，1943年12月31日。
③ 鞠孝铭：《大理的风花雪月》，《宇宙风》第138期，1944年8月。

涧的胜景"①。从昆明到芒市这一段路,王启熙曾往返几次,"其间领略过沿途的名胜,凭吊过历史的古迹,参加过夷人的赶集"②,遂以文记之:参观一平浪的盐场,在下关赶街子,寻访天生桥畔山上古寺,领略到"百里山川通跨下,半江梅雪乱声中"的浩荡声势,于大理圣麓公园遥望玉局峰的积雪,登太保山,拾级凭栏,云雾远眺,峻岭雄峰,只见保山坝子里农人耕种雨后田。张继志一行沿着滇缅路攀越山岭,紧急警报解除后抵达下关,只见市街繁华,人口殷实,过漾濞,"一路青山绿水,尽是傍山险道,风景绝佳,犹似置身画中"③。曹立瀛到洱海的南源,《洱源散记》中记述了其登罗平笔架山的游览感受。雾雨蒙蒙的清晨,出凤羽村的北门,直上金掌山的东坡,西坡的树木森茂。"人行万绿丛中,有时傍近溪壑,闻流水潺潺,不知来源去路,有时不知名的山鸟,舒开轻盈美丽的歌声,不知在那一丛的高树枝头;更有时枝叶覆盖如屋,穿拱如桥,人行其下,幽暗如晦,转折而出,豁然开朗,又可见那黑惠西岸曲线型的丛山。"④ 在山上看洱源平坝,豆荚状农田河谷里,青的树、黄的秧、绿的稻、白的水、红的土,形成了无数颜色的交错配合。可以看出,旅行者书写的蒙化、洱海、天生桥、漾濞、洱源都有典型的文化符号意象,水墨山水、静穆乡村、海天一色、渔舟唱晚、古寺寻踪、农耕雨后、如在画中,审美空间的刻画凝聚着看风景者的情感同构,在曾经神秘、陌生的边地看到了与传统文化承续的诗画意境。

在这些滇缅路纪行中,汪永泽在云南驿的坝内小村感到江南凉秋九月的风味。老舍笔下的大理喜洲,是"体面"的、类似剑桥的世外桃源。曾昭抡抒写沿途一切可记的风景,松山景致,山茶杜鹃,山水秀丽,似九溪十八涧,也像富春江畔。金洪根深入滇缅边地找寻"更美丽的地方",发现蒙化"颇有上海霞飞路的风味",在志忑中到了著名瘴区猛赖,却感到"是个挺有诗意的地方"。鞠孝铭在蒙化丛山中,看到"气魄雄伟的水墨画",于洱海赏月,感受海天一色的静谧。帅雨苍认为洱海可以与秦淮西子媲美,甚至胜于杭州。王启熙从昆明到芒市,领略沿途的名胜。张继

---

① 帅雨苍:《大理风光》,《旅行杂志》第14卷第3期,1940年3月1日。
② 王启熙:《昆明芒市间的旅程——滇缅公路行程片段》,《旅行杂志》第15卷第3期,1941年3月1日。
③ 张继志作文,萧乾、邓光摄影:《从昆明到仰光》,《良友》第154期,1940年5月。
④ 曹立瀛:《洱源散记》,《今日评论》第5卷第4期,1941年2月2日。

志过漾濞，一路青山绿水，"犹似置身画中"。曹立瀛登罗平笔架山，感受到河谷坝子色彩的瑰丽。旅行者突出边地的诗意静美，所刻画的风景是心境的外化，不单单是视觉冲击。作者用了有意味的类比，不仅亲切，还拉近了边地与自己、与内地、与传统文化的联系。

抗日战争时期，当曾经的"神秘区域"变成"有关整个国家生死存亡的地域"后，面对穿行的高山深涧、滔滔江水，滇缅路上的旅行者爱强调其"壮伟"的一面。他们极力描摹边地河山的气魄，为的是"看出云南高原的伟大"，因为这象征着民族的强力，既能唤起民族共同价值的认同，也突出着边地在抗战中的重要性。对于沿途所经市镇乡村，旅行者强调风景之"似"，发现其静美和谐的一面，而不是陌生的异域殊方，这是把所观看之景纳入自己的认同体系，构建了亲近的文化同源关系，从而达到审美融合。

安德森强调地图的发明与传播对形成"想象的共同体"的作用，作为识别标志的地图渗透到群众的想象中，所呈现的空间现实的概念具有很强的形塑作用。① 但依靠"图像符号"的国家想象是抽象的知识系统的建构，对于僻处边陲的云南边地的认识还是非常模糊的。大量深入滇缅、滇越边地的旅行者、考察者，把之前"想象"的边地构建成了自己实地体验后的物质性的真实世界。《扫荡报》随军记者潘世徵从滇西战场上返回昆明时这样说道："我最早知道昆明这地方，还是在二十年以前，教科书上的知识……片马和江心坡问题没有解决，高中历史老师要我们每人写一篇三千字以上的'班洪问题'，于是昆明云南和那些地名被打成一片，对昆明，永是带着感觉的神秘。"② 潘世徵沿着滇缅路和滇越道，经过几年的"西征行"后，为我们描述了真实的"战时西南"，把曾经只是"地理教科书"上的图标呈现为抗战中承担着共同命运的每一个真实的地方。正如曾昭抡感叹的："澜沧江，怒江，高黎贡山，这些我所最景仰的地理名词，现在居然都亲身踏过，是一件何等快意的事。"③ 滇越道和滇缅线上的旅行、考察者为着国家命运或个人志趣，把教科书上的"地理名词"

---

① ［美］本尼迪克特·安德森：《想象的共同体：民族主义的起源与散布》，吴叡人译，上海人民出版社2005年版，第160—167页。
② 潘世徵：《从西山看昆明》，《战时西南》，上海：华夏文化事业社1946年版，第1页。
③ 曾昭抡：《由惠通桥到龙陵》，《缅边日记》，上海：文化生活出版社1941年版，第66页。

"亲身踏过",此时的旅行者、考察已不是个人休闲式的游山玩水,而是有大时代印记的风景体验。

W. J. T. 米切尔强调要把"风景"从名词变作动词,它不是供阅读的文本或是供观看的物体,"而是一个过程,社会和主体性身份通过这个过程形成",我们要"追问的不仅有风景'是'或者'意味着'什么,还有风景做什么,它作为一种文化实践如何起作用"①。铁路、公路旅行所造成的空间流动性,在抗日战争时期会使观看者具有独特的风景感受。旅行者书写边地雄奇壮丽的河山,描摹可以复现古代诗画的意境,营造可类比内地气象的边地风貌,认识到云南边地的伟大,增强了抗战的信心。风景不再只是可视性的物质性存在,其文化认同价值已被编码,滇越道上、滇缅路中的旅行者、考察者的风景感知来自抗日战争中形成的民族共同体和国家共同感。他们会把边地的一切看成是国土的一部分,对边地是亲近的观看距离,不是疏离与隔膜。通过对景物的选择、凸显、组织、构图等观看的空间策略,形成情感共鸣,并刻上了观看者特定的观念情绪,成为其表达场所,让我们看到了在抗日战争中滇缅、滇越边地风景叙事和现代民族国家认同是如何展开的。

## 第二节　发现边地丰富之处

汪永泽在《夷区鸟瞰》中收录了一首抗日战争爆发前流传于云南边地的歌谣:

> 怒江后边,阻瘴烟,狂山怒水恣回旋。
> 三月四月瘴烟起,新来客尽死,
> 九月十月瘴烟恶,老客魂亦落。
> 去年之客死如梭,今年之客来更多。
> 荒沙一片风凄凄;新鬼旧鬼相聚语,
> 问谁乐此不为苦,总为夷人财易取,

---

① [美] W. J. T. 米切尔:《导论》,W. J. T. 米切尔编《风景与权力》,杨丽、万信琼译,译林出版社 2014 年版,第 1—2 页。

> 夷人拙，汉人巧；夷人饥，汉人饱，
> 利切己，命如纸，
> 苦使衣食有所恃，谁有轻身来至此？
> 天茫茫，诉不理，去滔滔，怒江水。①

这是"穷走夷方，急走厂"中"夷方"的形象化谣语，歌谣中的边地是指被瘴烟笼罩的危险可怕的地方，不是被逼到绝路的汉人都不会到此区域。一"拙"一"巧"，一"饥"一"饱"，足见旧时汉人与夷人之间是有等级对立并充满矛盾的。滇缅边地、滇越边地是地理、文化、政治上的边缘地带，亦是国家间的边界交错地带。落后、野蛮、混杂、失序与危险，这是以中原为中心的边地空间想象。国际交通路线的贯通与滇缅抗战的局势，使人们对边地的观看和描述发生了变化，不再以文明的差序格局或是以经济的线性发展去描述野蛮与落后，而是强调滇缅、滇越边地之于现代民族国家的意义。除了本章第一节所论及的对滇越道和滇缅路沿线的边地河山的描摹，人们对边地的社会生活亦是给予了关注。且因广为流传的各种关于边地的可怕传闻与抗日战争时期急需认识、开发边地的必要性之间的冲突，深入滇缅、滇越边地的人们往往是带着发现其丰富之处的目的去观看的。1939年，萧乾在采访调查滇缅公路时，看到了边地真实的社会风貌，不禁感叹：

> 请想想看：一个美丽到使人叹息的地方，四周竟为警戒的荆棘厚厚围起，且还在远处高悬一木牌："前面危险行人止步"，害得每个过客都揣了颗悸跳的心。天下宁有这般荒唐愚蠢事？然而数世纪来，我们的西南边陲便这样笼罩在神秘的恐怖下，不要说专家学者，连卖苦力的一到清明都抹头就跑，惟恐瘴疠扯了他的后襟。边疆不开发，这个心理的障碍是一块分量不轻的绊脚石。②

抗日战争中需要开发边疆，必须除去"心理的障碍"，所以到边地旅行、考察的目的变成了书写"笼罩在神秘的恐怖下"的真实，破除警戒

---

① 汪永泽：《夷区鸟瞰》，《川缅纪行》，上海：独立出版社1942年版，第41—42页。
② 萧乾：《我爱芒市》，傅光明编《萧乾文集》第4卷，浙江文艺出版社1998年版，第72页。

的"荆棘"和警告的"木牌",从而发现边地社会的"美丽"。当人们带着这样的考察目标进入边地时,边地民族和边境城市都呈现出了新的风貌。

## 一 从"边夷"到抗战中的同胞

从晚清开始,中国知识分子忧心于西方列强势力的扩张,极力呼吁民族团结、唤醒国魂。在欧美帝国主义觊觎并谋划着其在东北、西藏与西南边地利益的情况下,合"华夏"(中心)与"四方蛮夷"(边地)而为"中华民族"的概念,成为许多中国知识分子心中的国族理想。国族意义上的"中华民族","一方面具有自然的历史文化传统,另一方面又具有强烈的人为建构因素,与近代的国家同时出现和打造",这与只具有自然属性的传统民族截然不同,"是一个整体性的人民—民族—国家共同体"①。全面抗战让民族成员产生了一体同胞之情感,保家卫国成为每个人的重任。敌寇压境,滇缅、滇越边地陷入战火,主动去调查边民首先是因其为国民一分子,旅行者、考察者以此来看待边地各民族,认识中华民族之共同领域现有的危机与重任。曾昭抡在调查访问了芒市、遮放等地区后这样写道:

> 原来在中国居住的各族同胞,不问其种族如何,共同努力,肩起国家的责任来,并没有存着丝毫歧视的观念。据我们和这处边区各土司谈话的结果,他们的爱国心,他们对于抗战的认识,绝对不在汉族人士之下。所以现在的问题,从汉人的立场来说,是怎样可以和边区内的各少数民族,发生更密切的感情,取得更彻底的合作。②

金洪根在《摆夷杂写——滇缅风光之一》中也说到,他走访孟定、芒市一带时,"各土司都很爱国,累次宣言我们是中国人,极希望中央政府能去开发富源"③。为了能与边区"各族同胞""发生更密切的感情",

---

① 许纪霖:《多元脉络中的"中国"》,葛兆光、徐文堪等《殊方未远:古代中国的疆域、民族与认同》,中华书局2016年版,第35页。
② 曾昭抡:《滇边土司制度》,《缅边日记》,上海:文化生活出版社1941年版,第77页。
③ 金洪根:《摆夷杂写——滇缅风光之一》,《旅行杂志》第15卷第10期,1941年10月1日。

从而"肩起国家的责任",很多深入边地旅行、考察的作者都在发现着边地丰富的蕴藏,突出边地民族优秀的文化价值观,强调彼此的历史、地理和文化渊源。

### (一)"古风"犹存

1938年,西南联大社会学系教授李景汉参加了"滇西边地考察团","有社会、民族、经济、边政、外交、卫生、农林、土壤、动物、水利、矿产、地质等各方面专家二十余人",从昆明出发,途经楚雄、大理、保山、龙陵,进入芒市、遮放、猛卯等处的摆夷社会。

> 在两个月的考察期内,使我印象最深感觉最愉快的是摆夷社会的调谐。在这些地方居住的人民。不但衣食无忧,且能享受美丽的环境,在大自然中过其非常安静的太平生活。于是不能不在心中,发生了这样的问题:摆夷社会为什么能够这样的宁静?摆夷生活如何能够这样的陶醉迷人?他们的面容怎样能够这样的肃穆雍容而没有忧愁的表情?日常生活里怎样会几乎看不见不喜的事件,听不见口角的声音?①

带着这样的疑问,李景汉对芒市那木寨的传统文化活动进行了实地考察,并完成《摆夷的摆》一文。他对"摆"进行调查研究,发现摆夷把所有关于超自然信仰的团体活动分成两类:一类称作摆,有大摆和干躲摆、挺塘摆、冷细摆等;另一类没有称为摆的有汉辛弄、烧白柴、泼水、祭灶。对于所有的摆,他都详细介绍了具体礼俗、仪式经过。李景汉称摆夷社会为"人间乐园",因为每家均有大致相同的耕地与房屋,安乐祥和。他通过两个月的亲身体验后,认为摆夷社会之所以能够形成今日的状态,几乎完全是由于"摆"的功能。夷人说做了"摆"可以在天上有一个宝座,是极乐的去处,生活便有了一个中心,组织了每个人的思想与行为。"摆"形成了摆夷社会的乐天知命、丰衣足食,"摆"不是荒诞不经的迷信,反而促使达到一种人格和社会的完整。李景汉强调之所以要这样考察介绍,是因为目下滇缅路是唯一国际交通线,"关于路旁夷民的生活背景,国人应该早日了解",希望通过自己的考察"更能引起国人的注

---

① 李景汉:《摆夷的摆》,《边政公论》第1卷第7、8期合刊,1942年3月10日。

意，使其价值不仅限于学术，而且对于国家民族均有贡献"①。芒市夷民静穆安详的生活方式，在战乱和破毁的大时代中尤显得可贵。李景汉在传闻中的荒僻之区、烟瘴丛中，却能看到这样"一个人类智慧的创作"，"一种古代先民对天地人独有的领会"，并作为民族文化信仰得以很好的传承，"路旁夷民""调谐"的生活方式就值得我们探寻。

除了"夷民"特有的传统习俗，边地人民古朴的节俗也会被考察者注意到。曹立瀛到位于洱源的黑惠江东的石明月村作调查，在石龙门涧与岩曲之间，看到一项有趣的风俗。每年插秧时，村落各自预备旗帜，邻村的青年会用他们的勇敢与机警来夺取这村的旗帜。如果防卫不周被人夺去了，就须准备锣鼓队和礼物到邻村赎回，此时就能看到十几个青年农人，敲着锣鼓，拥着丈余高的两面大彩旗，一村一村的游行，后面还跟着看热闹的年轻姑娘们。"插秧本是最忙的季节，在百忙中偷闲取乐，不仅是所谓'田家乐'的一幕，其步骤和仪式，在社会学上也有相当意义的。"②

1938 年 12 月，姚荷生参加了"边疆实业考察团"，在西双版纳地区一年有余，《水摆夷风土记》一书记录了他此行的调查感受。沿着滇越铁路到了碧色寨，换乘个碧石铁路的火车到了"文教昌明"的石屏，后雇了马帮开始了马背上的生活，进入了所敬仰的徐霞客的游踪之外，姚荷生在此寻找边地民族生活方式中与古代中原文明的相关之处。他发现"无论从社会组织，或人民生活看来，我觉得夷民现在的情形很像我们历史上的三代"。十二版纳夷族的土地制度像"儒家盛称三代的井田"，把土地分为公田和私田，虽名义上是归宣慰使，一猛的田地就归该猛的土司管理，但实际上土司只能处理未开垦的土地，已垦熟地就分属于各个寨子。一个寨子的土地也不属于家族而是归寨子集体共有，头人再把土地平均分配给寨民，而耕种收获时全寨人会相互帮忙。③ 除了土地耕种方式，从佛海之为"茶的都市"缘由，摆夷丰富独特的饮食，到堆沙节、出家与还俗、赶摆、祭垄等习俗，姚荷生都一一描述，书写着边地人民精彩纷呈的生活。傣历新年的三日里，车里的摆夷会进行一种抛球戏，夷语为"笃光"，汉人称"丢包"，姚荷生认为这正是"古已有之"的"抛球"，并

---

① 李景汉：《摆夷的摆》，《边政公论》第 1 卷第 7、8 期合刊，1942 年 3 月 10 日。
② 曹立瀛：《洱源散记（下）》，《今日评论》第 5 卷第 5 期，1941 年 2 月 9 日。
③ 姚荷生：《没有贫富没有侵夺的乐土》，《水摆夷风土记》，云南人民出版社 2003 年版，第 110—111 页。

根据五代冯正中写过几首词牌名为"抛球乐"的词，判定边地的抛球戏是所传入的古代中原文明的遗存。姚荷生也介绍了边地新年打秋千的风俗，并与唐代的秋千戏联系起来。① 他还通过中国古代典籍中对泼水风俗的记载，认为此地泼水节"实在源于中国的泼寒胡戏和唱'苏幕遮'。因为在唐代，南诏骤然强盛，和汉族的交往很繁"②。且不论姚荷生的依据是否充分、属实，我们看到了他在"摆夷"地区寻找到中原文明传播痕迹时的欣喜与亲切。

带有这样的亲近之感去看边地时，姚荷生发现了古代文人所追寻的桃源诗意。他从车里到佛海是一趟"美丽的旅程"，林间蝴蝶飞舞，寺院的红瓦和金色塔尖于万绿丛中露出，一片舂米声中，摆夷姑娘担着箩筐踏歌而来，真是"人间随处有桃源"。他在边地听着"不垒"的声音，唤起的是传统的古朴诗意：乡村夕照，残霞一抹，牛铃悠响，农夫背犁从田中归家，水面清荷，岸上垂柳。姚荷生喜欢这"南天乐园"，被都市喧闹得疲惫的心在这里却是生意蓬勃，于山明水秀之中得到了宁静，"文明人士所昼夜追求的理想，在这里是随处存在着"。在姚荷生看来，青山绿水之间的边民生活是道法自然的境界：没有愤慨，只有和善；不会欺诈、争夺或是谄媚，而是坦白、诚恳。"在他们之间人性的美，充分表现了自由、互助、纯真的爱。"③

姚荷生与李景汉一样，都在摆夷地区发现了祥和静穆的诗意的生活方式。当旅行者在边地见到这种被"文明人士"所向往的传统的田园牧歌，都会欣喜记录。金洪根在《云南边区》中向人们介绍"被积极地开发了三年的边区的轮廓"，不仅注意到"俊俏秀丽，婀娜多姿"的摆夷女子喜水好洁，衣饰整洁华丽，还感叹：已存在千百年的独木船是边民"用以和河川斗争的武器"④。汪永泽在《滇缅道上》写到他途经天子庙坡时，偶遇一二"黎苏"樵人，来往于深山羊径中。山多红土泥，丛林遍地，风声、鸟声与迤西女子高亢之情歌声相和，情景殊足动人。到了滇西之夷区，发现"夷民皆聪秀，勤劳刻苦，不好争讼，颇具古风，然社交公开，

---

① 姚荷生：《抛球》，《水摆夷风土记》，云南人民出版社 2003 年版，第 165—167 页。
② 姚荷生：《泼寒与苏幕遮》，《水摆夷风土记》，云南人民出版社 2003 年版，第 177 页。
③ 姚荷生：《再会吧！车里！》，《水摆夷风土记》，云南人民出版社 2003 年版，第 253 页。
④ 金洪根：《云南边区》，《旅行杂志》第 15 卷第 5 期，1941 年 5 月 1 日。

则又有欧人之风度"①。无论是赞其"秀丽",或是"古风",都体现了一种理解与欣赏的观看态度。

李景汉强调摆夷社会传承下来的"摆"促成了人格的完整和社会的安详,显示了夷族的智慧。曹立瀛发现"田家乐"的社会学价值。姚荷生书写版纳地区如"乐园""桃源"般的生活,发现着边地与古代中原文明的联系。金洪根惊叹夷族的秀丽古朴,汪永泽强调夷民的勤苦聪秀,"颇具古风"。他们都是或从民俗,或从传统田园牧歌的审美情趣来呈现着"古风"犹存的边地。

(二)"孔明传说"与边地民族认同

边地民族与传统中原文明的联系,不仅体现在生活方式、审美情趣或是节日礼俗,除此之外,旅行者、考察者还强调着文化传承的渊源。姚荷生在《爱笑爱花的民族》和《馋嘴的皇帝与音乐》中都提及了他在版纳地区听到的关于文字、音乐的起源神话,都是提到古时候汉族、摆夷与缅族的皇帝是三兄弟,在一起约着朝觐天帝这个过程中发生的有趣故事。姚荷生还在《车里境内的其他种族——三达,倮黑,仆莽和卡瓦》中叙述了卡瓦族中流传的神话:久远时代,卡瓦与汉人、摆夷是三兄弟,汉人是老大,身体孱弱,天帝就让他住在肥沃的平原。老二是摆夷,身体还可,就住在坝子里。老三是身体最为强壮的卡瓦,天帝就命他住在山林,和残酷的自然作战。王明珂把这种流传于边地的传说称为"弟兄祖先历史心性","是一种各族群对等共享、分配与竞争之人类生态下的历史心性"②。作者强调这种历史叙事的文化结构,意在建立边地民族与中原文化的渊源。

而很多旅行者尤其爱强调诸葛亮在滇边的影响。

江应樑于1937年赴滇西边地考察,"深觉诸葛武侯之遗威遗德,所加于西部各夷族间者,实在深而且广"。云南西部是武侯南征遗事流传最广,南征遗迹最多的一带,他实地考察滇西边民的"孔明崇拜"情况,并以《诸葛亮与云南西部边民》一文详述之。腾越龙陵沿边一带的"开钦族",诸葛亮"普遍地被奉为民族中的最高神灵",并称之为"孔明老爹",举行任何祭典时,必最先祭拜孔明。怒江沿岸的"傈僳"也"敬孔

---

① 汪永泽:《夷区鸟瞰》,《川缅纪行》,上海:独立出版社1942年版,第39页。
② 王明珂:《华夏边缘:历史记忆与族群认同》,浙江人民出版社2013年版,第11页。

明若神明",外籍教士来此地传教,需先宣布"上帝有两个儿子,现在长子孔明已经退休了,由二儿子耶稣来掌事",才能收到传教的功效。腾越、南甸的"卡拉夷族",自称孔明南征时,族长汪伯爷助孔明平蛮有功,孔明即赐"一望之地",即汪伯爷趴在地上,所能望见的地方,即赐之。"棘夷"佛寺大殿的建筑风格是两叠屋顶,上窄下广,似古代瓦楞儒冠,并被称为"孔明帽"样式。江应樑不仅考察流传于各民族的孔明传说,他还寻访从大理到滇缅边境的孔明遗迹,发现共有18处,其中保山境内最多,有11处,并一一罗列介绍。江应樑还在滇西发现了"藤甲兵遗族"和"孟获遗族"[①]。

曾昭抡在《缅边日记》中也说,在禄丰看到路旁河水中央有一座尖顶圆形的碉堡,被当地人称为"诸葛亮炮台",由下关到漾濞时,过天生桥看到河的南岸有一块写着"汉诸葛武侯擒孟获处"的石头。张腾发看到保山城以东二十余里的诸葛井,城南十里左右有诸葛营,当地人说都是当年诸葛孔明行军作战时筑成的。"尤其是在滇缅路上,诸葛武侯的人格还是像活人一样的有声有色。楚雄城西的古塔,永平城北的诸葛寨,据说都是孔明的遗迹,民间至今还说得头头是道。"[②] 时任滇缅公路运输管理局局长的谭伯英,在滇缅沿线进行公路测勘时发现滇西还残留着很多古代军事行动的痕迹,这都"与诸葛亮有关"。他在下关看到记载着"孟获第三次被抓获的地方"的石碑,保山东郊的"诸葛营"相传曾是汉军驻地。谭伯英还说到,当工程师跟着滇边土司去招募劳工时,发现很多部族都在供奉着孔明画像,"作为一个神被人崇拜"[③]。

不仅有遗迹,金洪根发现在云南边区"孔明精神不死","边区的人,对孔明最为崇敬,祀奉孔明的庙宇到处可见。而关于孔明神奇的传说,更多的不可胜计"。云南边地多松树,有的满山皆是,但从过了莲花池一直到缅甸的这一片区域竟然没有松树,据当地人说是孔明南征经过了莲花池以东,所以有青松,以西,孔明未去,故瘴疠未除,松树不敢生,"可见边区人民对孔明敬畏之一斑"。金洪根还看到边地的房屋建筑类似诸葛孔

---

① 江应樑:《诸葛亮与云南西部边民》,《西南边疆》第6期,1939年5月。
② 张腾发:《缅甸观感》,《公路月报》第4期,1944年1月。
③ 谭伯英:《修筑滇缅公路纪实》,谭伯英等《血路》,云南人民出版社2002年版,第25—28页。

明的帽子式样,当地传说这种屋子可以为留在边地垦殖的士兵遮蔽瘴气的毒害。① 鞠孝铭在《滇西风土杂忆》中也有同样的说法,他发现滇西南的水摆夷的竹楼结构是"诸葛帽式",传说诸葛亮南征孟获,胜利后命士兵留下屯垦,士兵们惧怕瘴气,诸葛亮就命令士兵依照他的帽子建造房屋,果然平安无事,沿用至今。② 李俊辅在《滇西边地人民的生活状况》中说道:"他们最崇拜的是'孔明老爹'。"李俊辅看到边民谈起诸葛故事时,语气都非常敬畏,不禁感叹:"丞相威严,永憺天南。"③ 姚荷生在《阿卡人的故事》中讲到了有一位美国传教士初到澜沧县传教,倮黑族民众不接受信仰,他发现倮黑极其崇拜孔明,便跟他们说耶稣与孔明是弟兄,现在作为兄长的孔明已经死了,换为他的弟弟耶稣来统治世界,所以信仰兄长的也就应当信仰弟弟。④ 汪永泽到达芒市坝子,偶与夷人接谈,"始悉夷方人多尊奉诸葛武侯及明初南征麓川之王骥为神,每届祭祀,必先请孔明,次及王骥,再及诸神鬼。由此可见吾先哲对边区之德威"⑤。旅行者们记下滇边的孔明遗迹和传说,以此表明汉文化在边地的影响和接受。

通常认为武侯南征路线只到达今天云南的滇池地区和楚雄、陆良、曲靖一带,并没有到过滇西。⑥ 滇西之所以有大量孔明传说与遗迹,这与汉族移民影响、文化接触、宣传诸葛亮"南抚夷越"的民族政策以及塑造集体记忆等相关。滇西的孔明传说大都具有地方色彩,传说的本土化是对汉文化认同的表征。旅行者强调诸葛亮故事在边地的广为流传,不仅仅只是说明"先哲对边区之德威",更意在表明边民与"我们"有着共同的历史记忆。诸葛亮南征的历史已成为象征边地早已被中原文明覆盖的文化符号,从对这一符号的强调,可以看到文后作者所表露的情感与意图。

(三)"野蛮的可爱"

为了与边民建立"更密切的感情",抗日战争时期的旅行者发现了边

---

① 金洪根:《云南边区》,《旅行杂志》第15卷第5期,1941年5月1日。
② 鞠孝铭:《滇西风土杂忆》,《旅行杂志》第18卷第8期,1944年8月31日。
③ 李俊辅:《滇西边地人民的生活状况》,《旅行杂志》第18卷第5期,1944年5月31日。
④ 姚荷生:《阿卡人的故事》,《水摆夷风土记》,云南人民出版社2003年版,第250页。
⑤ 汪永泽:《夷区鸟瞰》,《川缅纪行》,上海:独立出版社1942年版,第43页。
⑥ (晋)常璩撰,任乃强校注:《华阳国志校补图注》,上海古籍出版社1987年版;方国瑜:《中国西南历史地理考释》,中华书局1987年版;江应樑:《诸葛亮与云南西部边民》,《西南边疆》第6期,1939年5月。

地特有的优秀文化价值以及与中原传统文明的传承渊源。因滇边的国防意义以及被战火席卷的危机，旅行者面对边地"各族同胞"，会刻意强调他们"对于抗战的认识"，以及凸显边地民族在抗日战争中的独特价值，其中最为明显的在于他们与自然抗争中形成的强健体魄与坚韧乐观的性格。

  徐以蔚在大理三月街上看到来赶集的各种边胞，有的甚至从滇西、滇南赶来，盛装民族服饰，五光十色，"好看极了"。他们到了下关，也要开开"洋荤"，去搭汽车时因不习惯颠簸而吓得大叫，但"那原始的直率是多么可爱"。在他们的摊子上，大都是放着些冬虫夏草、熊掌、熊胆、虎骨等，"他们的身体很魁梧，走起路来是那样的稳健"，"他们的风姿全很健硕，带着几分野蛮的可爱"①。"原始""野蛮"本是在文化价值体差序格局和现代性进步时间观念中与"文明""先进"相悖的词语，但徐以蔚却在其后冠之以"可爱"来修饰、彰显，这是作者对边地民族服饰、性情与风姿最为直观的感受，体现了抗日战争中亲近的观看距离。

  曾昭抡从昆明到畹町，在滇缅路上常常见到参与筑路的边地各民族，他的描述不是"故意炫耀神奇"，而是追求真实性。他还专门介绍了芒市、遮放、畹町地区的"摆夷""崩龙""栗粟""山头"四个族群。他发现"摆夷"汉化的程度最深，并亲近汉人，"所以对于我们的建国，应该是很好的份子"。"山头"人是"最富有诗意"的族群，他们背着刀或枪，甚至还没扎上红头巾的男孩每人都背一把比其身体还显得大的刀，张扬着无畏的"野性"，"那种勇武的气概，看来倒是可佩"。在去畹町的路上也"看见了扎红包头的'山头'男子，也在参加做工，帮助修公路"②。曾昭抡还提醒人们注意常用的"夷""掸"字的原意"都含着有鄙视的意思"，边地"同胞""不肯自认为夷族"，"为着免去种族间的摩擦起见，政府当局似乎应该毅然地下一次决心，把夷，苗等含有鄙视性的民族名称，一律废除，改用他们自己所定名称的译音"③。曾昭抡强调着边地民族的"爱国心"，突出他们在抗日战争中所具有的独特价值，呼吁人们不能存着任何"歧视的观念"。

---

  ① 徐以蔚：《大理的三月街》，《旅行杂志》第17卷第12期，1943年12月31日。
  ② 曾昭抡：《"摆夷"、"崩龙"和"山头"》，《缅边日记》，上海：文化生活出版社1941年版，第118—120页。
  ③ 曾昭抡：《滇边土司制度》，《缅边日记》，上海：文化生活出版社1941年版，第78—79页。

战争需要强健的身体和坚韧的搏斗精神,很多旅行者视边地民族为救国的劲旅,于是我们常常看到他们对边地民族健壮体魄的赞美。帅雨苍在开远看到"山民"不论男女都能在崎岖山径背着百斤的货物健步如飞,他们有"健全的体格"和"百折不挠的毅力",都是"健壮刚强,克苦耐劳的人民"①。帅雨苍还考察了路南的夷民生活,认为是环境促成了阿系、沙梅、独角夷等族群强壮的体魄以及勤苦顽强的性情,"他们向大自然搏斗,终日操劳,于是锻炼出了粗臂大腿,铁一般的满身紫黑肉的高大躯体的人群来"。在这大时代中,"苗夷本来是勇悍好战,富于自卫性的民族","他们也是救国的铁军"②。

李俊辅在滇西腾龙沿边各土司地考察,发现此区域的人天生强悍好武,出入必带刀枪,敌对时使用各自刀法,如胜利了,便可受人尊敬,生性极爽直。③姚荷生在"富庶的罗必甸"南门外的山脚,遇见几个穿着青布衣的傈僳妇女,每人都赤足背着很大一捆柴向城里走去,"看到这种红润的脸,粗壮的腕和腿,觉得另有一种动人的美"④。李希泌在《腾冲琐记》写了于遮岛(今芒市梁河南甸)市集所见,每逢街子,四方夷人皆来相会,女子簪花,男儿负筐,熙熙攘攘。李希泌介绍了摆夷、阿昌、栗粟、卡瓦、山头等族群的服饰和习性,如摆夷有文字,服饰整洁,女子眉目清扬,栗粟服色红绿相衬,鲜艳夺目。"夷人除摆夷崩拢外,性多凶狠,负长刀,赳赳似武夫,如能施以教养,不难成为劲旅,匪仅捍卫西南,足可出为国家杀敌抗战;昔唐太宗高宗引用番将,已著绩于前,何尝不可效法于后,特今之秉政者未能注意及此,可慨也"⑤。徐学谦途经呈贡、玉溪、峨山、元江、墨江等迤南区域进行地理考察,他这样介绍苗人女子:"她们身躯较汉人略短,而强健则远过之","很能吃苦耐劳,又极忠实可爱"。地形组的行李雇她们背负,她们背着重物走在峻岭险径,"一路还是若无其事地唱着她们忽高忽低的单调而和谐的山歌",洋溢着天真、简朴与愉悦。徐学谦对她们这种"布衣菜根,可乐终身"的精神

---

① 帅雨苍:《阿迷洲记》,《旅行杂志》第14卷第5期,1940年5月1日。
② 帅雨苍:《路南的夷民生活》,《旅行杂志》第14卷第2期,1940年2月1日。
③ 李俊辅:《滇西边地人民的生活状况》,《旅行杂志》第18卷第5期,1944年5月31日。
④ 姚荷生:《富庶的罗必甸》,《水摆夷风土记》,云南人民出版社2003年版,第22页。
⑤ 李希泌:《腾冲琐记》,《西南边疆》第11期,1940年9月。

产生了"敬爱"。"只有可敬的她们这种精神,才能抗得战建得国呀!"① 因为抗战,边地民族强健的体魄与救国的"劲旅""铁军"以及抗战建国联系了起来。

闻一多强调"打仗不是一种文明的姿态",在抗日战争时期是后方的几万万"庄稼老粗汉""保证了我们不是'天阉'"。"你说这是原始,是野蛮。对了,如今我们需要的正是它。我们文明得太久了,如今人家逼得我们没有路走,我们该拿出人性中最后最神圣的一张牌来,让我们那在人性的幽暗角落里蛰伏了数千年的兽性跳出来反噬他一口。"② 滇缅边地、滇越边地的旅行者也在赞美着边地民族的"野蛮":徐以蔚认为原始直率的边地民族非常"可爱";曾昭抡认为边地民族对于抗战建国"应该是很好的份子";帅雨苍称赞夷民体魄的"强壮刚强",强调他们是"救国的铁军";李俊辅书写边地民族的健硕爽直、强悍好武;姚荷生赞美傈傈妇女劳动中"动人的美";李希泌认为只要"施以教养",边地各民族能成为捍卫西南以及为国家抗战的"劲旅";徐学谦认为要有苗族姑娘一样强健乐观的精神,才能抗战建国。在滇边的旅行者明白抗日战争需要血性,需要边地各民族在与险峻自然抗争中所形成的野性与强力。

潘世徵在《滇黔桂边区的旅行》中写到他参加由杜聿明等率领的一个四十多人的行军队伍,随行到滇黔桂三省的边地视察。到嵩明附近时,潘世徵这样描述沿途所见:

> 过小新街之后,走入了山地,沿路上所见的民房,简直没有一所比较完整的,许多衣衫褴褛不完整的孩子们,他们伸着大拇指叫"顶好",车上的人们回他一声"顶好",贫穷到这般地步,滇边的民众,没有一个人不咬着牙关,像全中国的民众一样,支持着长期抗战,谁说不是"顶好!"③

潘世徵不仅强调边地人民如全中国的民众一样支持着抗战,当他沿着滇越道考察,参观竹园坝的水利工程,还想到之前很多人前往西北但却找

---

① 徐学谦:《记迤南途中》,《旅行杂志》第17卷第4期,1943年4月30日。
② 闻一多:《闻序》,刘兆吉编《西南采风录》,上海:商务印书馆1946年版,第3页。
③ 潘世徵:《滇黔桂边区的旅行》,《战时西南》,上海:华夏文化事业社1946年版,第87—88页。

不到想象中的"富源",现在滇边有大好良田,加以建筑新的水利工程是"奠定立国的百年大计,真是迫切需要"①。当旅行者把边地当作抗战建国的希望时,他们就会去发掘开发边地的潜力。姚荷生到了普藤坝,看到坝中一条普藤河,便想到"灌溉绝无问题,土质也很肥沃,可是现在只有极小的部分被利用,十分之八的良田还荒芜着。如果决心开发边疆,这里足可容纳一二万的移民"②。汪永泽从大理至漾濞的途中,看见沿途河床倾斜,水流湍急,终年不会干涸,也设想着"若能利用以兴水电工业,振兴迤西得天独厚之林业、造纸业、皮革业、乳酪业,前途实未可限量"③。鞠孝铭旅居滇西,时愈半载,在《滇西风土杂忆》中介绍了芒市、南丁河谷等滇缅公路沿线地区丰富的天然资源,并强调"这种所谓'夷方'地带,土壤肥沃,矿藏丰富"④。邢公畹在红河流域的傣族寨子调查时,与当地受过现代教育的土司少爷普诚谈及红河低谷地区的资源利用问题,邢公畹强调此地并不是"被人抛弃的烟瘴之地",而是田野广阔,稻谷丰产,水果繁多,只要能引导红河水灌溉,"从农业资源上看,这里实在是大有可为的"⑤。

独特而优秀的文化价值观,安宁祥和的边地社会,强健乐观的生命形态,有待开发的丰富资源以及抗战中正在发挥积极作用的边地各民族,这些都是作者们在边地旅行、考察时所发现的丰富之处。之所以强调边地与中原文明渊源甚深的文化习俗与诗意风景,以及书写孔明传说在边地的流传,是因为作者要以此巩固和根基情感来凝聚抗日战争中的边地各民族,从而纳入民族共同体的内部来。他们对边地的书写不是夸大相异,不再是边远蒙昧之地,而是同化思路,把传闻中原始可怕的"边夷"塑造成了齐心抵御外侮的同胞,反映了作为观看方的旅行者、考察者的时代情境和社会文化认同。抗日战争时期特有的观看角度所造成的印象与描绘,构建了战时边地形象,不仅突出了边地同胞之于抗日战争的独特意义,还呈现了边境之城的时代风貌。

---

① 潘世徵:《滇越道上》,《战时西南》,上海:华夏文化事业社1946年版,第59—60页。
② 姚荷生:《土匪和猛兽的区域》,《水摆夷风土记》,云南人民出版社2003年版,第53页。
③ 汪永泽:《滇缅道上》,《川缅纪行》,上海:独立出版社1942年版,第33页。
④ 鞠孝铭:《滇西风土杂忆》,《旅行杂志》第18卷第8期,1944年8月31日。
⑤ 邢公畹:《红河之月》,《红河之月》,天津人民出版社1957年版,第85页。

## 二 边城风貌

当滇缅、滇越边地由"旧中国的后门",变为"新中国的大门",由"最后方"而变成了"最前线","全国人瞩目它,关心它"①。僻处边陲的芒市、保山、车里等城市也进入了人们的视野。三座城市紧邻边境,亦是最早受到战火波及的地方,位置的扼要以及特有的民族风貌让很多旅行者驻足观看,他们已不再强调其边缘性或边疆性。抗战所带来的民族凝聚力,让他们从中国社会发展同一历史进程中的文化资源、地理空间等方面来同构边城的战时风貌,把原本遥远、模糊甚至荒凉、可怕的边城变成了既有时代印迹又有自身魅力的真实边城。

### (一) 芒市:从"蛮烟瘴雨"到静穆祥和

云南大学文法学院教授赵晚屏,为了研究西南边疆"民族之间同化的问题",1939年到芒市调查其文化情形。选择芒市不仅因为接近汉人区域,富庶繁华,还因滇缅公路筑成后,这里成为抗战物资中转站,市面能看到现洋、铜钱和国币,"种种现象表示芒市是在两个有力的外来文化的边际上"②。位于滇缅边境的芒市是滇缅公路的大站点,是滇西抗战中的主要战场,历史际遇使人们对它有了深入的认识。

1939年,萧乾从香港经河内赴滇缅公路调查,"从昆明到大理、龙陵、芒市,自畹町到缅甸的腊戍,我仆仆风尘地在工地上奔走着,采访着,工作着"③。一路上听到人们提起"芒市"的神情语调"如同闹鼠疫的汉漠林城"。听到各种警告虽也惴惴不安,但在有科学防范意识的前提下,"决定用自己试验一下这死亡的陷阱"。萧乾黄昏时分初入芒市,本想"寻觅着那传说中的'蛮烟瘴雨'",然而:

> 我看到的却是为澄紫色的夕阳染成淡淡有层的山峦,朱砂的土地上,支撑着一幢幢长腿的竹舍,硕大的榕树伤感地拖着细长须丝,磁竹有如北方的马尾莲,那么一抱抱葱郁地茂长着,而飘在瘦长的金浮屠上,是边境特有的云彩,自得像雪,团团也像雪……道旁野生的霸

---

① 鞠孝铭:《滇西风土杂忆》,《旅行杂志》第18卷第8期,1944年8月31日。
② 赵晚屏:《芒市摆夷的汉化程度》,《西南边疆》第6期,1939年5月。
③ 萧乾:《未带地图的旅人:萧乾回忆录》,中国文联出版公司1998年版,第96页。

王鞭多如茅草，大如小丘。合欢树下，席地坐着个傣族姑娘，忧郁俊秀的脸庞上团团盘着一束辫髻，两手无心地揉着土，像是在看云，还是在看守田丘上的大水牯，没人知道。只是一会，竹林丛中飘起一阵尖锐的笛声，她一把拉住合欢树的枝桠，人腾地站起来，便向那笛声的方向飞奔去了。①

传闻中的"蛮烟瘴雨"寻觅不到，看到的却是这样一幅生动美好的画面，萧乾用诗意的笔调"为这样一个美丽地方鸣冤"。对比先前各种可怕的警告或是好心的劝说，当面对映入眼帘的芒市时，所带来的视觉震撼就连笔调都带着欣喜。四围景色，亦自成佳趣，竹楼、寨子、蕉林、筒裙、清溪、稻田、大榕树，热带的风情摇曳着，佛寺传来阵阵诵经声，边境生活如此静谧祥和。当到街子天，"静美"的芒市就会变得热闹、有生趣。"竹棚下密密摆起摊子，空手的，负篓的，赶骡的，四乡民都麇集于此。燠热的太阳蒸起人畜的气味和老乡刻不离口的槟榔味。摊上闪动着锄犁，漆和蜂蜡，燧石和锡箔，经缅运进的廉价洋货，五色玻璃串球、赝品银玉器、棉布、瓷陶器。且时有伟男子就地陈列他新获猎的兽皮，抱了双肘，炯炯瞪着往来行人，说不清他是在兜卖，还是在耀武扬威。"②边境小城，洋货与山货汇集，也是"民族的大汇合"：傣族的各色衣裙，傈僳姑娘的田字图案五彩花衫，德昂女子着紫红麻衫，缠了十几箍黑圈于腰间，山头姑娘穿着珠花裙，卖着"五色锦"和"同帕"，隆重漂亮。萧乾写作的目的是为芒市"翻案"，亲历后更显得传闻的无知与可笑，他还强调被别人告诫千万不能吃的米，亲自尝了后是那么香甜，在文章结尾更是把人们所说的"要上芒市坝，先把老婆嫁！"改成了"要去芒市坝，先把老婆带。"因为那"罕世的美"应是夫妻同赏的。

同样写了芒市赶街风情的还有张继志和王启熙。张继志到达芒市时，适值赶集，热闹异常，商贩大都为妙龄少女，"盖摆夷风尚重女轻男"，丈夫"反成一贤内助矣"。闲步街市，发现芒市币制甚为复杂，银圆、法币、卢比，甚至前清之方孔小钱都能见到。"此等夷商均无店铺，席地而

---

① 萧乾：《我爱芒市》，傅光明编《萧乾文集》第 4 卷，浙江文艺出版社 1998 年版，第 72—73 页。

② 萧乾：《我爱芒市》，傅光明编《萧乾文集》第 4 卷，浙江文艺出版社 1998 年版，第 74 页。

坐，竞相叫卖，服饰多黑色，头戴高冠，犹如古画中之人物。"① 王启熙从昆明到芒市，进入坝子，四面皆山，当中是平原，田土肥沃，只见草房子、竹篱笆、菖蒲、榕树，尽是热带的趣味。也恰逢赶集，看到人们挑着担子或是赶着牛车来参加，每人都有一个佩囊，物品琳琅满目，足见边地的富庶。②

1941年，曾昭抡在滇西为了耕作而"烧山"的壮观火光的映照下到了这高黎贡山中的大坝子。初入芒市的印象是这里的米很好吃，如萧乾在《我爱芒市》中特意强调的一样。茅屋、瓦房、洋房点缀于竹丛蕉林后，"仿佛就是一所天然的大公园"。出了城西门，有一片草地，"有点上海兆丰花园的样子"，但不喧闹，空气是恬静的。绿草斜坡，几头黄牛，优游自乐，用来舂米的木头"水臼"立于清溪中，溪旁有洗衣的女子，"在紧张的抗战局面当中，想不到交通要线的站口，是那么地静"③。转到集市中，会看到很多穿着美观并梳着精巧发髻的摆夷妇人，又是另一番气象。曾昭抡在芒市还拜访了方代办的"裕丰园"别墅，参观了"菩提寺"，并游览近郊的温泉，有了这些见闻后，他不禁感叹：

> 在没有来这里以前，我个人心目中的想象，以为芒市一定是一处不知怎样荒凉的地方，或者甚至像沙漠似的。可是来到这里，立刻就发现了我自己的愚笨。芒市不但是不荒凉，而且是一路来最美镇市。美丽，清洁，安静——这是我拿来描写芒市的形容词。④

当见证了芒市的静美与繁华，才惊觉自己之前的"愚笨"，所谓"荒凉"的想象是那么可笑。同样地，佘贵棠来芒市之前听到的都是传闻中横行的瘴气，当他来了后，看到坝子平坦肥沃，宜于耕作，"夷民以农为业，文化臻相当高度"⑤。

---

① 张继志作文，萧乾、邓光摄影：《从昆明到仰光》，《良友》第154期，1940年5月。
② 王启熙：《昆明芒市间的旅程——滇缅公路行程片段》，《旅行杂志》第15卷第3期，1941年3月1日。
③ 曾昭抡：《芒市风景线》，《缅边日记》，上海：文化生活出版社1941年版，第83—84页。
④ 曾昭抡：《芒市风景线》，《缅边日记》，上海：文化生活出版社1941年版，第82页。
⑤ 佘贵棠：《滇缅公路纪行》，《旅行杂志》第14卷第12期，1940年12月1日。

田汝康跟曾昭抡、佘贵棠一样,当认识了"边区文化"后,就不再抱有"内地人对于文化上所有的自尊心"。田汝康于1940年西南联大毕业后,担任费孝通的研究助理,到芒市一带进行田野调查,发现芒市"稀有的价值观,一种不愿意在物质上求竞争的价值观念。在芒市用以衡量物质价值的是施舍而不是获得","社会是那样的安静和平,环境则又是那样的陶醉迷人,甚而一般人的面貌也都特别的肃穆雍容"[①]。田汝康喜欢边地人民日出而作日入而息的生活方式。晨鸡初唱,四围竹篱中透出妇女舂米的声音,赶街子的最早出门了,下田、驮柴的相继离寨,人们分散在山水田野间辛勤劳作着,牧牛群也在牛角号低沉的声音中悠悠上山。晚饭后,老人到佛寺听和尚讲经,中年人围着火炉,一壶花茶,几管火草烟,三五成群,话着家常。青年男女则人约黄昏后,或打情骂俏,或静坐谈心。田汝康在那木寨居住考察时,提着手提箱,骑着土司属借给他的老马,人困马乏时,总能得到边地人民的热情招待。在田汝康看来,芒市边民的生活是有条不紊的,土地肥沃,自给自足。然而这种祥和、安宁的日子却被战火毁坏,作者离开时曾在南天门山上,"看见整个坝子卷在烛天的火舌里,熊熊的烈焰下,隐约有一阵涕泣声音随风送来"。但"希望这场烈焰会给芒市一个锻炼的机会",也坚信它会以"一种保持幸福欢乐常在的力量"渡过这次劫难[②]。田汝康写作时忆起那木寨的古寺桃花,对芒市不仅赞美,而且"敬仰":

  远投边荒。两年多的奔走,在一个内地人甚少履足的乡寨中居住了将近十个月,无形中认识了边区文化是什么一回事。慢慢的我忘记了烟瘴的可怕,漠视了毒蛇猛兽的攻击;再进一步,且失掉了一般内地人对于文化上所有的自尊心。我不单感情上羡慕边民的生活,理智上对于他们的文化更有无限的敬仰。[③]

---

  ① 田汝康:《忆芒市——边地文化的素描》,《旅行杂志》第17卷第3期,1943年3月31日。

  ② 田汝康:《忆芒市——边地文化的素描》,《旅行杂志》第17卷第3期,1943年3月31日。

  ③ 田汝康:《忆芒市——边地文化的素描》,《旅行杂志》第17卷第3期,1943年3月31日。

一个署名"亦园"的作者与田汝康一样，都因如此安宁、祥和的芒市将被战火席卷而痛心："去岁于役滇西，道经芒市，闲访野寺，话异地之桑麻；小过蛮家，记边城之风月。今芒市烽火未泯，战云正亟，重温旧句，徒增禾黍之悲！结念余生，犹有尘沙之感。"滇西已是烽火硝烟，他只能深情忆起"一路前溪接后溪，修篁深处隐招提"的景色，以及少女们"对襟衫子黑丝绦，两勺清泉一担挑"的美好①。署名"硕果"的作者亦是极力抒发芒市之夜的静谧美好：

> 太阳开始从西面的三台山没落下去的时候，在田野和山林里做工的摆夷姑娘挑着一副担子摇摇摆摆地回家去。她们一方面移摆着轻盈的脚步，缓缓地走，一方面唱着尖锐而感人的山歌。她们底歌声就像春深时的柳絮一般在芒市的空间飞扬着，像一柄密制的刀一般拨动每一个人的心弦。跟着这些摆夷姑娘的歌声，夜的影子便暗暗地伸展到芒市来了。②

芒市的夜色在作者笔下美得如梦似幻，"人们从来不能克复时间所给予他的残忍的限制，从来摆脱不了空间所给予他的不幸的束缚"，但芒市的夜月"使人感觉到梦的境界和幻想的自由都是没有限制的"，群山环抱中的月色让人遥想悠久的远古，让人怀想山河重隔着的故人。③

陈才从芒市调查回来后，很多友人会询问他诸如"摆夷人很野蛮么""像不像贵州的苗子"的问题，于是写了自己在芒市的见闻，以"真实事迹"去除人们的荒诞"想象"。刚进芒市，只见摆夷男女穿得漂亮齐整，"女的都是红润的脸庞，灵活的眼睛，每一个人都似乎有一种很得体的风采，找不着一点东方的病态的美"。尤其是着白色上衣黑色筒裙的"小菩萨"们，银纽扣，盘着髻，还戴着圆顶帽，在竹林小路中自成一景。到了村落，"美丽温柔"是所得印象，似进入了"理想国度"。"那红红的土壤上，耸立着挺秀的绿树，一团团的榕，紧紧地一个簇拥一个，那些善良的人，在不喧闹的村庄上徜徉着，蹓跶着，并对于陌生的游客，从来不带

---

① 亦园：《芒市竹枝词》，《电工通讯》第 19 期，1942 年。
② 硕果：《芒市之夜》，《妇女月刊》第 3 卷第 5 期，1944 年 4 月。
③ 硕果：《芒市之夜》，《妇女月刊》第 3 卷第 5 期，1944 年 4 月。

惊异的眼光,更使人感到温暖。"① 秋季,月朗风清,少女们带着自己的纺车围坐在空场上,低沉的织布声与清亮的歌声汇成"一支美丽的交响"。筒裙下面"掩藏着一张沉默的精巧的凳子",等待着心上人。春光旖旎,风和日暖,便是"谈佛"的时候,中老年的摆夷日夜守在佛殿里默祷祈福,佛殿外空场上却燃着火堆,青年男女在篝火旁谈天歌唱。此地的男子都要做一段时间的和尚,阅读的经书"是一种优秀的文字",所以"文盲极少",且还有独特的历书推算法。在深情追忆芒市见闻的时候,滇西已烽烟四起,陈才在文章末尾写道:

> 如今,这一带锦绣的河山,已经变成了世界战场重要的一角了,这些中华民族的一员,是站在最前线的哨岗了,所有的摆夷,不,连野人,卡瓦,栗粟,……都统统在内,要以他们勇敢积极的精神,强健耐劳的身体,一齐团结在抗战的队伍里,来打击我们的敌人;实在的,他们最熟悉地理,也最了解地方情形,将来一定可以贡献出一般人所不及的力量。②

在战时"开发边疆"的时代背景下,萧乾以优美的笔调为芒市"鸣冤"和"翻案",揭开"蛮烟瘴雨"可怕传闻背后的美丽生动。张继志、王启熙介绍芒市热闹的市集。佘贵棠感叹芒市如画的田畴和很高的文化程度。曾昭抡描绘芒市的风景线,赞叹在紧张的抗战局面中依然静美,并不"荒凉",还反观出自己曾经的"愚笨"。田汝康欣赏边地人民道法自然的生活方式,于战火烽烟中离开时坚信"稀有的价值观"会让芒市在抗日战争中显出力量,芒市之行让他不仅丢掉"内地人"的文化优越感,而且对边地文化"有无限的敬仰"。陈才笔下的芒市静谧旖旎,当变成"站在最前线的哨岗"时,陈才坚信"这些中华民族的一员"会团结到抗战队伍中来。亦园和硕果的文章都是对芒市之静美的抒发,写得越是美好,当毁于战火时越是愤慨。这些旅行者以抗日战争中的亲历考察,极力描摹芒市的自然风光,社会风貌,破除那些厚重的恐怖传闻,把真实美好的芒市介绍给人们。

---

① 陈才:《追忆滇南芒市的摆夷》,《旅行杂志》第 18 卷第 2 期,1944 年 2 月 29 日。
② 陈才:《追忆滇南芒市的摆夷》,《旅行杂志》第 18 卷第 2 期,1944 年 2 月 29 日。

## （二）保山：滇西重镇的"中原"气息

王启熙在《昆明芒市间的旅程——滇缅公路行程片段》中说保山"为滇西的重镇，算是滇缅公路各站中最繁盛之区"。保山是中缅贸易中心之一，货运繁忙，很多旅行者也在此留下了足迹。王启熙留宿保山，住中国旅行社招待所，招待所占了太保山玉皇阁的一部分，古色古香的五云楼、五云轩都作为旅客的房间。晚景和静，倚栏眺望，观山云变幻，远峰出没，悠然自得，夜间坐在轩前，下望全城的灯火，月亮挂在天空，映出城市山林的淡影，从玉皇阁传来的古钟声让"奔波的旅客心境一时清净"，天明后又游龙池、雁塔，览风景名胜。① 佘贵棠说保山"夙为滇西奥地"，只见市场殷盛，雉堞修整，环山之中，青禾盈野，小村错落，与友人一起登太保山。"登临俯瞰，举城在望，阁侧松柏苍翠，烟霭围绕，俨然故都西山风光，亦公路沿线一胜景也。"② 途中看到一西服女士，很惊讶，询问后得知其为国立华侨中学学生，该校在此成立不久。张腾发从昆明到缅甸腊戌，需留宿保山，只见"环城村落旷平，良田万顷，一望无际；屋舍井然，炊烟迷漫，四围的青山，若隐若现"③。

曾昭抡到达保山时，看到平坦沃土中满是水稻、蚕豆、小麦，用青砖砌成的城墙显得古老而庄重，还有太保山的名胜和玉皇阁的古迹。晚间，街市上点着打气灯、洋油灯、马灯，还有铁碗中燃着的松明子，别有风味，照明方式的多样性足见保山在抗日战争中的多方汇聚。"保山是滇西最热闹的城市"，丰富的物产，各色洋货，陶器瓷器，与南京板鸭相似的保山板鸭，还有中华书局、商务印书馆的支店以及由旧时文庙改为的师范学校，足见"地方富庶，保山的文化水准，比较地高"。还能在街市上看到驮着木柴的牛，穿着各色绣花鞋的小脚妇人，"古今中外"的代表因滇缅路都汇集于此：

> 保山的种种，都有北方风味。大约来这地方的人，原籍多半是华北和长江各省，就中从南京，江西，山东等处来的，似乎占重要成

---

① 王启熙：《昆明芒市间的旅程——滇缅公路行程片段》，《旅行杂志》第15卷第3期，1941年3月1日。

② 佘贵棠：《滇缅公路纪行》，《旅行杂志》第14卷第12期，1940年12月1日。

③ 张腾发：《缅甸观感》，《公路月报》第4期，1944年1月。

分。城内的建筑物，完全像中国北方城市的样子。房屋的外墙，有青砖、土砖，与黄土和石子砌成的三种。房子几乎全只有一层。房内墙上用白纸裱糊起来。窗是中国式的木格窗，上面糊着一层白纸。人民的风俗习惯，和北方很相像。说话的口音，很带着有江西和南京的风味。①

汪永泽到达保山时，跟曾昭抡的感受是一样的，他在《滇缅道中》写到保山人的语音是南京腔与川滇官话相混杂，极易辨别，民风淳良。城市依山而建，颇为雄伟。"傍山面河，控扼要津，吾人可以想见先人经营之卓识，与创业之不易也。"保山城为农业区，水利修明，"播稻、植桑、育蚕、春耕夏耘，乃至服饰风俗，与江南之农家无不略同"，且城市建筑"酷似江南小城镇"②。

抗日战争中"服务于运输界"的赵贤贵，在《纪永昌城》中说到自滇缅公路通车后，保山成为后方交通之要道，军运之重站，"为抗建物资吐纳的孔道"。城内街道平直，雕刻美观的牌坊林立，"别有一种严肃而整洁之风味也"。华洋百货琳琅满目，蔚然大观，山明水秀，玉皇阁立于山腰，幽静宜人。当第一次入缅作战失败后，"后方的永昌城即变为前方的要冲"，1942年5月4日，空袭的敌机对挤在城内外的街道和公路上大量的难侨、从缅甸退至保山的伤兵和普通百姓进行疯狂的低空扫射，尘烟蔽日，尸横满街。"华侨中学首当其冲，全部校舍，变为瓦砾，并有燃烧弹炸着女生宿舍，女同学几无一幸免。"③ 从缅甸至此的难胞、士兵，一路逃难、撤退，还惊魂未定，而空袭之殃又临。

> 永昌城被炸后，残酷之象，实惨不忍睹，但我们的抗战是越战越强，越打越勇，我们的建设工作，破坏越大，建设越速，摧残越凶，复兴越快，永昌城就在这个原则的推动下，在炸后的不久，当笔者重过其地时。他又以整齐朴实而严肃的伟大姿态，出现于顽敌阴伺的前哨线上了。④

---

① 曾昭抡：《保山》，《缅边日记》，上海：文化生活出版社1941年版，第59页。
② 汪永泽：《滇缅道中》，《川缅纪行》，上海：独立出版社1942年版，第35页。
③ 赵贤贵：《纪永昌城》，《旅行杂志》第17卷第8期，1943年8月31日。
④ 赵贤贵：《纪永昌城》，《旅行杂志》第17卷第8期，1943年8月31日。

潘世徵也写了保山城遭受轰炸后的复兴建设。1943年，潘世徵来到保山，此时距轰炸已有两年，他见到城内从东门到西门这一条热闹的街市上，"大部分房屋皆已修复"，"现在的保山城，并不萧条，这是可以向后方民众告慰的"。人们在一片焦土、碎瓦之上，"正在建设着一个复兴的城市"，并成为滇西抗战中的"西线的大仓库"①。

对芒市的书写，旅行者喜欢描摹当地民族美好的生活方式，突出其特有的优秀文化。旅行者在保山却是游览名胜古迹，欣赏古寺钟声、青禾盈野的诗意。尤其是喜欢寻找保山的中原气息："北方风味"，"酷似江南小城镇"，"俨然故都西山风光"，与南京相似的吃食以及"带着有江西和南京的风味"的口音等，以此突出保山与内地文明的联系。新办的学校，抗战物资的集散，可见保山在滇缅抗战中发挥着重要作用，虽被炸得满目疮痍、断壁残垣，但保山"越战越强"，以快速的建设与复兴彰显其顽强抗敌的英勇决心。

### （三）车里："揭开了神秘之幕"

"车里一名词有广狭二个意思，狭义的车里仅指今日的车里县的地方。广义的车里则包括在名义上受车里宣慰使统治的一切区域。"② 狭义的"车里"，今为西双版纳傣族自治州的州府景洪，广义指的是整个版纳傣族区域。李拂一在《车里》一书的"序言"中说道："我在滇调查民族两年，略知一二，常以为全滇最秘密的地区有四：一曰迤西西北的野人山；一曰迤西西南的胡卢国；一曰迤东川滇交界的巴部凉山；一曰迤南的普思沿边——车里。"③ 为了呈现掩盖在神秘传闻中的真实的车里，李拂一在书中介绍了车里的历史沿革、地理、户口、物产、交通、民族、语言文字、宗教、民俗、政治。车里东南界法属越南，西南界英属缅甸，边患危机重重。但如此气候温和、土地肥沃的富饶之区，国人置若罔闻甚至以讹传讹，李拂一只能实地考察后来向人们介绍真实的车里，并在文中详细标出每一块界碑的具体位置，明确车里的范围和与邻国接壤的界线。

"今日在抗战建国的过程中，大家谈开发西南，谈难民垦荒，谈增加

---

① 潘世徵：《西线的大仓库——保山》，《战怒江》，上海：文江图书文具公司1945年版，第7页。

② 姚荷生：《十二版纳》，《水摆夷风土记》，云南人民出版社2003年版，第63页。

③ 李拂一：《车里》，上海：商务印书馆1933年版，第1页。

战时生产，那么像这样广袤无涯的滇南边区，我们是不能忽视的。"这是张凤岐到车里考察的原因。他根据到边陲九个月的调查所得，将车里的特产资源、农业生产方式和土地制度一一介绍。通过自己的具体报告，"希望朝野人士，凡关心边区的生产的，关心边区的资源的，予以特别注意"①。

姚荷生于1939年2月抵达车里，考察了一年有余。他说车里曾是"云南的神秘窟"，"车里"成了"神秘"的同义字。人们对车里都是神秘模糊的想象：原始森林，瘴气迷漫，池沼巨大，有毒蟒和残暴的虎豹，有奇怪的"蛮族"，嗜血可怖。姚荷生对人们如此认识车里深感忧虑：

> 对于地广人稀物产丰饶的南天乐园，对于国防要隘的边疆，如此的缺乏了解，不能不算是我们的耻辱！抗战之后，开发边地的呼声响遍了每一个角隅，政府虽然也会派人来调查，可是为了畏苦和畏病，都没有长久的详细的调查过……一些野心的国家，或者更改国名来引诱我车里的夷族同胞，或者进兵越南预备沿江河直入这神秘窟而拊昆明之背。我们不能让这神秘窟再神秘下去了，揭开了神秘之幕而一窥其实在的情形。在现在是必要的吧！②

为了"揭开神秘之幕"，告诉人们车里的"实在情形"，姚荷生在文中对其地域和地势，民族和人口，瘴气和疾病，气候，经济产物等都做了详细介绍。他的《车里水摆夷的社会组织》一文又是从社会学角度考察车里的家庭组织，寨的组成，社会的阶级以及妇女的地位。③ 而《水摆夷风土记》一书主要描摹了车里的迷人景致。车里县城紧靠江畔，昔日的城墙只剩下二三尺高土垣的遗迹。两栋壮丽的建筑尤为显眼：一为柯树勋经营滇边时的府址，大堂庄严，庭院深深；一为美国长老会传教的地方，红色缅瓦，鹅蛋石砌成的墙壁上爬满绿色藤子。县城被澜沧江和流沙河围绕，背后是雄壮苍翠的山，十几个村子散落于坝子各处。"这个四季温

---

① 张凤岐：《一个原始农业生产的边区：车里》，《西南边疆》第2期，1938年11月。
② 姚和生：《车里水摆夷的自然环境》，《旅行杂志》第17卷第6期，1943年6月30日。
注：姚荷生发表《车里水摆夷的自然环境》和《车里水摆夷的社会组织》两篇文章时，署名为"姚和生"。
③ 姚和生：《车里水摆夷的社会组织》，《旅行杂志》第17卷第3期，1943年3月31日。

和，雨量充沛，土地肥沃的区域，自然极适于植物的生长。所以一眼看去，简直是一个绿色的世界。"① 村落附近常见开着艳红花朵的攀枝花树，绿荫如盖的大榕树，还有高高的槟榔树。在姚荷生看来，车里的民族如此"秀丽"，"爱花爱笑"，爱音乐，喜水爱浴。"月夕花晨，随时传来了悠扬的笛韵；山涯水际，到处飘荡着曼妙的歌声。在任何宗教的或节令的盛典中，歌声总是响彻四境。"② 此地恋爱自由随性，女性地位优越，是"真正的男女平等"，所以在作者眼中，车里是一片"没有贫富没有侵夺的乐土"。《亚热带的夜》一文，姚荷生以抒情写意的笔调描绘夜色来临时的景致，在一弯新月、数点疏星的夜里，大地浸润在一种迷离朦胧的光线之中，热带独有的神秘之美就出现了：

> 村头响着一片锣鼓铙钹的声音，小和尚们放开柔嫩的嗓子，一条声地唱着庄严的佛经。这种经声是平静的，沉重的，带有浓厚的催眠的魔力。太阳的睡意慢慢地重了，最后颓然倒在山后的床上。宇宙间暂时是一片黑暗。渐渐地星儿睁开它们的晶莹的小眼，纤月洒下她的微弱的光辉，大地上又现出朦胧的光明。③

姚荷生赞叹车里灿烂的黄昏、幽静的夜色，从暮霭到夜半，景色奇妙变幻，犹如"仲夏夜之梦"。他参加宣慰使九龙王府之宴，站在王府楼上远眺整个车里，青山四合，绿染平坝，掩映于树林的寨子飘出缕缕的轻烟。暮霭沉沉中，山林、水畔、田间传来隐隐歌声，人们缓缓归家。面对这样美丽幽静的画面，姚荷生不禁作诗曰："陌上清歌游女归，昏鸦点点带霞飞；千山绿树迎新月，一片江潮送落晖。"④

但这样幽静美丽的车里也随之被席卷入战火，陈洪进在由景栋至佛海的路上，"时常看得到成群的由暹罗的回国侨胞"，有的骑着马，大多数是负荷着家庭用具，担着老弱，步行返国。陈洪进由昆明沿着滇缅公路到缅境又转到普思沿边的车里，不禁感叹：

---

① 姚荷生：《车里一瞥》，《水摆夷风土记》，云南人民出版社2003年版，第68页。
② 姚荷生：《爱笑爱花的民族》，《水摆夷风土记》，云南人民出版社2003年版，第81页。
③ 姚荷生：《亚热带的夜》，《水摆夷风土记》，云南人民出版社2003年版，第115页。
④ 姚荷生：《九龙王府之宴》，《水摆夷风土记》，云南人民出版社2003年版，第119页。

在中缅边境,有民族问题,有帝国主义的殖民政策的具体表现,有中缅关系的历史陈迹和现实的外交问题,有十足的封建制与农村公社残余混合在一起的社会经济生活,有丰富的潜藏的自然富源,有很复杂的社会问题;这一切都是待人去探讨的,它的学术价值以及现实政治价值,是同等重要的。①

一个署名"大威"的作者,在《滇西南之行》中的前言部分强调了自己考察的缘由是因云南西界英属印度、缅甸,南与法属安南相接壤,为西南国防屏障。"今者烽火已突破滇西门户,然则此后对于大后方建设,及边区文化工作,实刻不容缓,诸待努力,以为反攻之准备。"② 记录下自己的旅行见闻,是希望人们能对边疆工作发生更大兴趣。因住车里较久,作者介绍了摆夷的自由美好的恋爱婚俗,虔诚的佛教信仰以及"留着古风"的服饰,认为边地人民是如此的"温柔诚实":

> 当全球正是到处烽火连天的时候,他们仍是过着千百年来"日出而作,日入而息"的安静生活。因为地理近热带,土地肥沃,物产丰富,加以每平方公里仅有十多个居民,形成了地广人稀,和平富庶的环境,他们又没有其他奢求,生活也就简单起来,无论"衣""食""住"所需一切都是一人自制自享。③

蔡文星同大威一样,也在赞颂车里在烽火中的安静与坚韧。他在《车里小记》中说到摆夷称车里为景洪,"景"在夷语中指"城","洪"是"虹"之意,"这是一个极美丽的名字"。他介绍了车里街市的格局,平整简洁,每逢赶街,市场如堵,县政府是二幢"代表中国文化的房子"。作者还详细描述了战乱中归国华侨的生活情形:沿路携老带幼,狼狈不堪,刚回祖国,人地生疏,因所带来的是卢比、暹币,举步维艰。"他们搬迁的时候,正是敌人冲入缅北的时候。"所幸"车里有我国军队驻防,可以安定他们那草木皆兵的心理。车里生活的条件还较容易,空地

---

① 陈洪进:《中缅边境印象记——由昆明经缅境至佛海车里》,《时事类编》第55期,1940年8月10日。

② 大威:《滇西南之行》,《旅行杂志》第18卷第2期,1944年2月29日。

③ 大威:《滇西南之行》,《旅行杂志》第18卷第2期,1944年2月29日。

尚广，在一年之间，华侨们得到当地县政府的许可，在车里江附近，建起一个华侨村"①。李拂一、张凤岐、姚荷生、陈洪进都强调在抗日战争中对车里进行考察的必要，国防重镇，边患危机，但国人知之甚少，都是模糊不清的传闻想象。他们带有揭开"神秘之幕"的目的进入车里，用自己的见闻作可靠的报告，以引起国人重视。

旅行者突出芒市之美好与可怕传闻的对比，寻访保山城的"中原"气息，明确表明来车里调查之目的。他们也写了滇缅抗战之中三个城市的遭遇，芒市在战火中燃烧，保山城被炸毁，车里有很多因战乱而归国的华侨，之前极力描摹的美好、祥和的边城，已是烽火连天、危机重重，然而并不是绝望哀伤的笔调。他们相信芒市各民族同胞会"一齐团结在抗战的队伍里"，贡献一般人所不及的力量；强调保山城被轰炸后的"复兴"与"建设"，正傲然挺立在顽敌四伏的前哨线上；看到流离失所的归国华侨在车里建起华侨村而寄了新的希望。这是旅行者所看到的边地城市战时风貌。

滇缅、滇越边地原是模糊的边缘地带，抗日战争时期，旅行者把这曾经陌生甚至可怕的地方书写成了有着丰富资源并对抗战有极大贡献的国防重地。强调其国防作用来说明同胞共享的资源领域，发现边地民族在抗日战争中的优秀品质以及边城新貌来呈现一起承担着的共同命运，从而形成了共同的地理、历史与文化认知。在旅行者、考察者以发现丰富之处的目的来观看、书写时，民族国家内部的边缘地带变成抗日战争前线，现代化进程中的落后封闭之处成为有其独特文化价值的地方，已不再是边远蛮荒、瘴气苦人的所在，模糊变得丰富，野蛮变得可爱。旅行、考察后的书写与建构有着凝聚国家意识的作用，滇缅边地、滇越边地因此成为体现了构建一个同质的现代民族国家认同的地方。

## 第三节　战时边地问题

旅行者、考察者以自己的脚步丈量着滇边的土地，得以对山水和人事的了解。在特定的地域空间，他们以战时语境所促成的知识和话语来观看

---

①　蔡文星：《车里小记》，《东方杂志》第 42 卷第 20 号，1946 年 10 月 15 日。

已处于国防重镇和国际战局前线的边地,以旅行记的文类方式描摹边地河山和发现边地丰富之处的同时,也在思考着边地与国家、中央与地方之间存在的问题。

"在边塞作全锋锁钥政施宽猛自然蛮夷服从;为国民撑半壁山河志矢忠贞何畏强邻逼处。"这是赵晚屏在遮放司署衙门厅柱上看到的对联。"像这样的对联我们在芒市也能看到,它充分表示着一种政治的意识和摆夷对于国家的关系。"赵晚屏发现摆夷人民虽然没有强烈的国家意识,但他们知道自己是中国人,了解中国和日本正在作战。"这种国家观念的不强烈并不是摆夷对于中国的国事没有关系,或是他们觉得中国不是他们所有的,却是因为我们在平时远没有机会把他们熏染在这种意识里面。"① 同样的,李俊辅考察了滇西边地人民的生活状况后,觉得以前"过于忽略而轻视"边地的"夷胞们","今后应该要息息相关地,扶植他们,教育他们,使他们打破了汉夷的界限,投入祖国怀抱里来,共同负起大时代所付予我们国家民族的使命"②。作者强调如果"我们"不启发明智,不从事教育建设,就会让边疆积累成为严重的问题,国防的基础就无从建立。可以看到,赴边地的考察者心目中已有同质性的"国家""国民"概念,忧患于边民国家意识的"不强烈",表示他们理所应当地认为自己所认同的国族知识应在此传播、推广。抗日战争的"息息相关"带来了可以去"熏染"国家意识的机会,当怀有如此目的考察、旅行时,就会发现"国家""中央"这些宏大观念在边地的实际推行中所存在的问题。

高华年参加南开大学文学院边疆人文研究室的迤南调查,同行的有负责调查宗教、风俗的陶云逵,考察"街子"的黎宗献,研究地理的黎国彬。高华年不仅调查语言,他还围绕扬武坝的民族与政治、货币流通、夷民的生活、纳苏的婚姻等来做介绍。但他此行感受最深的是:"因为种种关系,夷胞很少有受教育的机会,所以他们对于政府的法令莫名其妙,国家的观念也很薄弱,任人摆布,宰割,欺侮。他们只觉得汉人可怕,不是要钱,就是抽兵。"③滇边不仅敌人环伺,危机重重,还遭受着基层官吏

---

① 赵晚屏:《芒市摆夷的汉化程度(续)》,《西南边疆》第 7 期,1940 年 10 月。

② 李俊辅:《滇西边地人民的生活状况》,《旅行杂志》第 18 卷第 5 期,1944 年 5 月 31 日。

③ 高华年:《迤南行——参加南开大学文学院边疆人文研究室调查记》,《旅行杂志》第 17 卷第 4 期,1943 年 4 月 30 日。

姚荷生也说到有时经过夷人村落,"以为我们是来征兵或征粮的委员老爷们",到蒲缥村时居民吓得都藏到山里去了,好不容易找到一个"回胞",跟他说只是路过此地,不征兵,"都是中央人","回胞"听了后才带领着去见村长。但村人接待时"脸上始终带有敬而远之的神情,这使我感到一些悲哀"。为了消除"中间的隔膜",想着与村民开一次同乐会,但村民并不敢来,只能主动与他们闲谈。"讲了些抗战的情形和故事,他们听了都很感兴趣。他们虽也知道中国和日本打仗,但是觉得这个战争和他们漠不相关。这一点很值得反省,没有民众的全力支持,最后胜利的保障在哪里?"① 到了邦晓村,为"卡惰人"的村子,竹墙茅顶,以种植玉米和蚕豆为生,"夷族"比滇边农民穷苦数倍。"这情形不能完全归罪于土地的贫瘠。官吏的贪暴,土劣的压榨,汉人的侵占,实是主要的原因。这种政治情形,这种民族关系,前途真是不堪设想。"② 姚荷生还看到在蒲缥村的小学校中,教师正当壮年,但是没有一点精气神,跟他随便谈谈,他竟然腹中空空,都弄不清楚北平和南京的位置。《车里一瞥》中写到由关岳庙改成的省立车里小学,但却只是"一种装饰门面的东西"。因为夷人认为上学是为征兵做准备,所以他们叫学生为"小兵",且男孩子到了七八岁就要做小和尚,不想浪费时间习汉文。政府施压时,情愿出钱请汉人孩子去代读,或是让女孩去,女孩也是一两年就接回家,理由是长大了得考虑出嫁了。所以,作者在小学毕业典礼上看到一半以上都是摆夷小姑娘。"学校这样办下去,对于开化边民,不但没有帮助,反使他们觉得这是一种负担,而引起反感来呢。"③ 到了"顶真"族区域,看到了房屋破旧的省立小学,静悄悄的没有一个学生,两个老师正在"吹洋烟",还跟"我们"解释说"吹"了可以抵抗边地瘴气。④

1943年,任教于西南联大的邢公畹"受了一个人类学研究机关的派遣和一个铁路工程筹备委员会的委托",用五个月的时间,到红河流域的新平县属的傣族区磨沙乡,元江县的傣族区漫漾寨和天宝山彝族区的大明

---

① 姚荷生:《凶山和恶水》,《水摆夷风土记》,云南人民出版社2003年版,第17页。
② 姚荷生:《邦晓行》,《水摆夷风土记》,云南人民出版社2003年版,第32页。
③ 姚荷生:《车里一瞥》,《水摆夷风土记》,云南人民出版社2003年版,第66页。
④ 姚荷生:《美人与恶魔的顶真》,《水摆夷风土记》,云南人民出版社2003年版,第138页。

庵寨调查语言。① 邢公畹在调研的同时也作着"故事采集者日记"。他强调之前被人们囫囵称为"西南夷"的各民族与汉族是一样的善良,但因僻处边陲,比起一般大众,他们是"无声的人民"②。采集故事就是为他们发声。邢公畹注意到"民族间政治上的主奴之势"的存在,尤其是抗日战争中国家话语到达边地时的扭曲与变形。

邢公畹在《灯》中写到县长派两个卫兵护送"我"前往哀牢山,卫兵是县里用来催租征兵的。其中一个"三角脸"尤爱夸夸其谈,跟白净脸的兵说着抓壮丁的情形:"如今城里不容易捉到人了,我们卫队连就开到乡下去围佧倮寨子。那些杂种一听见风声,便闸上寨门,四面朝外开枪。我们就四下里架好机关枪,嘎嘎嘎嘎嘎……"③ 他还跟大小马哥头说,"三民主义"虽只有四个字,但深奥得很,只要参透了,"你随干甚差事都干得了,想搞多少钱就有多少钱"④。借宿在彝族寨子的李保长家时,三角脸言语依然毫无顾忌,端着"希特勒的党羽走到犹太人的中间一样"的姿态说:"这个寨子,前年我就到过,四面架起机关枪,嘎嘎嘎嘎……是国家有理,还是反抗有理?"⑤ 三角脸的言行毫不掩饰对"佧倮"生命的蔑视,大义凛然的"国家有理"却从这种有着丑恶嘴脸的人口中说出,"三民主义""国家"成为被实际执行者拿来对付甚至杀害边地民族的话语武器。儿子被抓壮丁后,老何公天天点个灯笼挂在树上,怕粗心的孩子回家掉到河里,看到"我们"这一群委员,老何公说儿子已当了三年兵,"也对得起国家啦",想让委员们回省城时帮带信给儿子让他回家。后来三角脸贪财而谎骗老何公,在争执中杀了老何公,他杀人后丝毫没有愧疚和害怕,还说是"县政府的人",是"官身"。可怕的不是泯灭人性的暴力,而是如此曲解着国家话语来为自己牟利,在三角脸如此娴熟地运用这套话语并最终脱身时,我们便也看到了民族国家话语在边地的现实处境。

邢公畹在《祭衣》中说到禁烟的政策执行下来变成了地方官吏敛财的途径,并不是真的铲倒,而是等着种下了,就来抽"下种税",出苗了

---

① 邢公畹:《序》,《红河之月》,天津人民出版社1957年版。
② 邢公畹:《灯》,《红河之月》,天津人民出版社1957年版,第2页。
③ 邢公畹:《灯》,《红河之月》,天津人民出版社1957年版,第6页。
④ 邢公畹:《灯》,《红河之月》,天津人民出版社1957年版,第8—9页。
⑤ 邢公畹:《灯》,《红河之月》,天津人民出版社1957年版,第14页。

就真来铲了,想不被铲,就要纳"免铲税",收浆之后要抽百分之五十的"官烟"。"老百姓有什么他就抽什么,抽钱,抽粮,抽烟,还要抽命。"①《红河之月》中,受过现代教育的普诚,是土司家的少爷,一心想着开发利用家乡的水利资源和农产资源,想把"沙漠"变成"乐园"。当他满怀希望地跟王乡长谈了建设理想后,正在抽大烟的王乡长冷漠地说:"你虽是个少爷,我是国家的人。"②《白大爹和古碑》中就讲了当"郎中"变成"卫生委员"时发生的悲剧。委员来了,把社仓改成"巡回卫生医院"了,过不久医院便贴了告示,说粪便之于卫生的关系甚大,沾染了就会生病。此后卫生委员去各寨巡察,只要看见一截粪,就罚十块钱,边民无法理解这样的新规,庄稼人怎么离得开粪肥!后来委员侮辱并毒打"违规"的人,引起众怒,被吊了起来,当被赶来的专门抓壮丁的刘团长救下后,卫生委员强调说他是"受了国家的命令"才来到这里:"我没有面子,就是国家没有面子。我受政府命令来开化他们,指导他们,教他们注重卫生,防止瘟疫,而他们竟是这样仇视。"后又称自己失了面子也不在乎,但恨这些边民心里没有"国家",没有"法律",不懂"三民主义"③。实际的暴力执行者却如此娴熟地操作着一套宏大的话语,悖谬的阐释呈现了国家话语与个人私利的胶着,但问题是,抗日战争中急需普及的国家观念在边地却因基层官吏的言行而变得面目全非、扭曲变形。边地民族反抗卫生委员的结果是以白大爹被刘团长枪杀为代价,而后寨子居民有了重重的阴影,田地里只能看见老人和妇女,男子都躲到深山大箐里去了,"我"采集故事的工作也无法再进行了。邢公畹注意到话语权力的实际执行者并不尊重边地各民族,还以"国家"之名对"无声的人民"施加新的压迫,造成"民族间政治上的主奴之势"。

高华年说边地"夷胞"的国家观念薄弱,在于汉人对他们的欺侮,只会要钱、抽兵。姚荷生注意到与夷人之间的隔膜,他们被压榨、侵占,生活穷苦至极,担负着启发明智的老师昏庸无能,边民对抗日战争无知冷漠。邢公畹采集边地的悲惨故事,老何公的灯再也不会点亮,讲述故事的白大爹已被打死,国家话语被边地官吏拿来谋私甚至杀害边民。国家危难,本应民族团结、一致抗敌,但边地民族的真实处境却让旅行者们不得

---

① 邢公畹:《祭衣》,《红河之月》,天津人民出版社1957年版,第48页。
② 邢公畹:《红河之月》,《红河之月》,天津人民出版社1957年版,第87页。
③ 邢公畹:《白大爹和古碑》,《红河之月》,天津人民出版社1957年版,第107页。

不思考从中央到达地方的国家话语是如何被扭曲的。汪永泽在《滇缅道上》就说到,他在龙陵一咖啡馆晤一老者,据说,迤西各县距省城昆明过远,"近十数年,地方行政均不修明,为了巩固国防,开发夷区计,整饬吏治,调查行政机构实刻不容缓"①。地方行政"不修明",是旅行者、考察者一再提及的。

薛绍铭在《黔滇川旅行记》中写到云南流传着"个旧县长当一月,半辈衣食可不缺;个旧县长当一年,半辈不缺大洋钱"的话。个旧之所以成为"云南县长之特等肥缺",是因为矿地归属复杂,时有矿商纠纷,只要一有诉讼便是县长的发财机会,贿银多者得矿,如双方贿赂均等则判为共同开矿,若双方都不贿赂,则永不可开采。一案官司县长即可发财上万,所以个旧县长任期很短,一般是一年,因为这等发财机会不能让一人久享。② 而相比较的是师宗县的穷苦,走进县政府,房屋倒塌,院内荒草,堂上案桌置有火签二筒,破屋内有一约六十岁的老人,即为县长。县长拿着烟袋,一面吸烟,一面谈话,"他还很留心国事,向我们询以最近之北方外交情形",然而都是"听说日本是很怕吴佩孚的,政府为何不给他些兵叫他去打日本?"之类不切实际的问题。③ 姚荷生在《不堪回首话思茅》中也提到对思茅县长的印象:毫无血色的脸,整天无精打采,已被烟酒弄糊涂了,治理人民也很糊涂,但搜刮民脂民膏的本领倒不糊涂。姚荷生参加车里宣慰使的宴会,宣慰使是刀栋梁,被汉人称为"九龙王",鸦片烟瘾很大,差不多每天都躺在烟铺上。作者直言"一看便知是个无用的糊涂家伙",并讽刺道:"对于一切事情他都漠不关心,或许他是老庄的信徒,要无为而治罢!"宴席上有县政府的覃科长,有宣慰使的九弟,"一个烟鬼和色鬼","不时还流出些'三民主义'、'平等'、'自由'之类的新名词来"④。萧乾在《摆夷族的今昔——缅滇视察报告》中介绍了摆夷族的称谓、分布、人口、历史、服饰、恋爱婚姻后,谈及边地政治问题,萧乾认为:"设土司'以夷治夷',无异把一群良民托付给一

---

① 汪永泽:《滇缅道上》,《川缅纪行》,上海:独立出版社1942年版,第37页。
② 薛绍铭:《云南县长之特等肥缺》,《黔滇川旅行记》,上海:中华书局1937年版,第91—92页。
③ 薛绍铭:《穷苦的师宗》,《黔滇川旅行记》,上海:中华书局1937年版,第60—61页。
④ 姚荷生:《九龙王府之宴》,《水摆夷风土记》,云南人民出版社2003年版,第119—121页。

个土皇帝去蹂躏。"且已到了1939年，竟没有人想到去扶植他们使其成为"具生产自治能力和爱国心的公民"①。无论是敛财贪腐或是无知无能的县长，还是有鸦片烟瘾的土司，汪永泽、薛绍铭、姚荷生、萧乾都说到了并不清明的边地行政，在这样糊涂谋私的吏治下，抗日战争中的边民生存处境尤为可怜。

金洪根在《云南边区》中说到，边区居民"用微弱得可怜的人力跟大自然搏斗。天然的富源布满在他们四周，但是贫弱、疾病，仍旧紧紧地抓住了他们"②。刘玻在滇边的山野间，听到从老远的地方传来牛铃叮咚，伴着咯咯的木梆声，就想到善良而纯朴的山民，从古老的年代，便和牛群一样，一代接一代，爬越这崎岖的山程。然而在滇西的烽火中"他们比牛群更沉默，挨受艰辛的日子"③。姚荷生叙述了他们走到一个叫三岔河的小村子，处于半山，房屋矮小破烂，全靠梯田的出产生存。山里的居民看不到外面世界的富丽和享受，在穷谷深山之中自生自灭。④ 到了元江县城，作者看到了太多在死亡线上勉强挣扎着的边民，面有菜色和病容，如荒年流徙的难民一般，一切显得凋零、破败，一路来都是凄凉的印象和苦痛的感觉。⑤ 他在《铁索桥和李凤姐》中也写到，过了把边村，经黑泥洼、大荒地至芭蕉岭，四围都是险峻的山，一路上零星有几十户人家，茅屋矮小破烂，山民骨瘦如柴，"不用问就知道他们是世界最困苦的农民"。邢公畹的《祭衣》中也写到，"我"与普诚走在磨盘山镇的街上，看着破败的房屋和阴冷的街道，屋子紧紧地挤着，"像是一群在黑夜里受惊的人，紧缩着，战栗着"。作者觉得边地民族的生命"不全都像人的生命"，曾经在荒古时代与自然作搏斗，从野兽中站起来的人类，变成了把自己的生命"浪费在为少数人建筑权威底庙堂与快乐底庭园"⑥。萧乾说他"亲自经历的'边夷'都是和平驯顺到了可怕的程度"，虽然滇西南一隅的边民的生产方法穷陋，政治上也未完全觉醒，但他们依然保持着孩提式的纯

---

① 萧乾：《摆夷族的今昔——缅滇视察报告》，《中华周报》第1卷第8期，1944年11月12日。
② 金洪根：《云南边区》，《旅行杂志》第15卷第5期，1941年5月1日。
③ 刘玻：《牛铃：滇边散记之一》，《世界新潮》第1卷第1辑，1947年10月20日。
④ 姚荷生：《凶山和恶水》，《水摆夷风土记》，云南人民出版社2003年版，第14页。
⑤ 姚荷生：《恶风毒瘴元江城》，《水摆夷风土记》，云南人民出版社2003年版，第19页。
⑥ 邢公畹：《祭衣》，《红河之月》，天津人民出版社1957年版，第38—39页。

洁天真与忠厚老实的美德。然而他们的生存实在不易，要交佃租和给土司各种费用，这些"老实人"没能拥有一尺土地，"一切都为俨如皇帝的土司一族一家所有"，"连最低限度的人权（财产生命所有权）也与他们无分"。肥沃的平原都被汉人占据，他们被赶上山，被叫作"山头人"，或是被逼进阴湿不可耕种的盆地，任他们去和虫蛇毒瘴、古怪病魔搏斗。

  一代代，白天下田耕种，亚热带的太阳烤着他们的脊梁，晚上又得在磨房里劳作到半夜，他们饿了只会吞咽，却不会偷盗。世界究竟闹成什么样子，苦命的人没法知道，也无心过问。一个"边民"就像掉下来那么偶然地落了生，没有教育，没有营养，他们如一棵野草那么长大。①

旅行者、考察者注意到边民国家观念薄弱，他们一探究竟，发现边地民族承受着种种苦难，无声地过着野草般的生活。而官吏忙着敛财享受，压榨盘剥，"民族间政治上的主奴之势"在边地尤为明显，这是一种阶级话语的痕迹。通过边民的实际处境与官吏丑恶的对比叙述，边民被整合到左翼关于国家与社会的叙述中，曾经偏远的"他们"与国家共同体中的大众一样承担着抗日战争中的命运。边民的朴实厚重、处境的困苦艰难与广大的中国内地民众是一样的，以这样的视角观看，是把边地纳入了中国社会的同一性中来考察的同化思路。当边地民族危机与国家危难重合后，边地就成为需要共同守卫的国土。

## 本章小结

  本章开头提到的陈碧笙，在《滇边散忆》的"伟大的云南"部分，记述了他实地考察滇缅边地时路过双江，受双江县长兼简师校长的李文林之邀，请他给前来训练的未来殖边干部们作一次演讲。陈碧笙在演讲中强调中国历史上每一次"外族"的入侵总会造成一次向南的大迁徙，而每

---

① 萧乾：《野草的一生——滇缅视察报告》，《中华周报》第 1 卷第 7 期，1944 年 11 月 5 日。

一次人口的南迁，"结果总是开辟一块新地方"，陈碧笙相信此次抗日战争也会让滇边有新的风貌，会成为"新地方"。他这样总结自己几年来对云南边地考察的感受：

> 五年来的我，放弃了固有的事业，牺牲了所有的机会，孑然一身地踏尽了这茫茫无垠的边荒。我没有奉着任何机关的委托，也得不到哪一方面的辅助……五年如一日地，为着这伟大的理想而追求，为着中华民族人类历史未来的光明而探索。①

云南边地作家彭桂蕊在《滇边探险家》中就记录了与陈碧笙的这次会面，称赞其是"富有伟大志愿的探险家"：

> 在那次演讲中，他报告了我们，他曾爬过崇高的云岭与怒山，他曾独自探险过水势汹汹的澜沧江下游，曾在瘴疠之乡徜徉，曾在卡瓦窟，倮黑山，滇缅未定界驰骋，四五年来的时光，完全花消在云南西南边地的考查与研究上，他想从云南的边地，去开创一条中华民族的出路！②

通过陈碧笙、彭桂蕊的相应叙述，或许我们可以窥见战时滇越、滇缅边地旅行记书写的基本状况，看到了作者是启蒙知识分子和民族学、人类学、地理学等工作者身份交错的视角，认识了到边地"开创一条中华民族的出路"的旅行、考察之目的。我们就可以思考旅行者是在何种社会情境与情感意图下才有了这样的边地书写，他们是如何深入边地与边缘人群中，来探寻边地之于现代民族国家的意义的。

旅行者、考察者深入滇缅、滇越边地，是带着将传统中原地域与四围边地合为一个现代民族国家的焦虑和使命感所产生的探索行动。他们初入滇边，先是受到边地河山震撼后的风景描摹，进行实地考察后，对边地民族的社会生活都有如实、深入的描写，对政治、宗教、文化、习俗、歌谣、语言等都有调查和呈现。从抗日战争中的国家共同感观看角度考察边

---

① 陈碧笙：《滇边散忆》，长沙：商务印书馆1941年版，第106页。
② 彭桂蕊：《滇边探险家》，《蜀道》1941年8月27日第4版。

民，已不再是曾经语焉不详的有着奇风陋俗的野蛮落后的异类，而是在抗日战争中与民族共同体承担着一样命运的同胞。所以，边地民族在作者的笔下不再是类型化甚至妖异化的描绘，而是呈现出了在同一历史进程中的真实处境，从而被纳入中华民族史与中国社会的同一性的知识框架中，形成了中华民族是包括汉族与各少数民族在内的共同国民常识。所以滇缅、滇越边地的旅行记书写是战时关于民族国家体验的风景认同和现代人在战乱流亡中的复杂感受的融合，以实在体验把曾经模糊的边地具象化，发现着边地的丰富之处的同时也在思考着战时边地问题。滇越道、滇缅路上的旅行体验中的风景成为形塑民族共同体的重要媒介。通过旅行者的书写，滇缅、滇越边地因此成为印刻着人文意识、历史记忆和民族认同的地方。

# 第二章

# 介绍边地——云南边地作家的地方经验与国家观念

旅行者、考察者主动走入云南边地,"发现"着边民力量之强大和边地之丰富,是一种要把曾经的"异域殊方"纳入现代中国同一发展进程的知识框架中的实践,他们思考着边地之于现代民族国家的意义。比起这些"外边人",云南边地作家往往以"内部人"的视角"介绍"滇缅抗战中的家乡,表现着边地现实。

> 这些地方、事件与人物,比起大江南北那如诗如画的锦绣山川,比起京沪平津那珑玲秀雅的繁花细草,自然不免要粗暴,骠野,幼稚,拙劣,有自惭之嫌。然而高山深谷的边疆,有他磅礴粗壮的气魄;荒莽原始的人群,有他生动雄奇的力量。今天的国家,今天的民族,需要的是奋亢的军笳与悲壮的号角。①

这是一直在强调云南边地作家"要顾及地方性"② 的彭桂萼于《边疆文艺工作者的路标》一文所提出的。同样地,楚图南以"高寒"为笔名,发文强调抗战文艺应有"地方性"和"真实性"③。云南的作者曾长时间被"后方的黑夜"所包围,但终是"听到了征人的悲笳,和战士们的步履声,和仿佛大地震动一样的热烈的气息"④。云南作家感到最为直接的

---

① 彭桂萼:《边疆文艺工作者的路标》,《彭桂萼诗文选集》,德宏民族出版社1998年版,第121页。
② 彭桂萼:《文艺兵应如何参加战斗》,《彭桂萼诗文选集》,德宏民族出版社1998年版,第82页。
③ 高寒:《抗战文艺的战斗性和地方性(续)》,《昆明周报》1942年8月29日第4版。
④ 高寒:《刁斗集》,文通书局1948年版,第1页。

"热烈气息"是滇缅抗战带来的。如，刘楚湘的《滇缅公路歌》，李生庄的《天生桥行》，王锡光的《筑路谣》，彭桂蕊的《他躺在石道上——纪念一个惨死的路工》，都是在书写边地人民修筑滇缅公路的伟大与牺牲。楚图南的《死在路边的战士》，彭桂蕊的《荒村炉边》，雷溅波的《怒江吟咏》，张问德的《答田岛书》《偏安腾北抗战集》，李根源的《滇西行》《告滇西父老书》《腾冲战役纪事诗》《滇缅战场纪事诗》，这些作品记述了家乡的沦陷、克复以及边地人民的英勇抗战，这都是他们能够亲历并与之密切相关的战争体验。

本章，笔者选择集中书写滇缅抗战中不同地域并形成系统性创作的作家，如呈现澜沧江畔的家乡主动汇入抗日战争主潮的彭桂萼，介绍横断山脉中边地人民修筑滇缅公路故事的白平阶，以及揭露滇南烽火真实情状的马子华，在凸显"地方性"的视野中来探讨边地作家的国家观念。云南本土作者以对家乡独有的亲近感，以鲜明的地方性，向人们介绍着抗日战争中的边地。边地是认同上的边缘，生息于滇边的作家在抗日战争中强烈地坚持一种认同的缘由和表现，值得我们关注。

## 第一节　彭桂萼：澜沧江畔"保卫南方"的史诗[①]

彭桂萼（1908—1952），云南临沧人，1931年东陆大学预科毕业，1939年当选中华全国文艺界抗敌协会昆明分会理事，1940年任缅云师范学校校长。抗日战争时期出版了《震声》《边塞的军笳》《澜沧江畔的歌声》《怒山的风啸》《后方的岗卫》五本诗集[②]，并与沈从文、朱自清、郭沫若、老舍、闻一多、臧克家等有联系。[③] 他强调滇边粗野朴素的蛮

---

[①] 本节的内容，以《边地作家的抗战书写与国家认同——以彭桂萼为例》为题发表于《西南民族大学学报》（人文社会科学版）2019年第2期。

[②] 1938年出版的《震声》，郭沫若题签，马子华作序《风暴中的号角》；1941年由警钟社出版的《边塞的军笳》，老舍题签，雷石榆作序《吹响了军笳》；1942年由救亡诗歌社出版的《澜沧江畔的歌声》，穆木天题签并写序诗《赠澜沧江畔的歌者》；1945年由缅宁长城书店出版的《怒山的风啸》，闻一多题签；1945年由缅宁长城书店出版的《后方的岗位》，臧克家题签并作序《后卫的前奏》。

[③] 彭桂萼和胞弟彭桂蕊与众作家的通信，后被彭桂蕊整理辑录以《南鸿北雁》为题于1990年临沧县图书馆发行。

荒，正是抗战文艺的"维生素"，但只是"具有苍莽原始气息的，深山大谷中的人群来写作，才能应和着大时代的脉搏，唱出民族的心声"，所以其创作都是战时体察到的边地"地理""人物"和"事件"①。通过彭桂萼的抗战诗，我们可以探讨他是如何体现出边地与国家"织定了经纬交错的密切关系"②。

## 一 主动汇入"抗战总流"的家乡边地

1945 年，朱自清在给彭桂萼的回信中说，读了《怒山的风啸》感到"用诗来介绍内地和边地，使人觉得自己的国家可爱，也是很有价值的工作"③。朱自清从"发现"到"介绍"的变化，正好是关注边地的"外边人"和"内部人"的区别："外边人"是带着发现边地丰富之处的目的而消除固有成见的过程；边地作家通常是直接告诉人们抗日战争中边地的重要性、各民族的力量以及不证自明的国家认同。且朱自清所说的"发现"，是一个把边地纳入时代主流的过程，边地成为"外边人"惊讶或是祛魅的对象，通常是等待着"被发现"的状态。"生长边庭"的彭桂萼却向我们呈现出边地"主动"加入抗日战争潮流的过程，这不仅是为了告诉人们边地不是想象中的蛮荒，它已感应着时代进程，并正在为抗战建国奉献力量。更重要的是，彭桂萼已然把抗战当作促进边地发展、体现国家认同的重要契机，所以他要把边地抓住这一契机的动态呈现出来。

彭桂萼之所以认为边地需抓住此次抗战机遇，源于他长时间对滇缅边地历史现状的考察研究。他多次深入边境考察，1937 年还以双江简易师范学校代表身份，参加中英两国滇缅南段未定界的勘界工作。他主编了"边城丛书"，自己写有《边地之边地》《双江》《西南边城缅宁》《天南边塞耿沧澜》，还包括李文林的《到普思边地去》，陈雨泉等的《云南边地与中华民族国家之关系》等共十种，介绍其地理、民族、宗教以及交通、设治、界务等。彭桂萼在"闻问边情"的过程中，深刻认识到"边地问题是目前中国各种问题中最重要的问题"，这里有来自帝国主义军

---

① 彭桂萼：《边疆文艺工作者的路标》，《彭桂萼诗文选集》，德宏民族出版社 1998 年版，第 120 页。

② 彭桂萼：《云南边地与中华民族国家之关系·写在前面》，王儒昌、彭联瑚、彭联珍等编辑《彭桂萼诗文选编》，临沧地区行署文化局 1991 年版，第 18 页。

③ 朱自清著、朱乔森编：《朱自清全集》第 11 卷，江苏教育出版社 1998 年版，第 225 页。

事、政治、经济、文化上的侵略。① 他把抗日战争当作解决这一切边地问题的重要契机，"抗战是一架推进机"，在短时间里就把西南边地推上了20世纪40年代的"浪涛前头"，所以滇边之人应认清莽莽边荒"已到了开发突变的大转机"，不能回避这"大时代的铁流"，迎上去，便会把"羲皇以上的边民，推进了现代化的乐土"②。彭桂萼坚信边地只有变成"全国抗战文化总流中的一支流"，才能赶上抗战建国的进程，所以他站在边地人民的角度迎接着大时代的到来，呈现边地"迎上去"的果敢姿态。

在战火还没蔓延到边地之前，彭桂萼就警示乡民"要知道有国才有家，有民族生命才有个人生命"，抗战一起，全国都是战场。③ 所以在《蛮荒夜景》中面对恬静的边地夜景，他想到的却是正在大江南北厮杀的敌人以及卫国壮士的血影。只因"同是"顶一片天，"同是"赏一轮月，边荒"画片"却在诗人心中"化作了风暴"，所以他在后方号召"每个中华的子孙"要用枪尖挑去敌人加给的"重重的血晕"④。当云南边地加入抗战浪潮，彭桂萼是激动且振奋的，他把边地家乡汇入抗战的动态过程"摄进镜头"，把战时边地的色彩声光，一一描绘。

写于1939年的《我们的神鹰到边荒》歌颂了中国空军与轰炸滇缅公路的敌机的对抗。诗人以边地之人的视角赞扬用铁翅保卫边疆的"飞将军"：它在边地上空作战的轰鸣声如雄壮的"歌声"，"震动了边塞的河山，/震醒了深山大谷里，/多少猛虎蛟龙的心脏"。"神鹰"已在边民心中"筑下了'抗战必胜'的城墙"。国疆终于被循着民族生命线而来的飞机"覆盖"了。⑤ "覆盖"一词充分表现出诗人因家乡被纳入"抗战主流"的欣喜。在《咆哮起来罢故乡》中，彭桂萼直接呼唤稻禾金黄的故乡"知否全中华已成了血腥的战场"，须让澜沧江涛"高掀起革命的巨

---

① 彭桂萼：《从边地问题说到边地教育》，《云南省立双江简易师范学校校刊》创刊号，1936年9月。

② 彭桂萼：《今日滇省之西南角》，《边事研究》第9卷第5期，1939年7月20日。

③ 彭桂萼：《我所希望的缅宁》，王儒昌、彭联瑚、彭联珍等编辑《彭桂萼诗文选编》，临沧地区行署文化局1991年版，第9页。

④ 彭桂萼：《怒山的风啸·蛮荒夜景》，彭桂蕊、王儒昌、彭联珊编辑《留芳集》，临沧行署文化局1989年版，第80—81页。

⑤ 彭桂萼：《沧江号角——彭桂萼抗战诗歌集》，香港天马出版有限公司2005年版，第117页。

浪",因为杀敌救亡,"要每一个中华儿女来承担",抗战建国,"是中华民族唯一的路向"①。当边民作为"中华儿女""担起了抗建"时,他在《血的教育》中这样描写:

> 在滇东曲靖,
> 我们开出了
> 子弟八千,
> 驰赴湘江赣水间,
> 用铁血和顽敌周旋;
> 从下关到畹町,
> 从祥云到孟定,
> 一万枝铁锄,
> 开凿着民族生命线。
> 冰霜虽曾封锁过山国,
> 然而山国儿女并没有冬眠!
> 山国的儿女,
> 正从血的教科书里,
> 突破严冬,
> 驰进了春天。②

《血的教育》是彭桂萼在1939年4月28日听到敌机第二次空袭昆明的消息后写下的,他告诉人们,我们没有忘记前方的炮火,边地虽曾被"封锁",但此时数万路工正在修筑民族生命线,子弟兵正走出边地。《我们的神鹰到边荒》表现的还是边地处于大时代"覆盖"的被动纳入的状态,而《血的教育》中,彭桂萼却用了很多动词:"开出""驰赴""开凿""突破""驰进",以示边地人民为抗战"主动"做出的贡献。且诗人写作时有地图学视阈,曲靖、湘江、赣水、下关、畹町、祥云、孟定,公路把曾经的"夷方地"和腹地紧密联系为一个整体,原本彼此孤立又遥远的地方因边地人民的抗战实绩交织在了一起。

---

① 彭桂萼:《彭桂萼诗文选集》,德宏民族出版社1998年版,第18页。
② 彭桂萼:《彭桂萼诗文选集》,德宏民族出版社1998年版,第22页。

同样书写边民主动汇入抗战潮流的还有《秋到横断山》,彭桂萼开篇描绘了横断山的秋收景象:蝉歌阵阵,小溪碧绿,田畴翻起金色波浪,牧歌飞遍原野,青葱的山冈伴着肥壮的牛羊。后方本可暂时安居,但因"同胞饮着血泪酿成的苦酒",同为"炎黄的裔胄"的边地儿女"正走出边塞的山邱,/肩起钢枪,/去猎取野兽。/踏着悲壮的军笳,/壮士们一齐怒吼!/'还我河山!/还我自由!'"① 诗人书写家乡人民"正走出边塞"的状态,所描绘的边地是一个凝聚了各民族力量,并时刻准备着为抗战献出一切的地方。彭桂萼坚信家乡同胞在抗日战争中会发挥巨大作用,让"后方"与"前方"一样,在《后方的岗位们》中就直接强调"后方"同样是"战场":农夫以粗壮的脚把"生地变成绿洲";路工把铁锹当枪杆用,开凿横断山峰,肉与铁"扣成了连环";滇缅道上的行商"化边疆成十里洋场";后方文人以笔尖"点燃"群众的怒火。这些"后方的新军"在各自的沙场上守卫着西南高原,只"等待反攻的明令"②。

1942年3月,日军占领仰光,滇缅边地即将陷入战火,彭桂萼在《假如我们的家乡成了战场》中呼吁不要尽在口头空喊"保乡卫国",应"纳下头颅,掷向抗战",之所以不怕家乡变成战场,是因为这是"多好的机会","我们正要通过战火的燃烧"而"跳上自由的天堂"③。诗人把抗战看作是对家乡边民的一次试炼甚至是涅槃,所以当看到远征军来到边地时是欣喜激动的,他在《迎远征军》中写道:

> 爬过无数只高山,
> 爬过无数条大江,
> 为抢救祖国,
> 你们从大江南北,
> 来到万里的云南,
> 来到万里云南的
> 万里边疆。
> 边疆,

---

① 彭桂萼:《怒山的风啸·秋到横断山》,彭桂蕊、王儒昌、彭联珊编辑《留芳集》,临沧行署文化局1989年版,第90页。
② 彭桂萼:《后方的岗位们》,《战歌》第2卷第2期,1941年1月。
③ 彭桂萼:《假如我们的家乡成了战场》,《诗星》第3卷第1期,1942年8月10日。

摆一架撑天的横断山，
正伸长了脖子
向你们瞭望；
边疆，
滚一条壮阔的澜沧江，
正谱出大军进行曲，
对你们歌唱；
还有
卡瓦，摆夷，
濮曼，老亢；
……
向你们，
挺出胸膛，
张开温柔的臂膀。①

  彭桂萼用横断山的"瞭望"，澜沧江的"歌唱"以及各民族的"臂膀"以示欢迎，远征军终于来到了被高山大江隔开的边地——"万里云南的万里边疆"。两个"万里"的空间距离，因抗战而消除了，已被滇缅公路联结起来，生息于滇边的诗人欢呼着这最能代表中央政府的军事力量。

  我们发现，彭桂萼在创作前就已预设了边地人民对国家的认同是不证自明的，从欢呼"震醒"国疆的飞机，到欢迎远征军，他一再强调着边地对国家的认同：家乡人民已担负起每一个"中华儿女"的责任，无论是坚守"后方的岗位"，还是"驰赴"战场，都是主动加入的姿态。他把抗战当作是边地"突破严冬"的希望，是"驰向一个春天"，这不仅只是像马子华说的，"感应性顶强，正义感最强"的时代歌者，坚信抗日战争必定胜利，所以"可以乐观"②。最主要的是，只有汇入抗战潮流，彭桂萼才能昭告众人：有很长国界线的滇缅边地是有国防意义的"国疆"，其安危关乎中华民族的存亡；以往被忽视甚至视同殊方的边地，在抗日战争

---

① 彭桂萼：《迎远征军》，《文学评论》第 1 卷第 1 期，1943 年 12 月。
② 马子华：《风暴中的号角》，彭桂萼《沧江号角——彭桂萼抗战诗歌集》，香港天马出版有限公司 2005 年版，第 1 页。

中是与民族国家承担共同命运的国土,边地儿女正走出边寨,奔赴战场。

## 二 自觉担起"号兵"的启蒙责任

从前文所述,可看到彭桂萼总把边地民族统称为"中华的子孙""中华儿女"或"炎黄的裔胄",把"边夷"纳入"中华民族"的这一过程,在他看来本是不言而喻的事实,不需要证明。因为已确信抗战会使边疆有划时代的飞跃,彭桂萼认为边地民族理应"一齐"步入抗战的潮流,但他对家乡落后的经济文化状况十分清楚。滇西南边地"因从前朝野人士均视同化外,少加注意,以致喘延至今,尚蛮烟瘴雨,荒凉空虚",但在抗日战争中变成"国防咽喉",因其地位綦重,故其迫于建设,远在内地之上,须"力谋抗战图强"①。为了让各民族赶上时代进程,彭桂萼认为还须由边地文化人来做开发的根基,所以他对抗战诗有自己的创作理念,要以"雄健的气魄,烈火的热情",握紧笔枪,把边地民众"呼送上"抗战的浪涛前头。② 他主动担起"一个号兵"的职责,且相信会一呼百应。其豪迈铿锵的高呼,不仅是对把边地视为"化外"的"朝野人士"的宣告,也体现出诗人对家乡同胞抗争与力量的自豪。

彭桂萼抗战诗中有一个非常具体的抒情主人公,他热爱着澜沧江畔的家乡——这聚集着"卡瓦""老亢""濮曼""摆夷"等各族人民的边地。"我"深知抗战之于边地的重大意义,急切地想"叫醒"家乡人民,这种启蒙责任在《我是一个号兵》中表现得很充分,"我"脚踏横断山,正竖起喇叭口,吹出金戈铁马,把一群群民族战士"拖出了山国",正在为"新中国战取明天"。"我吹开狂风暴雨,/叫大众执起钢刀,/斩除深山大谷里的荆棘,/燃着灿烂的火光,/烧去压在蛮荒上空的乌云妖氛和瘴气。"因为相信经过血与火的锻炼,"新生的种苗"将播散于边地,在"火雨血花"中"铺下再造邦国的根基","我"愿意成为"号兵","守住天南的壮野山岗"③。"号兵"的使命感与彭桂萼长期在边地从事教育事

---

① 彭桂萼:《论云南西南沿边的治安及建设》,《边事研究》第 5 卷第 3 期,1937 年 2 月 20 日。

② 彭桂萼:《我怎样走向诗歌之路》,《彭桂萼诗文选集》,德宏民族出版社 1998 年版,第 67—68 页。

③ 彭桂萼:《怒山的风啸·我是一个号兵》,彭桂蕊、王儒昌、彭联珊编辑《留芳集》,临沧行署文化局 1989 年版,第 82—83 页。

业有关，因为大量文化机关和文化人集于云南，彭桂萼不仅歌颂着莽莽荒原已"披上了时代的鲜衣"，他还思考着如何使随迁而来的新文化散布到家乡，以启迪边疆文化。所以他主编《警钟》来做边地的文化阵地，推行诗歌朗诵运动，致力于把师范学校变成西南极边抗战文化的传播地。彭桂萼还有很多专门写给师范生的诗作，希望这些边地文化的传扬者也以"号兵"的姿态站稳抗日救国之文化岗位，用山国的粗腔，发出震撼山岳的壮吼。《晨操在春野》把边疆的教育比喻成战场："我们"教练着边塞的健儿，在天宇下晨操，震得旗山摇颤。《开向山村》写了我们这一群"南国文化的新军"，冒着烟雨，前去教书育人，如勇士驰赴疆场。长达296行的《踏上天海路线》是写给缅云师范毕业生的，时代将这些生长在"烽火圈"里的知识传播者"推向那原始的莽原"，公明山、雾龙山、澜沧江、滚弄江……边地的一切都在"呼唤"："叫你们掷出千万颗炸弹，／去竖起蛮荒的文化长城！／叫你们扬起长鞭，／挥走边塞的瘴雨蛮烟，／把新生的种子，／洒进无边的原野里面！"① 从班洪、蛮海、芒市、孟定到"血泊中的祖国"，"号兵"们的步履使边地家乡与祖国同呼吸、共命运。"呼唤"既是救亡图存的急切，也体现了边地民族主动参与抗战救国的踊跃，为了"新生的种子"，受过教育的师范生不能逡巡：

> 你们要和战士出征一样，
> 踏着纠纠的哨音，
> 握紧施教的钢鞭，
> 从这一座高岗，
> 走到那一个深箐，
> 从那一个壮野，
> 走到这一座山林，
> 走到阿佤面前，
> 走到傣族面前，
> 走到濮曼、拉祜，老亢……
> 各色的原人面前，

---

① 彭桂萼：《边塞的军笳·踏上天海路线》，彭桂蕊、王儒昌、彭联珊编辑《留芳集》，临沧行署文化局1989年版，第44—45页。

撕开他们的眼睛，
　　献上新中国的画片！①

　　之所以需要迫切走到"原人"面前并"撕开他们的眼睛"，还鉴于边地民族的认同危机。彭桂萼认识到："边地接壤列强，只知有暹，缅，越，印，不知有京，沪，平，津；只要得昏昏混世，那管你谁是正主。我们要施以公民教育，晓以世界轮廓，国家情况，过去光荣，未来趋势，以激起爱护祖国的信念。"②所以，他呼唤这些"拓荒的园丁"去"征服佧佤的边野荒山"，建立文化堡垒，把粉笔当作"手榴弹"，把讲堂当作"战场"，因为"大家都是弟兄，/再也不分夷汉"③。身处国疆的各族人民都是需要为抗战出力的"中华儿女"，启蒙就变得理所当然且是急切的责任，彭桂萼坚守在澜沧江畔、怒山脚下，吹响了"号兵"的号角。且从其抗战诗集题名中的"震声""军笳""歌声""风啸"，都表明诗人是在为边地发声。

　　雷石榆说在民族危亡之际，在那些还有闲情写花赏月，观流水浮云的"呓语"中，"彭桂萼却以雄纠纠的姿态，站在战斗的岗位上呐喊"④。他的呐喊既是号召，也是传扬。穆木天就把彭桂萼称为"澜沧江畔的歌者"，赞扬他高昂雄浑的歌声如同燃到边疆的抗战之火般的"热烈"，仿佛"黎明前的军号"，"打破了蛮烟瘴雨的幕"。"那怒山的峰岭上，/真是我儿时所想像不到的/辽远的地方！/从东北到西南，/走了广大的祖国的/一个对角线，/我还不晓得/那尚有几千万里！"虽"辽远"，但因有边地歌者的震响，穆木天不断重复着"我听见了"，听见的是祖国的黎明，边疆的抗战以及对"新世界的憧憬"。所以穆木天相信祖国的"角落"将会有"同祖国的未来一样的/光明未来"⑤。1944 年，臧克家看了"经过

---

①　彭桂萼：《边塞的军笳·踏上天海路线》，彭桂蕊、王儒昌、彭联珊编辑《留芳集》，临沧行署文化局 1989 年版，第 45—46 页。

②　彭桂萼：《从边地问题说到边地教育》，《云南省立双江简易师范学校校刊》创刊号，1936 年 9 月。

③　彭桂萼：《边塞的军笳·踏上天海路线》，彭桂蕊、王儒昌、彭联珊编辑《留芳集》，临沧行署文化局 1989 年版，第 48—49 页。

④　雷石榆：《吹响了军笳》，彭桂萼《彭桂萼诗文选集》，德宏民族出版社 1998 年版，第 584 页。

⑤　穆木天：《赠澜沧江畔的歌者》，《战歌》第 2 卷第 2 期，1941 年 1 月。

万水千山,从蛮荒的天边"递送来的《后方的岗卫》后说,"我看到了一幅幅的边疆抗战图,我看到了一片片山川的风色;我在听到热情的呼喊和作者的心声"。诗集"所从来的地方是陌生的","然而这个集子却像一条线,它把南天北地,把人和人连系了起来"①。因彭桂萼的抗战诗,他们知道了边地已不再是"荒凉固闭的边陲":穆木天"听见了"边地震声,"如同祖国的一切的黎明的讴歌者一样";臧克家"看到了"抗日战争中的边地,"听到""抗战文艺大合唱中的一个和声"。这正是宣称自己是"号兵"的彭桂萼创作的初衷,他启蒙边地民族晓以国家情况,激起爱国信念,号召边地文人以"笔枪"促进天南边塞各民族汇入时代主潮,并以此来寻求他人对边地的认同与重视,让"外边"知道家乡"这边"。

### 三 呈现边地由"牧歌"转向"战歌"的进程

作为传扬和启迪边地文化的"号兵",还须以"具象的描述"来"报道"边地民族在抗日战争中的"明朗"与"苦壮"②。郭沫若在写给彭桂萼的信中说:"边疆风土人情正是绝好的文学资料,希望能有人以静观的态度,以有诗意的笔调写出。"③ 彭桂萼确实致力于时代精神与地方色彩的融汇交织。他所呈现的"边疆抗战图",是从"牧歌"到"战歌"的过程,这一转变,不是为了控诉战争的破坏力,而是突出边地战歌的必要与强力。且他之所以展开一幅幅牧歌图,也是为了告诉"朝野人士"抗战前的边地也有着古风般的诗意。他选择在具有历史文化象征意义的"营盘"中奏起战歌,是为强调边地进入古代中国管辖范围的历史,以显明战歌奏响的理所应当。

彭桂萼对家乡各族人民是饱含深情的,没有看风景之人的惊奇与优越,呈现的是日出而作、日落而息的返璞归真的生活图景。但他在描写这些静谧安详的日常时,总有隐忧,因为他知道这些美好将被从滇缅边境入侵的敌寇破毁。在《南方的秋晨》前半部,他深情描绘了"这静美的画片":鸡鸣撕破天窗,群山镀上玫瑰色朝阳,山风吹过,荞花遍野,翻出

---

① 臧克家:《后卫的前奏——彭桂萼诗集〈后方的岗卫〉序言》,《臧克家全集》第10卷,时代文艺出版社2002年版,第204页。

② 彭桂萼:《今日滇省之西南角》,《边事研究》第9卷第5期,1939年7月20日。

③ 张汝德、刘绍彬评著:《萼香蕊实亦芬芳——文学名家给彭氏兄弟书简评点》,云南民族出版社2007年版,第4页。

白浪,芦苇丛中水鸟扑腾飞起,秋雁掠过晴空。伴着晨光,山村开始了一天的劳作,男子放牧,女人采樵,老人携幼,炊烟袅袅。① 悠闲缓慢的生活与这湖光山色和谐共生,秋晨的"静恬"源于村民亘古以来的日常。《茶山鸡的歌唱》也在抒写傣族寨子日常的劳作,每天的时间观念是根据茶山鸡的鸣叫,女人被鸡鸣拉出被窝,套上桶裙,被舂米声催起的男人赶着黄牛从溪边走过,晨雾云海里,飘荡起牧歌,当夕阳梭下西坡,伴着茶山鸡的歌唱,劳作一天的男子归家围坐在火塘旁,糯米饭就着牛干巴,饭后抱起牛腿弦到了村边,天空为其拉开了优美的夜幕。《这群人在途上》也写了猛戛人怡然自乐如桃花源般的生活:绿水绕春山,桃花夹岸,黄昏招来归鸦,三五儿童还在草地上玩耍,田坝泛起金黄,路上都是运粮的牛马,老头儿围在火塘边话着桑麻。彭桂萼的"牧歌图"不仅有《国风·王风·君子于役》中"鸡栖于埘,日之夕矣,羊牛下来"的意境,他还会选择一些非常有地方特色的物象,如桶裙、藤圈、织机、火塘、牛干巴、牛腿弦,这都是滇边民族的日常所用,诗人却能把平凡简单的日常写得如此静穆、安详。

但"南方的秋晨"只是"在往常","茶山鸡的歌唱"也是"以往",从边境肆虐而来的烽火打乱了这静美的生活。《这群人在途上》的"围在炉边,细话桑麻"的温暖日常只能是回忆了,战火让边民搬离了安居的村寨,丢下了遍地庄稼,成为"一群流亡人",爬过仙人山、澜沧、耿马,为的是寻找活命的方法。在《南方的秋晨》和《茶山鸡的歌唱》后半部,边野变成荒山,放牧的小伙都不见了,捐起锄头到田野去的都是老人妇孺,因为青壮年为了不让敌人践踏怒水沧江,正用血肉配合枪炮"捍卫国疆"。战争如"一股怪风"把边地民族的梦境"刺破",傣族壮丁"肩起自卫的干戈",女人在织机前怅望前方,手已停止穿梭,但诗人相信战火会"烧醒了她们",知道是谁抢走了她们的郎君,搅乱了山河,到时茶山鸡嘴上唱出的就是"战歌"。②

为了凸显战歌奏响的理所当然,彭桂萼喜欢把场景安排在"营盘"。在滇缅边地有很多"孔明营盘",传说是诸葛亮留下的军事遗迹,它被看作是纳入中华民族历史的象征。彭桂萼书写各民族在"营盘"中的武装

---

① 彭桂萼:《南方的秋晨》,《南方》第3卷第6期,1940年2月29日。
② 彭桂萼:《怒山的风啸·茶山鸡的歌唱》,彭桂蕊、王儒昌、彭联珊编辑《留芳集》,临沧行署文化局1989年版,第59页。

操练，以孔明认同来呈现"拉进了民族战场"的必要与必然。《南方的秋晨》中曾经放牧的儿郎"已相率进营盘"，高呼着"保卫南方"的口号，操练在沙场。长诗《踏稳孔明营盘》中，"孔明营盘"是一座矗立于南汀河畔的山冈，绿树成荫，牛羊遍山，故垒堆堆如"古英雄的石像"，"我"踏稳营盘，遥想当年羽扇纶巾的诸葛亮。"为救起神州，/他毅然的走出了卧龙岗。/越过千山万水，/扎下了这座营盘，/压倒边塞的风云，/守卫着大汉的河山。"① 诗人登高望远，咏叹史实，凭吊英雄，但没有感慨兴衰，而是寄寓了新的希望，因为一支由各民族组成的"新军"又踏上了"孔明营盘"，怀着保乡卫国的雄心，立志把边地的每一个寨子，每一座山岗，"都化作孔明营盘"，从而保卫大西南，保卫大后方！《固守着这座营盘》也是在歌颂保卫南方的英勇，为固守这座扎在怒山顶上的营盘，守望怒水沧江，各民族"一齐套起军装"，"炼刀炼枪"，劈开丛莽，"护卫这壮丽的江山"②。

在长达 275 行的《再会吧，那塞营盘》中，彭桂萼开篇就写了那塞营盘在"班洪事件"③ 前后的变化，这是 1934 年发生于中缅界务南段，佤族部落联合起来与入境抢夺班洪地区炉房银矿的英人做斗争的史实。三十多年前，营盘满是荒凉的草莽，被外边人称为"阿佤窟、倮黑山"，居住的是"肉袒纹身的原始人"，但它随着"班洪的警钟"而"震动了黄河长江"。诗人叙述这一能充分体现边地民族国家认同的历史，且还选在传说是诸葛亮军事遗迹的地方，立意显著。彭桂萼亲访过班洪地区，不是他自己所批评的把"班洪事件"喊得震天响，却连班洪在哪儿都莫名的人。他在《南段未定界》中就介绍了班洪炉房厂等地"剽悍健壮"的佤族的认同问题。"对孔明、王骥等信仰极坚，历代归我耿马、勐角董、孟连诸土司管辖，征粮应役，载在各族志书官牍与佤族首领所存汉官颁赐的各种

---

① 彭桂萼：《沧江号角——彭桂萼抗战诗歌集》，香港天马出版有限公司 2005 年版，第 156 页。
② 彭桂萼：《固守着这座营盘》，《诗星》第 3 卷第 1 期，1942 年 8 月 10 日。
③ 可参见方国瑜《炉房银厂故实录》，《滇西边区考察记》，云南大学西南文化研究室出版 1943 年版；张诚孙《中英滇缅疆界问题》，哈佛燕京学社出版 1937 年版；周光倬《1934—1935 中缅边界调查日记》，凤凰出版社 2015 年版。

信物中,不惟是云南的宝藏库,也是中国的国防线呢!"① 有这样认同基础的那塞营盘在抗日战争中已换上了"新的戎装",成为守护西南极边的"城墙",所"教练出来的新军"终于被"拉进了民族战场",赴前方,卫后方。雄壮的战歌应和亘古的牧歌,于是,边地一片祥和丰收,士气鼓舞的景象:秋晨的山上,秀了林木,绿了麦浪,胖了牛羊,坝里,绿云一片,还镀着金黄,那赛营盘也如"饱经世故的老人"般越来越"结实","民族战士"也越来越"健壮"和"顽强"。②

  从营盘"孕育"的战士不满于固守一方,他们已离开家乡,去另建一座更大的营盘,准备用自己的身躯去扑灭血影刀光。彭桂萼在《云南持久抗战的营盘》中就写到,这巨大营盘中有澜沧江、金沙江、怒江、滇池、洱海以及云岭、苍山,有一千二百万"铁的儿郎",在沧潞、腾龙沿边的滇缅路有着众多"冲锋战将"。但这些正在营盘中成长的边地各民族:

> 在从前
> 是被认作爱斯基摩人
> 未开化的蛮夷,
> 粗鄙得
> 难以想象!
> 可是,事实上,
> 他们的躯体是顽强健壮,
> 他们的意志,
> 是至大至刚!
> 就像他遍处的深山大谷。
> 峻岭奇峰一样。
> 沉雄、好义,
> 豪侠的正气,
> 贯注在他们

---

 ① 彭桂萼:《边地之边地·南段未定界》,《彭桂萼诗文选集》,德宏民族出版社1998年版,第456页。

 ② 彭桂萼:《后方的岗位·再会吧,那塞营盘》,彭桂蕊、王儒昌、彭联珊编辑《留芳集》,临沧行署文化局1989年版,第104—106页。

整个胸膛。①

彭桂萼强调的是抗战如时代的"火把"一般"烧化了蛮荒",边地有了"新中华"的光亮。从前认为"未开化"的民族,因为"执了正义的剑",渐渐被人们知道,且已是"乡邦的栋梁",曾被视为"万里的遐荒"的边地已成为全国抗战的营盘。至此,彭桂萼一再书写的"营盘",从传说中是诸葛亮南征的历史遗迹,成为边地各民族正在汇入抗战洪流的象征,亦是体现了不言而喻的国家认同。

彭桂萼向人们"介绍"着主动汇入时代潮流的家乡,并主动担起"号兵"的职责,把边地与国家早已"织定了经纬交错的密切关系"的这一认识散播给边地各民族,又以呈现"牧歌"到"战歌"转变的必然来强化这一认识,以抗战实绩直接表明边地对国家的认同。彭桂萼坚信抗战建国的力量,会在边地"铺下再造邦国的根基","从火与血的飞溅里,重建一个现代化的、自由平等的民族国家"②,所以他急切地想给家乡民族"献上新中国的画片"。在呈现抗战对现代民族国家促进作用的同时,彭桂萼写出了边地早已有的与古代中国的共同历史回忆的认同基础和文化认同空间,其抗战书写也说明了在早已形成的"历史—文化共同体"这不言而喻的"国家"基础上,抗战激发了边地融入现代中国的进程。

## 第二节 白平阶:跨过横断山脉 见到古树繁花

白平阶(1915—1995),回族,云南腾冲人。1938 年,短篇小说《跨过横断山脉》发表于香港《大公报》"七七"抗战纪念特刊《我们抗战这一年》头版。随后,叶君健将其翻译并以《在滇缅路上》为题刊于伦敦《新作品》杂志。作为第一篇反映云南人民修筑抗战生命线的小说,可谓影响深远。萧乾晚年回忆说,1939 年在《大公报》上读到了白平阶

---

① 彭桂萼:《沧江号角——彭桂萼抗战诗歌集》,香港天马出版有限公司 2005 年版,第 88 页。

② 彭桂萼:《力的决斗与精神动员》,《彭桂萼诗文选集》,德宏民族出版社 1998 年版,第 89 页。

的《跨过横断山脉》,"就在这个春季,我一人从香港奔往滇西采访滇缅公路"①。白平阶接着又发表了《金坛子》《风箱》《驿运》《腾冲骊驹行》《高原交响乐》《古树繁花》等,皆反映了云南边民抢筑滇缅公路和滇西抗战的史实,随后以《驿运》②为题结集出版。白平阶强调云南边民在抗战中一天天地冒着生命危险的坚韧与付出,他关注具体的个人,而不是新闻报道式的参与筑路的"20万云南各民族"这样宏大而空洞的数字,因为战争与每一个人的命运都息息相关。他以创作呈现着国家话语是怎么通过修筑滇缅公路这一行为而传达到边地,凸显边地人民在抗日战争中主体身份意识的觉醒,以及表达着对收复家乡的决心与希望。

## 一 国家话语的传达

滇缅公路的修筑,直接让滇边民众汇入抗日战争的大时代浪潮中。对于在崇山峻岭间以巨大的牺牲来修筑的这条公路,参与筑路的边民对其功用和价值有不解和疑惑,白平阶的创作就是以回答边民的这个问题开始的。《跨过横断山脉》一文以描写夜间沿路丛林中的筑路民夫的伙棚开篇。棚口燃着篝火,火烟中有松脂的香味,人们围坐在一起彼此打趣,"或把薛仁贵秦叔宝征东的故事,和当今的抗日将军揉作一团,由个人演义"③。闲聊中的"演义"是一种体现筑路边民混沌的抗战救国意识的侧面表达。之所以这样说,是因为白平阶紧接着就讲了坐在窝棚口的"十二三岁的瘦小子"的鸭子想起听到的"我们战斗在后方"的那些话,虽然好像会浮现战场的宏阔光景,但更让鸭子感到"亲切"的幻想,却是家乡的日常和乡长"那张讨厌的脸"。

白平阶没有一开篇就歌颂热火朝天的开山挖路,他呈现的是民夫们琐碎而艰辛的生活。接下来在筑路工人的闲谈中我们知晓:鸭子把他母亲送来的说带着可以躲避日本人飞机的,装着三颗青豆、三个辣椒、三文铜钱的小布袋扔了,因为怕被松鼠咬破衣服,稚气未脱的孩子却承受着繁重的筑路工作;五十岁开外的爱衔着竹根烟斗的胡三爹敢质疑指导员的瞎指

---

① 黄豆米:《重踏滇缅路——萧乾访问记》,萧乾《从滇缅路走向欧洲战场》,云南人民出版社2011年版,第238页。

② 1942年,沈从文将白平阶以《跨过横断山脉》为首的部分作品结集成册,编为《驿运》一书,巴金将此书收入他主编的《文学丛刊》第7集,在上海文化生活出版社出版。

③ 白平阶:《跨过横断山脉》,《驿运》,宁夏人民出版社2015年版,第11页。

挥；满嘴天南地北，号称"跟四个军官江南江北都跑过"的三蛮；到仰光大学读过土木工程系却软弱怕事的督工员何玉生。不同年龄、不同身份的人因修筑滇缅公路汇聚，白平阶对他们没有极力渲染或夸赞，而是以贴近滇西边地人民的日常言行风貌的艺术真实，把民工对筑路这一行为的混沌认识抛出来，引起人们深思。

为了呈现边地民工对筑路的意义有了清晰的认识，《跨过横断山脉》主线是写了官员来视察公路的修筑情况，但小说其实表现了两个问题：筑路工人是怎么看待"官"的，以及国家话语是怎么通过修筑滇缅公路这一行为顺利传达到边地的。

因为"比县长要大三倍"的督办要来视察，大家边筑路边讨论，在对话中我们知道了边民对"官"的认识。胡三爹认为乡长一类的当官人都是"要说话，猪杀下；不开口，牛牵走"！早已看得"头痛"，想着筑路需要蛮力气，应该让乡长来"见识点颜色才是"。但"大官"要来，胡三爹赶紧把唯一的宝贝——竹根烟斗，藏起来，怕被"大官"看上拿走，还认真地警告大家要是听到炮响或看到旗锣吼班、八抬绿呢官轿可不能笑。胡三爹还讽刺因怕"油头粉脸"被尘土弄脏而不敢来路上的指导员，今天却忙得连头脸都顾不上，只怕是担心大官的"粉底朝靴"被路基弄脏。指导员只会挥着鞭子瞎指挥，胡三爹让质疑的民工不要找闲话讲，因为"官官相护"。而三蛮见到的官大大小小都有枪护卫着，所以他认为官的大小可从枪支的多少上看个分明，今天要来的应该"八十支枪总不短"。鸭子所见过的官就只有乡长和指导员，在他看来已经威风凛凛了，所以他私下也画出了大官的"脸谱"："如其像指导员，那么一定更口吃得厉害，口都不能常开，一开口又像要吃人，声音比破锣还刺耳，比裂钟还扰人；如其像乡长，那么他眼睛要生在头顶上，嘴生在下额底，鼻子长得使人害怕……"① 从底层筑路工人的视角来看，"官"是可以颐指气使的权力符号，欺压人民，嘴脸丑恶，且筑路指导员每天的恶劣行径更是加深了这一令人惧怕、憎恶的印象。

在筑路民工边捡石子、倒石子，边猜想"大官"模样的吵闹声中，"大官"来了，是一个老年人，三个青年人，都穿身草绿色军服。胡三爹看到有点失望，旗锣吼班都不带一个，怎么能叫大官！鸭子想着修路有什

---

① 白平阶：《跨过横断山脉》，《驿运》，宁夏人民出版社2015年版，第18页。

么好看的,"来干嘛?"三蛮则迅速转到大官身后去察看到底隐蔽了多少枪支。最终发现非但枪支没有,只见他们满身都沾遍了黄泥土,老人还拿着根木瓜树作手杖,年轻的拿着皮盒子、木匣,还扛着三脚架。白平阶接下来写的这段话就非常有意思:"老年人带他们到埂上边一块不大倾斜的草地上坐着,他独个儿面对大家立着,他背后一支青山,斜看去山尖竟落在身材并不高的肩上了。他似乎比山还高。"① 之所以强调这一官员的形象比山高,是因为老人一开口就给大家带来一股热意,他第一句说的是"我记挂你们!"接着又肯定路工们很有成绩,关心大家是否染热病或疟疾。此时人们紧张的心"软绵绵地放了下来",鸭子还觉得"老年人"的眼睛是"慈祥"的。老人还询问石匠和工具是否够分配、饮食卧具有无欠缺,大家兴奋地争抢着回答,有时山谷中还响起"一阵爽朗的哄笑声",之前传闻的大官现在如"老伯伯似的"。当老人得知只骂人不出力的督工员让人把垒在路旁如一列短墙的石子全投下箐底去,然土方掘成又命人下箐去捡石子,面对民工质疑还盛气凌人地说"你们懂得工程学的高深吗?"直接解了督工的职,并强调筑路工作不能浪费时间和气力,接着语重心长地跟筑路工人们说了这一段话:

  时代不容许我们再有一着错误。我们是战斗在后方,比较前方千百万流血的将士如何?我们心头怎能还有名利,还有权威?此时多流一滴血汗,即是为自己和全民族的生存多加一重障碍,为人类和平正义多加一棵支柱!我也是这一工作里的一个工人,一个民夫,自视和大家没有两样……②

  于是筑路民夫们知道了大家都是替国家做事,流的血汗是为全民族的生存作保障。一席话说完,鸭子"高兴得要跳起来",原本站在后面的胡三爹已挤到前面,并把竹根烟斗衔在嘴里,再也不担心会被大官抢去。鸭子这晚梦见又来收门户钱的乡长要抢家里的棉被和母鸡,终于敢拦着乡长就拼命。这都体现了"老人"教导的成功。且小说结尾也别有意味:夜晚,鸭子睡不着爬出来,发现四处的篝火已熄灭,灰色的窝棚在月色下棋

---

① 白平阶:《跨过横断山脉》,《驿运》,宁夏人民出版社 2015 年版,第 20 页。
② 白平阶:《跨过横断山脉》,《驿运》,宁夏人民出版社 2015 年版,第 21 页。

布着，闻到山风吹来的"新掘黄土的香味"，鸭子"全身感觉轻松清爽异常"。三蛮把头伸出窝棚来喊他赶紧睡下，受了凉不好。"今天来看我们的老人不是同我们约明早开始'斯达哈诺夫运动'？身体不行，工作不好的！"① 三蛮所说的应是"斯达汉诺夫运动"，即苏联早期以采煤工人斯达汉诺夫命名的社会主义竞赛的群众运动，激发了广大工人的热情。这些曾经陌生的话语被"老人"传达，当三蛮把"我们"的身体与为国家工作联系起来时，也就表明老人在滇边对国家话语的成功传达。

《跨过横断山脉》是白平阶有关滇缅公路系列创作的第一篇，关注的是抗战前后边地人民对"官"的看法的转变。"大官"被作者设置成一位慈祥的老人，他体察民情，尊重筑路民夫，并告诉大家：后方的筑路与前方的战斗一样；"我"也是这一工作里的一个民夫，在民族危难的时候，官与民的命运是一致的。白平阶借"老人"之口来肯定边地人民为抗战所做出的贡献，筑路工人因此知道了筑路的意义和自己存在的价值。问题还在于同样作为边地人民的作者，以创作这一官员形象来肯定正在发生的凿山开路，这其实是自我认同与寻找认同，往大一点说，就是在强调抗战提高了国家对边地的重视，激发了边地对国家的认同。

**二 边民主体身份的觉醒**

既已在《跨过横断山脉》中表明了国家话语的成功传达，边民知道了筑路的意义，白平阶接下来写的就是边地民工主体意识觉醒后在滇缅公路上发生的故事。

滇缅公路被边地人民修通了，路上有现代化的汽车，路旁有古老的马帮，《驿运》写了马帮在橄榄地"胖女人"开设的茶棚歇脚的一个片段。在对话中交代了胖女人是从缅甸逃难回国的，在马帮担任"跛脚军师"的郑友参加过台儿庄战役，二锅头的"帮子"是运送军需的，马鞍架上插着一面表示是"公家"的写着"令"字的三角黄油布旗子。抬下来的驮子列在茶棚前的广场上，"如操场上排着兵那么整齐和有规矩"，因为运送的是军需，已成为"公家"的马帮与马锅头都显得神气庄重。因马帮不习惯汽车，经常被吓得四处乱窜，更使二锅头纳闷的是，司机还不停地按喇叭，甚至下令不能让马帮"践踏"公路。"自己亲手修起滇缅公

---

① 白平阶：《跨过横断山脉》《驿运》，宁夏人民出版社 2015 年版，第 23 页。

路,却还要赶着牲口走山路,这是什么'外省人'的道理,他想不通。"① 这是白平阶从边地人民的角度发出的质问,让我们知道连接起前方与后方的滇缅路,目前还没有加强"外省人"与边地人之间的理解,现代化的汽车与边地传统的马帮不能和谐并存。作为本土作家,便有义务把滇边民族为抗战所做出的牺牲讲述出来。

写作《金坛子》的目的就是告诉人们"她们怎么修筑滇缅路"。白平阶为了凸显筑路女工的坚韧与无畏,一开始就写了在金坛子筑路的艰辛:跨过惠通桥,金坛子是一处被雄伟荒寂的高山三面围困的平坝地,漫山遍野的茅草,闷热难耐。这就连男人也受不了的地方,却安排一百多位女工来修筑,虽然困难重重:

可是这是国家大事,推脱不得,人人有份。大家全在无可奈何的生活情形下,带了水罐和粮食,跑十天半月的山路,来到工程处,代替丈夫儿子或哥哥向国家效劳。其中仅有三十二个僰族女同胞是那么健壮,尺高的缠头,及踝的重裙,不见她们发热,流汗,锄头还比一般女子举很高,落得重。②

女工们已知道筑路是国家大事,人人都有份,她们所做的都是为国效劳,所以正不辞劳苦地开山挖路。当监工告诉"我们的六嫂"美国大使詹森就要经过这个路段,她们的筑路成效关乎"国家的面子"时,泼辣果敢的六嫂跟众多女工喊道:"男人们做不了我们做!好,我们就做!这是云南人面子,中国人面子,我们要做给人看!我们不要说是来为老板,为儿子哥哥替工;我们自己做自己的,带上他们我们要做两份,走呀!"③ 六嫂强调大家虽然是代替丈夫或儿子来的,但并不是替谁做,应该还更多做两份,只因筑路关乎中国人面子。于是这一群边地妇女在金坛子里战斗了一个月,并最终战胜了——把荒原的路弄得笔直。看到汽车驶上了江坡,大家兴奋非常,六嫂更是感觉现在她已什么都不怕,"我们现

---

① 白平阶:《驿运》,《驿运》,宁夏人民出版社2015年版,第10页。
② 白平阶:《金坛子:她们怎么筑滇缅路》,《今日评论》第1卷第23期,1939年6月4日。
③ 白平阶:《金坛子:她们怎么筑滇缅路》,《今日评论》第1卷第23期,1939年6月4日。

在一样的是打仗"。提及国家大事,以六嫂为代表的女工就对筑路工作积极主动,她们知晓自己所做的亦是在抗战,因为这关乎每一个人的生存。

当我们把《驿运》和《金坛子》联系起来看,就会发现白平阶在小说中提出了一个问题:抗战让边民和"外省人""新人物"相遇,但双方都持固有成见,彼此看不上。白平阶并没有把两者作先进和落后的区分,作为边地作家,他感情倾向于勤劳、坚韧的边地人民,只因他们扎根于大地,在边地的群山之中顽强、乐观地活着。国家民族陷于危难,边地人民不空喊口号,而是默默地付出一切的力,披星戴月、开山劈石,身后蜿蜒的道路见证了他们为国家做出的贡献。

白平阶歌颂着滇西边地这样一群沉默的付出者,在他的小说中反而看不到正面的知识分子形象。在《跨过横断山脉》中,借胡三爹、鸭子和三蛮之口对"穿着洋人衣服,邹什么名字的"指导员极尽讽刺。民工筑路积极主动,上过新学堂的"新人物"却与民众格格不入。胡三爹更是直接对软弱无能的"学生子"说,你们进城、进洋学堂,回来就休老婆,因为学的写横字,就说横话,但却没法扛起锄头到石头泥土上"横一横"。《金坛子》中泼辣的六嫂打仗都不怕,却怕"城里男人",因为他们说话、走路、做事情,"都男不男女不女"。白平阶还安排了一个荒诞可笑的结局:"自以为是个新人物"的总段上的监工,因记起俄国什么"鼓里懦夫"运动,就想用新方法来表彰六嫂,却到处找不着人,原来六嫂正在龙王庙里听一个女巫走阴,这才是属于她自己真实的天地。白平阶并没有把女工塑造成当时文学所提倡的"新女性",筑路的事迹并没有改变边地妇女的生存观念,六嫂依然生活在"两个世界中",一个是我们认为的旧世界的迷信,另一个是在对"国家大事"的支持中参与了抗战建国。

"新人物"不仅没在筑路过程中发挥积极作用,白平阶反而在《风箱》里安排让路工来启迪到州城读过洋学堂的王明顺。《风箱》是接着《跨过横断山脉》写的,三蛮、胡三爹依然在修路。猴子岩的工作艰险异常,小七五用篮子背着钻凿与罗二、三蛮一起攀着青藤、拉着树根,爬上岩壁打炮眼。而因抽大烟把脊骨都蜷曲成驼背的王明顺只负责最轻的活计——拉风箱,他边捧着一个竹水烟筒边敷衍地拉着,炉火都不燃,红炭上包起一层白灰,还自我宽慰:拉风箱是坐着干的,坐着该是劳心的,因为孟子曰:劳心者治人,劳力者治于人。王明顺认为自己不是胡三爹、罗二他们一般老粗。但作者却这样描述挥起结实两臂的"老粗"陈忠拉动的风箱:"炉火殷红地燃起,火星哗剥飞溅着,风箱在陈忠手下,变成了一只夜半在村庄周围呼啸寻母的豹雏,声音坚决而怕人。"① 陈忠还好意地跟王明顺说可以让胡三爹调他去挖土方,他也说使不动锄头,挑土、打石眼都干不来。联系《金坛子》中听到筑路关乎"国家面子"时就毫不犹豫担负起最繁重工作的六嫂等一众女工,只想着要"这个所谓的国家"免除其苦工的王明顺就显得自私而无能。所以作者借陈忠之口说,大家为战事工作,如果都像这般懒骨头,"战事可早完了"。小七五也说,拉风箱是你的份,你不做工就是汉奸。王明顺忍不下被叫汉奸的气,起身时又望见铁桥两岸众多民工如蚂蚁般正在搬倒泰山,他终于"踏着坚实步子"向风箱走去。

综观白平阶的有关修筑滇缅公路的小说,会发现他欣赏的是"一股横牛劲,一心耿耿,要凭不要命去打出个好世界来"的小七五一类的边地人民。他们在修筑滇缅公路过程中彰显了参与抗战建国的主体意识的觉醒,身体力行、流血流汗。白平阶的小说对话极具地方感,粗糙、有野性,张扬着蓬勃的生命力。因为他要强调正是边地人民这种沉默坚韧与埋头蛮干的无畏精神,成就了滇缅公路的奇迹。

随着战局的严峻,滇缅路还是被日军阻断了,滇西陷入烽火。白平阶根据家乡腾冲沦陷的经历创作了《古树繁花》,讲述的是中缅边境小城被日军占领后的故事,虽烽烟四起,但昭示着希望。修筑滇缅公路时,边地只是卷入战时状态,白平阶的创作有"教导"的声音,让边地人民主动认同国家。家乡沦陷,战争与每一个人息息相关,白平阶已不需有意强调国家认同,他只是通过边境小城沦陷后一家人的遭遇,陈述国家危亡时边地人民对流亡华侨的帮助和对抗战士兵的敬佩,让人们知道家乡人民为抗战所做的牺牲与贡献。小说中,外婆要"我"写信给在缅甸经商的二舅,让他把孩子送回国来养育,因为她怕孙子不知道中国做人的道理。但还没把孙子盼到家,这美丽安宁的边境小城就涌入了大量从缅甸逃难回国的华侨和赴援缅甸的远征军。作者这样解释"英勇的远征军"入缅作战的失败:中国军队曾被缅甸行政官挡驾在国境边,延误了作战之前的必要准备。所以虽败退回国,但依然受到国人尊敬,"我们地方的每个家庭"都忙着给"难胞和难友"供给食宿,送出棉被和衣服,家里廊前,街边

---

① 白平阶:《风箱》,《今日评论》第 2 卷第 19 期,1939 年 10 月 29 日。

檐下，都是得到照顾的同胞。

由逃难者的陈述中，知道日本间谍唆使缅甸人暴动，受虐杀最惨的先是华侨，只要看到哪里有火光和流血就知道日本兵到了。1942年5月10日，全城惊呼，纷纷逃难，因为城东六十里外的宿站已有火光了。年迈的外婆让"我们"先帮助小表妹们逃到姨妈家后再来接她，她舍不得家里的每一片瓦、每一棵树，不到万不得已她不会离开。返城接外婆时，表兄让"我"由西城楼上的飞角看出去，只见灰暗的天空下，城角尖端的旗杆顶头新换了一面日本太阳旗，那是"一个人类耻辱的标帜"，那本是自幼俯瞰全城的"圣地"，如今却被"侮辱"了。正在悲恸绝望时，听到城里有枪响，应是伤兵和来不及撤退的人们在抵抗，那是充满希望的声音。"每条街巷的墙角和楼窗，到处是狙击手。共同有个单纯的信念：跟日本人一个拼一个，最后胜利仍然是中国人的。"① 养病在家的弟弟，本是军人，拿着父亲那支打鸟枪和一群年轻朋友，还有由八莫、密支那撤退而来的小队士兵，准备同敌人血拼。"我们"冒险进城，发现古老的边城完全在燃烧中，外婆家也一片火海，屋子周围的果树都已熏焦。腾冲沦陷时，日军烧了很多村寨，面对家乡的灾难，白平阶在小说末尾专注地描写一棵古老苍天的松树，盘根错节、松针苍翠、挺拔屹立。"古树繁花"——有一种地久天长的顽强与坚韧，这是边地人民生命力的象征，亦是抗战胜利的希望！白平阶的创作亦如这"古树繁花"般扎根于滇西边地，让人们看见了抗战中国土的另一角落。

## 第三节　马子华：陷入战火的滇南边地

马子华（1912—1996），白族，云南洱源人，1932年加入左翼作家联盟，出版了《坍塌的古城》《他的子民们》《丛莽中》《滇南散记》《云南民间传说集》等作品，因其独特的乡土特色受到人们关注。茅盾在《关于乡土文学》中就指出《他的子民们》是描写边远地方人生的一部佳作，作者虽不刻意描写风土人情，但小说中到处流露着特殊的"地方色彩"，"在悲壮的背景上加了美丽"。且马子华对滇边的描写不是以游历家的眼

---

① 白平阶：《古树繁花》，《世界文艺季刊》第1卷第1期，1945年8月。

光去作特殊风俗的展览,如果仅止于此,那他就只是提供了一幅异域图景,满足人们对"边远地方"的好奇心,"因此在特殊的风土人情而外,应当还有普遍性的与我们共同的对于运命的挣扎"①。茅盾的评价虽是针对《他的子民们》,但马子华以云南边地为题材的创作,都是以内部人的视角去体察家乡在抗日战争年代的命运变迁,他关于滇南烽火的描写,亦是通过自己的亲历考察来为我们展现战争对云南边地的影响。

## 一 边民的国家认同危机

马子华的《风》是一篇别有意味的小说,因为它呈现了一个迫切的问题:边地民族的国家认同危机。"高黎贡山的风,吹过这蛮荒的原野!"这是小说开篇的第一句,把读者的关注点直接带到了滇缅边地,这原野是怒江以西、中缅未定界以东的芒市。主人公康友谅,是芒市康土司的独生儿子,小时候就被送去缅甸瓦城读书,先后去过新加坡、菲律宾等地,后来在上海求学六七年,因为"想回家来做点对国家有用的工作",就从繁华都市回到了边地小城。回到家乡却发现小城集市上已没有往日各种民族用不同语言买卖交易的喧嚣,摆摊售货的草棚中空无一物,土路上只有被风吹起的灰尘。康友谅满是疑惑,后来在山道上遇到一个十五岁左右的名叫都蓝的放羊少年,就询问其生活情况。都蓝说因为钱粮交得太多,都不够吃,所以"这儿很多人家,连山头人也有都把家悄悄的搬到腊戍,八莫……那些地方去了"。都蓝接着说:

> 听说要打战,汉官向老爷们要我们去很远的地方打战,不干我们的事,谁愿去呢?大家搬到缅甸那边去,英国人多好,给每一家人五亩田,还给上一条水牛犁田呢。又不纳粮,又不上税,什么人也不管你,可以舒舒服服的过日子。所以大家都搬去了。②

康友谅意识到这是危险的事情,不仅关乎父亲的管理,而且对于国家也是不好的。听到都蓝说起战争,康友谅就问他知不知道我们是哪一个国家的人,都蓝说知道的,"我们是康土司的百姓呀"。康友谅感到"失望

---

① 茅盾:《关于乡土文学》,《文学》第6卷第2期,1936年2月1日。
② 马子华:《风》,《文化岗位》第2卷第1期,1939年4月18日。

和惆怅"，他知道万千的夷民都会像这个少年一样回答，因为父亲身为土司对边民却不教育，甚至愚民、毒民，还卖鸦片给边民，使其相信命中注定是土司的奴隶。康友谅赶忙跟都蓝解释："夷民也跟汉人一样的是中华民国的人民"，土地不是土司的，是"中国的土地"。还说了日本当下怎样侵略中国，"怎么样夷民也应该去打日本"。康友谅苦口婆心，但少年却打着哈欠，一幅想要睡觉的样子。① 康友谅黯然回到了家，那是丛山峻岭包围着的蛮荒之野中仅有的一栋英国式洋房。恰逢后设治局局长来访，因为龙陵县需要抽调六百名壮丁参加抗战，局长来请康土司帮忙，但遭到拒绝，康土司还说："中国人？我不做中国人也没有什么。"

几天后，都蓝来跟康友谅道别，说是因为征兵，他们一家要搬到缅甸去了。1938年，康土司也去了缅甸，康友谅世袭了土司，不仅到龙陵找设治局长表示支持抗战工作，还在芒市进行抗战宣传教育，把存放的武器枪支分发给边民，并告诉他们："我们是中国的人民，并不是土司的奴隶，我们要保卫祖国，应该禁止逃亡……"他派五百名武士到边界截堵那些准备逃亡到缅甸的人们，并把全部家财散给一千名武士，然后带着他们渡过怒江，准备从西南边疆驰赴中华民族抗战的最前线。

马子华在《风》中借助爱国进步青年康友谅的行动来强调需要关注边地民族的国家认同问题。滇缅边地的各贫苦民族为着生计挣扎，被英国人的怀柔政策蛊惑，不交税、不纳粮、给田种，于是大量移民到缅甸。边民不知道自己属于哪一个国家，甚至没有国家意识，因征兵要到很远的地方打仗，纷纷逃亡。从来没有得到过国民待遇的边民，这时候被生硬灌输"我们都是中华民族的一分子，有责任保卫国土，应该去打日本"这样的话语是起不了作用的。马子华于是塑造了尊重、体恤边民的康友谅这一新任治边者形象，他已不像老土司觉得不做中国人也没什么，他受过现代教育，见到祖国陷入战火，正以实际行动支持抗战，对边民进行宣传教育。康友谅这一形象体现了马子华对如何在抗日战争中提高边地民族的国家认同这一问题的思考。

马子华在《山野的风》中关注到了英国殖民缅甸后对云南边界领土的侵犯：

---

① 马子华：《风》，《文化岗位》第2卷第1期，1939年4月18日。

> 是什么时候可不知道,
> 小江岸上的界碑就不见了。
> 洋兵越过了高黎贡山,
> 金矿,田亩,什么都要。
> 主人们,拱着手微微的笑;
> "你用不着枪也用不着刀!
> 请进来只要我这些田还在,
> 让我的那些子民去耕,
> 那么,你要什么都好。"
> 从缅甸拥来了长枪,大炮,
> 在怒江上架起了一座大桥,
> 主人么没有话说,
> 但是以后,以后呢,可就糟了!①

标志着国家主权范围的"界碑"不见了,英国兵"越过"高黎贡山,边界领土有被蚕食的危机。但是"主人们"却并没有爱国意识,想的是只要不影响收租就好,可实际情形是,"山国里的人"承受了更沉痛的压迫——"主人们的牛皮鞭,洋大人的刺刀",原本粗壮的身躯被欺压得如干柴般枯槁。于是,马子华呼吁山国的人要恢复"原始纯朴的蛮性":

> 阳光爬到了山顶,
> 白色风雾还没有全消,
> 山野的风已在狂号,
> 起来吧,山国里的人!
> 你们有了铁的锄,毒药煎的弩,
> 有了祖先给你们的蛮性!
> 起来吧,山国里的人!
> 世界上没有比自己更高的了!②

---

① 马子华:《山野的风》,《每月诗歌》第2、3期合刊,1936年1月1日。
② 马子华:《山野的风》,《每月诗歌》第2、3期合刊,1936年1月1日。

1910年，英国出兵侵占片马地区，并要求须以高黎贡山为中缅两国界线，中缅边地领土安全受到了威胁。界碑被毁，侵略者带着枪炮越界而来，肆无忌惮地架起了桥，陷于战火的国家无暇顾及，马子华只能鼓动山国的人用血液中的蛮性起来反抗。

身为边地作家，马子华深知民族国家认同问题在抗日战争时的重要性。《丛莽中》开篇就讲了边地的传说：杨六郎曾远征边陲到过这里；宋将狄青平定了这方的变乱，其一支箭羽射在石隙里，至今还没有取出来。"这些故事并没有因为时间的疾逝而湮没无闻，反之，为了这些传说，火焰山脉上的民族们才知道他们是中国的人民，黄胄的子孙。"① 但马子华也强调很多边民对国家的认同是非常蒙昧的，《山野的风》中英人明目张胆地越界建桥，输入洋枪洋炮，边地民族默默地承受了双重压迫，只是感到生存更加不易，并没有国家受到侵略的意识。《风》中的康土司觉得不做中国人也没有什么，边民不关心自己是哪一个国家的人，因为怕被征兵去打仗，大批逃往缅甸。面对这样的边地危机，马子华以创作告诉家乡边民，前方的战争，"也干我们的事"。

## 二 抗战中的觉醒

马子华创作于1939年的书信体小说《边荒》，写了一个上海的爱国青年来到云南边荒，并在滇缅公路上担任驾驶员的故事。身处滇边的"我"听着澜沧江澎湃的水声，在一星灯火之下写信给弟弟慕青。通过信中的讲述可知，"我"的父亲是下江一带有名的企业家，"我"曾建议他捐资帮助军需、救济难民，为完成这神圣的民族解放战争尽一己之力。父亲不仅责骂拒绝，还肆无忌惮地发国难财。当日寇进攻浦东，"我"与父亲争吵，指责他"没有一点国家观念"，并偷了父亲的图章，开了45万元的支票，做了一些有意义的工作：建立了六个后方伤兵医院，去战壕中抢救伤兵，继续向更后方转移。小说末尾这样写道：

> 现在，我独自一人到这边荒的地区，这儿，已经靠近英国的殖民地，汹涌的大江横过崇峻深邃的山岭。在这山岭之间还在居住着蛮夷的少数民族，他们过着纯朴的半农耕半狩猎的生活。

---

① 马子华：《丛莽中》，《文学月报》第3卷第1期，1941年6月1日。

就在这边荒的地区，已经建立好一条国际交通线的公路。我打算做一点自己能够做的工作。①

当国家陷入危机，曾经在上海驾着小奥斯汀兜风的"我"来到边荒，穿上蓝布工人衣服，在滇缅公路驾驶着巨大的载重汽车，车上装满炸弹、重炮、步枪，翻越高山峡谷送到前线去。"我"的实际行动与发国难财的"父亲"形成对比。马子华在《边荒》中借"父亲"形象批评、讽刺了那些没有国家观念的自私自利的人，通过富家公子"我"的转变，来赞扬那些在战时边地承担起每一个国民应尽责任的人。

《边荒》是写主动来到云南边地与边民一起担负起抗战建国重任的"下江人"，而马子华在小说《丛莽中》写的是受到爱国教育后汇入抗战洪流的云南边地民族。故事发生的环境是在没有一块平原，只有箐谷和危岩绝壁的荒远之地。主人公柏天赐是一位从匪首变为抗日游击队领袖的边地民族，他的父亲是汉人，母亲是仆拉族，所以其血液里流动着仆拉的强悍和汉人的聪慧，从小就常听父亲说祖先是沐国公率领来云南的远征兵士。父母去世后，他从劫杀"厂哥"的亡命徒变成有一支三四百人队伍的"草泽英雄"，在滇缅边境打劫走私白银的马帮。后来柏天赐在山神庙的学堂里认识了从省城来的李攸青老师，第一次进她的办公室就留意到贴着的那张地图，才知道了家乡所处的位置。两人相恋后，李攸青经常给他们讲抗战局势，并强调"你们是中华民族的子孙，你们是无可比拟的强悍的男子汉，国家如此危机，我们应该保卫国家"②。柏天赐与李攸青结婚后，李攸青更是成为这一支队伍的教育者，教他们唱她所写的战歌：

> 国家的边疆，
> 我们的家乡。
> 这儿有玉蜀黍，
> 有米麦和牛羊。
> 还有剽悍的男儿汉。
> 在这儿慢慢的生长，

---

① 马子华：《边荒》，《新云南》创刊号，1939年1月28日。
② 马子华：《丛莽中》，《文学月报》第3卷第1期，1941年6月1日。

我们会拿出力量，
拿出枪杆。
保卫这火焰山！
保卫这盘龙江！①

此时，日军向越南推进，已在云南边境集结。丛莽上空出现了很多敌机，"那一种巨大的声响给予这些人民们以有力的提示和刺激，已经使他们知道这地方并不是'世外'，并不是十分太平的"②。柏天赐为了保卫家乡，于是，1941年初春的黎明，"边区第二游击支队"的旗子竖立在了火焰山顶峰。盘旋在家乡上空的飞机对边民们是一种"提示"，敌人的铁蹄逐渐逼近，山匪变成了游击队，曾经闭塞的丛莽已竖起鲜红的反抗之旗帜。

从在《边荒》中塑造舍弃上海繁华富足的生活而到滇缅路上成为司机的主人公，再到《丛莽中》直接安排爱国知识青年李攸青进行宣讲，可以看到马子华创作时的知识分子启蒙立场。但到第一次远征军入缅作战失败而滇边陷入战火后，马子华在《滇南散记》中并不直接描写战争，而是以自己的见闻来叙写战争对边地民族生活的影响。

### 三 "夷方地"在战火中的苦难

1944年，马子华以"政务督导员"的身份沿滇南进入西双版纳地区进行考察，《滇南散记》便是此行记录。马子华在"前记"中说，虽为云南人，但如果不是这次偶然的机会，他也是不可能去那所谓"夷方地"的。但有了八个月的跋涉经历，就有责任把滇南边地的"实际现象""揭露"给人们，不然就"将永远成为一个'谜'的罪恶的禁区"。当部分作品在昆明的日报刊出后，很多人为了"趣味"而"奖饰"它，马子华却暗地叫屈，因为其目的不是为满足人们对边地奇风异俗的好奇和想象，他写的不是虚构小说，而几乎全是"耳闻目睹的事实"③。抗日战争全面爆发前，滇南边地很少得到重视，一直被视为蛮夷之地、瘴疠之乡，尽管滇缅抗战局势提高了国人对此区域的关注，但边境上的很多地方依然是被漠

---

① 马子华：《丛莽中》，《文学月报》第3卷第1期，1941年6月1日。
② 马子华：《丛莽中》，《文学月报》第3卷第1期，1941年6月1日。
③ 马子华：《前记》，《滇南散记》，云南人民出版社1983年版，第1—2页。

视的。马子华在《葫芦王地的火焰》中就说了日军在边境一带如入无人之境，只因这些荒凉之地并没有被视为重要的国防据点。所以，烽火中的滇南边地的实际情形是非常复杂的，抗日战争既激发了边地人民的保家卫国意识，但也给边地带来了更多的苦难。马子华通过亲历与见闻，在《滇南散记》中呈现了"夷方地"在滇缅抗战中承受着"普遍性的与我们共同的对于运命的挣扎"。

马子华在《路神的巨足》中介绍了山国的驿运和马锅头风餐露宿的生活。这些前世欠下"路债"的赶马人懂得骡马的性情与疾病，懂得挑出"带头马"，懂得出门人的忌讳，更懂得山林中的捷径，只要看路旁的树枝和火塘边的锅叉，就知道另一帮人马行进的方向。"我"跟随着马帮行进，遇到"闯帮"——两个马帮在山道中狭路相逢，因为让道就需退六七里，双方互不相让，甚至鸣枪威胁。"我"跟对方说是督导员，有公事急需赶路，对方也说是属于总指挥部李大队长的驮运队，是运军需物资往抗战前方去的，"我"所在的马帮只能后退。过后听着随行的马锅头介绍李大队长，说他是"南路上的路神"，有近千匹牲口，组成几个马帮运输鸦片，因贿赂总指挥部的张司令官后得了一个"运输大队长"的封号，把杏黄油布旗插在头骡上，打着运军需品的借口，肆无忌惮地运输烟土。马锅头所提到的"李大队长"也出现在《里目》一文中。里目的官职相当于乡长，但在边地，里目家所管理的区域纵横百余里，颇为辽阔，数万边民的一切资财均集中于里目一人之手。"我"参加里目的葬礼，看到了土财绅士们的各种嘴脸，尤其是"李大队长"，他是在临安、个旧一带生活不了跑到边地，后有了二三百亡命徒的随众，恰逢日军窥伺滇缅边境之际，李大队长便自称为游击支队队长进驻上猛允。上猛允是澜沧江的口岸，为边地之交通要冲，表面上，李大队长是军队长官，但这一批服装不整、形同匪徒的"冒险家"没有游击过一个日军，都是在盘剥边民、欺压行商，还在边地做着烟土生意。马子华是从侧面来写滇缅战争中抗战后方的腐败，批评那些发着国难财还欺世盗名的人们。

《芜城赋》一文，马子华一开始就描述了滇边小城思茅一片死寂的景象：城的雉堞已倒塌，散乱的石砖缝隙中间杂乱长着茅草、仙人掌，城门已没法掩闭；城里街市两旁满是杂草，路面尽是苔藓，房子成为破瓦残垣，有的透过门缝会看到已白骨化的死尸横陈，乌鸦在上空回旋鸣叫。曾经宏伟的县政府已破旧倾斜，县长还愁眉苦脸地跟"我"说县衙门里常有老虎和野狼来散步，昔日热闹的城市变得比郊野还要荒凉。战乱造成的瘴病和流行于边地的瘟疫摧毁了这边城，全县三万户的居民现在仅剩下三千户。"滇缅边境的战争曾经使这城市成为一个重要的地区"，美国人在城外五里的地方修建了飞机场的加油站，经常有很多巨大的运输机降落于此地。① 那时的思茅是滇边繁盛的城市，从滇越路和澜沧江、怒江两岸运来的货物都集中于此，边地民族和汉族亲洽地在这儿买卖交易。1942年夏，一队"国际防疫救济团"从加尔各答来的运输机上降落，由一个美国军官率领着来与思茅的行政首长商讨救济边地的瘴疠、疫病问题，美国人愿意帮助，但也希望当地的医生和绅士能有仁爱之心。当救济团离开思茅城的时候，他们给政府和卫生院留下了五大箱药品以及器材，并做了详细的书面说明。但这些救命药没有惠及边民，虽然年轻的葛院长主张免费，但县长除了留下送给士绅和给自己救命的药品后，就把国际友人送给边地人民的药品高价卖出去了。滇南边地的人们仍然遭受时疫侵袭，死亡枕藉，所以思茅变成了"芜城"。

马子华在《医生和他的药包》里关注到一个远征军军医逃回国后在滇边成为土司"御医"的故事。来到边地染上烟瘾后就在当地行医的沈县佐这样介绍姜医官："他说是什么中央军医学校毕业，曾经在缅甸从军，服务第几野战医院，后来偷了军队里两箱子药雇了个人挑进边地来，一面逃难一面行医。"② "我"第一次见到姜医官时，他穿着中山装，是明显区别于边民的外地人，"有着很文明的打扮，和外路人的谈吐"。交流中，姜医官说那碗军队饭他不想干了就来边地行医，"我"称赞他是"边地之福"。但后来"我"陪姜医官到山寨帮一个肚子疼的褴褛妇人看病，因妇人钱不够，姜医官冷漠离开，路上还跟"我"说妇人的病是胃痉挛，只需一点止痛剂便会好。而后姜医官在去给刀圈官家看病的途中被抢，怀疑是之前生病妇人的丈夫做的，土司就帮抓来男人，吊着往死里打。"我永远忘不记的是那个被吊打以后，象死蛇一般蜷伏着的夷民，在腥臭的马槽里。"③ 本应是保家卫国的战士，却当了逃兵，本以为其医术可造福边地，但姜医官只认银圆，且还借土司势力做着大烟生意。

马子华以亲历观察所得告诉人们：南路上所谓的"路神"打着运送

---

① 马子华：《芜城赋》，《滇南散记》，云南人民出版社1983年版，第47页。
② 马子华：《医生和他的药包》，《滇南散记》，云南人民出版社1983年版，第108页。
③ 马子华：《医生和他的药包》，《滇南散记》，云南人民出版社1983年版，第114页。

军需的幌子,明目张胆地运送鸦片,山国驿运承续已久的秩序已被战争改变,马锅头变成"大队长",以抗战之名行盗匪之事。因抗日战争变得热闹繁华的边地小城,也因战乱带来了瘴病和瘟疫,美国盟军留下的救命药被县长私吞,变成了一座荒城。从缅甸战场偷跑回国的远征军军医只认钱,视边地贫民性命为草芥,做的都是祸害边民之事。在《滇南散记》中的"我"是以作者的现实身份出现的,边区政务督导员和左翼知识分子的身份,让马子华关注到边地人民真实的生活情形,其笔下的边地是内在于中国社会历史的,同样"陈列着若干问题"。王瑶就认为马子华如实写出了以往不大被人注意的西南一角,"显示了云南虽然边远,到底也是整个中国社会的一部分,那里的农村也一样地在动乱衰破的变化中"①。除了描写这些"夷方地"在战乱中所受的荼毒,马子华还直接呈现出边地在滇缅抗战中错综复杂的矛盾。

## 四 "漂亮的说词"背后的事实

马子华身为边区的政务督导员,到滇南的主要任务是禁烟,通过实地考察,他体会到了禁烟政策在边地的复杂情形。《一朵罂粟花》中就写到,虽然省政府根据禁烟惩罚条例三令五申,但边民每年照样播下烟种。原因在于边地统治者每月要摊派非常高的门户费,边民种烟的收入除了缴纳门户租税之外,剩下的也只能应付比牛马稍好一点的生活。正如当地县长说的,这些地方是政法力量达不到的区域,土司和当地政府是鼓励种植鸦片的,因为既可以征"烟课"、收租,又可用低价收买高价卖出。所以,实际现状却是"千万的老百姓背负着罪犯的名,而在饥饿线上挣扎着"②!《委员!委员!》中,来边地禁烟的委员派头很大,乘坐着声势浩大的"銮驾",高视阔步,但实际上这位委员却是一个瘾君子,对贫苦的边民盛气凌人,而收到贿赂后,对做大烟生意的陈三爷就放任不管了。

除了书写执行禁烟所遇到的各种困难,马子华还关注到滇缅抗战中归国华侨的处境和参与抗战的边民之命运。《黄昏》讲了缅甸华侨因战乱逃到国境的猛朗坝后遭到当地傣族敌视并最终离开"华侨新村"的故事。猛朗坝是傣族聚居地,此地瘴毒非常厉害,原因是清光绪年间汉人统治者

---

① 王瑶:《中国新文学史稿》(上册),上海文艺出版社1982年版,第288页。
② 马子华:《一朵罂粟花》,《滇南散记》,云南人民出版社1983年版,第97页。

的残暴苛政激起了傣族的反抗，在铓锣羊皮鼓声中，各寨男子点着火把，执着武器向土城一带的汉人和土司衙门进攻，烧了官府和市集房舍，随后几千汉人的尸体引发了瘴疫。八个傣族寨，三万多人，只剩下三个寨子，四百多人了，本来肥沃的平原，长满了荆棘、蔓草，田畴已废置。1940年，很多华侨由锡箔瓦城跋涉五百里来到这里，看见广阔的田野被荒芜着，只长着杧果树、芭蕉树，也不是哪一个人的私产，于是有三百多华侨打算暂居在这儿，等着日军撤退、世界清平后再回到曼德里去。他们用茅草、竹子搭成两排房屋，成立了"华侨新村"，开垦田亩，做起简单的商业，"准备开辟猛朗的新天地"，还在村中执行了五天一轮的街期，"一种新的气象溢洋于蛮荒之野"①。勤劳的华侨让这荒芜的田园变得丰收，举目一片金黄色的稻谷，垂下了结实饱满的穗头，让丰饶的土地得到了应有的收获。

饱受流离之苦的华侨们有了生活的希望，少男少女们在月光下的田野中伴着弦琴唱着动人的歌。"歌颂着祖国，回忆着伊洛瓦底江。"他们对当地傣族很亲善，但是傣族人并不欢迎这些远道而来的难民，认为其侵占了他们的土地，常常看准了只有一两个华侨经过时，便将其扑杀，照样像光绪年间的暴动一样把尸首抛掷在南朗河里。他们还觊觎着那一片金黄的谷子并偷偷地割去了很多。华侨们请求政府保护，县长派了一个中队的保卫队兵士进驻华侨新村，可粮食又被保卫队的老爷们吃了很多，他们已不能再开辟新天地了：

> 于是，从远方流浪到祖国来的客人们又不能生活下去了，他们的梦已经破灭，"开垦""自食其力""移民"……这些都是和事实不符的漂亮的说词而已。新村就在第二年便解体了，华侨死的死了，移居他方的移居他方。
> 
> 现在，新村的屋舍草棚虽然还存在着，但是它们又被蔓生的茅草逐渐掩埋，已经使你不可能涉足其间了。
> 
> 猛朗仍是一片荒凉！②

---

① 马子华：《黄昏》，《滇南散记》，云南人民出版社1983年版，第92页。
② 马子华：《黄昏》，《滇南散记》，云南人民出版社1983年版，第94页。

"我"在黄昏时看着这村寨里传说是模拟孔明帽子盖的竹屋,看到腰间佩着长缅刀面目可憎的里目,遇见美丽的傣族少女,听到缅寺中戴着红帽的小孩诵经的声音。本应同享这平静日常的缅甸华侨已不见踪影,其精心营建的"华侨新村"也因傣族人的仇视和官员的漠视而解体。黄昏的风吹着平原的蓬草,这滇南边地依然还是荒芜的模样。

《葫芦王地的火焰》是马子华直接写及滇缅抗战的作品,但他的叙述视角比较独特,是从边地民族的角度来看待发生在阿佤地区的这场战争的。葫芦王地,俗称阿佤山,地图上标为公明山,方圆百里都是原始森林,连通外界的只有堆满枯枝败叶的羊肠小道。山岭中居住的是粗犷、忠实的阿佤人,他们防卫着周围"不怀好意"的汉人、傣人、缅人,只要阿佤王子敲响木鼓,便能把所有人召集起来。阿佤人用自己的方式守卫着葫芦王地,维持着古朴平静的生活,然而战争改变了这里的一切。1942年,一支日军巡逻搜索队伍侵占了公明山几十里外的"新地方","如入无人之境,并没有遭遇到一兵一卒的抵抗,因为国防军似乎并不把这些荒凉的地方视为重要的国防据点"。随后,这支部队就在新地方控筑了古堡式的营房,"把大炮一字儿排开,张着炮嘴面向着边地的滇缅人民"①。

日军用怀柔政策笼络阿佤王子,在营房前面专门搭建两行竹棚作为市场,甚至有日舰从太平洋上运来的商品,夹杂在土货、鸦片中间交易着。于是,"新地方"便繁荣了起来,在枪口下维持着暂时的安定。等到盟军光复缅甸后,驻扎在此的日军准备撤退,"国军方才准备着用追下坡兔的方式来攻击新地方的营房",并组织了阿佤山游击司令部。因国军只有三个分队,力量单薄,于是用各种"威胁利诱"的手段,以司令部的"牛皮圣旨"委任阿佤山的土司、王子为各种队长,把阿佤人以及流浪在边地的似匪非匪的地方力量完全组织起来。1944年,在司令部的迫击炮、机枪驱使之下,这些未经任何训练的土著武力攻打了日军营房。日军凭借坚固的堡垒作抵抗,在交叉火网扫射之下,边民死伤无数,"以血肉之躯为了国家拼命",太阳旗最终被撕下,紧接着:

新闻纸上,上级的指挥者统率者,只知道占领新地方的是这个司

---

① 马子华:《葫芦王地的火焰》,《滇南散记》,云南人民出版社1983年版,第173—174页。

令部统率的三个分队,他们有极大的功勋,他们受到无限的光荣与上赏,他们被称为"民族英雄"。

那些如像羔羊一般被驱使的边地人民,在死伤枕藉以后,连一点温情的慰问都没有,更谈不到犒赏什么。结果,他们只好冷冷落落地带着伤痛回到家里去,他们的那一番业绩逐渐被遗忘了。一切都像山野般的平静得好像没有过变化。①

在"新地方"抗日的国军正规部队不仅不愿意流血牺牲,还安享着战斗成果。更为讽刺的是司令部照样搭建了市场,捐税比日军抽收的高出三倍以上,"民族英雄"们照样把迫击炮狰狞地对着这替他们打下江山、立了功勋的边地人民。那一位司令官李文楷的"皇皇布告","还是满纸的'抗战'、'民族'、'国家'、'和平'……"他还穿着一套漂亮的少将制服,骑着大马驰骋于山野之间,亦是如入无人之境。② 他不仅以要军饷的名义不断向边民搜刮钱粮,还向阿佤王子索粮派饷,在没得到回应后,他假意松口并设宴,王子们还是向他请求减免,于是他把八个王子全部关押在事先挖好的水牢,并放话只有缴了赎金才放人。1945 年,阿佤人对李文楷的部众已有极大的仇恨和愤怒,潜伏已久的暗潮终于爆发,他们冲到司令部打死了李文楷,烧了弹药库。司令部余下的部众有的进入公明山,有的在相互残杀中解体了。葫芦王地方恢复了原始的平静,阿佤人仍然在与土地、猛兽以及一切榨取、压迫他们的人做着艰苦的斗争。

茅盾在介绍《他的子民们》时说,作品的背景"是西南边鄙的'土司'的治下"。"西南边鄙"很难说不是一个站在自诩先进文明的角度对落后之地的略含贬义的形容。马子华身为边地作家,对故乡的感受是亲近且热爱的,"我的故乡隔着尘寰,/一些田园,山水在望"③。他站在边地民族的角度对人们所批判的愚昧、落后持同情的理解。马子华不仅没有一再强调边地的莽荒与原始,而且对边地的考察与亲历,让他对新闻报刊上过于宏大的抗战宣传产生了质疑与批判,因为"开垦""移民""民族"

---

① 马子华:《葫芦王地的火焰》,《滇南散记》,云南人民出版社 1983 年版,第 175—176 页。

② 马子华:《葫芦王地的火焰》,《滇南散记》,云南人民出版社 1983 年版,第 176—177 页。

③ 马子华:《故乡》,《坍塌的古城》,上海:现代书局 1934 年版,第 15 页。

"国家""抗战""和平"等这些对于发生在边地的实际来说只是一些"和事实不符的漂亮的说词",陷于战火的滇南边地远比这些笼统的词汇复杂。报纸上的"民族英雄"正带着边地民族以生命换来的功勋欺压百姓,真正的英雄也许是带着伤痛回家并逐渐被遗忘的边地人民。边地一群亡命徒自称抗战游击队却从没有游击过一个敌人,而是用武装势力成为地方恶霸。抗日战争中,边界关乎国家领土安全,边地民族的国家认同至关重要,马子华却告诉人们,边地民族并没有我们自认为理所当然的国家意识,边民甚至不知道自己是哪一个国家的人,边地土司对于做不做中国人很无所谓,马子华对此深感忧虑。但他对这一问题的思考前后是有变化的,在没有深入边地前,他在《山国的风》和《风》中要么直接呼吁边地人民起来抗战,要么塑造一个认同民族国家的边地土司的儿子,让其对边地民族进行爱国宣传教育。而小说《边荒》和《丛莽中》的知识分子的说教和启蒙立场也非常明显。但到了《滇南散记》,马子华对边地民族的国家认同问题不再作理直气壮的谴责和怒其不争的呐喊。他深入边地,发现夷汉矛盾根深蒂固,之前痛心的批判或是理想化的启蒙都与边地真实的一切相去甚远;边地民族坚韧地与险恶的自然环境以及欺压他们的外边人作着抗争,被人们认为凶残、原始的化外之民却有着宝贵的品质和对生命独特的理解。八个月的考察,使马子华放弃了原本熟悉的新文学话语,不再持启蒙立场,而是以一种实在的态度讲述边地正在发生的一切。因为那些在"蛮烟瘴雨"之地为了生存挣扎着的边民,连基本的生活保障都没得到,启蒙话语就显得苍白无力。身为边地作家,马子华贴近实情,拨开边地民族被异化的模糊面纱,发掘滇南土地的历史隐痛,思考边地与国家的关系。

## 本章小结

云南鹤庆作家宣伯超在《云岭的牧歌》的开篇有这样一段描述:

> 江从那里流来的呢?要流到那里去呢?在这样荒僻的江边,他们的见解也正同他们的生活一样,与内地的人生出极大的分歧。在内地,即使是小学生,他们大部分都知道"江"是发源于西藏的巴颜喀喇山,

一道经过云南、四川、湖北、江西、安徽、江苏，然后流进大海。这是流得太长了！这使"江边人"——尤其是火山上的四外佬、栗粟听着，一定感到神秘和不了解。一定感到这同他们生活着的"江"完全没有什么关系。因为他们的"江"是：从吾鲁湾一直溯流上去，西岸比较大的地方是吾勒顶、八塘、吾竹、东岸是树普湾、长竹、莫池……再上去呢？是几田、泽宗、拉旬。再转上去呢？据说是到柏枝栏、牙拉、不过牙拉这些名字，他们只是偶然听人说过罢了。①

宣伯超强调边地人的见解与"内地的人"是不同的，他们对世界的看法根植于生活的这方天地，自有一套认知系统，要认识并表现真正的边地，需温情地理解。宣伯超的这一视角比较能说明抗日战争时期云南边地作家所持有的地方经验，他们是从边地人民的角度来看外边的世界，不是以旅行者的视角去描述边地的奇风异俗，"发现"其广博美丽或是祛魅后的求同。云南边地作家把抗战当作彰显边地重要性以及体现边地民族国家认同的重要契机。彭桂萼认为抗战能促使边地有划时代的发展，他笔下的"各色原人"是一个急需受现代启蒙的群体，所描绘的边地是一个凝聚了各族边民的力量，并时刻准备着为抗战奉献一切的地方。滇缅公路的抢修让边民与"外省人""新人物"相遇，而白平阶歌颂的是边地这一群沉默的付出者，不需知识分子来启蒙，他们扎根于大地，坚韧、顽强地活着，当国家民族陷于危难，知道筑路是国家大事，正默默地付出一切的力。在没有深入边地前，马子华直接呼吁边地人民起来抗战，以政务督导员身份实地考察后，发现边地的抗战比报纸上说的复杂，且很多边地民族并没有我们自认为理所当然的国家意识，他不再持启蒙立场，而是以一种实在的态度讲述边地正在发生的一切。

云南边地作家关注裹挟在大时代洪流中的家乡人民，以边地人的立场去思考边地与国家的关系，即边民如何看待国家，国家民族的话语如何进入边地。他们以创作告诉"外边人"，抗日战争爆发前被忽视、被遗忘甚至被妖魔化的边地，在抗战中是与国家承担共同命运的国土，边地儿女正在保家卫国，或是承受着与国人一样的战时苦难，他们拨开了边地民族被异化的模糊面纱，向"外边"的人介绍着战时的家乡"这边"。

---

① 宣伯超：《云岭的牧歌》，《狼烟文艺丛刊》第 4 期，1941 年 12 月 20 日。

# 第三章

# 保卫边地——诞生于滇缅抗战前线的作品

朱自清在《抗战与诗》中说到，抗战以来新诗的一个趋势是对胜利的展望，"这是全民族的情绪"，但"直接描写前线描写战争的却似乎很少"，尽管描写抗日战争，也大都是从侧面着笔，"这大概是经验使然"①。中国远征军中有大量知识青年从军者，留下众多滇缅抗战日记、战地纪实和文学创作②，这在整个中国抗战文学中是比较独特的。这些真正诞生于

---

① 朱自清：《新诗杂话·抗战与诗》，《朱自清全集》第2卷，江苏教育出版社1996年版，第347页。

② 如远征军将士的创作：《青年远征军士兵创作选》和《青年远征军士兵创作选续集》（军事委员会全国知识青年志愿从军编练总监部1945年出版发行）。吴致皋编《滇西作战实录》（1948年自刊）。报刊文章：林荥的《八莫撤退记》（《旅行杂志》1943年第17卷第10期）。周一志的《从密支那撤退回忆记》《失去了的温泉》《抢渡怒江》（刊于1943—1944年《旅行杂志》）。朱定时的《从密支那归来》（《旅行杂志》1944年第18卷第6期）。李荫的《从军旅行到印度》（《旅行杂志》1945年第19卷第1期）。于原的诗作《月圆会——远征军节日之一》（《联合画报》1944年1月7日第6版），《战猛关——缅北诗笺之一》（《联合画报》1944年3月24日第6版）。1942—1945年间，吴以湉的《代邮——给参加滇缅之役的官兵同志们》《第五个春天》《驿站》《国旗飘在密支那》《客地》《国境》《邮讯》《悼》《已经不是初次了》《山中》《数不清》《饥饿的夜》等有关远征军抗战的诗歌刊于《诗丛》《诗与散文》《长风文艺》《抗战文艺》等刊物上。蒂克（考昭绪）的诗歌《威廉雷德》《向新世纪跃进》于1942年刊于《黄河》和《诗》刊物上，《蓝眼睛的队友——遥寄撒代尔队长》（《大公报·战线》1942年3月6日第4版），《蜜克森——一个战斗在中国的美国青年》（《大公报·战线》1942年4月27日第6版），《献给飞虎队——"七七"五周年献诗》（《大公报·战线》1942年7月7日第14版）。曾瑞的《偷渡怒江记》（《周报》1945年第15期）。萤光的《滇西战役之一角》（《建政月刊》1946年创刊号）。胡人杰的《滇西参战散记》（《建政月刊》1946年第2期）。仁凯的《滇缅战役回忆录》连载于1948年10月30日至1949年1月30日《平汉路刊》第4版。赵令仪的《去国草》（《文艺生活》1942年第2卷第2期），《马上吟——去国草之二》（《文聚》1942年第2期），《兵车行——入缅回忆之一》（《诗月报》1943年创刊号）。等等。

远征军士兵抗战日记：罗古的《印缅之征战》（读者之友社1945年版），黄杰的（转下页）

抗日战争前线的作品,记录着士兵最为真实的战争体验。对云南边地的认识,旅行者、考察者是一种"在路上"的流动空间中的观察与体验,本土作者是以独有的亲近感对战时家乡的体察和介绍,而远征军将士是在守护陷入战火的滇缅边地过程中的"经验"。他们身体力行地宣告着边地国土不可侵犯的主权,以保卫者的姿态书写自己亲历的战争,记录战火中的边地,思考滇缅抗战之于边地的意义。

两次入缅作战和滇西反攻的中国远征军是从中央到地方最为直接的军事力量。易劳逸分析战时云南与重庆的关系时,说到在20世纪40年代,许多省是在擅自巧立军政名目的"省主席"统治之下的,如以当代西方国家观念来衡量,"国民党中国同同时代的欧洲国家相比,并不能算是一个现代的民族国家"。但"抗战爆发以后,云南才在国家政治中享有一席之地。由于战争推进到西南各省,它已是中国政府不可争辩的组成部分"①。经长达三年的抗战,中央政府在云南边地人民的心中已不再是虚无缥缈的概念了。与此同时,许多从未留意的地名随着滇缅抗战的相关报

---

(接上页)《滇西作战日记》(史政编译局1982年版)。报刊文章:陆夷的《远征缅甸随军日记》(《时与潮副刊》1943年第2卷第1—5期)。卢绍华的《我飞到了印度》《距前线二百里》《开往缅北前线》《到了炮兵阵地》《英勇的故事》《战地观战图》《莫道前线不欢愉》等日记于1943年在《大观楼旬刊》相继发表。张谦的《从军日记》(《西风》1945年第77期)。等等。

随军记者的纪实作品:罗时旸主编《我们的远征军》(青年出版社1944年版)有4册,共1329页,收录了吕德润、严绍端、郑蜀生等随军记者共211篇文章;谢永炎的《战火燃烧的缅甸》(今日新闻社1942年版);黄仁宇的《缅北之战》(上海大东书局1945年版);孙克刚的《缅甸荡寇志》(国际图书出版社1946年版);乐恕人的《缅甸随军纪实》(胜利出版社1942年版);张仁仲的《印缅随军记》(读者之友社1945年版);戴广德的《我们怎样打进缅甸》(贵阳中央日报社1945年版);彭和清编的《缅甸大战实录》(青年文化服务社1942年版);李航的《缅甸远征记》(文献出版社1944年版);潘世徵的《战怒江》(文江图书文具公司1945年版)与《战时西南》(华夏文化事业社1946年版);何铁华、孙克刚编著的《印缅远征画史》(上海时代书局1947年版)。报刊文章:陆治《光荣的远征》《旅印观感》《缅游观感记》等在1941—1942年间刊于《文摘月报》《国讯》等刊物;若荃的《中国远征军驻印军区》(《半月文萃》1943年第2卷第5期);若定的《入缅国军前哨战》《为国争光的远征军》(《文摘月报》1942年第2卷第3、4期);吕德润的《菩提伽耶巡礼》《野人山访问记》《会师记》《和美国兵相处的日子》《侨界之声》《缅北春色》等刊于1944—1945年的《东方杂志》《书报精华》《华侨先锋》等刊物;洪本的《驻印远征军军区归来》(《中央周刊》1944年第6卷第21期);金峰的《远征归来》(《西风》1945年第79期);等等。

① [美]易劳逸:《毁灭的种子:战争与革命中的国民党中国(1937—1949)》,王建朗、王贤知、贾维译,江苏人民出版社2010年版,第1—3页。

道和书写出现在人们面前,曾经边远落后之地变成了"二战"中的中缅印战场,成为国际战局关注的焦点,远征军将士和随军记者书写着自己的战争体验和对滇缅边地的观察。抗日战争促使人们对滇缅边地有了更为清晰的认识。

本章以远征军士兵和战地记者的创作为主,思考他们作为亲历者是如何看待和描写发生于滇缅边地的战争以及怎样认识边地的;如何把滇缅抗战书写成一股凝聚各方力量与希望的向心力,围绕出征与作战的创作是怎么体现出"扬威异域"的豪情;在征战、败退与反攻胜利的往返途中,将士们是如何描写所要守卫的国土以及战火中的边地同胞的;最后,通过士兵对死亡与牺牲的书写,思考战争与边地国土的关系。这是本章所要讨论的问题。

# 第一节 "扬威异域"

滇缅抗战在中国抗日战争中是比较特殊的,作为当时中国装备最为现代化的部队,远征军与英、美同盟军协作,被看作是中国国际地位提高的标志。第一次入缅作战失败后又重整旗鼓,获得了大反攻的胜利,不再是国土沦陷、屡屡战败的屈辱与绝望,而是呈现出"扩张和胜利"的自豪、兴奋之一面。这是近代中国第一次"扬威异域",既是指在中缅印战场中国际地位的彰显、国家形象的树立,也指因战争之故让滇缅边地的人们有了更为明确的国家共同感。

## 一 远征壮志——出征时的畅想

为了防止日军阻断滇缅公路,配合"二战"同盟国东南亚战场,1942年2月中国远征军挥戈入缅,激于民族义愤,士气旺盛,誓必达成"国史明标第一功","使环球人类同沐大汉风!"① 抗战以来,国土陷落、屡败屡战,此次远征让人们看到了反攻胜利的曙光,时人无不欢欣鼓舞。罗家伦认为珍珠港的炮声震开了黑云一角,远征抗战如露出的灿烂明霞,所以他呼吁:"中华男儿血力应当洒在缅甸疆场上",因为"这次

---

① 《知识青年从军歌》,《时代精神》第11卷第5、6期合刊,1945年3月。

作战不仅是为民族向全世界扬眉吐气，而且是为爱自由的人类，尽最高无上的责任"①。罗家伦还畅想着远征军士兵们将越过世界第一高山，英勇作战，"要世界刮目相看"②！把此次远征当作是"扬眉吐气"之壮举的，不只罗家伦，在远征军入缅抗战出征时，出现了很多相关创作，或强调抗战之正义，或在"寄征友"诗作中抒发豪情，且出征的士兵们也在表达着报国之志。

（一）强调远征之正义

此次远征，是在缅甸抗战，艾芜和光未然③都有在缅甸流亡的经历，他们也都有从缅甸人民的角度出发来突出此次远征正义性的作品。艾芜的小说《日本轰炸缅甸的时候》写了少男少女在美丽幽静的水乡中遇见，在活泼、随意的对话中侵染着战争的阴影。艾芜的角度非常独特，他是站在缅甸人民的立场来看待这场战争的。开篇看似是浪漫的日常，随后却被死亡的气息慢慢围拢，犹如一直在响的警报声。小说后半部分，视角随着玛景和巴邰跑到庙里躲警报而谈到了时事，主要是对家国的忧患。被英国人关了三年的巴邰在与认为佛教可以庇护一切的捧基巫南底亚的对话中看到了缅甸人的觉醒，巴邰说缅甸"就像楼下那只可怜的狗一样"，"先前英格里士给它套上的索子"，经革命前辈几十年努力挣扎，快要磨断的时候，又要被日本帝国主义"套上新的铁链子了"。此时中英同盟在此抗日，捧基巫南底亚问巴邰是否会帮助那曾使他失掉自由的英国人，巴邰这样回答："假使这是对于我们的祖国，更能获得自由，我个人方面的仇恨，倒是在所不计的！"④ 艾芜是借巴邰的回答来证明此次远征入缅协同英国抗战之意义。

相比艾芜侧面的表达，1942年8月，光未然写于云南的长诗《绿色的

---

① 罗家伦：《中华男儿血，应当洒在缅甸疆场上》，《黑云暴雨到明霞》，上海：商务印书馆1943年版，第67页。

② 罗家伦：《远征军歌》，《三民主义半月刊》第5卷第11期，1944年12月1日。

③ 皖南事变后，1941年光未然赴缅甸，在仰光与友人办起了《新知周刊》和《新音乐》杂志，在曼德勒办《侨商报》。以《新知周刊》为阵地组织了缅甸华侨青年战时工作队，简称"战工队"，有70多人。直至1942年5月因战事而撤离缅甸回昆明，参见《从伊江到怒江——缅甸华侨"战工队"撤退归国历险记》（光未然：《光未然脱险记》，上海文艺出版社2001年版，第127—131页）。

④ 艾芜：《日本轰炸缅甸的时候》，《青年文艺》第1卷第4期，1943年3月10日。

伊拉瓦底》则直接认定因此次远征军抗战,"悲哀的缅甸"离"雷火交响的日子"已不远。长诗总共9节,从缅甸的远古叙说到现代,从以往的静谧美好谈到当下的可怕动荡。曾经,绿色的伊拉瓦底江流在这一片"富饶的黑土""庄严的佛土""佛国的净土"以及"温暖的乐土"上,田秧丰收,填满谷仓,金塔射出光芒,勤劳的人民享受着阳光。从古老的年代开始,中国人就从云南至此来试炼他们的命运,"把长袍换成纱笼",他乡变成了故乡。但这些只是"愉快的童年"记忆。从满载着疾病、死亡的东印度公司的轮船叩开了缅甸的大门,带来的是掠夺、病菌、炮火与毁坏。这一切引起了"愤怒的记忆":佛国的庄严丧尽,满是仇恨的印记。终于,战鼓的节奏响起,复仇的日子到了,战火的燃烧与"愤怒的狂澜"将掩去所有的痛苦与悲哀的记忆。"当我流亡的脚步"踏进缅甸时,分明听见"从火中的欧罗巴,/从火中的太平洋,/从着火了的苏维埃,/从着火了的我的祖国,/一齐向着你激动的缅甸,/发出了/雷电的召唤"[①]。

艾芜与光未然表面上是在为缅甸发声,为其反抗侵略而发出正义的呐喊。但实际上他们所要强调的是,此次远征是响应都在受难的中国与缅甸人民"一齐"发出的"召唤"。他们以曾在缅甸生活过的经历和见闻来书写水深火热中的缅甸,以示对远征军抗战之必要的激越。当然,更多的作者是以抗战诗的形式直接表达对此次正义远征的兴奋。

《大军南征》是莫千为远征军随军记者兼译员的李航的《缅甸远征记》所写的"序诗"。莫千以书信体的形式,在从军远征的儿子与母亲的对话中彰显豪情。即将南征的是"骠劲的军队"与"年轻的兵",跨上战马到缅甸去,驰骋在异域的森林,要和"高个儿的印度兵,白皙的英国军"并肩作战。这一回出征,让"千万万的眼"认识了"中国人":"祖国的兵,/炫耀着鲜明的色彩,/要飘扬去海外。""全世界海啸般的呼声/——'欢迎中国军!'"士兵宽慰来送自己出征的母亲:"孩子要去用血写下一个捷报,/与那消灭日本法西斯的故事,/从那辽远的地方/寄回给你。"[②]"母亲"既是实指,也是"祖国"的象征,以年轻的"血"去换取"捷报",只为守护"母亲"的安危。莫千对远方的战场展开了壮阔而又自信的联想,此次远征被寄予厚望:不仅会扫除长期抗战失利的阴

---

① 光未然:《绿色的伊拉瓦底》,《光未然诗存》,作家出版社1998年版,第99页。
② 莫千:《大军南征(序诗)》,李航《缅甸远征记》,文献出版社1944年版,第1—4页。

霾，更是在世界战局中提升了国家影响力。远征会受到"全世界"的欢迎，远征是为了让祖国母亲"展开苦皱的脸"，这是最高的正义。

署名为"勃朗宁"的作者在《不准它们过来——向横断山脉》一诗中，是在正气凛然地"发声"。"不准它们过来！"这是四万万五千万同胞与守望横断山脉的"英勇部队"一齐发出的决战口号。千万只眼睛注视着"祖国的睫"——保山，与"南中国的眼睛"——昆明。士兵们阻挡着想循着滇缅公路进入国境的敌人，因为"它们"企图截断滇缅路来全面封锁中国。诗人强调此次远征军抗战决定了"世界上/还有没有/中国/四万万五千万人的命运/全交给了你们"，因为再没有土地"给敌人放马"，也不能再在敌人的包围圈里静待着"死亡的来临"。诗人禁不住向远征军部队呐喊："弟兄们/守住你们的碉堡/叫子弹的暴风雨/吆喝/在横断山脉里/游击在北缅的同志们/抖一抖滇缅路的尾巴/叫怒江/变成一条红河吧。"① 勃朗宁强调此次抗战决定着中国的命运，期待着怒江变成"红河"，相信士兵们在横断山脉里会吹响胜利的号角。

雷石榆的《在国境外索还血债》一诗，"是对远征军向暹罗湾和缅甸地区围歼日寇奏着凯歌的欢呼"②。此诗是 1942 年 1 月 27 日在昆明写成，当时正值第一次远征军入缅作战。雷石榆强调这次出征充分体现了在"二战"格局中"我们是四个链环的一环"，在远方的战线上会把"链环扣得更紧"：

　　我们轻装的钢铁将士，
　　飞越数千里高原的铁骑；
　　那数年来浴血，
　　战斗在祖国沙场的，
　　最精锐的武装，
　　都像洪流一样，
　　像巨蟒一样，
　　爬过烟瘴迷漫的，
　　西南边塞的高岭急流，

---

① 勃朗宁：《不准它们过来——向横断山脉》，臧克家主编《中国抗日战争时期大后方文学书系（诗歌卷）》第 6 编第 2 集，重庆出版社 1989 年版，第 1123—1126 页。

② 雷石榆：《我的回忆》，《新文学史料》1990 年第 3 期。

> 挺起忽必烈英的胸脯，
> 雄视孟加拉湾，
> 暹罗湾上澜漫的烽烟。
> 尽管东洋的海盗怎样猖狂，
> 尽管菲律宾，马来亚，婆罗洲……
> 蔽空的椰林，擎天的橡树，
> 在弹雨炮风中飞舞；
> 尽管这热带的海洋，
> 但它——日本法西斯的暴徒，
> 不能够挣得脱。①

参加了数次战斗的"最精锐"的"铁骑"，正如洪流般南征入缅，"挺起忽必烈英的胸脯"，"雄视"着孟加拉湾和暹罗湾，士兵出征的场景被雷石榆写得如此豪气干云，气势磅礴！诗人畅想着"钢鉄将士"正已"挺立"在国境外的战场，"鹰视"着敌人，只怕他畏缩，"不怕他爬上陆地的边疆"，只因此次远征是为了"把血债算清账"。以诗歌欢呼着清算血债账单的"时候到了"，这是雷石榆所强调的远征抗战的意义。

艾芜和光未然以缅甸人民立场侧面书写此次远征的意义，莫千畅想着大军南征会受到全世界的欢迎，勃朗宁认为此次抗战关乎中国命运，从而书写远征军士兵和全国民众一齐发出的不准日军过来的声音，雷石榆坚信最精锐的铁骑将在国境外向敌人索还血债，这都是为此次正义远征而发声。

## （二）"寄征友"诗作中的豪迈想象

远征，走向的是国际战局关注的战场，时人相信此次入缅抗战势必会加速日军的溃败，也会提高中国的国际地位。中国远征军入缅作战时，出现了很多"寄征友"的诗作，或致敬远征军士兵群体，或激励从军亲友，都在畅想着这场振奋人心的战争。

芦戈的《给远征军》是向远征到"南国边"的战士致敬。因祖国把"你们"养育得"健壮"，"时代的风"把"你们"的青春拂得"鲜活"，所以十二月的寒风也"冻不住你们战斗的炽热"：正排成坚固的行列，开

---

① 雷石榆：《在国境外索还血债》，《八年诗选集》，粤光印务公司1946年版，第64—65页。

## 第三章 保卫边地——诞生于滇缅抗战前线的作品

赴那遥远的西南,去和"我们的盟友携手",向着顽强的敌人,"你们"迎着飞来的枪林弹雨,只想着"冲上前",此时:

> 我仿佛看见
> 你们雄装的英姿
> 踏着坚实的步子
> 向南方
> 异国的土地
> 我仿佛听见
> 嘹亮的,也是粗壮的歌声
> 从你们大张着的口里响出
> 叫起了沉醉在
> 大后方的子民们
> 我又极目远眺
> 侨居在异国的同胞们呀
> 高挥着手臂
> 向你们招摇
> 你们
> 飞快地伸出手
> 两样风里成长的皮肤
> 紧紧地结在一起①

芦戈以"我仿佛看见"和"我仿佛听见"引领我们进入其对远征军抗战的宏阔想象中,并给我们描绘了他愿意看到的场景:远征军队伍的行列是"坚固的",英姿是"雄装的",步子是"坚实的",都在凸显着军队的气魄与力量。远征军士兵不仅给人们带来了抗战的自信,还以"嘹亮的""粗壮的"歌声"叫起了沉醉在大后方的子民们",更是让"侨胞"欢呼鼓舞。当"两样风里成长的皮肤紧紧地结在一起"时,远征军因此成为增强民族凝聚力的希望与象征。

令狐令得在《遥寄远征军将士们》中,也是同芦戈一样对远征进行

---

① 芦戈:《给远征军》,《新新新闻旬刊》第4卷第23期,1942年2月21日。

歌颂与展望。同样是以"我仿佛见"来想象远征军士兵的"英姿奋发","百战的身手,叱咤风云":"你们,要和盟国的弟兄们／并肩扼住那贪得无厌的咽喉,／在异邦竖起英勇的口碑"。令狐令得因即将竖起的英勇之"口碑"而诗兴勃发:

> 战斗吧,
> 像狮子一样战斗!
> 在最激烈的战场战斗!
> 你们绝不寂寞,
> 你们绝不陌生:
> 伊洛瓦底江
> 流的是我们金沙江的水,
> 萨兰温江
> 澎湃着我们怒江的潮,
> 你们奔驰厮杀的所在
> 也是祖国横断山脉的余脉,
> 而泰孔、泰戈、坎底和阿抗族人
> 脉管亦循环的是我们祖先的血呵!
> 曾幻想发扬祖国光荣的你们,
> 如今枪在手里,
> 身在异国风光中
> (甲午以后第一次呵!)
> 当前是仇深似海不共戴天的大敌,
> 战斗吧,
> 像愤怒的狮子一样战胜他们!
> 热血洒在那曾是我们的土地
> 会比祖国的更鲜艳!①

令狐令得狂飙的情绪跃然纸上,"战斗"!像"愤怒的狮子"般战斗!为"发扬祖国光荣"而"战斗"!他在怒吼,在呐喊!面对死亡,士兵们

---

① 令狐令得:《遥寄远征军将士们》,《现代文艺》第 5 卷第 1 期,1942 年 4 月 25 日。

一次又一次直逼它退缩，不为那辉煌的荣冠，只缘于咬碎牙齿的仇恨："把他们三战三北的长沙，/把淞沪，忻口，台儿庄/和你们的昆仑关都带给他们呵！"此次远征可以除去曾经战败的屈辱，是为了复仇的反攻。令狐令得还在诗作前引用了高适的《邯郸少年行》中的"千场纵博家仍富，几度报仇身不死"。以少年游侠自负的肆意行为，彰显报仇决心。山川的自然形势与边地民族也被诗人赋予了象征意义：伊洛瓦底江与金沙江，萨兰温江与怒江都是同一江流；奔驰厮杀的地方也是祖国横断山脉的余脉；边地各民族曾与我们血脉相通。所以，士兵们在远征的战场上并不"寂寞"，也不会"陌生"，反而更加英勇。只因"莫斯科望着你；/华盛顿望着你。/伦敦，坎具拉和新德里望着你。/祖国望着你，/望着又祝福着呵……"[①] 诗人强调着那远方的战场是时下国际战局的关注重心，将士们为了国家民族的荣誉而将"竖起英勇的口碑"。

　　1942年3月4日，高曼于昆明写了《送征友》一诗。开头以晚梅、蜜蜂与爆竹来渲染新年的团聚氛围，但在这样的节庆里，年轻的朋友却拿起枪弹，"微笑着"离开了人们的狂欢。鞭着"怒马"，迎着风沙、晚霞与荒山，"投向祖国大地陡险的墙垣"，只留下"钢坚的字句"：

> 你将要带着春天的轻捷，
> 和四万万五千万的
> 声音！
> 第一个闯出国门；
> 你将要像勇敢的拉伐耶
> 踏到美利坚，
> 向着那芭蕉树下的狂歌者，
> 伊洛瓦笛的山水哺育着的
> 棕色的孩子们，
> 向着那印度洋彼岸的
> 苦痛的神像膜拜者，
> 泰戈尔曾为他们流泪的
> 恒河的子孙们，

---

[①] 令狐令得：《遥寄远征军将士们》，《现代文艺》第5卷第1期，1942年4月25日。

那样大声地
呼喊：——
"我们来了！
我们是你们仇敌的仇敌，
我们要分担你们的灾难。"①

这是高曼对远征展开的雄奇壮阔的描绘。诗人认为此次远征寄托着国人的期望，万里远征至此是来分担陷于战乱的缅甸、印度的灾难，将会同仇敌忾！可以说，《送征友》一诗写的是"声音"：以新年的爆竹声开始，中间响彻的是南征士兵们在春天里"刚坚"的步伐，后以向印缅发出的大声呼喊而收尾。高曼在这首诗里强调着"我们"终于能发出的声音，因为此次远征，让人们能发出自豪、无畏的呐喊——"我们来了！"这是抗日战争中的中国向世界所发出的强音。

除了高曼，赋予春天出征之象征意义的，还有车虹的《狂飙——献给学生远征军》。诗人想象着行进在南方古道上"庄严的队伍"，远方的山峦"飞着紫色的烟火"，"现在，祖国正渡着/严寒的岁月/不久就是花期了/——是你们启程的日子/迎着明媚的春天"。车虹相信远方的战场会显出战士们勇猛的身手，缅甸的风光便映进他们"热情而高贵的眸子"，"我"也将会从南风里"贪婪地候着"战胜的消息。② 车虹把远征军将士出征的时间作为抒情的缘起，启程时间是寒冷的一月、二月，但诗人相信庄严而英勇的队伍将驱散祖国严峻的冬天，因为远征象征着希望：将士带来的"好消息"会为祖国的"花期"和"春天"增添色彩。

除了芦戈、令狐令得、高曼、车虹的诗作是对远征军群体的遥寄与想象外，还有送具体亲友远征的诗作。亚痕的《寄——一个远征的友人》是对从军友人的牵挂与祝福。当秋风吹遍古城的黄昏，当翳翳的钟声穿过暮色，"低矮窗洞里人影跟着窗外动漾的梧桐颤抖了"，只因怀念"你那征骑雄壮的影姿"：

古庙门口的苍松

---

① 高曼：《送征友》，《诗星》第 3 卷第 1 期，1942 年 8 月 10 日。
② 车虹：《狂飙——献给学生远征军》，《文艺先锋》第 5 卷第 1、2 期合刊，1944 年 8 月 20 日。

第三章　保卫边地——诞生于滇缅抗战前线的作品

守住你壮强的战马
祝福你
你这走向战斗的真理战士，
斗争的火花
会烧灭一切黑暗与丑恶
为自由与幸福呵
都不要忘记我们背后，
那无数苦难中的广群大众吧！①

"矫健""雄壮"的战士为了后方民众的自由与幸福而出征，诗人祝福着奔赴沙场的友人。"苍茫四顾泪纵横，几辈英雄出巾帼！几人慷慨事长征？辉煌争仰木兰名！"② 这是胡再生在《浣溪沙》中对三位远征军女士的歌咏。夏语冰赠慈溪学生远征军："祖生擎楫中流，绝域不难功炳烈，战天宁肯共仇难！磨砺我干矛！"③ 亚痕、胡再生赞颂远征军友人为"真理战士"或是扬木兰巾帼美名，夏语冰更是以《晋书·祖逖传》中祖逖率兵北伐，渡江于中流，敲击船桨立誓收复中原的典故来借指此次远征，士兵们磨砺干矛，定会炳烈绝域。西南联大外语系从军学生卢绍华④的母亲卢葆华⑤以词送别。"倭寇侵夏，豺狼当道"，忆起飘零万里到天南，"渺渺翠湖水，难洗辛酸"，然长子"万里蛮荒远戍"，忧心其沙场困

---

① 亚痕：《寄——一个远征的友人》，《诗与散文》第2卷第1期，1942年4月。
② 胡再生：《浣溪沙（送本局青年远征军罗珊、王筠青、姜瑞英三女士）》，《西北公路》第6卷第4、5、6期合刊，1945年2月16日。
③ 夏语冰：《破阵子：赠慈溪学生远征军》，《四川兵役季刊》第1卷第1期，1940年。
④ 卢绍华于1943年在《大观楼旬刊》继继发表了从军日记《我飞到了印度》《距前线二百里》《开往缅北前线》《到了炮兵阵地》《阵中闲话》《征人耳夜话见闻》《野人山的怪声》《英勇的故事》《征袍尘满天边月》《战地观战图》《莫道前线不欢愉》等。
⑤ 卢葆华：（1903—1945），女，学名夔凤，号葆华，贵州遵义人。毕业于遵义女子师范学校，后去上海、杭州，曾就读于上海艺术大学，曾任《申报》副刊编辑，出版《血泪集》《抗争》《飘零集》《哭妇》《相思集》《飘零人自传》等作品。1938年，借三子从汉口流寓昆明，1945年病逝。"《血泪集》中各诗，质直真切。详叙经历，起伏回旋，悲欢离合，如是如是。"（见吴宓《评卢葆华女士血泪集》，吴学昭整理《吴宓诗话》，商务印书馆2005年版，第170页）施蛰存写有《为卢葆华女士题飘零集诗卷》："少日相逢歇浦滨。茗边曾与共佳辰。今来解后滇池上。避地俱为离乱人。乐镜漫随黄鹄举。文君解赋白头新。如何浪作飘零计。闻道刘卢是世亲。"（见施蛰存《北山楼诗》，华东师范大学出版社2000年版，第33页）

阻, "枪弹密无处望乡关", "莽莽丛林里, 魂梦何之?"只能嘱托: "知尔童心念母, 为爱人救世, 特赐笺辞: '要舍身杀敌, 马上逞英姿'"①。儿已远征, 以词遥寄, 赞其忠义。因大好河山破碎, 国难重重, "真正男儿"应"肩上荷戈矛, 手里把吴钩", "心似铁, 气如虹, 此去应屠龙。征途万里匆匆, 要威宣域外, 名播寰中"②。儿已远征, 卢葆华以词勉其报国之志。

徐弘士送儿子远征时赋诗云:

> 扶摇铁鹫上云程, 何计来朝岁序更?
> 策骑省视差了愿, 执戈杀敌又须行。
> 只因举国同仇切, 乃见一家惜别轻。
> 铜柱功标扬我武, 远征正奏凯歌声。③

为了民族国家大义, 卢葆华与徐弘士送子上阵杀敌, "一家惜别轻"。面对那辽远战场上的儿子, 身处后方的至亲以诗词遥寄着希望与重托, 想象着战况的气势如虹, 并坚信将会宣扬国威, 凯歌高奏。

在这些送别诗里, 无论是面对远征军群体的致敬, 还是对从军亲友的寄托, 都为我们描绘了宏阔、豪迈的出征场景: 士兵健壮、骠劲、炫耀、鲜活而年轻, 雄壮英姿, 步子坚实, 队伍庄严, 与盟军携手并肩, 叱咤风云。炽热的战斗是反攻, 是复仇, 是用血所写下的捷报, 更是自信与亢奋的正义之举。豪迈粗壮的军歌声不仅叫醒了沉睡在大后方的人们, 亦是受到边民、侨胞的热烈响应, 还会在世界上发扬祖国荣光。这些对远征抗战进行展望与想象的"寄征友"诗作, 一再凸显着远征的壮阔力量, 因为在当时人看来, 这次远征军抗战成为增加国人抗战自信, 增强民族凝聚力以及提高国家国际影响力的希望与象征。

### (三) 士兵出征感怀

不仅是送别诗作, 很多亲历士兵和随军记者在出征时, 都在表达着对此

---

① 卢葆华:《送长子绍华联大外语系被征调飞缅北前线翻译爰谱八声甘州二阕寄意》,《大观楼旬刊》第3卷第9期, 1943年6月5日。

② 卢葆华:《寄阿子绍华于缅北前线"木兰花慢"及"意难忘"各一阕且勉其报国也》,《大观楼旬刊》第3卷第10期, 1943年6月30日。

③ 徐弘士:《除夕送钟儿乘飞机去滇应远征军之召》,《时代精神》第11卷第5、6期合刊, 1945年3月。

## 第三章 保卫边地——诞生于滇缅抗战前线的作品

次远征的豪迈之气和必胜之心。远征军士兵以滔①，把 1942 年的远征军入缅抗战称作是全面抗战以来的"第五个春天"，此时已不再是"伤感的季节"：

> 因为春天已在祖国的原野，
> 长成一支崭新而健壮的影，
> 当那些江河
> 怒吼一个翻身的曲子，
> 高山峻岭
> 在云端里张牙舞爪……
> 而人类也跳跃着；
> 谁说我们是无春的孩子？
> 如今我已看见；
> 春天昂首盘踞在
> 祖国的河山上。②

这年的春天不会再遗落在荒野，因为远征军抗战将带来"温热的阳光和确实的胜利"。远征，代表着希望与生机，大地不会再"伸出枯萎的手掌"，不再有逃亡流浪、落魄慌张，因为士兵们会以"亢奋的出击"，抹去曾经溃败而艰辛的记忆，烧去"所受到凌辱的踪迹"。诗人坚信在第五个春天里，人们将得到一个"深厚的希望"，"像血，像狂涛，像火"般的奋勇热烈。以滔因此大声强调着此次出征是"真正的喜悦！"

作为远征军部队政工人员的赵令仪③，1942 年春写于云南宜良的散文

---

① 以滔（1920—1968），姓吴，江苏江阴顾山镇人。在江苏宜兴农校读书时，因抗日战争爆发，与同学结伴流亡内地。"后在重庆投考陆军辎重兵学校，录取后即赴贵州龙里校本部入学。1941 年辎校毕业，被分配到驻在滇西的辎汽兵团，不久被空运印度参加了中国青年远征军。"（魏荒弩：《记以滔》，《新文学史料》1991 年第 3 期）以滔于 1942—1945 年写有《代邮——给参加滇缅之役的官兵同志们》《第五个春天》《驿站》《国旗飘在密支那》《客地》《国境》《邮讯》《悼》《已经不是初次了》《山中》《数不清》《饥饿的夜》等有关远征抗战的诗歌，刊于《诗》《诗星》《诗丛》《抗战文艺》等刊物上。

② 以滔：《第五个春天》，《诗与散文》第 2 卷第 1 期，1942 年 4 月。

③ 赵令仪：1919 年生，原名赵继铎，贵州贵阳人。1940 年考入云南大学文法学院经济系就读，1942 年 1 月参加远征军第一次入缅作战。诗作以书写自己远征壮志和流亡异地的乡愁为主，有着巧妙的立意和构思。1944 年住在昆明呈贡，与魏荒弩、孙福熙、常任侠等有交往。新中国成立后，曾在贵阳一中、三中任教。可参见笔者发表的论文《现代文学史上的第三位"赵令仪"》，《新文学史料》2020 年第 2 期。

诗《去国草》，是即将出征时所作。"我走了。离别我的恋女，我的祖国。我乘上一匹高大的白马，横过高山与江河，迎着异邦的春天，我去向绿色的原野。""我"向健壮的却频频向祖国回首的马儿扬鞭，白色骏马奔驰在春天的大地上，"我"的心也已飞往祖国边疆，被山那边"温暖的手"召唤着，为了"守着祖国的门"，为着"万世的和平"，"我们的手，拉着朋友们的手，成一条铁流，流过远东，近东，北欧，西欧，流过整个地球和宇宙——我们是去战斗"①。《马上吟——去国草之二》承接着《去国草》的诗歌情境，但抒情主人公从"我"变成了"我们"，并以"停马于祖国的边疆上，/我们守着祖国的门"两句首尾呼应。诗人笔下，祖国的边疆充满了春天的生机，山茶火红、新芽绿意，出征的队伍如"长飞的巨龙"，爬过横断山，踩过云岭山顶的积雪，踏过高黎贡山的青草，并把"乡愁"丢到山上与江底，"让战争强健我们的土地"②。《去国草》与《马上吟——去国草之二》两首诗主题相通，都是壮士骑着白马赴国难，赵令仪呼应着曹植的《白马篇》，雄放豪迈，是一种勇往直前的激越，但少了悲壮，多了点骄傲的高亢情绪，节奏明快。只因此次战斗不仅是守卫"祖国的门"，还是与同盟国携手作战，诗人相信所形成的"铁流"会"流过整个地球和宇宙"，战争因此能"强健我们的土地"。

任美国飞虎队翻译官的蒂克③在《向新世纪跃进》一诗中写了滇缅路上出征的士兵：

---

① 赵令仪：《去国草》，《文艺生活》第2卷第2期，1942年4月15日。
② 赵令仪：《马上吟——去国草之二》，臧克家主编《中国抗日战争时期大后方文学书系（诗歌卷）》第6编第2集，重庆出版社1989年版，第1129—1131页。
③ 蒂克（1918—1965），原名考昭绪，又名考诚，山东潍县人。1937年进入武汉大学外语系，作为应届毕业生，1940年起在昆明为美国飞虎队当翻译。1943年在四川乐山主编《诗月报》（参见魏荒弩、吴朗编《遗忘的脚印》，花城出版社1985年版，第86页；雷石榆《我的回忆》，《新文学史料》1990年第3期）。蒂克与从军经历相关的诗歌有：《威廉雷德》（《黄河》第2卷第11、12合刊，1942年5月30日）、《向新世纪跃进》（《诗》第3卷第3期，1942年8月）、《蓝眼睛的队友——遥寄撒代尔队长》（《大公报·战线》1942年3月6日第4版）、《蜜克森——一个战斗在中国的美国青年》（《大公报·战线》1942年4月27日第6版）、《献给飞虎队——"七七"五周年献诗》（《大公报·战线》1942年7月7日第14版），等等。此外，诗集有《小兰花》（莽原出版社1942年版），短篇小说集有：《黎明前》（前进书局1949年版）、《旅途》（联文出版社1950年版）。

荷锄的农夫
向他们招手
捋着银白色胡须的老头子
向他们招手
春天的跳跃的草枝
也在向他们招手
但我们的
果敢的战友们啊
从不在安全的
飘着花香的后方停留
向招手的人们
闪一闪挚诚的眼睛
又驰向
那被敌机剪破了的天空
那被敌骑蹂躏的土地①

为了天空的平静和土地的安宁，"为了争取未来的自由世界"，在这"跳跃的"春天里，在欢送的洪流中，战士们出征了。看着庄严整齐的队伍，诗人不禁向国人呐喊："不要怕那笼罩/全世界的战云/看/那血腥的/浓浊的/火药气息的战云后面/流着闪灼的太阳的光"②。在蒂克看来，远征——是向人们昭示希望！

除了以滔、赵令仪和蒂克的诗歌创作，很多士兵也记录着自己的出征感受。二〇四师六一〇团士兵黄永年，在上前线时接受着新兵训练，"抬头乐干！埋头苦干！"是他的座右铭。身处异乡，抬头望月，可是低头并无思故乡之念，只能想象平沙无垠，河水萦带，群山重叠的战场。"我们怀想着千百万为国立过功勋的战士，我们梦想着战场，我们每个同志都希望着：'上前线去！'"③ 二〇四师二等兵贾允甫，相信"平时多流一滴汗，战时少流一滴血"，在《青年路上》一文中热情颂扬着正在训练的

---

① 蒂克：《向新世纪跃进》，《诗》第3卷第3期，1942年8月。
② 蒂克：《向新世纪跃进》，《诗》第3卷第3期，1942年8月。
③ 黄永年：《抬头乐干》，青年军人丛书编辑委员会编《青年远征军士兵创作选》，军事委员会全国知识青年志愿从军编练总监部1945年版，第2页。

"生气勃勃的青年"①。二〇六师六一六团士兵刘镇海执行夜哨站岗,虽然只能远望着夜色中农家的屋顶,仅能听到蛙鸣、鸦叫,但身负神圣使命的战士却充满壮志豪情:"今夜/我是世界上最富有的人/我像王朝的执政者/独自占有/一件伟大的艺术品"②。二〇一师六〇一团炮五连士兵稼克,把参加远征军当作是"成人的誓词",因为可以"挣脱平凡,迷惘,勉强的微笑",所以毅然"别离亲友,恋人和幻想"。"我们需要的只是进军,进军/为了祖国的光荣与患难而来,/我们的目标是胜利、建设,/远征的工作诚勤劳、艰辛;/但我们永远驾驶时代前走。"③ 士兵满怀着对远征的期待与希望,在他们看来此次抗战的经历是锻造、是磨砺,会"像王朝的执政者"在"驾驶时代前走",会让他们成为担负国家重任的青年,远征因此而成为战士最好的"成人的誓词"。为此,他们将舍身杀敌,亢奋出击,捐躯赴国难。随军记者江肇基这样描写远征军第一次"'跃进'出国门"时的情形:

> 滇缅路上的车辆,那几天差不多都是运输出国的车队,紧张,热烈,真是浩浩荡荡,大有"我武威扬",气吞山河之势,中国军队到国境以外去作战,甲午以后,真还是第一次,而国军出境到外国去帮助友军作战,这还是有史以来的第一次。所以这次出国的部队,无论官兵,一个个非常兴奋。④

随军记者若定在《光荣的远征——随军入缅记》中也说到,一支军队开至国境三千里外对敌作战,为近代史中所罕见;而一支军队开至国境三千里外的另一国度中协同友邦军队作战,更是我国前所未有。队伍在昆明近郊的杨林秣马厉兵一个多月后出发,作者这样描述当时欢送远征军的

---

① 贾允甫:《青年路上》,青年军人丛书编辑委员会编《青年远征军士兵创作选》,军事委员会全国知识青年志愿从军编练总监部 1945 年版,第 5—7 页。

② 刘镇海:《夜哨》,青年军人丛书编辑委员会编《青年远征军士兵创作选》,军事委员会全国知识青年志愿从军编练总监部 1945 年版,第 68 页。

③ 稼克:《成人的誓词》,青年军人丛书编辑委员会编《青年远征军士兵创作选》,军事委员会全国知识青年志愿从军编练总监部 1945 年版,第 76 页。

④ 江肇基:《国军入缅记(一)》,彭和清编《缅甸大战实录》,青年文化服务社 1942 年版,第 3 页。

情形：

> 出发号响了，输送车怒吼着、欢送者的帕子和手帕在空际摇摆，他们的嘴张翕着，高喊口号，与嘈杂的马达发动声扰在一起，冲上云霄，雄壮的行列，在欢腾热烈的情绪中浩荡出发，卡车一辆接一辆，沿滇缅公路向西疾驶，英勇地踏上发扬国威于海外的坦途，走入创造我国抗战历史新页的光明之路！①

孙克刚随新三十八师从贵州兴义走到云南安宁，"一群满怀兴奋的健儿，迈开雄阔的步伐"，担负着"伟大而艰巨的任务"，在安宁温泉洗清尘垢，踏上了异国的征程：

> 三月二十七日早晨，安宁县公路左旁，摆起了一列冗长的汽车行列，车上贴满了红绿纸条，上面写着一些："欢送新三十八师出国远征""扬威异域""为国争光"一类使人兴奋的标语，老百姓夹道欢呼，炮竹声不绝于耳，沉重的马达响声，渐渐掩盖了人群的叫嚣，带走了这群远征战士。②

乐恕人随着出征的队伍从昆明沿着滇缅公路到缅甸，他也这样写道："从龙陵起，经过遮放芒市，沿公路两旁很多房屋的墙壁上，都写上了各种色彩的标语，字体也是很艺术的。像'出国远征宣扬国威！''入缅远征，无上光荣！'这一类的句子，随处都可以瞧见。"③ 到了国门遮放，一个小镇竟然来了那样多欢送的人，有很多"温柔的摆夷族人"，"强悍的山头妇女"夹杂在汉人里面，"大家在空中挥舞的手老放不下来，军车是渐渐地去得远了。前面飘扬着一阵阵雄壮的抗战歌声"④。

随军记者江肇基、若定、孙克刚、乐恕人记录下了雄壮、英勇的行列浩荡出征，欢腾而热烈。而翻译官陆夷写有远征缅甸随军日记，是对出征

---

① 若定：《入缅国军前哨战》，《文摘月报》第2卷第3期，1942年5月31日。
② 孙克刚：《曼德勒卫戍司令》，《缅甸荡寇志》，上海：国际图书出版社1946年版，第1页。
③ 乐恕人：《摆夷区探奇》，《缅甸随军纪实》，重庆：胜利出版社1942年版，第26页。
④ 乐恕人：《边界风光》，《缅甸随军纪实》，重庆：胜利出版社1942年版，第29页。

心情的如实写照。1942年1月12日记:"全团的大检阅,鲜明的旗号,发着光辉的武器,齐列在被太阳光晒得温暖的平坝子上,团长讲的是关于入缅后的风纪的问题:他告诉兵们该特别的守纪律,重礼节,整仪容,总而言之……不要到外国去丢脸。"① 即将跨出国境时,"很使我兴奋",战友们在街巷中穿来穿去匆忙地奔跑,"每个人的脸上,都现着甜蜜喜悦的脸色"。2月10日,对即将踏入的缅甸,作者想着的是会有一些什么"新奇的事情"将在那发生。天还没亮就整装待发,第二营营长说他被吵得一夜没合眼,只因士兵太激动。集合场上,太阳把山野照亮了,士兵们的脸,"也同早上的原野一样被太阳燃点起来"②。3月9日记:二营出击了,"极端兴奋",只因"这是中国兵数百年以来,在本国领土外的第一次战斗"!英国人在认识了日本的力量之后,就会知道中国的力量。3月11日出击时,在选人的时候,每个人都想去,都要争这第一功,"得到前去的人心里非常的欣喜而骄傲"③。出征是"兴奋""激动""欣喜""骄傲"的,因为踏上的是"扬威异域"的"坦途",将士们坚信此次远征会"走入创造我国抗战历史新页的光明之路"!

为西南运输处运输人员训练所服务的张腾发从1940—1942年,奉调到仰光去装配从美国运来的汽车。他在《撤离仰光》中就记录了1942年1月下旬,日军从泰边入缅,日间逃避空袭的人们,举着疲倦无力的脚步,如潮水般涌向市内去,四野呈着苍黄的景色,一片凄清。张腾发所在的装配厂需要疏散,夜间躲藏于丛林,听着远处的炸弹声,忽然山河变色,草木含悲,"宇宙是这么的凄凉,惆怅的风,从树林背后横扫过来,一阵阵,像是鬼魅的呼啸,三分寒意,撩起了身上的抖颤,周身疲劳,睁不起惺忪的倦眼"。但当二月中旬传来中国军人入缅的消息时:

忽闻外面爆竹连天,由远及近,出门一望,无数的汽车,满载官兵,鱼贯而入。军队经过的地方,从马路旁而至商店楼上的窗口,都挤满了人。各类罐头食品,如雪片般飞到国军的汽车上。爆竹声,军乐声、歌声、口号声、鼓掌声,凑成一片,震耳欲聋。国军带来了乐

---

① 陆夷:《远征缅甸随军日记》,《时与潮副刊》第2卷第1期,1943年2月1日。
② 陆夷:《远征缅甸随军日记(续)》,《时与潮副刊》第2卷第2期,1943年3月1日。
③ 陆夷:《远征缅甸随军日记(续)》,《时与潮副刊》第2卷第3期,1943年4月1日。

观和愉快，驱逐了腊戍的恐怖和苦闷。①

在《缅甸观感（二）》中，张腾发也写到在仰光火车站碰着几百名说着云南话的士兵，鱼贯登车，"军容整肃，配备也好，纪律严明，精神振奋，却很得到友邦人士的敬爱"②。张腾发记录了身处"山河变色"的缅甸看见远征军时的激动心情，认为他们"带来了乐观和愉快"，驱逐了此地的"恐怖和苦闷"。

面对第一次挥戈入缅，艾芜、光未然、莫千、勃朗宁、雷石榆以创作表明此次远征的正义与必要。诗人们以"寄征友"的形式展望着远方的战场：芦戈认为远征不仅会唤醒后方民众，亦会团结侨胞，因此以诗致敬；远征是扫除之前失败与屈辱的复仇，会在与祖国渊源甚深的异邦竖立起英勇无畏的口碑，这是令狐令得对远征抗战的歌颂；面对节庆中出征的队伍，高曼认为这是向世界发出的自信、豪迈的声音；车虹书写着庄严的学生远征队伍，严冬已过，相信春天会带来好消息；亚痕、胡再生与夏语冰赞扬并祝福为着人们的自由和幸福而远征的友人；卢葆华、徐弘士都以诗词送别远征的儿子，勉其报国之志。远征军士兵以滔、赵令仪、蒂克以诗歌书写自己的远征：或歌颂这"第五个春天"；或向祖国同胞保证"我们"将守卫着国门；或称赞这为争取"自由世界"的队伍。正在集训的士兵黄永年、贾允甫、刘镇海、稼克表达着他们对远征抗战的责任与希望。随军记者江肇基、若定、孙克刚、乐恕人记录下了出征队伍的兴奋与雄壮。翻译官陆夷在随军日记中记述真实的出征情形。我们看到，无论是送别远征的诗作，还是士兵自己书写的出征感受，亦是随军记者的亲历见闻，无一不是昂扬乐观的表达，都在凸显远征的气势与豪情。因为此次远征是对大后方民众与边地民族、侨胞的鼓舞与凝聚，增强了抗战的自信，在国际战局中彰显了中华民族之伟力，让世界认识了中国人。他们歌颂庄严雄伟的出征，坚信热血将换来捷报，远征成为士兵"成人的誓词"，报国之志是喜悦、亢奋、热烈的。远征因此成为象征，成为抒情，成为一股凝聚各方力量与希望的向心力。

---

① 张腾发：《撤离仰光》，《公路月报》第 8 期，1944 年 5 月。
② 张腾发：《缅甸观感（二）》，《公路月报》第 5 期，1944 年 2 月。

## 二 远征人语——反攻时期的豪情

费孝通曾是《扫荡报》记者潘世徵的老师,在为潘世徵的《战怒江》写的"序"中说到,在国外听别人的报告,在报纸上看见别人的文章,"似乎有一个印象就是我们的军队已不能再有效的上战场了"。费孝通因"我们国家还需要青年人去冒险,去牺牲"而难过,更忧患于人们对国家军事"缺乏信心",所以尤其欣慰于潘世徵因为国防、文化、科学上的重要性而深入滇缅边境:

> 我看了世徵的战地报告,使我得了振作的信念。我从他简短的报告中,知道离开我不到一千公里的崇山峻岭中,就有无数同胞在那里和敌人拼命,一寸山河一滴血的在恢复我们的国土。我们的士兵是不怕死的,若是他们溃退,显然并不是他们不能打,一定是有别的原因。……在滇西的战役中至少可以使我们相信,若是我们能给我们的士兵和军官一个死而无憾的环境,我们几百万军队都会发挥惊人的力量。①

通过潘世徵的战地纪实,费孝通"怀念着前线",知道"光明并不太远,只有几百公里的阻隔",强调这诞生于战地的作品"把前线光明带到了这腐烂气息笼罩着的后方"②。之所以要讨论费孝通为《战怒江》写的这篇序言,是因为这很能代表远征军士兵和随军记者的写作初衷,他们希望通过书写亲历的战纪来鼓舞士气,使人们得到"振作的信念",所以在写作时,对自己参与的战争,对远征地域的描述,对血与火般厮杀的战斗的叙写,都是别有意味的。

### (一)抒写反攻复仇的信念

前面已说到,人们对1942年的远征军抗战寄予厚望,抒发着壮志与豪情。但第一次入缅远征却因失败而撤退,然而在阅读相关书写时却很少

---

① 费孝通:《费孝通序》,潘世徵《战怒江》,上海:文江图书文具公司1945年版,第6—7页。
② 费孝通:《费孝通序》,潘世徵《战怒江》,上海:文江图书文具公司1945年版,第7页。

看到对此次败退的绝望情绪,更多的是对重整旗鼓后雪耻反攻的信念。参加第一次缅北抗战的工程人员朱定时这样说道:"翻开一九四四年的书纸,缅战告捷的实录,接二连三的映入眼帘,自然是难以形容的!然而,谁都还记得:在距今二年以前,缅北滇西的高山峡谷中,早就印上了无数战士屐痕,他们首先写下了这一世纪中国人远征域外的史诗。"① 当然这主要与战事溃败有关,一再提及失败是不能振作国人抗战信念的。朱定时虽然写下了他自密支那撤退回国的详细情形,写的是逃亡,但是其"远足日记"并不全是哀伤的情绪,表达对抗战复仇的信心才是他行文目的。

英国路透通讯社重庆分社记者乐恕人,循着滇缅公路随军入缅,在缅甸四十余天,后随着败守腊戍的军队退入云南。他在《缅甸随军纪实》的"退出缅甸"部分写了撤退感受:这是"不得已""仓皇"的退走,"到了畹町,重新踏进国门。可惜不是凯旋归来,心里不免有些伤感"②。对随之而来的滇边烽火,乐恕人强调这是"意外的",尤其是敌人因此侥幸而引起更为荒谬的"乘机结束中国事件"的念头,"这种迷梦为可笑",因为"滇西的战事,我们有把握稳定,我们认为敌人的这一次风暴,只能吹拂得枝叶飘动,却不能够把强大的树干连根拔起"③。尽管败退回国,乐恕人依然对远征反攻充满信心。

以滔跟随部队撤回云南,1942年6月,在曲靖写下了《代邮——给参加滇缅之役的官兵同志们》一诗,遥寄还留在滇缅边境抗战的袍泽:

> 从那晚起,
> 我们分手了,
> 其实我是十分怕羞的,
> 像是偷生,
> 我应该蒙住了脸儿,
> 跑回祖国。
> 可是啊!

---

① 朱定时:《从密支那归来——纪二年前的往事》,《旅行杂志》第18卷第6期,1944年6月30日。
② 乐恕人:《退出缅甸》,《缅甸随军纪实》,重庆:胜利出版社1942年版,第167页。
③ 乐恕人:《滇边烽火》,《缅甸随军纪实》,重庆:胜利出版社1942年版,第170—171页。

我有一个心，
牢牢在你们那边；
系上个深深记忆。
离开你们，
原是十分悲伤，
然而悲伤能拔起
痛苦的深渊吗？
于是我快活地
收敛自己的羞耻，
盼望你们的足迹，
印遍了
西南所有的
森林深谷。
你们，
中国优秀的儿女，
如今你们一定有了
战马和短枪……
拂晓和奇袭，
深夜出击，
在你们是每天的功课啊！
你们也许艰苦，
粗茶淡饭，
在那山间也能有吗？
但寂寞是不会轮到你们的；
那枪声，
那吼声，
那山的震撼。
那河川的呼啸，
已足以热闹你们的帐营。①

---

① 以滔：《代邮——给参加滇缅之役的官兵同志们》，《诗》第 3 卷第 4 期，1942 年 11 月。

"我"安全跑回了祖国,战友们却还在与敌人殊死搏斗,愧疚又担忧,只能以诗寄托着祝福:"你们"有像太阳般的"光亮希望",有"真实的健壮";且"我们"共有的"善良的心","胜利的意志"以及"共生同死的决心",这些会让陷于危难之中的兄弟感受不到"寂寞"。得不到前线战友的讯息,以滔只能期盼:"你们一定还健壮地/活着,笑着,/高傲的歌唱着,/英勇的战斗着。"他坚信终有一天"我们包扎一个行李,/在明天一早,/像当初,/用卡车装运我们进山腰,/跟你们一道,/在深林间钻进钻出"①。诗人期待着反攻之战,那时就可以与战友们一起补缀破衣,再采两朵不知名的香花,交军邮投寄给亲人。

一年后,以滔实现了第二次入缅作战的愿望。当追随部队到达国境时,诗人强调铁丝网拦不住战士们的复仇决心:"这里已是祖国的境界。/在国境我们自由的/学习呼喊杀声。/而我们底心;/却早已飞进了/战斗的热流"②。当反攻密支那取得胜利时,他不禁高呼:"它震撼了全人类的喜悦,/连黑夜也摇落这满天阴霾",战士们如"从天而降的神将们",让"枯死的城池复活了"③。

《代邮——给参加滇缅之役的官兵同志们》与《国旗飘在密支那》两首诗是以滔对撤退和反攻的真实感受:为了有光亮的希望,为了能从痛苦的深渊拔起,收敛住"偷生"的"羞耻",第二次远征如同"黎明之眼",除去了撤退失败所带来的"阴霾"。这不仅是作为战争亲历者的以滔对两次远征的情绪传达,更是代表了时人对两次入缅作战的感受。卢绍华奔赴前线途中,时而行万峰之顶,时而穿森林、越溪谷,正所谓深入无人之境。但他觉得行军对青年来说,"不是受苦,而是最好的训练"④。当学生军到印度时,吕德润说,虽然野人山在雨季中显得无穷无尽的高,但学生军会"带着他们更崇高的心志"出国抗战。⑤ 洪本在驻印远征军军区看到"那些体格强壮精神饱满大踏步行军的弟兄们"时,根本"无法抑制心头的狂喜"。这些战士,很多都是经历了千难万险的野人山撤退,与

---

① 以滔:《代邮——给参加滇缅之役的官兵同志们》,《诗》第3卷第4期,1942年11月。
② 以滔:《国境》,《长风文艺》第1卷第2期,1943年4月10日。
③ 以滔:《国旗飘在密支那》,《诗丛》第2卷第1期,1945年5月。
④ 卢绍华:《开往缅北前线》,《大观楼旬刊》第3卷第7期,1943年4月30日。
⑤ 吕德润:《学生军到印度了》,罗时旸主编《我们的远征军(二)》,重庆:青年出版社1944年版,第535页。

其交谈,都能听得到可歌可泣的壮烈故事。"但他们现在是锻炼得仍旧像铁一样的坚强了,他们虽然没有忘去那一段艰辛的历史,但他们现在都在想着另一件事,就是如何从这条老路上使敌人吃一回同样的但是无法翻身的苦。"① 乐恕人在《横跨胡康河谷》中说:"野人山这是一个不平凡的地方,它是两年前我们国军从缅甸退入印度的地方,想不到两年后我们又从这儿打了出去,历史已经翻开崭新的一页了。"② 将士和随军记者们书写着自己的见闻,为我们记录着这"崭新的一页"。为了坚定国人抗战的信心,更因第二次入缅反攻是节节胜利,士气高涨,所以我们能看到的更多的是对此次远征反攻的书写。

于原在《月圆会——远征军节日之一》中写了千余士兵在异域的山林里过中秋节的情形。这晚是中秋,但也恰逢"佛国"的月圆会,战士们团团围坐在"反抗的烈火"旁,过节的远方人在野人山山顶来了个"千人大合唱":

> 千人闹起了"月圆会",
> 心弦弹着同一的
> 怀乡的曲子,
> 在异域的山林里,
> 当挥戈边关的前夜。
> 于今正碰到
> 天下大乱的时代,
> 一年三百六十五天,
> 钢枪不离手,
> 骑士不下马,
> 一年到头的佳节,
> 一个节日,
> 又换了一个地方,
> 记得元宵的夜里,
> 还在黄河渡口头听涛声,

---

① 洪本:《驻印远征军军区归来》,《中央周刊》第 6 卷第 21 期,1944 年 1 月 6 日。
② 乐恕人:《横跨胡康河谷》,罗时旸主编《我们的远征军(二)》,重庆:青年出版社 1944 年版,第 291 页。

## 第三章 保卫边地——诞生于滇缅抗战前线的作品

端午佳节,
又到滇海仰看西山峰;
今天的晚上,
故国的秋风里,
再送来了中秋节和
佛国的布江"月圆会"。
看看月落西方了,
人们又猜着
今年年关何处?
是谁在如此静夜里喊了两声:
"在伊洛瓦底江!
在湄贡河上"。①

烽烟四起,将士们奔袭于各地抗战,早已不能在家乡过传统佳节,一个节日换一个地方,从黄河渡口到滇池西山,本是团聚的中秋佳节却身处异域山林。但"西天征人"的歌声会驾着长风,越过喜马拉雅的雪峰,会震撼雅鲁藏布江,更会"振撼了原始的地方",只为"故国的亲人"能听见这豪气干云的唱响。于原以士兵过节的流动性,侧面书写抗日战争的局势与反攻的希望,更是抒发着战士们的英勇与无畏。当战友们士气豪迈地说着"年关将会在伊洛瓦底江与湄贡河上过节"时,这样的诗歌结尾则预示着希望。除了记述士兵们在野人山山顶的豪言壮志,于原在《战猛关——缅北诗笺之一》中向人们汇报了远征将士们的作战实绩。战士们凭着指北针翻过崇山峻岭,去攻打猛关,为着征服当年湮没在云雾里的野人山,大队人马穿着云雾前进着:

大山里又是野兽的世界,
谁又会放在心上,
只有之中野兽是要射杀的,
便是挑着膏药旗子的一群,
中国的射手们,

---

① 于原:《月圆会——远征军节日之一》,《联合画报》1944年1月7日第6版。

> 遂开始狩猎了!
> 就说是一道摩天岭,
> 岂能挡得住穿草鞋的兵,
> 就说是一条万丈谷
> 哪个说不高兴强渡!
> 弟兄们拍着胸膛讲:
> "什么野人山不野人山,
> 英雄不讲当年勇,
> 咱家是第二次相见了"!
> 山路是很艰险的,
> 丛林是无边的,
> 野兽们仗着蛮荒,
> 到处设下陷坑,埋伏兵,
> 新中国的英雄们,
> 终于将"帝国武士道"
> 赶下了大山,
> 还有口气的,
> 一个个的落荒而逃!①

丛林作战被诗人喻指为"射手"和"野兽"的关系,狩猎的对象是"挑着膏药旗子的一群"。崇山峻岭挡不住穿草鞋的兵,万丈深谷也都会被"高兴强渡"。于原以诗歌告诉我们,将士们战胜了曾经逃亡撤退之地,翻过了野人山,涉过大龙河,再渡过大奈河,正跃马于猛关关前,向着"菊兵团"开战!

杜运燮也像于原那样写了远征异地的月亮和"穿草鞋的兵"。"异邦的兵士枯叶一般/被桥栏挡住在桥的一边,/念李白的诗句,咀嚼着/'低头思故乡','思故乡'。"②只能加快英勇的步伐,才能尽早回到故乡。在《草鞋兵》里,杜运燮歌颂了默默奉献的普通中国士兵,相较于英军的"皮鞋",他们穿着草鞋,走向的却是猛烈的战斗。长期的抗战如同忍

---

① 于原:《战猛关——缅北诗笺之一》,《联合画报》1944年3月24日第6版。
② 杜运燮:《月》,《诗四十首》,上海:文化生活出版社1946年版,第18—19页。

耐着持久的雨季。"但你们还不会骄傲：一只巨物苏醒，/一串锁链粉碎，诗人能歌唱黎明，/就靠灰色的你们，田里来的'草鞋兵'。"① 入缅反攻，雨季的原始森林充满战争的气息，杜运燮赞美着竖起枝条、擦亮叶片、捧出肥大绿芽的树木，因为这勃勃生机的绿意如同反攻的意志，"树以英雄的姿态昂首高歌"②。正是有草鞋兵在丛林里以英雄的姿态与一切抗争，诗人才能歌唱黎明。

第一次远征虽因失败而撤退，但在朱定时、乐恕人、以滔笔下，更多的是为了反攻复仇而将会养精蓄锐、厉兵秣马，写的是将来，是对反攻的想象，彰显反攻的"崇高心志"，看不到对当下撤退的绝望情绪。当第二次开赴缅北、滇西时，以滔、卢绍华、吕德润、于原、杜运燮坚信此次战役会扫除第一次失败带来的阴霾，历史已翻开"崭新的一页"，他们自己也已迫不及待地加入这"战斗的热流"。

(二) 记录战地亲历的血与火

捷报频传的第二次远征反攻最能彰显国威，更多的作品集中于对此次战役的书写。随军记者描摹战争的艰难困苦与战士们的刚毅英勇，是为了鼓舞士气，增强抗战胜利的信心以及凸显国家民族的自豪感，更是为了保留这值得铭记的历史；将士们把亲历的战役一一写下，是为这刻骨铭心的体验。通过这些诞生于战地烽火中的作品，我们可以体会到远征抗战的恢宏悲壮，亦能感受到战争中最为真实生动的细节。

黄仁宇的《缅北之战》有"孟关之捷""拉班追击战""加迈孟拱战役""八莫攻城战"等12篇对反攻前线观察、亲历所得的战纪。他写作缘由是：战士们"技术上与士气上令人可喜之处，已经人尽皆知。但是他们的种种艰难困苦，恐怕还没有为国人所深悉"③。为了让国人了解远征将士所经历的千难万险，黄仁宇写作时会对战场作地图视野的介绍，虽以"各位看地图"为引领，但更多的战斗真正发生的地方于地图上并没有清晰的标记。当部队奇袭大洛时，渡河之后，却"找不到地图上所有的点线路。当地人说：五年以来没有人走过这里。奇袭队就偏要做五年不

---

① 杜运燮：《草鞋兵》，《诗四十首》，上海：文化生活出版社1946年版，第2页。
② 杜运燮：《树》，《诗四十首》，上海：文化生活出版社1946年版，第6—7页。
③ 黄仁宇：《苦雨南高江》，《缅北之战》，新星出版社2008年版，第47页。

来的访客！他们以快刀利斧在密密的丛林里开路前进"①。部队所在的地方，在地图上只是"盖满了重重叠叠的等高线，又点遍了圆叶树的记号"②。但真正的战场并不是那简单的"线"与"点"，而是在幽暗阴森的原始密林，这里树叶绿得发青甚至青得带腥，除了虫兽的怪声和湍急的水声，此外就不知天昏地暗，这是一个"马畏怯行人为涕下的绝域"，但却经常有"强力的部队忍受人类忍耐的最大限度"攀爬在河谷两侧的悬崖绝壁上，只为正面攻击时能有安全合适的路径。"他们所选择的路线，决无道路可循。地图上所标示的村落，事实上都不复存在。他们必须携带全部行李辎重，他们必须自己在丛林内开天辟地。"③ 这些曾经翻越野人山，经历"五月长征的精锐"，足迹早已踏遍伊洛瓦底江南北，一年多的反攻集训，"马更肥，人更壮，兵器愈犀利，斗志愈旺盛"，以中国军人的坚韧，肃清交错的古藤和纵横的枝蔓。

　　黄仁宇会刻意捕捉战场上"很多生动镜头"：战斗中每一寸的进展都是披荆斩棘，都是舍命冒险，晦暗阴森的丛林中，树上掩映着敌人的鸟巢工事，地上掩盖着触发地雷，将士顾念身负使命之重大，依然在日军火网之下一步步前行，无视机关枪和迫击炮的狂吼。孟拱河谷中的炮兵阵地里，"代表着人类忍耐的最大限度"的将士们在泥泞的池沼、丛莽中冲锋陷阵，每个官兵衣服都已湿透，靴子满是污泥，"在丘陵的斜坡上一步一蹒跚。只有炮口音还是那么响亮，每一震动，把邻近树枝上的积水都抖下来"④。作战的士兵总是尽量保持戎装的洁净，当任务稍微清闲时，就会洗衣整理，"一路晾在树枝上，随着攻击前进，至晒干为止"，有些战友皮鞋丢了一只，就另穿了一只胶鞋，"令人触发无限的幽默感"⑤。士兵们对自己在战争中的奉献轻描淡写，将士们已然成为"森林战的能手"，却对自己扮演的英雄角色不以为意，只因报效祖国是理所应当。捷报传来，中外欢颂，"官兵的自信心极高"，每每攻占曾在撤退时走过的地方，都在证明着"我们是如何胜过前年！"在丛林里，在山冈上，远征军将士们

---

　　① 黄仁宇：《缅北的战斗》，《缅北之战》，新星出版社 2008 年版，第 8 页。
　　② 黄仁宇：《更河上游的序战》，《缅北之战》，新星出版社 2008 年版，第 1 页。
　　③ 黄仁宇：《苦雨南高江》，《缅北之战》，新星出版社 2008 年版，第 46 页。
　　④ 黄仁宇：《加迈孟拱战役》，《缅北之战》，新星出版社 2008 年版，第 76 页。
　　⑤ 黄仁宇：《拉班追击战》，《缅北之战》，新星出版社 2008 年版，第 32 页。

"重新准备刺刀与手榴弹，准备写完这首血的史诗"①。

《缅北之战》是黄仁宇在前线一年半的观察所得，既有缅北各战役的剪影，也有很多真实的战斗细节。黄仁宇遵循着他所信仰的"艺术的忠实"，写下的是有关战斗兵的文字，是远征军将士以血书写的"史诗"。他希望把"顶出色的战役亲自看过之后记载下来"，如同"正在进行的画片或电影"②。所以他的战纪有真切的景象，记下了作战部队的表现与进展，让人们感到入缅反攻精妙的战略、战术以及将士们强韧、刚毅的精神。作为战地观察员，黄仁宇担心没有到过滇缅边地的读者会怀疑其对战场、地形的叙述过于夸张，但他"可以笼统地答复！一点都没有夸张；只有文字没有力量，还没有把事实上的强度全盘描写出来"③。

随军记者孙克刚是孙立人之侄，两次远征都始终跟随着部队，历经了"保卫战"和"反攻战"，其《缅甸荡寇志》于1946年3月由上海国际图书出版社出版，3万册一售而空，同年9月由时代图书公司再版。"这是国人敬爱抗战英雄和珍视远征军光荣史迹的结果，堪以告慰于扬威异域劳苦功高将士们的。"④战纪的广受欢迎是激励国民士气之明证，孙克刚写作《缅甸荡寇志》时亦是为了扬我国威。

在《缅甸荡寇志》的"掩护转进"部分，从旁滨到英法尔的路上，由缅甸逃出的成千上万的印度难民和华侨络绎于途，狼狈不堪，很多官兵便把自己水壶里极有限的水给病人喝，分粮食给难民，"中华仁义之风，泽被了天竺古邦"⑤。"卡萨之役与齐学启将军"部分，孙克刚详述了齐学启副师长于卡萨之役身负重伤被俘，身陷敌营宁死不屈，后被送至仰光战俘集中营服苦役三年，其间他鼓舞盟友，坚定其必胜的信念，后齐学启被丧节求荣的战俘刺伤。其实刺到的并不是要害，只要他肯投敌，敌人马上就会给他治好，但从5月9日被刺直到13日伤重逝世，他承受着发炎溃烂的疼痛，从容就义、气节凌霜，其英勇不屈的精神是"表现中华民族

---

① 黄仁宇：《更河上游的序战》，《缅北之战》，新星出版社2008年版，第3—4页。
② 黄仁宇：《"业余新闻记者"（代跋）》，《缅北之战》，新星出版社2008年版，第144—145页。
③ 黄仁宇：《"业余新闻记者"（代跋）》，《缅北之战》，新星出版社2008年版，第146页。
④ 孙克刚：《缅甸荡寇志》，上海：时代图书公司1946年版，"再版序言"第1页。
⑤ 孙克刚：《掩护转进》，《缅甸荡寇志》，上海：时代图书公司1946年版，第16页。

的正气所在",尤其他是在英美盟友的目睹下就义,就更"使他们认识了中国军人的崇高和中华民族的伟大"①。初入印度时,士兵们深知"军队代表国家权威",一路艰辛,身体虽已疲倦不堪,但精神却格外焕发,"整洁齐全,军容壮肃,纪律森严",而不像被新三十八师掩护撤退的却还是"三五成群,衣衫褴褛,装械俱失,狼狈不堪"的英军。②将士们认真学习着各种训练科目,只为能更好运用森林战术,他们没有虚度训练时光,通过了英国少校笃定的任何部队都"没法子爬过"的纵深四百多里的野人山,战胜了山高路险、危险重重的"鬼门关"③。大龙河战场是黑压压、阴森森的丛林,飞机上俯瞰都只能略辨出几条河流,其他的都无法侦察,敌人却构筑了强固的碉堡和防御工事。但将士们"攻击精神旺盛","沉着勇敢",传承"以正合,以奇胜"的兵法,枪炮声和喊杀声在林中回响。盟军军官在参观战场时,惊叹为森林攻守战的杰作,增加了他们对我国将士的"信赖"④。我们可以看到,孙克刚在叙述这些事迹时会以对比或是烘托的手法,来突出我国士兵的"仁义""正气""壮肃"以及"勇敢",因为这是国际战场,将士们以流血与牺牲彰显了"中华民族的伟大"。

贵阳中央日报社记者戴广德,随孙立人部队远征异域,在《我们怎样打进缅甸》中对曼德勒战役、仁安羌大捷、于邦争夺战、孟关大捷等作了系统详细的记述。"兹纪念我勇将士流汗流血,万里远征!"⑤ 戴广德的战纪突出的是将士英勇战斗的精神,他把远征之地称为是"世界上最艰苦的战场",尤其是雨季,简直是泽国绝地,交通、补给都受到限制,更是增加了部队作战的负担。密林幽深,阴雨连绵,危险泥泞,然而"忠勇劳苦"的将士们,每天都在雨水中作战,"身上负着步枪,子弹,刺刀,十字镐,圆锹,背包,干粮袋,水壶,军毯,衣服以及防蚊帐"。

---

① 孙克刚:《卡萨之役与齐学启将军》,《缅甸荡寇志》,上海:时代图书公司1946年版,第24页。
② 孙克刚:《初入印度》,《缅甸荡寇志》,上海:时代图书公司1946年版,第27页。
③ 孙克刚:《进出野人山》,《缅甸荡寇志》,上海:时代图书公司1946年版,第43—45页。
④ 孙克刚:《血战大龙河》,《缅甸荡寇志》,上海:时代图书公司1946年版,第49—56页。
⑤ 戴广德:《我们怎样打进缅甸》,贵阳:贵阳中央日报社1945年版,"序"第1—2页。

不管白天黑夜，他们就这样负重伏在泥泞的战壕中，或守卫，或冲锋。① 而携带重武器行军更是困难，因为很多地方连驮山炮的骡马都寸步难移，只能靠士兵们或扛或抬，稍有不慎便会陷入泥沼窒息而亡。有时候半月不见太阳，每天衣服湿透，随时忍受着蚂蟥叮咬，腿都被泡肿。这是随军记者才能捕捉到的真实细节！呈现这些细节是让我们知道为了取得胜利，战士们克服着原始森林中"雨的障碍"，忍受着一切艰难，这是"最能吃苦耐劳最勇敢善战的优良战士"。"我们面对着这艰苦的场面，伟大神圣的场面，应该怎样歌颂感谢千万英勇战士的伟大战斗精神。"② 可以说，戴广德的《我们怎样打进缅甸》一书正是对这艰苦而伟大场面的"战斗精神"的叙写。

由罗时旸主编的《我们的远征军》有4册，分为"生活与训练""战地风光""战斗纪实""英雄群相"四部分，收录了吕德润、严绍端、郑蜀生等随军记者、远征军士兵共211篇文章，几乎都写于战地，寄自前线，带着烽火硝烟的气息。其中《咆哮的怒江》一文就非常具体生动地叙述了怒江战役的作战情形，作者对险峻可怕的战地环境有详细的描绘。山谷交错的滇西是地形最为不利的战场，从热带的燠热直至寒带的阴冷。站在高处只见炮弹炸开的星火，时时可看见成群的人与驮马紧贴在雨水冲蚀的崖上，那里有成队的担架兵在山坡上痛苦地爬着。士兵们攻击着日军防线，这个防线就包括许多潮湿阴冷的壑谷，"那些延绵不绝的山峰山坳里蜿蜒的羊肠小径，就是第二次世界大战中最艰苦最高的战场上唯一的交通线"，峭壁耸立，浮云雾霭笼罩于这万尺的高峰。滂沱大雨冲刷着山坡上红得发亮的泥土，地面上疮痍满目，忧郁而阴森，"从深邃的峡谷迸出带血的激流"，在这满布幽影的战场上，唯一的亮色就是那悲壮的身影：

（炮兵）绳捆索拉地把山炮从窄而滑的山腰小径拖上去。下面是千尺的深谷，终年为浓雾所掩盖。他们在雨雪交加的坏天气里，挣扎着往冷面无情的岩石上爬，在那高出白雾层几千尺的山顶上与那千重万叠的苍岩里，用机关枪偷袭敌人。找不出甚么字句来描写这个战

---

① 戴广德：《雨的障碍》，《我们怎样打进缅甸》，贵阳：贵阳中央日报社1945年版，第60页。

② 戴广德：《雨的障碍》，《我们怎样打进缅甸》，贵阳：贵阳中央日报社1945年版，第60页。

场，有的，那就是："令人难信"，"逼得人喘不过气来"和"荒诞神奇的美丽"。在荆榛丛封的羊肠小道上，有人在肉搏，用刺刀扎，甚至用徒手搜着对方的咽喉。苔藓丛生的山谷间，不断回响着机关枪的咯咯和迫击炮的隆隆。步兵与力夫在壁立的山坡上爬，手指淌着血。①

作者看到在悬崖上攀爬进攻的士兵，双手已鲜血淋漓；在阴湿浓雾的夜间，许多身上裹件单军装，肚子里只装两碗粗粮的士兵在默默忍受着连日连夜的冷雨。这样细致真实的描述，只有亲历者才能完成。作者饱含深情的叙写让我们看到远征军将士是以巨大的牺牲换取战场的一寸寸推进，攻击受阻时，总带着"不行再试一次"的决心。怒江江涛一天天高涨起来，但士兵们却奋不顾身，撑着竹竿穿过那水流湍急的江面，也一天天地渡过江去，以竹筏子对抗着怒吼的江水。"咆哮的怒江"，既指战场的惨烈、严酷，又是用来喻指士兵们抗战的刚毅、顽强。作者不禁感叹："我确信没有任何西方人能忍受他们所遭遇的精神，肉体，各方面的苦难。"②

大学生周毅航离别重庆，踏上前线，感受到了真正的战争：敌人的炮声由远而近，"虽然是初次尝到炮弹的滋味，但并不害怕，因为在重庆住了四年多，两三丈深广的炸弹坑是见惯了的，两三尺深广的山炮弹坑，算不了回甚么事"。在距离敌人三四百公尺的阵地上，会踏着未爆炸尚灼热的迫击炮弹，夜间疲劳之余，都是在机枪声中入睡。③ 英勇的战士在黄草坝之战中受尽千辛万苦，又因雨季，土坑内尽是水，战士身体浸在水里，达十余日之久，日夜埋在战壕里与敌人拼死厮杀，枪刺、腰刀、斧头、铁铲、拳脚、血溅、肉飞、怒吼、哀叫……战争的残酷已溢出文字。

吕德润描写了部队在南坎渡过瑞丽江的情形。两岸绝壁悬崖，河底乱石峥嵘，水流湍急，极难涉渡，有几只橡皮艇和马匹渡江，在漩涡处危险地打转，士兵们奋力划桨，牵马的拼命拉着马缰，马不敢前行时只能狠狠

---

① 蒋逊：《咆哮的怒江》，罗时旸主编《我们的远征军（二）》，重庆：青年出版社1944年版，第481—482页。

② 蒋逊：《咆哮的怒江》，罗时旸主编《我们的远征军（二）》，重庆：青年出版社1944年版，第483页。

③ 周毅航：《龙陵战场——从军通译所见》，罗时旸主编《我们的远征军（二）》，重庆：青年出版社1944年版，第545页。

地打,"一阵乱打,马在水中喘气,拉马的在旋涡里时隐时现,一些给马拖回岸上的弟兄,光着身子喘着气。寒冷的水,山谷的冷风,使他们的嘴唇发紫,全身颤抖着"。目睹这危险的渡江,吕德润称赞道:"这像嘉陵江口在小三峡里的风光,给这些弟兄们的英勇淹没了。"①

黄印文住在前线指挥所,目睹运上前线的炮弹一颗颗的飞入敌军阵地,又亲耳听到它们一声声的猛烈爆炸。敌人偶尔回一两炮,却落在荒山里,只摧折了几株小树。置身于阴登山山麓,作者详细描写敌人的防御工事:山势屹屼,斜坡上数百株松树都已被敌人伐去,剩下的树干上挂满了带刺的铁丝,机枪阵地密如蜂窝;整个的一座山头都给敌人打穿了,森冷的堡垒群分作三层,层层相通,不是奋不顾身的将士休想接近它。但中国英勇的将士或手持冲锋枪或拖着中式步枪,直朝敌人的堡垒冲去,白晃晃的刺刀,在阳光里格外耀眼。"我们步兵匍伏在敌阵之前,开始燃放烟幕,白的、绿的、红的、朵朵簇簇,刹时缠绕在那些矮树上。几个伤兵带着武器从烟幕里走出来,慢慢的回到我们的阵地。后面的辎重兵和老百姓,正扛着弹药箱往前面跑。"如此真实而又有冲击性的画面,只有身处前线战场中才能描摹得出!黄印文这样书写观战感受:"到了这里,看到这一片被炮火摧毁得残破不堪的森林,看到树干上的表皮被枪弹剥得个精光,怎不对我攻克阴登山的忠勇将士倍增怀念和钦敬,怎不感到滇西寸土尺地都是在艰辛中恢复的。"②

曹效时在龙陵前线观战,坡谷间到处都是敌寇挖掘的工事和遗弃的物品,空气中弥漫着血腥和腐尸的气味。站在坡顶纵目远望,"那蜿蜒的滇缅路和忧郁的龙陵城,出现于大家的眼底,离开我们最多不过三千公尺,而对着这个受难的边城,和这条被截断而失去了功能的国家的动脉,一种愤怒和责任的感觉,涌上我们的心头"③。谢永炎在孟拱河谷观战,河谷完全是在炽热的战争的紧张空气中,中国军队的飞机在轰炸和跃动。"如同重庆那年'五三''五四'的天空,敌人在轰炸我们的后方情形一

---

① 吕德润:《南坎三日》,罗时旸主编《我们的远征军(二)》,重庆:青年出版社 1944 年版,第 622 页。

② 黄印文:《滚龙坡前观战记》,罗时旸主编《我们的远征军(三)》,重庆:青年出版社 1944 年版,第 961—963 页。

③ 曹效时:《龙陵前线视察记》,罗时旸主编《我们的远征军(二)》,重庆:青年出版社 1944 年版,第 483 页。

样,日本人现在正遭遇可怕的命运!战争的最恶劣的恐怖,在日本人那边伸展着!"① 现在响彻山谷的已不是虎啸猿啼,而是炮声枪声了。战士们在人迹罕至的原始森林里加上了他们的足迹,那荷枪的健儿要征服原始密林,更要征服兽性的敌人。从印度到缅甸,"本我中华民族的精神"冲破了荒蛮,克服了种种险阻。"当我们树起了反攻的旗帜,我们一步步的踏过了那野人山和那遍地吸血虫的区域。我们用世界上最少的兵力,去征服那世界上最蛮野最艰苦的战场,慢慢的我们长大了。"② 曹效时面对"受难的边城"感到了责任重大,谢永炎、金峰表达着反攻胜利的豪气与无畏,而潘世徵亲历了腾冲战役,他坚信:"在前方,远征的武装同志们,从饥寒交迫的、世界最高的战场——高黎贡山之上下来之后,在平原上同雨作战,真算不得一回事了。"③ 正是这样的确信,才能带给费孝通"振作的信念"。

远征的胜利,激励着国人抗战必胜的信念,何适在《腾冲克复贺远征军》诗云:

怒江五月怒波扬,飞渡神兵夜未央;
斩棘披荆兼杀敌,攀岩越壑尚输粮;
沉舟破斧无难事,扫穴犁庭定远方;
万里不辞千百战,肯饶孑虏践吾疆!④

丁宜中以"步原韵"颂赞远征军:"汉关尚悬秦明月;问几时收复旧山河?情殷切!百年耻,谁为雪?炎黄胄,谁能灭?远征军,崛起补金瓯缺。"烽烟未歇,敌寇扰黎庶,远征凯歌奏响时"洗净长城血","重见大中华,开金阙!"⑤ 于右任于1944年12月9日"用白石之调,写武穆之

---

① 永炎:《孟拱河谷观战记——亚洲大陆盟军首次联合攻击》,罗时旸主编《我们的远征军(三)》,重庆:青年出版社1944年版,第837页。
② 金峰:《远征归来》,《西风》第79期,1945年8月。
③ 潘世徵:《火线圈中吊腾冲》,《战怒江》,上海:文江图书文具公司1945年版,第72页。
④ 何适:《腾冲克复贺远征军》,《中国青年》第11卷第4期,1944年10月15日。
⑤ 丁宜中:《新满江红——步原韵为远征军作》,《甘行周讯》第91期,1945年1月14日。

心",遂成此《满江红》:

> 十万英雄,应运起,争赴战场。惊心是,执戈无我,祖国为殇。喜马高峰飞过去,怒江前线打回乡。看马前,开遍自由花,天散香。
> 新时代,新国防。新中国,寿无疆。把百年深痛,付太平洋。世界和平原有责,中华建设更应当。待短时,告庙紫金山,祈宪章。①

在凯歌声浪里,我们感受到了在这样激流澎湃的大时代中民族威扬的自豪与兴奋。神兵万里不辞、沉舟破釜,一路斩棘披荆、攀岩越壑,只为犁庭扫穴、安定吾疆。战士争赴沙场为国殇,远征收复山河,一雪前耻,彰显中华精神。

黄仁宇把前线一年半观察所得的"顶出色的战役"记载下来,让我们看到了强力部队在地图都无法显示的绝域里书写着"血的史诗";孙克刚以对比、烘托的手法表现出了远征军将士的仁义、正气以及牺牲精神,颂扬战士们让英美盟友认识到"中国军人的崇高和中华民族的伟大";戴广德为我们描写了士兵在"世界上最艰苦的战场"作战的细节。这是战地记者对缅北反攻的感受。随军记者比一般新闻记者更清楚战斗的实况,会注意到战场上的细枝末节或机妙变化,他们与前线将士共同生活,一起经历生与死的考验,这就是战地通讯独特的艺术真实。蒋逊力图真实再现士兵们于"第二次世界大战中最艰苦最高的战场上"一尺尺推进的战况实景;周毅航呈现了龙陵战场残酷、激烈的战况;吕德润描写了远征军部队在南坎渡江的重重危机和英勇无畏;黄印文于滚龙坡前观战,深深体会到滇西寸土尺地都是士兵们在千难万苦中恢复的;曹效时远望受难的边城,感受到的是身为战士的责任;谢永炎、金峰、潘世徵表达着胜利的豪气与无畏。因为滇缅抗战,枪炮声掩盖了边地森林的虎啸猿啼,战士们在地图标记不到的地方印上了足迹,既征服了原始森林,又战胜了敌人。这些诞生于战地,来自前线参战或是观战的作品,是对战争最为真实的感受,带着硝烟的气息,有最为具体的战斗场面与真切生动的景象,极具画面感和感染力,呈现着战争那"荒诞神奇的美丽"。

---

① 于右任:《满江红》,青年军人丛书编辑委员会编《青年远征军剪影》,军事委员会全国知识青年志愿从军编练总监部 1945 年版,第 60 页。

远征军将士和随军记者关于滇缅抗战的相关书写,是为了让远征军抗战的各种艰难困苦为国人所深悉,证明着"我们是如何胜过以往",更是为了在异域彰显胜利的意志,扬我国威。他们书写身边正在发生的战争,描摹于缅北、滇西的高山峡谷印上的无数战士履痕,记下了中国人远征域外的史诗,我们可以体会到远征军抗战的恢宏悲壮,亦能感受到战争最为真实生动的细节,这样的书写没有夸大、也不会失真,正如黄仁宇所说的只会担心文字没有力量,没办法把远征军抗战事实上的强度全盘描写出来。

## 第二节　保卫的边地

两次入缅远征以及滇西抗战,将士们深入滇缅边地,守卫着边境国土。孙克刚说到,远征军队作战流动性很大,"今天在印度,明天入国境,后天又打进缅甸"①。在长达三年的抗战时间里,作为保卫者的将士们正如以滔所说的,"你们的足迹,/印遍了怒江,/印遍了高黎贡山脉,/和许多无名的村野"②。除了对战地的观察了解,远征军士兵对边地的书写主要集中在两次入缅作战的往返途中,即出征、撤退与反攻、凯旋。滇缅边地在将士们远征回返的过程中被"印遍"了重重的"足迹",他们不仅有地面上的体察,还有在飞机上俯瞰边地国土的视角。作为保卫者,将士们对滇缅边地有其特别的观看角度,有着深厚的感情,因此呈现出了独特的边地形象。

### 一　"地图上的一条红线"

《大公报》随军记者严绍端追随部队从密支那回国会师,他说到这样一个场景:会师回来,孙蔚明连长的一张地图上,从密支那东向高良工山口的道路,"已经用红色铅笔画上一条曲折的粗线。那于他自己和他率领着的弟兄们一步一步地走通的"③。所以他把文章的一部分以"地图上的一条红线"来命名,这是一个很有代表性的细节。从1942年到1945年,

---

①　孙克刚:《进出野人山》,《缅甸荡寇志》,上海:时代图书公司1946年版,第47页。
②　以滔:《代邮——给参加滇缅之役的官兵同志们》,《诗》第3卷第4期,1942年11月。
③　严绍端:《滇缅边界国军会师经过》,罗时旸主编《我们的远征军(二)》,重庆:青年出版社1944年版,第524页。

地图上滇缅边地的一条条红线是被远征军将士们的足迹印上去的,在这些红线经过的很多地方因此而成为时人所熟知的地理名词。每个在边地前线的士兵都用亲历的军事行动标记着与此区域的联系,滇缅边地也因往返于此的远征军士兵印刻的"红线"而在历史的尘埃中变得鲜明。

(一) 出征时对边地风光的赞美

乐恕人在《缅甸随军纪实》一书中的"春天里的滇缅路","摆夷区探奇"和"边界风光"等部分,就记录了第一次远征时所看到的边地景致。初到昆明,就看到"像北平的中南海"的翠湖,池畔花木葱茏、柏树苍劲的无际的滇池,以及石子铺成的马路和古色古香的正义路,都给作者"一个美丽的印象"。在部队到下关的途中,经常可见几树白李桃红。"公路老是在山腰和山顶盘旋,像一条黄带子缠绕在层峦叠嶂的青山上面,看起来特别壮丽。这山长着满是青松,一阵风吹过以后,看见松浪,听见松涛,正和南京紫金山上的山松完全同一种风趣。"① 一直行进在崇山峻岭中,山势平顺了就抵达下关,看到洱海一片碧波荡漾,后面倚着耸入云际的苍山。一路向西南行进,山顶云雾迷漫,山崖处处可见鲜红的山茶掩映于万绿丛中。澜沧江江岸,"风景异常的清幽",经过高悬在两岸山石上的功果桥时,还能看见岩石上有很多被敌机轰炸的痕迹。跨过惠通桥,又开始翻越西岸的高山,"赤黄的山色,碧绿的江流,白云远挂着在山腰上"。在百丈悬崖的边缘上行进,士兵望望万丈深谷,脸上便有一丝惊悸的微笑。过了龙陵,抵芒市,就"到了一片新的天地"。"芒市的风光是异样的,一片片的平野,点缀着断续的丘陵地带。在这些肥沃的土地上面,斑竹多得惊人,榕树也特别高大,村庄散落地分布着,田地里有耕牛在操作。"② 乐恕人赞叹着春天里的边地风光,楚雄、下关、保山、龙陵、芒市、畹町、遮放这些滇西地名随着他行军的步伐被一一记录。

戴广德的《我们怎样打进缅甸》一书中的"远征缅甸"部分,写出了随新三十八师出征时所看到的景象。戴广德感叹边地的奇瑰富丽:卉木之碧绿,山峦之青秀,江上落霞之赤黄,白花掩映于红花绿树,深浅浓

---

① 乐恕人:《春天里的滇缅路》,《缅甸随军纪实》,重庆:胜利出版社 1942 年版,第 17 页。

② 乐恕人:《摆夷区探奇》,《缅甸随军纪实》,重庆:胜利出版社 1942 年版,第 23—24 页。

淡，色彩变幻，难于描述。过地势险要、风景秀丽的下关，跨怒江、惠通桥，攀登高黎贡山，芒市在望：

> 地近热带，土地肥沃，灌溉便利，土质宜种桑，农作物年年丰收，是一块肥沃土地。白夷身体健壮，少年女子尤具健美，他们有着特殊的生产方式，妇女多在田园劳动，男人反在家里坐享清福，未婚少女称"小菩萨"，每当夕阳西下时分，那群素衣活泼健美的"小菩萨"，负着锄刀，娇滴滴的向人们报以会心的微笑。他们男女间的关系也非常解放，民风淳朴，度着幸福快乐的日子。①

从对风景的或点染或描摹中，可以看到乐恕人、戴广德是怀着出征的兴奋与激动的情绪来看边地的。乐恕人发现着翠湖与"北平的中南海"，滇缅公路旁的松林与"南京紫金山上的山松"很相似；戴广德看到的芒市是安闲祥和之地。以充满诗意的笔墨处处发现着所要保卫的地方之美好，也就更彰显了此次出征的意义。

### （二）战地中描摹所要守卫的国土

作为远征军第十一集团军副总司令兼第六军军长黄杰的《滇西作战日记》对滇西边地的描写往往是登临远眺的视角。黄杰登小雪山，乱石错杂，山顶山麓，相去不过十里，但气候则有春冬之别，他不禁感叹造物之神奇："春风拂拂，阳光普照，山道虽艰，而心神舒畅。比及山顶，过雪山凹，但见遍山杜鹃花，鲜艳欲滴。而层云暗瘴，重峦环抱，残雪连云，朔风怒号，草木有声，砭人肌肤。真个是雪满寒山风满谷，气象有若严冬。山岗寂寂，景亦佳绝，与山麓相较，截然两个不同世界，可谓为滇西一奇景。"② 黄杰登高远望，欣赏这滇西"奇景"，想到的是定要守卫这边地河山不被敌军践踏。他登松林山，观赏怒江暮色："山光将落，杜宇犹啼，东望片马，西望蛮云，流水萧萧，敌骑何处？前人有'扫荡胡尘寒敌胆，谁能立马靖三边'句，不禁兴怀神往。"③ 黄杰作为指挥将领，

---

① 戴广德：《远征缅甸》，《我们怎样打进缅甸》，贵阳：贵阳中央日报社 1945 年版，第 1—2 页。

② 黄杰：《滇西作战日记》，史政编译局 1982 年版，第 28 页。

③ 黄杰：《滇西作战日记》，史政编译局 1982 年版，第 20 页。

面对边地河山,除了"登高望远"情怀,更多的是思考其军事战略意义。1944年3月26日,黄杰在日记里这样记录:

> 巡视怒江江防的感想:此次到六库,栗柴坝一带,视察怒江防务,对这一地区的印象觉得并不像书本上或传说上那般神奇伟大,所谓蛮烟瘴雨,怒江湍急,似乎言过其实了。我们军人作战,是不会受地形天候的限制的,像怒江的地形天候,更不会限制我们的作战。①

黄杰强调滇西怒江一带并不是传说或书本上所写的"蛮烟瘴雨",并不危险可怕,反而有着能充分彰显造物之神奇的景象。所守卫的国土虽然地形险要,气候多变,但是并不会限制作战。边地河山越是秀丽美好,越能激起战士们保卫其不受侵略的决心与勇气。彭河清也这样写道:

> 当我军肃清残敌时,跃立高黎贡山,俯瞰那龙川江一带平原,弟兄们莫不喜形于色。他们在云雾蛮瘴奇寒苦雨中,喋血奋战,完成了不平凡的任务,而今眼见这村落棋布阡陌交通的所在,仿佛世外桃源,岂肯让敌人再事盘踞,于是乘胜迫奔逐北,不过四天,便将腾北龙川江东岸之敌扫荡一空。②

署名"荧光"的作者亲历了高黎贡山北风坡激战。北风坡是高黎贡山的屋脊,沿途悬岩深涧,古木参天,岩间涧里不时传来凄厉的猿啼与唧唧的虫声。作者一行到达北风坡后,搭好篷子,此时:

> 太阳已快落了,这时晚霞映着整个的北风坡,使野草,灌木,竹林,都加上了一层红底,我走上山坡,微风徐徐地拂着,看看对山敌人残破的堡垒,静静地斜立在那里,像两株快要倒枯树桩,红云一片片由堡垒后冒了出来,散在这大海似的天空里,山上很平静,完全没有枪炮声,四周的空气亦非常和谐,假如一个陌生人走到这里来,他

---

① 黄杰:《滇西作战日记》,史政编译局1982年版,第26—27页。
② 彭河清:《攻克腾冲的一页伟大诗篇》,罗时旸主编《我们的远征军(三)》,重庆:青年出版社1944年版,第991页。

绝不相信,像这样幽美的高山上,正进行着正义与强暴的大搏斗。①

《滇西作战实录》一书是陆军大学教官吴致皋滇西观战所得,凡所身历目睹者,如松山战役、强渡怒江、龙陵、遮放、畹町之战,辄详记之,实录克敌制胜之要。吴致皋对龙陵、怒江、芒市等滇西边地的介绍,也都是从军事战略的眼光来一一详述每地的山脉分布、河川景况、道路状态、物产情形以及民族生活。作者这样描写怒江:"两岸绝壁悬崖,河幅约百余公尺,桥梁甚少,河底乱石峥嵘,到处可见,水流湍急,不能徒涉,如值雨季,即漕渡亦甚不易,为滇西惟一之天堑。"② 写龙陵松山,关注的是敌人的防御工事:以山顶为核心,再沿防界线之周围,构成一道或数道堑壕,堑壕之外,更设置障碍物。吴致皋关注每一地的形势都是为了思考在战争攻守中如何趋利避害:

> 而芒市附近,则所有重要工事,皆无不利用之。又芒市气候,近似半热带性质,故大榕树特多,敌每于其树下,构筑重机枪掩体,再利用其树根,构筑极坚固之掩蔽部,不但使用重火器,难以制压或破坏,即野山炮与重炮及飞机轰炸,亦因榕树高大,枝叶茂密,炮弹炸弹每有过早爆炸之虞,致无法将其摧毁。③

将士们或登高远望,或勘察战地环境,都体现了作为战士的作者对这片国土的热爱。无论是远征将领黄杰、吴致皋对滇西边地河山之军事战略意义的强调,还是彭河清、荧光描绘的为壮丽河山所进行着的伟大战斗,都有着身为保卫国土一分子的豪迈与自信。

(三) 败退后踏入国境的感怀

追随远征军士兵在滇缅边地版图上所走出的条条"红线",会发现对边地的书写和认识更多的是集中于第一次撤退和第二次反攻后的凯旋。远征军将士从印缅返归祖国,云南边地是他们踏进国土的第一站,这于他们有着特殊的意义。

---

① 萤光:《滇西战役之一角——北风坡激战记》,《建政月刊》创刊号,1946年4月1日。
② 吴致皋:《滇西作战实录》,自刊1948年版,第7页。
③ 吴致皋:《滇西作战实录》,自刊1948年版,第16页。

身处异国抗战，对故土的思念会愈加强烈。士兵集训的印度兰姆伽被以滔称为"客地"。"长年潜蛰于鄙塞的乡野，/如今却有着无尽头的复杂念想：/在客地无尽头的路上，/将布置我粗野的脚迹。"① 带着椰子香的飒飒晚风，芭蕉林里穿梭的鹦鹉，"我"却没办法沉醉于这南国的迷梦，只想着终有一天会穿过如巨人般"挡住世界的去处"的榕树，回归祖国。身处异国，总期盼着"邮讯"："我天天眼望洞穿；/去等候一张报，一卷书籍。/在那上面有载着祖国的战讯的。"② 一道而来的战友先返回祖国，只能寄语"如今祖国仍在苦难中煎熬，你们有步子走尽祖国的原野，而我们正准备细数你们将汗血织成的书简，告诉我们，祖国如今如何在苦难中成长"③。在缅北的赵令仪感叹着狼烟的无情，惊悚于把"青春也烧焦了"的烽火，只想通过异乡的琴音"招到故国的春柳"，向"远地"轻声地送着祝福。④ 他怀想着故乡的春天，想着弟、妹们此时也应正在数着星星说："哥哥在千万重山外，/今夜会想我们……"⑤ 莫安夏进入八莫火线，行军在国境线边，他特意强调，自大利到不兰丹，距国境不过二三英里之遥，自汪约到太平江的一段，只需再向东走百码，便踏上祖国的土地了。在国外的将士无时不在怀念着祖国，无时不在希望消灭敌人后得以回国，"如今我们距离她的边界是这么接近，当我们站在高峰巅引领东望时，仿佛闻到她心脏的跳动和呼吸的气息"⑥。沈家驹于印缅丛莽中，想到的是李白的《蜀道难》，月夜漫步在岸夹青山的江侧，又想到张若虚的《春江花月夜》，置身千里之外的异国，才惊觉"祖国是多可爱"⑦。杜运燮书写着《乡愁》：身处印度兰姆伽，看着这相似的雨后黄昏，水花敲出了"乡音"，靛蓝远山，归鸟浮沉，幻想着可以"带着疲倦的笑容回到家门"⑧。为了挣脱"人类的桎梏"，远征军的士兵如同"流浪者"，然而

---

① 以滔：《客地》，《长风文艺》第1卷第4、5期合刊，1943年10月10日。
② 以滔：《邮讯》，《长风文艺》第1卷第2期，1943年4月10日。
③ 以滔：《祝福》，《枫林文艺丛刊》第1辑，1943年7月7日。
④ 赵令仪：《关山月——遥寄苏莉》，《诗星》第3卷第1期，1942年8月10日。
⑤ 赵令仪：《缱绻草——故乡的春天》，《长风文艺》第1卷第3期，1943年6月10日。
⑥ 莫安夏：《进入八莫火线》，罗时旸主编《我们的远征军（二）》，重庆：青年出版社1944年版，第586页。
⑦ 沈家驹：《印缅丛莽中》，罗时旸主编《我们的远征军（二）》，重庆：青年出版社1944年版，第221页。
⑧ 杜运燮：《乡愁》，《诗四十首》，上海：文化生活出版社1946年版，第39—40页。

他们：

> 不是离开人，
> 是回到人；
> 不是去控诉，
> 是来见证；
> 不是浪游，
> 是回家。①

远征是为了"见证"，是为了更好地"回家"。但是第一次入缅作战失败后撤退回国，在战乱威胁中踏进国境，此时面对几个月前还曾信誓旦旦捍卫其不被日军践踏的这方土地，将士们的感受是非常复杂的。

1942年春，林荧客居滇西，4月初奉命调往缅北八莫，自4月下旬敌军从泰北小路进击腊戍后，八莫形势就十分严峻，《八莫撤退记》就记录了自1942年5月1日至16日的撤退回国经历。接到撤退命令时，八莫的电力厂就停止发电，"昏暗的街道飘着断续的雨丝更显得阴惨，似乎暗示我们那可怕的未来的命运"，但想着是返回祖国，"却还是愉快的，并不想到前边在等着我们的是什么"。一路急驰，到了茅草地，道路已阻，只能抛弃汽车和一切笨重的东西。悲痛的气氛笼罩着大家，但还好有战友居然用一辆小轿车商借来了四十多匹马，又能重新踏上归途。到芭蕉寨歇息，看到很多之前撤退在八莫的中国伤兵。越往国境走，竟发现"宽阔的道路完全出人意外，使人想到从前想象中的边疆道路的艰险的无稽，和惊异往日英人对我边境的煞费苦心"②。一路上多是削壁悬崖，少有人迹，只有河对岸的深山中传来的猿猴啼啸声。又走六十里到了"蛮线"，已进了中国境界。看到正值逢集的热闹的弄璋街，"使人几不相信这是边塞的蛮瘴区域"，老百姓煮了大锅稀饭来慰问远道而来的伤兵，此时此景既让人"感到无限的兴奋和愧疚"，也"才觉得真正又踏进了祖国的土地，感受到祖国同胞间的友爱亲切"③。国境内的景色亦是美好、亲切：

---

① 杜运燮：《流浪者》，《诗四十首》，上海：文化生活出版社1946年版，第52—53页。
② 林荧：《八莫撤退记》，《旅行杂志》第17卷第10期，1943年10月31日。
③ 林荧：《八莫撤退记》，《旅行杂志》第17卷第10期，1943年10月31日。

五月六日，从小新街到旧堡，大家颇具戒心，然所过地段实在比昨天更良好，更秀丽，一路几乎完全是开阔田坝，一旁是浅而宽的河水，里边是连绵不断的黝黑的山丘。田野里五月的新秧已长得挺有力，农夫们多在忙着抽水除草。田舍里的摆夷妇女都争着挤在门口惊奇的在观看我们这蔓延有三四里路的零杂队伍。一路的景色很有点像江南，使人怀疑这地方是不会如传说那样的贫瘠。①

　　作者一路走来，都关注着战况。在小新街，无线电里传来了敌人已过龙陵并到了惠通桥的消息。到南甸，得知龙陵失守，日军正向腾冲进发，此时，林荧站在山顶，"望到辽远的宽阔的腾越盆地，对面是黑黝黝的一派高黎贡山，右边就是通龙陵去的断续山头。腾冲城安静的躺着，高大的瓦房和葱茂的树林给人一种新的感觉"。到达县城，看到腾冲是"一个完全旧式的不是嚣扰的城市，清秀里含浑厚宏达的力，比诸大后方的城市，它很有些像成都"②。然而战争的隐患已经威胁着这座边城，凄凉的市面以及相继逃亡的居民给这些撤退回国的人们带来了更大的不安。稍作休整，又翻越高黎贡山，渡过怒江，继续向大后方撤退。林荧在撤退回国的路上，并没有过多地描写兵荒马乱的狼狈。走在紧邻国境的宽阔道路上，他感受到的是英国对我国边境的觊觎与野心；看到弄璋街赶集的热闹，强调这并不是之前人们所说"边塞的蛮瘴区域"；面对边地同胞的慰问与关心，才真正感受到踏进了祖国的土地；途经旧堡，沿途景色"很有点像江南"，田畴丰饶，感到边地并不是"如传说那样的贫瘠"；看到"有些像成都"的腾冲城只希望它不会毁于硝烟。当林荧用"江南""成都"来类比时，边地成为可以关联传统乡愁的国土。

　　朱定时是从密支那撤退，他记录下了从1942年5月4日至21日的"远足日记"。朱定时提到了在途中的茶馆里，听到几个印度司机在热情地重复提及昆明、下关、保山等地名时，感到了久违的亲切。过五台山、昔东、五丛、甘拜地，一路跋涉，当5月10日到达国境内的小镇古永时，朱定时发现："古永地方大，平，人口很多，满田秧苗青绿可爱，村庄散布四周；我们冒雨向正街走去，街上居然贴着欢迎我们的标语，使我们感

---

①　林荧：《八莫撤退记》，《旅行杂志》第17卷第10期，1943年10月31日。
②　林荧：《八莫撤退记》，《旅行杂志》第17卷第10期，1943年10月31日。

到接近祖国怀抱似的温暖。"① 虽然战争局势晦暗不明,但看到滇西边地生意盎然的秧田以及欢迎归来的标语,朱定时想到的是:无数的不平路,在等待着"我们"去走平。

《从密支那撤退回忆记》是作为中印公路员工的周一志的归国见闻。当铁路上的火车头一串串地从南面撤退上来,沿铁路退下来的我国和英印籍的伤兵一天比一天多,侨民纷纷在市集上贱卖东西以及当地居民忙着囤积粮食的时候,战事消息一天严重一天,密支那也一天紧张一天,随之而来的是撤退回国的命令。周一志详细写了每一天行程的经历。一路来遭遇敌机轰炸,看到日机追踪扫射手无寸铁的侨胞。在"山头人"的寨子休整,途中看到带有殖民符号的驮马道上的里程碑。"每隔一里路的路旁,均树有里程碑,据赶驮马的说,英缅政府在每年雨季后必拨出一笔专款修整这条路的路面。由此可见英国当局对于边疆建设之重视了。"② 进入国境,本来想沿着驮马道向腾冲走去,但腾冲县城遥遥在望时遇到敌机在空中盘旋,只能转道翻越大雪山。当站在滇西战场的重要据点之一的斋公房时,作者这样描述滇西的山水:

> 看那山下的怒江曲折蜿蜒,宛如一条白带,江的两岸,烟雾弥漫,丘陵起伏,洵为奇观,再遥望隔江的高黎贡山,崇高伟大,令人景仰不止。我想,假如站在高黎贡山山顶,隔江遥望大雪山,一定更觉伟大。③

周一志于高黎贡山登高望远,见到边地河山之"崇高伟大";朱定时、林荧看到的是亲切的静谧而古朴的小城。他们都记录下了自己的撤退经历,忧虑于英国殖民野心已抵边境,体会到踏上国土的"温暖",发现边地风景或似江南或瑰丽伟大,强调着此地物产丰富,绝不是传闻中的贫瘠之区。但作为远征战士的作者,对于边地的观看,绝不仅仅止于撤退回国的慰藉,而是表达了对所保卫的边地可能山河破碎的忧患。

---

① 朱定时:《从密支那归来——纪二年前的往事》,《旅行杂志》第18卷第6期,1944年6月30日。
② 周一志:《从密支那撤退回忆记》,《旅行杂志》第17卷第11期,1943年11月30日。
③ 周一志:《从密支那撤退回忆记》,《旅行杂志》第17卷第11期,1943年11月30日。

## （四）反攻胜利归国所见

除了第一次入缅作战失败撤退时对边地的认识，还有反攻胜利后凯旋归国途中关于边地的书写。严绍端在《滇缅边界国军会师经过》中详细写了回国会师的经历。跟随部队跨过伊洛瓦底江，行走在荒凉的古道上，作者描写途中的各种困难。山路越走越艰险，头上落雨，空中有雾，身上的衣服任何时候都是潮湿的，遍地皆是的蚂蟥往人们的腿上不断纠缠。战士们万分小心地行进在这原始茂密的山野间，林中小道仿佛走不到尽头，虽艰险重重，但他们向着祖国的方向坚定地走着。山峰层峦叠嶂地在雨雾里隐现，将这回归祖国的队伍层层围拢，而队伍也"浩浩荡荡的围住一层层的山峰"。山路艰险，战士们依然向上攀爬，因为"现在他们多爬上一步，就更接近国界一步了"。在甘拜地附近时发现蚂蟥少了，原始丛林消失了，这些都印证着已临近国界了，作者不禁想起儿时听说的在交界的山坡上连小草都会朝自己国土的方向生长的传闻。战士们披荆斩棘，终于在云雾中看到：

> 草坪中间立着一块石头的界碑，上面刻着"国界"两个字。会师队伍里的中国官兵们，多半是前年春天参加第一次缅甸战役后就随着转进印度的，他们离开祖国已经有两年多了，现在凭着界碑，眼望祖国的河山都应藏在迷茫的浓雾里，仿佛从浓雾里嗅到祖国泥土的气息，心头的激荡愉悦的确是难于说出的。①

严绍端表达出战士们看到界碑时的"激荡愉悦"。滇缅边界的高良工山山口，地图上标高是八千八百五十二英尺，长年云雾弥漫。但1944年9月6日，有祖国的驻印军和远征军，渡过伊洛瓦底江、怒江，越过崇山峻岭，彼此在石头界碑旁紧紧地做着"历史的握手"。曾经只是商贸往来的茶马古道印刻了战士回国的足迹，嘹亮的军歌在这历来只是马铃叮当的荒凉区域唱响。"这自由的音响震撼着沉沦的土地，沉沦的土地开始觉

---

① 严绍端：《滇缅边界国军会师经过》，罗时旸主编《我们的远征军（二）》，重庆：青年出版社1944年版，第519页。

醒了!"①

　　1945年的新年带来了胜利曙光,远征军已占领畹町,驻印军在进攻南坎,一部分远征军已渡过陇川江进入缅甸,一部分驻印军已渡过南宛河回到祖国。新三十八师派一连步兵到祖国边境的猛卯城和远征军会晤,严绍端随同部队"到暌别两年多的祖国走了一趟",《从缅甸回归祖国——记驻印军及远征军猛卯欢聚》一文就详细书写了此行的见闻感受。到达南宛河时,知道过了河就是中国地界,许多弟兄在河边欢快洗澡、饮马。去国两年,"祖国的面貌只有在抬头凝望白云的时候模糊幌现",虽然到过界碑,走过离国界线不远的温哥山,但身处异域总仿佛能听到祖国的召唤,如同"一个母亲在黄昏的门槛旁对孩子遥远的呼唤"。"但今天,我的脚步终于踏着祖国土地,我真正嗅到了祖国土地的芬芳气息,当我走过炸毁的铁桥到达河的彼岸时,心头的激动和喜悦的确是难以言说的。"② 此时所看到的景象都是饱含深意的:

　　　　一条河隔开两个国度,缅甸境内的山坡都是绿树丛丛,绿树丛丛里隐约现出几幢红色房子,祖国境内则是阳光在光秃的山坡镀上金色,低矮的洋房子分散在刚好收获过稻谷的肥沃田野。那时南坎还没有攻占,我们走在南坎的左侧,可以清楚的看见我们的飞机往着敌人阵地俯冲轰炸,浓黑的烟柱从树林里升腾弥漫。③

　　阳光洒在祖国的土地上,田野肥沃,稻谷丰收,能有这样祥和静谧的景象都源自在前方抗战的将士们。村庄都是竹篱茅屋,四周响着农家舂米的声音,路旁清溪里鸭子的嬉戏,这类似于故乡的一切都让严绍端"对祖国和自己的家园兴起无限缱绻"。夜间,竹叶上的露珠淅沥地滴落营帐,伴随着远处传来的军歌声,"在祖国的边城做了一个甜蜜的梦"。猛卯城里因日机来此不断轰炸,房屋已毁坏多半。"但在断墙颓垣,破瓦残

---

①　严绍端:《滇缅边界国军会师经过》,罗时旸主编《我们的远征军(二)》,重庆:青年出版社1944年版,第511页。

②　严绍端:《从缅甸回归祖国——记驻印军及远征军猛卯欢聚》,罗时旸主编《我们的远征军(二)》,重庆:青年出版社1944年版,第629页。

③　严绍端:《从缅甸回归祖国——记驻印军及远征军猛卯欢聚》,罗时旸主编《我们的远征军(二)》,重庆:青年出版社1944年版,第629页。

砖的废墟上，已经搭起了许多新的草房，而且在荒芜的庭院之间，红色桃花已经丰丽的开放了。这是我在印度缅甸的流走两年多来第一次看见桃花，不禁沉醉于这边城春色。"① 战地废墟中盛开的庭院桃花，既是去国两年的作者所看到的熟悉的文学传统意象，也预示着战后人们重建家园的希望与生机。

作为《大公报》随中国驻印军的记者，吕德润在《垒允巡礼——我们怎样打入国境》中记录下了"一九四五年一月六日一时二十五分我们从印缅战场上步行回国"的情形。垒允僻处瑞丽的中缅边境上，但因中央飞机制造厂建在此地而变成"滇西国境第一个重镇"。南坎前线战况势如破竹地推进着，吕德润所跟随的部队要打回国去与"偷渡中缅交界的南宛河深入国境二十多里的部队前线"会合。战士们看地图，对着指北针，南八公路上回国的行军车辆翻起的尘土淹没了山林。终于到了边界，脚下的河流是南宛河，河那边就是中国的土地，此时阳光突然透过雨雾，祖国远处的山顶上显出一块蓝天，阳光把大地染成明亮的画面：

> 我们仔细欣赏着祖国河山。首先感到的是虽只一水之隔，祖国境内的山上树木都给砍伐光了，这边是碧绿的青山，那边秃的山上只有萎黄的野草，瑞丽江北的国境以南有些星散的村落，但是最引人注目的是二处完整的大红铁皮的英国营房，和附近山峦间点缀着的英国工事。
>
> 大家都默默的沉思起来。②

引起大家沉思的是英国殖民野心以及连年战争对边地人民生活的破毁。吕德润默默地注视着南宛河，虽然它被两岸群山逼得窄窄的弯曲着，雨后的河水碧绿中有点泥沙，"我记忆中首先搜出滹沱河的影子，跟着想到了嘉陵江……我记忆若干水河，但是仍觉得这条南宛河最可爱"。南宛河并不壮阔，但因之是祖国界河，就比记忆中所有的河流都"可爱"。迫不及待渡过界河，一到岸上，就有士兵直接跪地亲吻祖国的土地，有的折

---

① 严绍端：《从缅甸回归祖国——记驻印军及远征军猛卯欢聚》，罗时旸主编《我们的远征军（二）》，重庆：青年出版社1944年版，第639页。

② 吕德润：《垒允巡礼——我们怎样打入国境》，罗时旸主编《我们的远征军（二）》，重庆：青年出版社1944年版，第605页。

下边界线上伸展出来的花草，说是要收藏起来。看着从此地通往畹町的石子路，"这一段又是一条中印公路。南坎克复后，那边又是一条。腊戍又是一条，瓦城又是一条……打到瓦城，打到仰光，便成了滇缅路了……'今后是条条大路通中国！'"①脚踏着国土，更有了抗战的旺盛士气。瑞丽河谷上空炮声轰鸣，所跟随的部队还需返回缅甸继续作胜利的反攻，踏上过国土后更坚定了"打回祖国去"的决心。吕德润写到士兵们回到营地就餐时，吃的是从祖国带回的南宛河的鱼以及中国老百姓种的葱和做的豆腐。夜间到达前线指挥所，战友们看到这一群从祖国返回的"泥人"，以为遇险了，纷纷问候，得到的回答是："我们回国去了一次，我们脚上还沾着祖国的泥土。"这般对祖国的食物与泥土的深厚感情，是亲历者才会留意到的细节。

1945年1月28日，吕德润随着首批车队从中印公路驶向昆明，《会师记》一文记录了这次回国路上的急行军。带着南坎克复的激动兴奋到达国境内的瑞丽江畔，作者这样描写："瑞丽江两岸像个花圃，碧绿的江水在平原的林莽绿堆间蜿蜒的流，四周的山峦绿丛里出现着金黄泥土的山径，阳光在蔚蓝的天空中倾泻下来，这耀眼的万绿丛中，梅花，桃花，菊花，梨花缀着绿的寂寞。"②吕德润描摹着国土的绚丽色彩，把瑞丽江畔喻为"花圃"显示了他重返祖国的美好情绪。

在《随首批车队到昆明》中，吕德润详细写下了七天中的见闻，除了旅途杂记，更多的是凯旋时面对边地国土的情感。途经遮放，街上已站满了远征军战友，他们狂呼着，车队在"顶好"声中驶去。过芒市、龙陵，市面小街上，远征军士兵夹杂于市民群中，两旁的行人照常欢呼。过滇西反攻根据地之一的保山，城门上贴着新标语，军号吹着，百姓喊着。夜间露宿，人们谈起祖国已是春节了，吕德润想到去年在重庆过了年就来到了远征前线，现在，已从印度经缅北回国，"我们住宿在祖国的土地上，夜空是这么静，原野是这么荒，山风吹得这么冷，但我们都兴奋地迎风畅谈阔论"③。远征胜利了，"披星戴月"地赶路，但因是回到祖国，连

---

① 吕德润：《垒允巡礼——我们怎样打入国境》，罗时旸主编《我们的远征军（二）》，重庆：青年出版社1944年版，第608页。

② 吕德润：《会师记》，《书报精华》第2期，1945年2月20日。

③ 吕德润：《随首批车队到昆明》，孙克刚等《中国远征军在缅北》，云南人民出版社2002年版，第185页。

这个本是形容辛苦奔波的词汇都变得"简洁、美丽、动人";连这饱经世变的怒江水都变得静流深沉了。但当作者看到穷苦的滇西百姓时,就从刚回到祖国的兴奋中沉静下来。路上经常可以看到男女老幼穿着"百衲衣",面黄肌瘦,有光着身子的孩子背着比他本人还要高的木柴,艰难地走着。大家沉默地凝视着小孩被压弯了的背影,"冷风中送来了一句话:'他们也是中国人吗?'这句话的意思,我一时未猜透,可是车上所有的中国弟兄们的眼圈都红了"①。面对战争荼毒后满目疮痍的滇西,吕德润也关注到了百姓生计与战后发展。连年战争,此地人民衣食问题急需解决,所以他看到龙陵以北大片的蚕豆绿苗和麦浪时便心存希望,也思考着棉田的发展问题。吕德润希望滇西除了接受救济,应有长久打算,方能自足。"这问题的解决,不但富裕了人民,也可巩固边疆。翻开一笔边界闹事的账,多是由人民贫困引起,滇西人民对得起国家,国家也要不负于人民!"② 散文家黄裳,1944年10月到印度任翻译官,于1945年跨入国境时,看到的也是战争荼毒下的惨状:"一入国门(畹町),触目一片穷山恶水,没有树木的童山,没有庄稼的荒原,破敝的茅草小屋,没有衣服穿的女孩子,这一些给我的印象是穷苦,破坏,受难。"③ 前面说到了严绍端以庭院桃花预示着战后重建的希望,而吕德润思考着滇西边地的农业生计,黄裳悲悯于滇西战后的破败,这都是带着责任感的观看。

凯旋归国时,严绍端写了在界碑前会师的经过,为了能"嗅到祖国泥土的气息",荒凉古道中军歌唱响,作者坚信沉沦的土地也将觉醒!吕德润与严绍端都叙述了在中缅界河的见闻,且都写到了一个细节,即,阳光穿透云层给祖国的土地镀上金色光芒。联系之前描摹的庭院桃花、边城春色以及如花圃般的瑞丽江畔,这源于战士们远征抗战终于返回祖国时会越发觉得故土是那么的瑰丽与可爱。

乐恕人、戴广德出征时面对边地风景,或发现似北平或似南京之处,或强调边城的美丽富饶。远征军将领黄杰、吴致皋以军事战略的眼光来书

---

① 吕德润:《随首批车队到昆明》,孙克刚等《中国远征军在缅北》,云南人民出版社2002年版,第186—187页。

② 吕德润:《随首批车队到昆明》,孙克刚等《中国远征军在缅北》,云南人民出版社2002年版,第198页。

③ 黄裳:《"伟大"的S.O.S》,《黄裳文集·春夜卷》第6卷,上海书店出版社1998年版,第292页。

写滇西边地河山,其笔调都有着保卫国土的豪迈和自信。周一志、朱定时、林荧在撤退回国途中或感到英国殖民标志的威胁,或看到边地自然的崇高伟大,或描写似江南的风景与似成都的边城,他们不仅是表达终返国土的慰藉,更多的是作为保家卫国的战士对于美丽边地将惨遭敌寇践踏的忧患与愤恨。严绍端与吕德润一再强调界河的可爱,描摹阳光普照的国土,感受边城春色,都彰显着凯旋的兴奋与自豪。翻译官陈青莲就说到远征抗战,会"分外地感觉到爱国观念的重要。在现代立国的基础上,我们需要一个雄厚的国防力量",否则,"就无法得到民族生存的尊严"。[①] 出征的兴奋,战地的自信,撤退的忧患以及凯旋的自豪,给予滇缅边地不同的观看视角,滇缅边地也在远征抗战往返的路线中变得清晰。

## 二 飞机上看边地河山

西南联大外文系学生卢静的《夜莺曲》,是以讲述美国飞虎队队员奈尔来华抗战经历的小说。第一节写了奈尔驾驶飞机初次到昆明的沿途感受。奈尔觉得"真正的中国"不在昆明,也不在香港、上海,这些城市虽然聚居着高等华人,有漂亮的小姐、太太漫步于街市,耸立着摩天的水门汀住房,但却"不够中国味"。奈尔对于城市生活"已经过腻了",自从离开香港到了滇缅战场后,"他就似得了救"。当奈尔飞行时透过驾驶室的窗,只见底下是广袤的大地,连绵起伏的山脉,弯曲不尽的河流,阡陌、农庄时隐时现。"只要在高空里俯首下望,一比较,那沿海的几个豆大的城市算什么呢?真的,那些醉酒灯迷被少数人所称道的城市算什么呢?"[②] 这是奈尔看了边地山河之后的感受。卢静以诗意的文字抒写奈尔所看到的山川:他飞过连绵不断的被月色镀上银辉的横断山脉;鸡足山山顶的积雪被月光幻成一片明镜,有成群的喇嘛携手围着篝火转圈、膜拜;点苍山畔一泓白汪汪的水,那便是洱海。卢静的《夜莺曲》以飞行员奈尔的自白在提醒我们:被少数人称道的上海、香港等城市文明并不能代表中国,广袤的边地河山或许才真正具有"中国味"。经历内迁求学的卢静,迁徙的经历让其更能贴近土地,对边地国土的认识不再只是作为地图的一角,而有了更为宏阔的视野。卢静也给我们提供了一个思考的角度,

---

① 陈青莲:《我们在印度》,罗时旸主编《我们的远征军(一)》,重庆:青年出版社1944年版,第20页。

② 卢静:《夜莺曲》,《人世间》第1卷第2期,1942年11月15日。

即远征抗战中的将士们在飞机上是如何看边地河山的。

"拉长距离,就看得更广而多。"这是杜运燮的诗歌《第一次飞》中的首句。当视角是乘机俯瞰时,无论是洋房还是茅屋都只有四方的屋顶,河流、公路、街道都蜿蜒如带,山林"都昂然有所骄傲"。对比群山的"坚筑"与"安详",在原野中央的市镇"如受惊的兽物紧紧缩挤成一堆",人们也被压缩着,万物虽然覆于土地,然而:

> 这白色的大地为什么这样荒凉?
> 这么松软,不必流汗耕耨,遗落
> 一粒种子就会有丰收;这么平坦,
> 何必锄破良田筑造弯曲的路?
> 山如笋,如小亭子,如灌木丛,
> 意外地升起如奇怪而可喜的比喻,
> 登山呼啸高唱,有没有回声喝采?
> 可惜我太重,啊,只好回到地上。①

飞越河流与山峦时,高空俯瞰之下,市镇、房屋、田地、道路,这些人为的痕迹显得如此渺小与刻意。这是诗人对自以为掌控了一切的现代人的警醒:天宇山河中,引以为傲的建筑,其实也仅仅是紧缩的一堆;大地不需耕种亦会丰收,不用再锄破或改造,就已平坦。对大地的俯视也只能是一时,战争中,城市村镇被轰炸、燃烧、成灰,"回到地上"的"我"因"敌意在等候"依然要履行此行的目的,"谨慎注意遇到的一切"。

卢静和杜运燮书写从俯视角度拉长距离后所看到的大地,既是对现代人处境的反思,亦是在抗战环境下,作为士兵的主人公面对国土的感受。作者强调对比壮阔雄伟的边地河山,纸醉金迷的"豆大"的城市已不算什么,战士所要守卫的是广袤的国土——瑰丽、崇高、永恒的大地。

相比卢静、杜运燮的反思式的虚化描写,远征军士兵金峰、张谦、谢逊以及黄仁宇写的是从飞机上看边地河山的真实体验。张谦的《从军日记》记录了他作为优秀学兵飞往印度集训一个月的历程。2月19日记:到了机场,要飞往印度汀江,此行的目的是接收美方之新车辆,运输新式

---

① 杜运燮:《第一次飞》,《诗四十首》,上海:文化生活出版社1946年版,第29—30页。

武器返国以准备总反攻。张谦因"中国连一架汽车引擎都不会造"而需出国训练,感到伤心、惭愧。但上飞机后有"一个新的环境摆在面前":"爬起来向外看,似乎是到了北极,一堆堆的白云像是一座座的冰山;一会儿飞机下降在一片平原上,稻田,森林,像是一幅图画!"① 金峰在《远征归来》中写了乘飞机越过边境重返祖国的感受,当无线电生告诉作者底下"便是中国了!"他急忙站起来往窗外看去,此时的感受如同太阳冲出乌云,前面金光一射,在一刹那间变更了一个世界:

> 我看见高山深谷,松树青苍。在那远远的山后,显出了一块块高高低低的田坝,稀落的数处小村。这就是祖国,啊,别去了三年的祖国!我心中好像即时得着了温暖,我双眼望到碧云的深处,望到那眼力所不及的青峰,它给我无限的抚慰。我好像看到无数亲热的面孔,无数温暖的眼色,我沉醉了,深深地沉醉在祖国上空的大气里!②

别离三年,这就是金峰进入国境时所看到的美好景象。作者极力描摹太阳从乌云透出的情景,金色阳光散在国土上,远山、田坝、青松、小村,边地寻常的景色却让回归祖国的作者感到了"温暖""抚慰""亲热"与"沉醉"。张谦与金峰,一个是出征,另一个是凯旋,但他们都感叹在飞机上看到的大地是一个"新的世界""新的环境",那是温暖亲切的国土,是美丽如画的江山,是自己决心去保卫的祖国!

前面提及的蒋逊的《咆哮的怒江》,就直接写到在飞机上观战的情形。作者这样描写所俯瞰的怒江战场:

> 在飞机上面瞧下来,你看见的不是战斗,而是一幅患精神病的地理学家绘制的"噩梦图"。竹筏和舢板在运过了大批的军队以后,都纵横地停在孟谷渡的支流里和怒江峡口的极北端一带,更南到大黑与山村。在纳门附近,滇缅路的黄色腰带跨过江流处,华军和日军的炮火隔着深谷在互送大量的高度爆炸弹。飞机师停了马达,我们看见炮弹开花的星火,和绿色竹树上冒出的一朵朵银白色的硝烟……只有注

---

① 张谦:《从军日记》,《西风》第77期,1945年6月。
② 金峰:《远征归来》,《西风》第79期,1945年8月。

视那沿着山边的小径，和滇缅路上，才发现了那血肉狼藉旗甲委地的景况，才使你明白空间的距离给山河装点起了迷惑的颜色，而让你欣赏那悠逸的烟云。①

高空俯视正在厮杀的战地，山河破碎，已然成了"噩梦图"：炮声轰隆，硝烟四起，血肉狼藉。在飞机上因隔开的空间距离，白色硝烟，黑色土地上所染上的鲜血，给山河装点了"迷惑的颜色"。从六千尺高处俯瞰怒江，是一条黄色的链条，老远带来了西藏的融雪。飞机时而沿着水面低飞，机翼的支柱上都溅上了怒江浪涛喷起来的水花，再向上飞去，翼尖掠过谷顶的松枝穿出江峡，冲入一阵阵山地的阴湿浓雾里去。"炸毁了的山村与日军的战壕，从三百尺高处看就像是军事操典上画的要图。"高黎贡山耸立在怒江西岸，无论是在山上，还是在江峡和低洼的山谷里，都满布着幽影的战场。谷地蒸腾着浓雾，山岭上却积着白雪，战争在大太阳下进行着。作者全方位描写俯瞰着的战地，战士们为了捍守滇西国土在拼死厮杀，惨痛却又壮烈。从飞机上观战，看到了战争的荒诞而又严肃的魅力。

黄仁宇的《八月十四日》也是乘坐飞机观战。飞机是执行"中空轰炸"任务，吕德润、乐恕人也在此次"随机出征"的行列中。蓝天如碧，第一次轰炸东京的 B-25 "有一种美感"，听着敌人拉响的警报，回想我们曾几年到处躲警报，现在可是"大快人心"。底下的一条铁路以及与其平行的公路伸展着，丛林与平原交错着，一簇树林正在燃烧，那是步兵勇士们在交战。黄仁宇在《密芝那像个罐头》中写到因在战场负伤，需乘坐红十字飞机飞往后方医院，起飞之后作者忍痛看看机窗下的土地：白铅色房屋隐约可见，伊洛瓦底江水流浑黄，白色水沫在打圈，"我匆匆而来，又匆匆而去，一切如在梦中。那底下是我们立誓要夺取的城市，我也在那里流了几滴血。我不甘心密芝那之行就是这样喜剧式的结束，我一定要卷土重来"。②

卢静、杜运燮于高空俯瞰大地，思考的是现代人在战争中的处境，虽渺小，但又为了壮丽河山而作着伟大的抗争！出征的张谦与凯旋的金峰，都在书写飞机上所看到的"新"世界，更是激发了去保卫这亲切而美丽

---

① 蒋逊：《咆哮的怒江》，罗时旸主编《我们的远征军（二）》，重庆：青年出版社 1944 年版，第 478—479 页。

② 黄仁宇：《密芝那像个罐头》，《缅北之战》，新星出版社 2008 年版，第 73 页。

的国土的壮志。蒋逊全方位描摹飞机上所看到的怒江战场,是壮烈,更是彰显了正在与自然、与敌人抗争的士兵们的伟大!黄仁宇参加轰炸任务,看到战士们在地面作着生与死的较量,因负伤乘机返回,想的是定要"卷土重来"。他们以高空俯瞰的视角呈现出滇缅边地的独特面貌,各自表达着对祖国河山的深厚感情。

### 三 远征军士兵笔下的边地同胞

作为边地的守卫者,将士们对滇缅边地各民族在战争中的处境甚为留意。他们看到战乱给边民、难侨带来的苦痛,振奋于边民在抗战中所做出的牺牲,有感于边地民族在抗战中的齐心协力,但也忧心于部分边地民族淡漠的国家观念。叙述者为战士,既在感同身受中来呈现抗战中一齐承担的命运,又有保家卫国的强烈使命感,所以在他们笔下呈现出了边地同胞于烽火硝烟中的真实、复杂的生存状态。

#### (一) 战火中边民的处境

潘世徵的《滇西沦陷之忆》一文写于1942年6月9日。他在这篇文章中写到5月3日以后,在蜿蜒于高黎贡山的公路上,众多满载着物资和逃难者的汽车排成长蛇,路上更有无数步行的难民、华侨,携老扶幼,负重难行。"轰然的爆炸声,迫击炮声和机关枪声,却从惠通桥方面传到了怒江两岸的人们耳目中。显然不仅只是炸桥,于是一片惊喊,哭叫声,失望的叹息声……从充满了饥饿,缺乏了睡眠,布满着惊慌的人们中发出来。"① 战火一路从腊戍、遮放、芒市、龙陵烧到保山。5月4日保山遭到大轰炸,众多华侨、难民被破空而下的恶劣啸声所惊吓,等炸弹声响结束,已处在劫难场里。潘世徵从保山向东时,只见覆车的惨剧仍层出不穷,无情的瘟疫在可怜的边民中蔓延。"饥寒交迫的人们在无抵抗的中间,死亡在路途之上,功果桥江畔,铁丝窝山巅一直到苍山杨梅岭和洱江桥,何处无冤魂,都充塞着荒山和野谷之间。"② 看到这流亡惨剧,作者只能期盼着远征军莫让倭寇渡过怒江。

彭河清在龙陵前线视察时,夜间投宿荒村,看到一褴褛老妇有气无力地在磨苞谷,几个瘦骨童孙相从,她们靠苞谷面度日,说已不见米粒四个

---

① 潘世徵:《滇西沦陷之忆》,《战时西南》,上海:华夏文化事业社1946年版,第12页。
② 潘世徵:《滇西沦陷之忆》,《战时西南》,上海:华夏文化事业社1946年版,第17页。

月了。但看到"我"来借宿，那些可怜的小孩连忙汲水烧柴帮着做饭。"劫后人家，景象凄凉，我睡在刚扫除尘垢的楼板上，度那风雨之夜，瞥见她们缩瑟在稻草堆里围着一团火取暖，心里很难过。"①次日继续前行，山林中有不少敌军残垒，行至高处，遥望肥沃的芒市坝，一片金黄，但有好几处在冒烟，乃是敌人焚烧边民的稻田，彭河清感叹着这由敌寇带来的厄运。张仁仲在滇缅边地森林行军，发现在这个区域内居住的是"山头人"，"他们不但是中国血统，而且他们的肤色面貌以至衣食住行，和云南的苗族同胞毫无分别"，但"大部均被屠杀"②。随军记者潘世徵、彭河清、张仁仲都叙述了边地民族在抗日战争中的悲惨处境，有同情，有伤感，更有作为战士的自责与义愤。但士兵们对边民的关注，更多的是书写他们在抗日战争中所担负起的责任。

蒋逊的《咆哮的怒江》也在赞颂着滇西战役中的默默贡献力量的边民。战地上每天发生的行军困难无奇不有，"只有中国伟大的力夫们是见惯不惊的"。作者看到众多力夫在怒江沿岸危险、泥滑的山径上爬上爬下，紧挨着峰崖，被沉重的装备压塌了腰，但却有着"粗硬坚实的肌肉与骨架"。他们是最朴实也是最为穷困的农民，可他们正在做着最光荣的事情。在怒江前线这样艰险可怕的地方，"也没有忘记轻松的谈笑和粗豪的谐谈，他们没有别的，只有一股榨不干的轻松劲和一批用不完也不惜牺牲的肝脑心肠。这两种东西把他们造成了世界上人类的奇花异果"③。作者还讲到有一队力夫与驮马试着爬过马面关的峭壁，但因道路被暴雨冲刷，近两百的力夫和一百多匹马坠下山崖，无一生还。对于马匹的损失还曾掀起波澜，但却没有人切实提及那遗骨还散落在深渊的力夫们，只因在战争中驮马比力夫更有价值，作者强调这并不是野蛮冷酷，只是在特殊情形下两种生命的比较价值不同而已。在残酷的战争中，人命是如此低贱，又是如此伟大：

　　记着：这些就用双手爬过无情的险崖去的筑滇缅路的人们，他们

---

① 彭河清：《龙陵前线视察记》，罗时旸主编《我们的远征军（二）》，重庆：青年出版社1944年版，第539页。

② 张仁仲：《印缅随军记》，重庆：读者之友社1945年版，第1页。

③ 蒋逊：《咆哮的怒江》，罗时旸主编《我们的远征军（二）》，重庆：青年出版社1944年版，第484页。

背起成篮的大漂石，用手把石头敲碎了再铺起飞机场。这些就是背负着中国所有工厂，机器到内地来的人们，这些就是率领着二十五万男人女人和孩子来替美国轰炸机建筑一条跑道的人们。中国不可计算的力量就寄托在这些人这些苦力的身上。他们那挨饿的身体上显露出筋条，几乎看不见肌肉；他们极端穷困的破皮囊里面却有骄傲和尊严。怒江前线的战争没有他们是不能支持的，就是这些艰苦卓绝的力夫的精神和中国军队的决心与勇气的组合。①

正是在这些默默奉献牺牲着的众多边地同胞协助下，反攻才能取得最终胜利。这是在未被征服也不可征服的中国大地上所看见的令人崇敬的精神。

不仅有边地同胞在出力，侨胞们在战乱中也体现了他们的爱国情感。严绍端从缅甸凯旋归国，在边境小城看到了一些前两年逃难至此的华侨。"他们一致的向我们倾诉三年来颠沛流离的痛苦，他们倾诉今天在这里看见我们的喜欢，因为他们在一九四二年开始从缅甸逃难的时候，曾在路上遇见许多队伍撤退回来，或者转进印度，而现在，到印度的队伍已经打过缅甸，回到祖国来了。"② 陆诒在距离瓦城不到五十英里的一个小站上，时已午夜，还看到有当地华侨小学学生数人，登车来为远征军航空建设募捐。他在《缅游观感记》中说："那几个小学生，穿着童军制服，操流利之国语，讲述敌机狂炸我战时首都之惨况，激励侨胞捐款购机，以保卫祖国。"③ 陆夷的随军日记还记述了在缅北营地的时候，陆续接到了几个前来自首的敌探，并且带着枪支和马匹，他们都是在泰国的华侨，其中有一个说"我祖父父亲常说，我是中国人"，所以就前来交了枪。④

在抗战和往返滇缅边地的过程中，潘世徵、彭河清、张仁仲悲痛于边民的悲惨命运，蒋逊、严绍端、陆诒、陆夷留意到边民、侨胞为抗战所做的具体事宜。我们因此而知道，承受着战乱带来的苦难并在战争中奋起的

---

① 蒋逊：《咆哮的怒江》，罗时旸主编《我们的远征军（二）》，重庆：青年出版社1944年版，第491—492页。

② 严绍端：《从缅甸回归祖国——记驻印军及远征军猛卯欢聚》，罗时旸主编《我们的远征军（二）》，重庆：青年出版社1944年版，第640页。

③ 陆诒：《缅游观感记》，《全民抗战》第156期，1941年2月8日。

④ 陆夷：《远征缅甸随军日记（续）》，《时与潮副刊》第2卷第4期，1943年5月1日。

边民，与在战火中抗争的国民是一样的处境。

### （二）"一致抗日"的边地民族

除了表现边民、侨胞的协助与奉献，士兵们还关注到了抗日战争中的边地各民族。李航在《缅甸远征记》中的"出国盛况"部分，写到了第一批出国的部队已驻在接近缅境的小镇上，在田野里常见到士兵和农夫一起割麦，"虽说汉夷略有不同，但他们和当地民众感情极好"[①]。以滔的诗歌《山中》写的是远征士兵丛林作战的情形。战士们闯入了这原始密林，山道曲折难寻，古树繁密，藤蔓缠绕，但他们依然在"攀登"，并在这边地丛林中，看到了山野之中古朴、直率的民族：

>　朴实的土人，
>　在山中；
>　辟开世纪的田园，
>　用人种的善祥，
>　播下人类的幸福。
>　我们，战斗的担运队。
>　日夜打山中去来，
>　那山的言语
>　林子的声音，
>　日夜的搂住我们的扁挑和行囊，
>　随草鞋步子流遍
>　而原始人
>　也将他真挚的
>　紫铜色的肤色，
>　交给我们。[②]

士兵的草鞋印遍了原始的丛林，"朴实""善祥"的民族也才会协助"我们"，这种信任源自正在守卫其家园的士兵们所做出的牺牲。吕德润在《南坎三日》中，也写到了紧张的战斗正在进行，士兵们匆匆忙忙地

---

① 李航：《缅甸远征记》，桂林：文献出版社 1944 年版，第 21 页。
② 以滔：《山中》，《火之源文艺丛刊》第 2、3 辑合刊，1944 年 9 月 1 日。

搬运着弹药,许多边地"栗粟人""巴郎人""喀钦人"和"掸人"也都在帮着背运。"这些被冷落了的少数民族,虽然没有高深的文化,但是善恶他们却分得很清楚,而今是一致抗日了。"①

谢永炎的《远征的苗胞战士》一文写了苗族士兵在新三十八师这支劲旅中所发挥的作用以及他们的优秀品质。谢永炎讲述了几个苗胞战友的英勇故事:黄昏时分,上等兵张顺守着一个刚开辟的森林阵地,独自一人作着预备姿势,死死地瞄着枪。他发现有一排敌人冲锋上来企图寻找空隙闯入我军阵地,但班长之前告诉他没有排长"冲锋枪射击"的命令,任何人不准放枪。可敌人逼近,张顺只能机智地拿着手榴弹并打手势把第二号射击手叫来,把手榴弹扔向右翼森林,因此次作战勇敢,他被升为班长。一等兵周阿乔是狙击手,沉着勇敢,尤其是他能发挥各自为战的森林战术要领。在于邦激战中,周阿乔做好掩体后埋伏到敌人后方左翼,探听敌人的企图,从上午七点直到下午五点,他忍受着饥饿与蚊虫叮咬,并没有轻易离开岗位。另外一个是刚满十六岁的阿热,体格健壮,大奈河攻坚战中,攻击命令一下,他便不顾生死冲上前去,从山脚匍匐到山顶,后因负伤,光荣牺牲。谢永炎强调着苗胞在抗战中的优点:他们"忠诚耿直",专心战斗;身体结实强健,能吃苦耐劳。从出征,到越过野人山,接着在兰姆伽接受训练,他们已经成为"国家的老战士了",拥有光辉的战绩,"尽了他们赤诚的爱护国家的责任与热忱"。"一向中国人都以为'落后'的苗胞,现在他们是站在远东印缅战场最前线参加了这二十世纪最进步的战争,他们在同世界上最残酷的日本人斗智,拼命!"② 谢永炎不惜笔墨地赞颂着这一股在全面抗日战争中的强大力量。

严绍端留意到滇缅抗战中边境民族与士兵们感情融洽,多所裨助。稻谷丰收后,本应是边地民族最悠闲的时候,但战事正在进行,他们已无心去山林打猎,许多村落的民族"已经成群的离开了家,投奔在我们的队伍里":

> 战争带给这不知从什么时候就一直生活在山野里的人群予难得的

---

① 吕德润:《南坎三日》,罗时旸主编《我们的远征军(二)》,重庆:青年出版社 1944 年版,第 622 页。

② 谢永炎:《远征的苗胞战士》,罗时旸主编《我们的远征军(四)》,重庆:青年出版社 1944 年版,第 1259—1264 页。

机遇，使他们能够和山林以外的世界接触，使他们从深沉的睡眠里睁开朦胧的双眼，受到文明的熏陶，在这次战争以后，他们生活方式定会来一个剧烈转变的。①

"这次大战，把'天下'打成了'一家'。"② 在李航、以滔、吕德润、谢永炎以及严绍端看来，此次远征抗战是重要的契机，不仅可以团结起这些善良、朴实的"被冷落了的少数民族"，为抗战增添力量，还可以让他们的生活方式得到转变。但因边境环境闭塞，民族文化复杂，这种愿景并不是一呼百应的。

周一志从密支那撤退回国，抢渡怒江后看到江边许多纵横的阡陌，那是夷胞们耕种的稻田，他发现有一个摆夷寨子可以说是毫无战争的气味。"所以当第一次战争降临前的一刻，他们还能毫无恐惧，平静地生活下去，在我们这一群饱经战祸，几次逃难的人看来，既羡慕他们，也可怜他们。"③ 周一志担忧被战火席卷时摆夷同胞们的处境。吴致皋在《滇西作战实录》中也说到，最值得我们注意的，即自怒江，以迄缅境，多为摆夷及其他复杂民族所生息之地，但因文化低落，"均毫无国家观念之可言，惘惘然只知趋利避害之一途，无论何人，如不妨害其生存，皆可利用或统治，为巩固边疆计，此等民族，是不可不加以改善其生活方式也"④。

一个署名为"小蜀"的随军记者在《复活的森林》中写了边地民族在战争中的处境。第一次入缅作战失败后，随着士兵的撤退，"这森林中的世外桃源"没有躲过敌人的践踏。他们驯良的大象被敌人抢去做了运输工具，辛勤开垦出来的田地又长满了杂草而回复到蛮荒。但"黯淡的日子，随着我军的反攻而消逝了"，雷多公路如一条大动脉，森林也随之"复活"。曾流离失散的边地民族由"我们的车子接送他们重返故里"，继续过着朴实的农耕生活，这森林中小小的一角天地象征着抗战胜利之后的那个和平的"新世界"。虽然他们已知道现在的安居乐业是源于保卫边

---

① 严绍端：《印缅边境的土人》，罗时旸主编《我们的远征军（二）》，重庆：青年出版社1944年版，第213页。

② 黄裳：《"中国通"》，《黄裳文集·春夜卷》第6卷，上海书店出版社1998年版，第266页。

③ 周一志：《抢渡怒江》，《旅行杂志》第18卷第5期，1944年5月31日。

④ 吴致皋：《滇西作战实录》，自刊1948年版，第13—14页。

疆的将士们，但威胁依然存在着：

> 这里有一个值得我们特别提出注意的问题，就是他们也会不少的英语，显然这完全是英国政治工作硬形造成的效果，然而事实上这种工作应当是由我们中国去做的，否则他们终会有一天忘记了黄帝是他们的祖先，而新划定的中缅中印的界线，也都有名无实了。①

因环境偏远，民族复杂以及文化信仰多元，中央政府对边地的渗透力是薄弱的。此次战争，就被身为士兵一员的作者当作是反思并提高其国家观念的契机。

作为保卫者的将士们，在出征、撤退与反攻、凯旋的过程中，让滇缅边地在"版图"上愈加清晰：第一次出征时带着将要扬威异域的兴奋与自信，处处发现着所要保卫之地的美丽安闲，写得越美，越不忍被日军践踏，也就越是彰显此次出征的意义；身处战地，将士们不仅强调此区域并不是传说中的蛮烟瘴雨之地，登高俯瞰滇西奇景时，更是激起了保卫这一方天地的豪情；第一次远征败退回国，面对踏进国土的第一站，看到似江南的小城，感到边民对士兵的亲近，有温暖，有愧疚，更多的是保卫其不毁于硝烟的决心；反攻凯旋时，因为"沉沦的土地"已经觉醒，作者强调着这些美好的景象都源自在前方抗战的将士，更有能成为保卫者中的一员的骄傲与欣喜。也有作者从高空俯瞰边地，各自表达着对祖国河山的深厚感情，歌颂着为壮丽边地作着伟大抗争的士兵们。而对于边地各民族，他们悲痛于烽火硝烟中边民的悲惨处境，留意到边地各民族、侨胞为抗战所做的具体事宜，强调着此次抗战是提高边地民族国家观念的契机，都把此次远征看作是凝聚边地民族、侨胞的向心力。至此，保山、龙陵、芒市、畹町、遮放、瑞丽、腾冲、古永等城镇以及怒江、高黎贡山、惠通桥、南宛河等这些地名，随着远征军将士的步伐被一一记录。因士兵们的征战与书写，滇缅边地的很多地方已成为时人所熟知的地理名词。

---

① 小蜀：《复活的森林》，罗时旸主编《我们的远征军（二）》，重庆：青年出版社1944年版，第216页。

## 第三节 战争与边地国土之关系

> 攻龙陵,趋芒市遮放,以略畹町,裹粮数千里,攀悬崖,涉洪波,出入瘴烟霪雨之中,与猛炽之炮火,兼冒并犯,死伤枕藉,以达任务,至今雪山盘亘怒江奔流间,削垒平堑,划峰裂石之迹,皆我军苦战歼敌之所遗留。①

这是黄杰军长为吴致皋的《滇西作战实录》写的"序言"。持续三年多的滇缅抗战,阵亡官兵达十四万余人②,所以黄杰说"死伤枕藉,以达任务"。战争的印记不仅"遗留"在怒江、高黎贡山之间,从修筑滇缅公路开始,蜿蜒于滇西边地的路基上就印上了血和汗。收复河山的尺土寸地都需要将士们流血牺牲,滇缅边地因此而成为具有集体历史记忆的国土。当我们翻阅近八十年前随军记者和将士们留下的记述,这些在炮火中诞生的文字,是以亲历的体验思考着士兵的身体与土地,正义的牺牲与国土之间的关系。

### 一 "处在同一命运里"

战争在短期内将士兵们由地北运到天南,更让万千的军人于瞬间伤亡残废。死亡伴随着抗战的进展与日俱增,每天看到的人类痛苦不知凡几。而身为战士的作者们时刻面对着死亡,自己的、同袍的、敌人的,生命会稍纵即逝,且是以各种悲惨沉痛的方式。战争攫住了每个人的心灵,会引起最为真实复杂的感怀,或报国的崇高伟大,牺牲的悲壮,或徒劳无功的反省,或伤逝的哀思。

仁凯在《平汉路刊》连载了3个月的《滇缅战役回忆录》,以日记的

---

① 黄杰:《滇西作战实录序》,吴致皋《滇西作战实录》,自刊1948年版,第1页。
② 根据《血战滇缅实录——中国远征军》中"胜利会师"部分统计的阵亡官兵数字:1942年2月,中国远征军第一次入缅作战,出动兵力103000人,阵亡官兵56480人;1943至1944年,中国驻印军反攻缅北,中国军队阵亡18000人,歼灭日军48000人;1944年,中国远征军在滇西发起反攻,中国军队阵亡67403人,歼灭日军21057人。凤凰卫视编:《血战滇缅实录——中国远征军》,中国友谊出版公司2005年版,第268页。

形式记录了撤退途中的真实心境。森林的地界茫茫无边，脚步像囚犯被上了脚镣一样的难于移动，心里却也是锚一样的沉重，一切都是凌乱、恐怖与惊慌，就连河水发出的声响都似在"悲苦地呜咽着，嚎啕着"。作者此时对周围环境的捕捉带上了战争如影随形的死亡阴影：

> 一只乌鸦在我们头上疾驰而过，"呀呀"的凄厉地悲鸣。
> 枝头的玲珑小鸟，也拍着翅膀飞去了。
> 马，昂起头嘶鸣着，"嗬嗬"地像感叹失败无限的羞愤。
> 人们疾走着。
> 汽车塞满了公路，但当人们疏于拦阻时，它却像耗子一样，一闪就溜走了……紧张的空气，把太阳迫下西方，但落日余晖映红了半天，那景色，就好像战士的血，悲壮地洒遍了疆场。没有一点风，对面的青山坡脚的几棵小树，倔强地挺立着一动也不动，令人看了，感不到一点生意。①

因战事的失利，战况急转直下，在撤退时，河水"呜咽"，乌鸦"悲鸣"，战马"羞愤"地嘶鸣。士兵们在紧张的空气中负着子弹、枪支、背包、毯子艰难地前行着，祖国的方向是唯一的动力。作者随时都在提心吊胆、防备警戒着，因为怕一时疏忽，"那些活泼泼的生命就要断送在我手里了"。敌机在森林上空盘旋搜索过后，战士们从树林里、坑沟里出来，拂了拂身上的泥尘又向前走了，"那时，军部和辎重运输连，和我们处在同一命运里"。此时的遭遇，让战士们更加体会到所肩负的责任："我们为追求光明而死，我们为消灭黑暗而生。"②

曾瑞在《偷渡怒江记》中写了潜赴敌方破坏及收集情报的谍报员偷渡怒江的经历。曾瑞就是这群谍报员中的一个，所以对此次冒险偷渡有很多丰富的细节描写。1942年底，临近除夕了，谍报员们却在怒江东边的一个小村落里商讨着此次危机重重的旅程。在微雨中、泥泞里，他们循着曲折的山径，向着怒江边走去。对此次很可能有去无回的任务，士兵们并不是完全大义凛然而没有惧怕或是担忧，曾瑞如实地叙述了执行此次生死

---

① 仁凯：《滇缅战役回忆录（续）》，《平汉路刊》1948年12月11日第4版。
② 仁凯：《滇缅战役回忆录（续）》，《平汉路刊》1949年1月4日第4版。

难测的任务时的心境:"牺牲的信心与贪生的欲望猛烈地激斗着;我想起了遗留在扬子江畔的美丽的家乡,又幻想着年老的慈母抱着我那染血的尸身痛哭时的惨状,于是那灰淡的云树在我视界里更灰淡了,终于模糊成雪白的一片消失了。"① 这是忠孝的两难,更是求生之本能与慷慨赴死之理性的挣扎。准备渡江时,怒江的寒风穿过空谷,草木被吹得飒飒地响,江水亘古急湍地流着,"发出了雄壮的节奏!它组合成一种凄厉的音响,像是一支恐怖的葬曲"。此时作者对周围环境的感知是如此敏锐:

> 夜风吹着欢送的口哨,它震栗着我们的心;小艇在急水里泊泊地吻着水面,像是魔魅喷着贪馋的巨口。我紧握着乌黑发亮的四五自动手枪,小心地踏上小艇,几个含着泪影的面庞闪过了我的眼前,黑暗里伸过来一双灼热抖颤的手,把我紧握着。
> 
> 寒风吹得更紧了,混合着江水的奔流,发出了更凄厉的呼号;层层的黑云渐渐地推开,露出了疏落的几颗星星孤寂地眨着眼。
> 
> 小艇飘向了黑暗的江心。②

飘向江心的小艇,是飘向不知前程之战争的命运之舟,伴着"雄壮的节奏",但亦伴有"凄厉""恐怖"的"葬曲",这是亲历者面对战争最为真实的体验。虽然牺牲的信念与求生的本能一直在"激斗着",但作为战士,终是踏上了生死未卜的小艇,身体力行地完成着保家卫国的使命。

### 二 牺牲的意义

黄仁宇在《更河上游的序战》中写了战斗的具体情景,他看到战斗的每一天都是短兵相接、血满沟渠的日子。四昼夜的临滨之围,官兵们"曾忍过炮击,拼过肉搏,修过工事,挨过沉寂,血汗交流,从无休歇"③。每当迫击炮和机关枪响起,英勇的士兵们无不视死如归,裹伤犹战。检视战场,硝烟与灰土笼罩于山林间,尸填丘壑,血洒荆棘,连更河中都是殷红血迹。拉班追击战中,迫击炮连的一位班长殉职,刚刚还在勇

---

① 曾瑞:《偷渡怒江记》,《周报》第 15 期,1945 年 12 月 15 日。
② 曾瑞:《偷渡怒江记》,《周报》第 15 期,1945 年 12 月 15 日。
③ 黄仁宇:《更河上游的序战》,《缅北之战》,新星出版社 2008 年版,第 3 页。

敢战斗，现在已被埋于阵地一旁。雨水落在经过枪弹火炮蹂躏的森林中，幽静而阴沉，作者冒雨前去班长的新坟，附近还有士兵们在砍树，巩固着新占领的阵地，在弹药筒散发的硝烟味中，雨更大了，落在新坟上，"阵亡者的武器，已经给战友们拿去了，坟边只剩着一个干粮袋，里面还剩着半瓶防蚊油"①。加迈孟拱战役中，士兵们在这阴沉沉的天气里与敌人、与丛莽、与池沼作着生与死的搏斗，公路上有好几辆车陷在了泥坑里。黄仁宇这样描写所见到的已被困多日的车上的士兵："他的一身湿透，头顶上便是帆布篷凹着的积水，但是他一点也不关心，只用冷漠而忧郁的目光看着辎重部队的同事们。那些官兵们，从钢盔、面孔上，以致全身服装都沾满着泥污，现在正牵着骡马在尺多深的泥浆里面挣扎，每个人的目光都是冷滞而肃瑟的。"②为着守卫西南后门，战士们舍命与敌人厮杀，枪击肉搏、炮火轰炸、血洒山林、尸横遍野。班长的新坟就潦草埋于战地边缘，任凭暴雨侵袭。黄仁宇凭吊着这埋骨异域荒山的无名战士，注意到了陷在残酷战争中挣扎的士兵，这些极具现场感的文字，让士兵们"冷漠""忧郁""冷滞""肃瑟"的目光穿过八十年的时空，依然在凝望着我们。

蒋逊的《咆哮的怒江》亦在强调滇西战役中的每一寸土地的收复都是以战士、力夫的巨大牺牲所换来的。反攻一次比一次更接近山顶，但通往高地的路程是以厘米计算的，士兵们也一次比一次经历着更为漫长的噩梦。残酷的战斗，极端的天气，险峻的战地以及有限的给养，都导致死亡数字大得可怕：

> 我看见在前线苦战十六昼夜的中国兵士形容憔悴困顿欲死地挨进预备医院去。我也看见许多苦力扛着他们走，溃烂的创口上聚集成群的蚊蛆。我看见过野战医院从手术台上抬下来，两个人捆在一张担架上的伤兵；也看见他们在医院里泥污的地上到处躺着等床上的人死去，好空出一个铺位出来的伤兵。怒江前线，人类的生命贬了值，怒江前线，人们的生死间不容发。③

---

① 黄仁宇：《拉班追击战》，《缅北之战》，新星出版社2008年版，第31页。
② 黄仁宇：《加迈孟拱战役》，《缅北之战》，新星出版社2008年版，第76页。
③ 蒋逊：《咆哮的怒江》，罗时旸主编《我们的远征军（二）》，重庆：青年出版社1944年版，第482—483页。

作者以四个"我看见"强调着滇西战场的惨烈，强调着文字的真实。当躺在泥污地上的伤兵等着床上的人死去而"好空出一个铺位出来"的时候，这是战争对人类最为真切的伤害，不止于伤逝与悲悯。怒江前线，在战争这如同绞肉机的死亡杀器面前，所有被撕扯其中的人们已然忘掉自己，忘掉生命，忘掉恐惧，亦忘掉世界。士兵们的鲜血染红了怒江，山谷间的每一条小路旁都有战士和力夫的尸骨，这是"一件破烂不堪的衣服包裹着消瘦的肌体和嶙峋的饿骨。你得知道他们笑着玩着直到不能再走。一刹那内，他们不声不响的自走到路旁倒下来死了；正如他们活着的时候那样的平凡，那样的寂寞，不带一点俗人气的繁文缛节"①。战争让"人类的生命贬了值"，但战士以自己最为宝贵的生命去对抗可怕的、残酷的敌人，与险恶之环境作着斗争，直面人类最为畏惧的死亡的时候，战争也让每一个战士平凡的生命"升了值"。

严绍端在猛卯会师时，访问王理寰师长如何取得滇西的辉煌战绩，"国内部队作战，完全是用人拼！"这是王师长沉痛的回答。翻越高黎贡山的艰辛是难以想象的。山顶积雪终年不消，战斗又恰逢雨季，士兵们在雨雪里与敌人作战，冻死在高黎贡山上的并不比伤亡的少。"由于山高，空气虚弱，米饭难于煮熟，而且补给困难，从后方运来的给养差不多只够运送人员在路上吃，他们在山上曾经饿过几天，只有摘下竹笋用白开水煮吃，连一点盐巴也没有。伤病兵的运送更是困难，常常有担架兵也一齐冻毙途中的事情发生。"② 严绍端告诉人们，滇西的河山是用众多战士的生命换取的，在这横断山脉中发生过一幕幕悲壮惨痛的抗争，每一个阵亡的战士都曾是一个个鲜活的生命，他们在这无人的山间经历过饥饿、寒冷、苦痛，直至死亡，只剩青山埋着的忠魂。

同样是攻克高黎贡山，潘世徵在《关山重重去大塘》中说到他在高黎贡山北斋公房观战，北风怒啸，大雨倾盆，满眼都是压低的云雾，白茫茫一片。5月21日前后的大战场，经被中国将士轰炸、肉搏而死的敌人有数百人，马二百余匹，马埋在山上，敌人葬于山沟。"一位班长在细雨朦胧之中，把我们带到埋尸的附近去参观敌工事，许多埋在工事里面的敌

---

① 蒋逊：《咆哮的怒江》，罗时旸主编《我们的远征军（二）》，重庆：青年出版社 1944 年版，第 491 页。

② 严绍端：《从缅甸回归祖国——记驻印军及远征军猛卯欢聚》，罗时旸主编《我们的远征军（二）》，重庆：青年出版社 1944 年版，第 636 页。

尸，因泥屑太薄，白骨已露到了地面。"在这危险泥泞的山径上，每天都有士兵和马匹因体力不支而倒下。潘世徵强调他就亲眼见到一个身体强健的弟兄，因失足陷落在泥沼中，立刻被冻得爬不起来。面对每天巨大的伤亡人数，面对被埋于深山的战友，潘世徵只能一再强调着："战死冻死，皆为国而死。"①

陆夷在随军日记中写到1942年3月12日有很多伤兵送下来，其中一个伤了腿的娃娃兵，"坐在床上，摸弄着当作赏金的五个银卢比，张着大口笑。还是不断的在讲，他是怎样受的伤，是怎样'摸'上去的"。当英国医生得知中国士兵在做轻手术时不用麻醉剂，因为根本也没有什么麻醉剂可用，只能赞叹着"神奇的中国兵！"② 3月23日，陆夷在送来的文件里找到了死者遗留的照片，以及一张未完成的明信片，所写的是让其在学校里的儿子到乡下去找祖母，以免冒轰炸的危险。这引起了作者很多的想象来："我更想到，他的儿子，他的妻，正在为他祈祷，盼望着他底信。随着他阵亡的消息，虽然跟来了一大串好听的名词，尽忠、报国、成仁、英勇……可是这一切在她们欲裂的心上，是不会发生一点作用的。从此后她们的快乐幸福全飞逝了，生命崩溃了……"③ 随着战局的严重，芒畔已变成了一个死市，空气沉闷而紧张，夜间卫兵荷着枪，静穆地逡巡。5月6日，准备着行最艰苦的路程，抛弃笨重的东西，所有汽车用炸弹炸毁，要渡到江东，还须回到芒吞，由那里再向北，顺着横断山的尾闾，要回到祖国去了。5月14日，已行军十日，已有不少的马在路上死了，四处都是焚烧东西的烟，每个人除了一支枪、几发子弹，便是一口袋米，其他一切均化为灰烬。5月16日，在芒因，看到中电派来的摄新闻片的摄影师臧长庚因重病被抬在担架上，他本不愿走，因其正与一个缅族少女恋爱着，但作者看的这一眼竟是永别。"出发前，我特地跑了去看看他。一堆长方形的土在林荫里，靠着小路，不远便是河，这地方是安静的，适于一个艺人的长眠。我折下一把枝子盖在他的墓上，点了点头，走了。这是我所能表示的唯一的方式。"路上又不禁回想起"一同去话别他的爱人的那

---

① 潘世徵：《关山重重去大塘》，《战怒江》，上海：文江图书文具公司1945年版，第18—22页。
② 陆夷：《远征缅甸随军日记（续）》，《时与潮副刊》第2卷第3期，1943年4月1日。
③ 陆夷：《远征缅甸随军日记（续）》，《时与潮副刊》第2卷第3期，1943年4月1日。

第三章　保卫边地——诞生于滇缅抗战前线的作品

一晚。那凉风，那绿色的浅草，那天真的少女的明亮的眼睛"①。张着口笑的受伤的娃娃兵，没有麻醉药可以用的伤兵，临死前都一直牵挂着妻儿的无名战士，死在归国途中长埋异国的朋友，陆夷的《远征缅甸随军日记》不仅记述了行军种种，还以文字表达着对这些有名的或是无名的战友的敬意与哀思。

以滔把远征抗战当作是人生的"驿站"，前去的路虽然冗长而难行，但是他并不惧怕，如同一匹重驮的马行进在千山万水间，只为了拉近与胜利的距离。在这"热烈""高亢"的旅程起点，战士们在静穆的土地上正不辞辛劳地"干着严肃的事业的／背起重载／背起人群的寄托"②。诗人认为抗战是背负起了国人的寄托，并以《战斗》宣誓："我们能永远活着，／便永远的战斗。／在战斗中摘取有刺的玫瑰。／宁教我流了血，／却不让战斗的青春，／浸在无血的装饰里。"③ 为着"大地的无恙，人类的无恙"，士兵们在滇缅边地的崇山峻岭之间转战迁徙，已撤退回国的以滔担心着同袍的安危，虽一直得不到讯息，但却也知道每天都会有战友牺牲。

> 有时我梦见
> 你们阴暗的背影，
> 甚至在黑茫茫的山腹上，
> 有一堆白骨。
> 但当我醒来时，
> 阳光又偏偏爬上了窗棂。
> 仿佛它对我说：
> "别牵记吧！
> 在那方胜利的山原，
> 我以金色美丽的光芒，
> 照耀着祖国底旗子，
> 祖国活着的人们，
> 活着的土地……"④

---

① 陆夷：《远征缅甸随军日记（续）》，《时与潮副刊》第2卷第5期，1943年6月1日。
② 以滔：《驿站》，《诗星》第2卷第4、5期合刊，1942年4月1日。
③ 以滔：《战斗》，魏荒弩、吴朗编《遗忘的脚印》，花城出版社1985年版，第124页。
④ 以滔：《代邮——给参加滇缅之役的官兵同志们》，《诗》第3卷第4期，1942年11月。

为着祖国"活着的"人们与土地，士兵的死亡被赋予了意义。以滔一直在强调着牺牲的意义："他们背负了沉重的阻碍的搏斗的担子，/乘枪弹炸药的小舟，/在自己的血底河流航行，/用生命，/在历史的琴弦上/谱下创世纪的歌。"① 诗人坚信滇缅边地的战场上将"到处开着鲜花"，但那鲜花却是"陨落的灵魂的血的化身"，便以《悼》来纪念：

> 虽看不见你尸体上
> 有七穿八孔流着鲜红的血。
> 但我竟天天梦到。
> 枯了一颗种子的外壳，
> 那种实却在泥里苗长。
> 我们都知道了；
> 迟早有一天；
> 以斗盛敌人的血，
> 灌溉你墓堆底鲜花。②

前方的战士们"爱战斗，/爱自由的祖国"③。只为着扫除这年代的灾难与不幸。战争依然持续着，诗人以"梦"给那阴暗的背影，给那黑茫茫的山林之中的堆堆白骨染上了"金色美丽的光芒"；以"梦"使阵亡战友的鲜血浇灌出希望的种子。这是以"梦"示忠魂，以"梦"强调着在战争中死亡的意义。

黄仁宇以极具现场感的文字凭吊着阵亡的无名战士，悲悯着陷在残酷战争中挣扎的士兵。蒋逊强调着文字的真实，思考让人类的生命贬了值、让战士的生命升了值的战争。严绍端和潘世徽告诉人们战士攻克高黎贡山时所做出的巨大牺牲，"皆为国而死"。陆夷以随军日记表达着对那些牺牲战友的敬意与哀思。以滔强调着抗战是为了大地和人类的"无恙"，为着祖国"活着的"土地与人民，士兵的死亡因此具有崇高而伟大的意义。同样作为战士的作者看着同袍被战争所击碎的命运，看着战友满是伤痕的残破尸体伶仃于杀死他们的活人之间，也悲哀地看着自己与他们没有两样

---

① 以滔：《国旗飘在密支那》，《诗丛》第 2 卷第 1 期，1945 年 5 月。
② 以滔：《悼》，《长风文艺》第 1 卷第 2 期，1943 年 4 月 10 日。
③ 以滔：《爱》，《长风文艺》第 1 卷第 2 期，1943 年 4 月 10 日。

的处境。黄仁宇就说到，在战场上，"所有这一切都是因为当死亡不过是一瞬间的事，而生命降格成偶然的小事时，个人反而从中解放"①。或许战场才是最为直接的，非生即死，只有死和活的问题，人间世则更为残酷。勇敢、刚毅、年轻、鲜活，战士们所拥有的生命赋予的美好，在战乱之秋，却用于杀戮，虽杀身成仁，舍生取义，但人有其土，魂兮归乡，远征的士兵却死于异域，埋骨荒山。面对如此命运，同样作为战士的作者只能一再强调着这是为国捐躯，此为国殇，自有青山埋忠骨。

当志愿从军时起，身体就变成了"国民身体"，"身体已整个交给了国家，以身报国，青年军的任务是为国家、为民族"②。张谦在《从军日记》中，强调为了命运坎坷的祖国，这一群"国家的精英"放弃学业、家庭和舒适的生活，牺牲了一切，只因"他们深知道青年的中国需要青年来战斗，需要青年来建设！他们更深知道要支付自己的青春来保持民族的青春！"一腔热血赴国难。但有时看到商人敛财，士兵们得不到尊重，作者亦会感叹："我们何苦？我们何辜去保护这些漠视战争的人？如果没有一个崇高的理想，神圣的目标的话，谁个不珍视自己的生命呢？"③ 李荫在《从军旅行到印度》中，说到在远征战场前线，除了中国士兵，会看到英国人、美国人、黑人、印度人、卡钦人。"他们都来自渺远的异域，难道他们没有家吗？难道他们不珍惜人生吗？难道他们真把战争当游戏吗？不，只怪时代太伟大！把渺小的自己献给伟大的时代，也是伟大的！"④ 张谦、李荫直白地说作为平凡人的他们不是不珍视自己的生命，不珍惜人生，只因在这个伟大时代，为着国家民族，需要"以身报国"，须以"支付自己的青春来保持民族的青春"。

杜运燮在《乡愁》和《给我的一个同胞》中说到，远征军抗战是为了"见证"，是为了"回到人"，只有为自由而战斗，才是在"生"，才能完成"人"的意义。杜运燮所强调的"回到人"，是当为自由而抗争时，在战争中历练成为刚毅果敢、气魄雄伟的人时，自然会有"'人'的威仪"，自然就完成了"'人'的意义"，这是处处充满"死"之威胁的

---

① 黄仁宇：《黄河青山》，《黄仁宇全集》第14册，九州出版社2007年版，第26页。
② 李天厚：《入营大典》，青年军人丛书编辑委员会编《青年远征军士兵创作选》，军事委员会全国知识青年志愿从军编练总监部1945年版，第13页。
③ 张谦：《从军日记》，《西风》第77期，1945年6月。
④ 李荫：《从军旅行到印度》，《旅行杂志》第19卷第1期，1945年1月31日。

战场所赋予人的"生"之意义。"生"不仅体现在为民族国家奉献时所呈现的生命价值,也是为了战后大地的繁荣与复兴。正如周福成军长所谈及的对大塘子争斗战之感受:

> 我的感想是:大好河山,失之甚易,复之实难!尺寸土地之收复,皆我英勇将士血肉之代价。我们惟有踏着先烈血迹,勇往迈进,收复失地,打通滇缅路。个人对大塘子之攻下,绝不敢妄自骄矜,惟有反攻以来,士气之空前旺盛,可为民族复兴之佳兆。①

战争胜利后,当蒋逊站在广阔的怒江岸上,看到"在这温暖的江边,农夫们重新出现在断崖下那片可耕的平地上,安闲地跟在呆笨的水牛后面耕着地。战争已远离了被炮火毁坏的村庄,稻子长得欣欣向荣,水中布遍着绿意"②。这战后的平静与勃勃生机,或许才是战士眼中所完成的最为伟大的"人"之意义。

从尸山血海中冲杀出来的作者,体会到了一切可怕的情绪:苦难、愤怒、酸楚、沉闷、绝望、悲伤……他们也曾以血肉之躯拦截日寇于边境,如无每一个战士之成仁,日军可能早已驻足怒江东岸,正计划着如何攻陷昆明,直取重庆。在战场的间隙书写这些可能会被湮没的经历,以极具现场感的文字凭吊着阵亡的同袍,作者于这种伟大悲壮的场合下,在休戚与共中体会到了除自己个人以外的其他同袍的生命存在,这种感情维系着生死与共的士兵,既是士气,亦是抗战胜利之勇气。

胜利了,但十四万余士兵已长眠不起。面对因战斗而死的忠魂,想以黄怡的感受作为总结,黄怡亲历了惨烈悲壮的松山战役,这是战士们以一寸血肉一寸地的争斗,才解放了被敌军蹂躏两年的同胞,洗去了两年来被占领的污辱:

> 当松山完全攻克,如潮的车辆,由惠通桥,奔驰过大垭口,滇缅路衔接上雷多公路,贯通了国际交通命脉,民族武力,重又扩展到滇

---

① 禾遒:《大塘子争斗战》,罗时旸主编《我们的远征军(三)》,重庆:青年出版社 1944 年版,第 958 页。

② 蒋逊:《咆哮的怒江》,罗时旸主编《我们的远征军(二)》,重庆:青年出版社 1944 年版,第 477—478 页。

边的时候，我们仰望葱茏雄峻高黎贡山，凭吊松山被炮弹破片堆积残破的峰峦，矗立着将士们铁血铸成的华表，数千阵亡将士，对于国家伟大的功勋，当与松山共垂不朽。①

这是黄怡于1944年9月10日在惠通桥畔写下的文字。不仅松山成为"民族荣勋的华表"，战士们为其流血牺牲的滇缅边地亦是民族伟力之见证。

## 本章小结

吕德润把远征的学生军称为"七七时代的青年"，因为他翻阅远征军部队测试学生军的国文卷子，作文题目是"我参加远征军的目的"，发现每一个战士都写得慷慨激昂，都在表达着为国家、为民族的抱负："我们既然要流血，就不让下一代流第二次"……看到这些鲜活热情的文字，吕德润这样强调：

> 他们的文章中几乎千篇一律的提到"七七的烽火……流亡……国家已到最后关头……决心"这类似的文句。我看他们的生活，我敢绝对的相信这不是什么"抗战八股。"假如有人这样说，我觉得这是污蔑了我们，污蔑了神圣的文字！因为这是我们所亲遭受亲身体会到的，现在他们来到战场上来了，这不是躲在防空洞里唱高调！②

本章所涉及讨论的作品，除了送别出征的诗作外，也都是如吕德润所说的是在战场上"所亲遭受亲身体会到的"。他们书写着身边正在发生的战争，强调滇缅抗战是以血肉去换来寸寸国土的战争，这是真正诞生于抗战前方的作品。远征军士兵们和随军记者对于所保卫的家国，所收复的土地，所守护的人民有着特殊的情感，为其远征，为其抗战，更为其牺牲，

---

① 黄怡：《松山攻斗战经过》，罗时旸主编《我们的远征军（三）》，重庆：青年出版社1944年版，第985页。

② 吕德润：《寄祖国投军的学生军》，罗时旸主编《我们的远征军（一）》，重庆：青年出版社1944年版，第130页。

这其中有太多的失败与胜利，慷慨与悲壮。"现在，我浸在战争里，知道了战争底那些细微的地方。"① 通过这些带着战地硝烟气息的文字，我们也知道了身处边地的战士们，在感同身受中呈现出的"处在同一命运里"的国家观念。滇缅抗战中，作为从中央到地方最为直接的军事力量，战局形式如同磁石般吸引着人们去关注着滇缅边地。也因士兵的亲历书写和流血牺牲，滇缅边地成为彰显并见证"中华民族伟力"的地方。

---

① 陆夷：《远征缅甸随军日记（续）》，《时与潮副刊》第 2 卷第 3 期，1943 年 4 月 1 日。

# 第四章

# "线"与"点"联结起的国家共同感

前面所述三章，都是围绕"边地中国"形象建构的主体，即旅行考察者、云南边地作家与远征军将士、随军记者的创作来展开，从主动走入边地，到介绍家乡边地再到呈现烽火边地，在滇缅抗战中与云南边地发生密切联系的不同主体书写着自己亲历亲闻的边地形象，思考着边地与国家之关系。本章主要是以个案研究的方式，来探讨构成"边地中国"形象重要部分的滇缅公路、中印公路和野人山书写，以地图中延伸至印缅的两条国际公路线和一个边界点，来思考与其相关的作品所体现的国家共同感。

之所以要单独分析滇缅公路、中印公路和野人山的书写，不仅是它们之于滇缅抗战的重要意义，更在于对三者的书写囊括了筑路参与者，旅行者、考察者，云南边地作家和随军记者、远征军将士，对于探讨滇缅抗战如何促使人们深入认识云南边地这一问题，可以有更为具体深入的阐释。把前方与后方、边疆与腹地、异域与祖国联结起来的两条公路，促使云南边地变成了抗战时期的现代中国进入国际政治新秩序的前沿地带，也以最直观的物质形式呈现了在抗日战争中形成的国家共同感。安东尼·吉登斯说，传统国家有边陲而无国界。"国界只是在民族—国家产生过程中才开始出现的。"① "边界"为国家力量的表征和尺度，"野人山"书写体现了从"边陲"到"边界"建构的复杂过程。

## 第一节 滇缅公路——歌颂路的现代化与凝聚力

从 1937 年 12 月动工到 1938 年 8 月正式通车的滇缅公路，是由云南

---

① ［英］安东尼·吉登斯：《民族—国家与暴力》，胡宗泽、赵力涛译，生活·读书·新知三联书店 1998 年版，第 60 页。

各族民众和来自全国各地的工程技术人员,以九个月的时间在崇山峻岭间所完成的从昆明至腊戍全长1146公里之壮举。这是在抗日战争局势危急的情况下抢修的运输抗战物资的唯一国际通道,时人称为"抗战生命线"。滇缅公路的建成与通车,让滇西从"后方"变成国防"前线",这支持抗战的输血管也因此成为滇缅抗战的导火索,把滇缅边区变成国际战局前沿。旅行者、考察者沿着这条路深入边地,认识着公路沿线的自然和人文;远征军将士在这条路上留下了出征、撤退、凯旋的战争痕迹。对于滇缅公路的修筑,亦有很多相关作品。笔者发现,时人对这条在抗日战争中诞生并为抗战服务的国际通道的书写主要侧重于两个方面:路的现代化和路的凝聚力。

## 一 "向新世纪跃进"

朱自清在《诗与建国》中强调抗战的同时也在建国,建国的目标就是现代化,最为明显的体现是"许多工程艰巨的公路,都在短期中通车;而滇缅公路的工程和贡献更大"。他期待着"歌咏这种英雄的中国'现代史诗'出现"[①]。滇缅公路的修筑被时人看作是抗战建国的重要契机,因为只要经过这条公路就会想到"物质的和机械的重要性"。"有完程可驶载重卡车的道路,其本身即有重大意义,且有今在迅速建造中的铁道,将和这公路平行而驰,可预卜伟大的华西,将因此不复如往时的孤立。"[②] 如朱自清期待的,当时出现了歌颂滇缅公路"现代化"的作品,他们书写着边地因公路的修通而发生的改变,都在想象着这条国际通道会加速滇缅边地的现代化,并确信原本落后偏僻的边地会在抗战生命线的热闹繁忙中融入现代中国发展的同一进程。

### (一)"与世隔绝"的边民修筑着"现代交通"

飞虎队译员蒂克直接把滇缅公路的修筑看作是边地"向新世纪跃进"的标志:

在这跳跃的春天里

---

① 朱自清:《诗与建国》,朱乔森编《朱自清全集》第2卷,江苏教育出版社1988年版,第351页。

② 钱伯明:《滇缅公路历程记》,《旅行杂志》第13卷第5期,1939年5月1日。

静僻的
荒凉的山峦惊醒了
沉睡在
数千万年古老的岁月里的
生满了荆棘的
爬满了乱草的
布满了碎石的
荒漠得令人栗抖的谷壑啊
今天哪
响着金石的声音
响着祖国的呼吸
响着工作的呐喊
数千万个
赤着胳臂的工人
挥着铁铙铁锤
要把山峦打通
筑一条平坦的公路
去遥远的边疆
去遥远的异国
迎接那来自海洋的
生产的马达
战斗的伙伴①

在这首长诗中，蒂克把滇缅公路看作是一个重要的时间节点，边地以往是"静僻""荒凉""荒漠"的状态，因滇缅公路的修筑，这"沉睡在数千万年古老的岁月里的"边地不但已经苏醒，正在加快追赶时代潮流的步伐，且已融入抗战的洪流中：这些曾"过着远古生活"的边民已全副武装起来，"站在一列列咆哮的汽车上"，唱着山歌，追着山风，跨过山峦里宽敞的路，驰向远方"那争取自由的呼哨着枪弹的战场"。《向新世纪跃进》一诗，蒂克歌颂正在修筑的滇缅路，也展望着公路给边地带

---

① 蒂克：《向新世纪跃进》，《诗》第3卷第3期，1942年8月。

来的变化，都是一幅幅热闹而充满希望的动态画面。且诗人所畅想的边地正走进"新世纪"的这一过程，是从被动的"惊醒"到主动的"迎接"，改变的过程是欢欣而兴奋的。

但"生产的马达"还需去迎接，边地进入"新世纪"还需等待。现实情况是，这是一条以最为原始的劳作方式修筑的现代化道路。"需要开辟许多山道，和难以数计的桥梁及涵洞。所采用的工作方法，十分的简陋——用小篮挑泥土，开岩不用机器，用人工或水牛拖石滚压平路面。"① 陈洪进在滇缅公路上看到有许多工程正在赶修，永平一带，山上常见伐木工人一斧斧地把巨大的林木砍下，再一步步地送往工程地。缠足老妇，瘦弱小孩，在滂沱大雨中，以微薄的气力，在一锄一箕地劳作着，"用手用筋力用血汗，代替筑路的现代工具"②。面对筑路方式的落后原始，歌颂这条会通往现代化之路的作者们的处理方式为：在原始工具与艰巨任务的对比中，强调"与世隔绝"的边地各民族筑路工人正在为了"向新世纪跃进"而努力，以及想象着这以人力修筑的公路会为未来边地发展所带来的巨大效能。

时任滇缅公路运输管理局局长的谭伯英，在《修筑滇缅公路纪实》一书中就说到筑路时是非常缺乏机械设备的，只能更加依赖于数十万计路工的人力。因战局恶化急需抢修，"最初的建筑工程不得不用延续了若干世纪的原始方法"③。路工们用当地劳作工具来筑路，如以锤子和钢钎代替风动钻孔机，竹背篓、箩筐、短把锤、镐、锄头、鹤嘴锄、脚踏水车、石碾子、火药等都派上了用场。公路沿线所招募到的很多工人都是边疆民族。"他们在与世隔绝的环境里生活了几个世纪，是一些独特有趣的人民。现在他们也为现代交通线的开通作出他们的贡献了。他们包括傣族、倮㑩族、藏族和狩猎部族。"④ 作为见证者，谭伯英详细地介绍着这些

---

① Frank Ontram、G. E. Fane 原著、孙恩霖译：《中国后户滇缅公路游记（上篇）》，《旅行杂志》第 15 卷第 1 期，1941 年 1 月 1 日。

② 陈洪进：《中缅边境印象记——由昆明经缅境至佛海车里》，《时事类编》第 55 期，1940 年 8 月 10 日。

③ 谭伯英：《修筑滇缅公路纪实》，谭伯英等《血路》，云南人民出版社 2002 年版，第 12 页。

④ 谭伯英：《修筑滇缅公路纪实》，谭伯英等《血路》，云南人民出版社 2002 年版，第 56 页。

"与世隔绝"的边地民族筑路工人为实现"现代交通"的劳动场景。没有压路机,只能人为拉动石碾子来平整路面,所使用的石碾子约有 1.8 米高,重达 3—5 吨,至少需要 100 个。将这些石碾弄到公路的过程"就是一首动人的叙事诗",需要靠劳工从山林中推拉肩扛近一月才能运到目的地,上坡时,得需几十人才能推动,"劳工们就唱着歌、踩着劳动号子的节奏干活"。上坡时石碾还较容易掌控,下坡时如果拉不住的话,失去控制的石碾子就会造成很多恐怖的伤亡,人们只能把大木棒捆在其轴眼上,以这种自制的制动器式的刹车来减轻可能发生的危险。① 因没有建筑桥桩的专有设备,在江上建桥时只能沿用当地人多年来架设吊桥的方法,即须由一人先带着一条绳索游过江。谭伯英没想到那里并不缺乏这种自杀性的志愿者,他们来自河边的山寨,为了保命,是用牙咬住绳索,万一无法控制便可扔掉,可"他们还是一个接着一个地在急流中消失"②。铺设"弹石路面"需要敲碎并搬运大量石块,特别是在傣族地区,石头难寻,需要从距离很远的河边一块一块抬来。在绵延数公里的山路中,一股由女人、老人和孩子组成的搬运石头的人流在回返往复,"这样的活动在中国已经延续了好几个世纪了,建筑神庙和古老的城墙时都是这样"。使谭伯英惊奇的还有云南石匠许多独特的方法,"已运用了数百年,对于现代建筑仍然非常有效"③。作为滇缅公路管理人员的谭伯英,注意到边地各民族筑路时的具体劳作,书写这些细节的目的是凸显边地人民正在这曾经闭塞的高山深谷中努力地实现着"现代交通"。

(二)路带来的"现代文明"

除了表现原始的筑路方式,作者们还喜欢书写滇缅公路上对汽车惊异的人群和马帮,目的都是为了表示他们相信公路所带来的"新世界"会改变这传统封闭的一切。孟才从昆明到下关,在滇缅公路旁看到驮运的回民,马帮的路线有时也会和公路并行。突然遇到一辆汽车驶过,几十匹马就会暴跳起来,有的遁到山林中去,有的抛掷了所驮物件。有的工人经过

---

① 谭伯英:《修筑滇缅公路纪实》,谭伯英等《血路》,云南人民出版社 2002 年版,第 14—15 页。

② 谭伯英:《修筑滇缅公路纪实》,谭伯英等《血路》,云南人民出版社 2002 年版,第 108 页。

③ 谭伯英:《修筑滇缅公路纪实》,谭伯英等《血路》,云南人民出版社 2002 年版,第 54 页。

几天的路程,刚从山村出来,因从来没见过汽车,太过惊异而忘了避让,就会受到司机的责难。孟才在这里看到唯一的机械器具就是电钻,但他坚信公路建成后,"这一片西南内地的山坳之区,因着这条交通路线的发展,将渐渐改弦更张起来,给新的世界所搅醒了"①。曾昭抡也专门写到了滇缅公路上的驮马,在新辟的道路上,"汽车遇着驮马,是一件很有趣的事"。下关以西,"无论是驮马,或是牛,一听见汽车追来,要是没有人拉住,多半立刻忘命地和汽车赛跑,并不让路,弄得汽车不敢快开"②。这让曾昭抡想起1937年陪同物理学家波耳到明陵游玩,看到北平的骆驼与汽车相安无事、各行其路,波耳说这与欧洲的牛马一样,"骆驼的不怕汽车,恐怕大部分是一种社会教育(social education)的结果"③。曾昭抡把北平的骆驼与滇缅公路上的驮马联系起来是有其深意的,他相信随着象征现代化的公路到达边疆,随着时间的推移,驮马亦会像北平的骆驼一样对汽车"司空见惯"。

不止驮马会受到"社会教育",随着旅行的深入,曾昭抡在遮放不仅"第一次尝到边疆生活的滋味",也看到了边地民族对汽车习以为常的态度:

> 遮放,以前极其简陋的一座穷乡小村,现在却已经变成一处"五方杂处"的交通要站。据说在半年以前,这里还是荒野不堪的地方。当最初几部运货汽车走过的时候,路旁站满着了成行的摆夷和山头。他们带着惊奇的面孔,望着汽车拍手叫喊。现在在遮放,汽车已经是最不出奇的一种东西。几十部,甚至成百部的汽车,每天开过这里,停在这里,街上的店铺,增加了确实不少,到现在已经成功了一小段的闹市了。④

---

① 孟才:《把握国际交通的新路线——滇缅公路》,《旅行杂志》第13卷第6期,1939年6月1日。

② 曾昭抡:《滇缅公路上的驮马》,《缅边日记》,上海:文化生活出版社1941年版,第52—53页。

③ 曾昭抡:《滇缅公路上的驮马》,《缅边日记》,上海:文化生活出版社1941年版,第53页。

④ 曾昭抡:《遮放》,《缅边日记》,上海:文化生活出版社1941年版,第98页。

## 第四章 "线"与"点"联结起的国家共同感

遮放是滇缅路上"中国最西的车站",曾昭抡注意到公路畅通后遮放发生的变化。在这个边境小镇,可以看见盛装的摆夷女郎,西装少年,"加拉"司机,赌博的工人以及咖啡馆里的摩登太太,这是公路所带来的热闹的"五方杂处"。作者从遮放到了护浪,也发现这原不过是一个六户人家的小茅村,只因赶修公路,突然就繁荣起来。

驮马、汽车、闹市,这是曾昭抡所观察到的滇缅边地因现代交通所带来的最为直接的变化,带着这种对滇缅公路所能发挥的带动作用的期许,曾昭抡在《缅边日记》中还谈及了滇缅公路将来的利用问题和对边地的深远影响。他从昆明出发到遮放后,发现公路通车半年多来大都是军事运输,而遮放这么重要的地方却不通邮政。他担心以后滇缅公路会因险峻的环境与雨季的难以养护而被废弃,所以想着"设法积极这路沿途的货运和工业,似乎是这条路唯一的出路了"①。曾昭抡还注意到滇边土司制度在滇缅公路开通前后的变化:路没通时,芒市城内是没有店铺的,当地老百姓认为土司有不可侵犯的威严,觉得吵闹的街市会亵渎土司,得远至西门外才有集市。且土司出巡时,夷民须跪在路旁迎接,极重凸显土司特权的"礼节",然而:

> 路通以后,由中央来这区的人太多,如此不胜其烦,芒市遮放两处土司,乃下令废去这种礼节,并且不准夷民再事跪接,于是时轮的旋转,终于把统治阶级和平民间的鸿沟,渐渐地填起来。再从一方面说,以前迢迢万里,从京城来一位贵宾,到这滇省的边区,是多少年难有一次的事。现在因为抗战关系,二等要人,来过这里的,很有不少,也就"司空见惯"了。②

曾昭抡书写滇缅公路给芒市、遮放、护浪这样的边境小城镇所带来的变化,尤其是边地民族对于外部世界的接受,最明显的表征就是对"中央人"和"二等要人"的"司空见惯",以及对汽车的习以为常。他注意到公路联结起了"中央"与"边区",拉近了边地与腹地的发展距离,使得滇边城镇从"荒野不堪"变成"闹市",促使落后之地融入与内地相一

---

① 曾昭抡:《滇缅公路的利用问题》,《缅边日记》,上海:文化生活出版社1941年版,第145—147页。

② 曾昭抡:《滇边土司制度》,《缅边日记》,上海:文化生活出版社1941年版,第81页。

致的发展节奏之中。

潘世徵在写于 1942 年 6 月的《滇西沦陷之忆》一文中,谈及"滇缅公路的生长":"三年以内,卡车的数量,从百辆增加到×万辆,国滇、国黔、国渝、RC、RD、RE,以及不在公路局登记的红字牌照汽车,整天爬行在其间……"① 他还在《战怒江》一书中的"滇缅公路进行曲"部分写了沿途见闻,在到达下关时想到在公路未打通以前"应该迅速着手下关设市的工作,俾成为现代的市区,将来可以配合上作为交通中心,并求得更大的发展"②。潘世徵也跟曾昭抡一样,通过延伸至边地的公路以及繁忙行驶着的来自全国各地的汽车,进而畅想到边地的"现代的市区"。

谭伯英除了书写边地各民族的筑路情景,他与曾昭抡、潘世徵一样都观察到了滇缅公路的修通对边地发展的影响。谭伯英记述了从最初的勘线筹备阶段需经过很多地图上都没标明的地带,到招募工程技术人员和路工的难题之一便是人们相信云南边境地区流行着瘴气,而滇缅公路会经过这些致人死亡的释放"毒气"的地带。伴随着滇缅公路的修通,谭伯英确信"现代文明将加速来到这个地区",修筑前人们以为的瘴气之地,通车后,"现代生活已经来到傣族地区,短短几个月的时间内,我们跨越了从中世纪到文明时代的漫长历程"③。因"交通的开放",下关从一个小镇"成为一个喧闹的、别有一番风味的国际性的中心",每天有几百辆卡车在此中转停留,"不同民族的人民在这里进行着亲密无间的联系和融会,相互友好地开着玩笑,完全理解对方表达的每一个词语"④。同样的,路通以后,保山"发生了彻底的改变"⑤,每天有近五百辆车停留,已建有最现代的车库和加油站。谭伯英不仅是关注边地因滇缅公路所带来的现实变化,当他沿着已修通的滇缅公路旅行时,他开

---

① 潘世徵:《滇西沦陷之忆》,《战时西南》,上海:华夏文化事业社 1946 年版,第 9 页。
② 潘世徵:《战怒江》,上海:文江图书文具公司 1945 年版,第 6 页。
③ 谭伯英:《修筑滇缅公路纪实》,谭伯英等《血路》,云南人民出版社 2002 年版,第 84 页。
④ 谭伯英:《修筑滇缅公路纪实》,谭伯英等《血路》,云南人民出版社 2002 年版,第 67 页。
⑤ 谭伯英:《修筑滇缅公路纪实》,谭伯英等《血路》,云南人民出版社 2002 年版,第 134 页。

始想象沿线城市的建设问题。到了下关,他想到的是此地战后的发展,认为其最好的投资项目是在洱海边建棉纺厂和榨棉厂。谭伯英有此设想在于他观察到此区域不仅"边界少数民族"多,更因传统经商模式所带来的棉产品价格比其他区域高出很多。当他看到下关的水能资源,就想着"在这里建造一个发电厂,每天至少要输出1万千瓦的电力,才能满足巨大的市场需要"①。因此,在谭伯英看来,这条现代公路的修筑是滇缅边地"新时代"的开始:

> 滇缅公路的完成,唤起了人们对世界这个角落的注意。战前,不仅云南临近的几个省,就是云南本省,其他地区的人对它也完全无知。现在,不仅中国和亚洲,就在遥远的大洋彼岸,也有数百万人熟知这里。
> 
> 这里的美景数不胜数,已经吸引了许多人。这里的自然资源等待着开发,云南省有丰富的锡、铁、煤、水银及许多其他矿物资源,还有丰富的水力资源。所有这些都是战后经济繁荣的基础。②

这是《修筑滇缅公路纪实》的"结束语",谭伯英强调因为滇缅公路,人们关注到了以往地图上都没有清晰标明的边地。他告诉人们如今公路沿线市镇不仅被人们"熟知",而且"现代文明""现代生活"已随着公路的畅通而进入边地,他兴奋激动地想象着滇缅边地因公路所带来的发展前景。

杜运燮的《滇缅公路》亦是情绪高涨地抒写着这条会给边地带来发展变化的"新的路"。杜运燮虽在歌颂"为民族争取平坦"而"挥动起原始的锹镐"的筑路工,以其血汗与忍耐为胜利尽忠,使坚韧的民族"站起来了"。但他所表达的主题更在于"新的路给我们新的希望",因为路的修筑象征着"一个新世界在到来"。"在荒废多年的森林草丛间飞奔:/一切在飞奔,不准许任何人停留,/远方的星球被转下地平线,/拥挤着房屋的城市已到面前,/可是它,不许停,这是光荣的时代,/整个民族在等

---

① 谭伯英:《修筑滇缅公路纪实》,谭伯英等《血路》,云南人民出版社2002年版,第132—133页。

② 谭伯英:《修筑滇缅公路纪实》,谭伯英等《血路》,云南人民出版社2002年版,第179—180页。

待，需要它的负载。"① 正如朱自清所说的，滇缅公路是"实在需要也值得一篇'现代史诗'"，他赞扬杜运燮是"建国的歌手"，认为《滇缅公路》是一首"促进中国现代化的诗"，一首书写现代化与工业化的建国之成绩的诗。②

对于滇缅公路的修筑，蒂克宣称这是"向新世纪跃进"的标志，谭伯英不仅书写着边地民族为实现现代交通所做的努力，还见证着边地因公路带来的变化，孟才相信边地会因公路所带来的"新的世界所搅醒"，曾昭抡见证了滇缅公路沿线因"时轮的旋转"而带来的发展，潘世徵与谭伯英还在思考着战后滇缅边地因公路畅通带来的资源开发和现代化进步的可能。他们或是见证、亲历或是想象、展望着滇缅公路带来的现代化情景，所以杜运燮畅想的滇缅公路所带来的"新声音""新世界"的兴奋之情，是当时普遍之情感。

## 二 路的凝聚力

> 对于公路所要经过的地区的不同民族来说，原先他们的乡村仅仅是地图上一个个孤立的地方，但在随后到来的几个月中，他们彼此熟悉起来了。为了修路，他们不顾相互之间有多么不同的生活习俗和文化背景而走到一起来了。为了修路，这些完全不同的民族尽可能友好地生活工作在一起，任何民族的矛盾和冲突都未曾发生过。③

这是谭伯英在《修筑滇缅公路纪实》"自序"中所强调的一段话，他见证了滇缅公路在抗日战争中所起的凝聚作用，认为参与筑路的各民族体现了"中国人民的真正精神"。这样的认识不仅只是全程参与公路建设的谭伯英，有很多作者都以亲历者的身份书写着滇缅路上各族民众的特长和爱国精神。公路的修筑让原本彼此孤立、陌生且距离遥远的人们聚在一起，让隐藏在山林坝子中的各族人民大量出现，这让来往于公路上的人们

---

① 杜运燮：《滇缅公路》，杜运燮、张同道编选《西南联大现代诗钞》，中国文学出版社1997年版，第214—217页。

② 朱自清：《诗与建国》，朱乔森编《朱自清全集》第2卷，江苏教育出版社1988年版，第352页。

③ 谭伯英：《修筑滇缅公路纪实》，谭伯英等《血路》，云南人民出版社2002年版，第4页。

得以对筑路民众有了更为清晰的认识。

### (一) 参与筑路的边地民族

当谭伯英接到当时交通部长张嘉璈要求的对昆明—仰光运输问题进行仔细研究的任务时,他是非常忧虑的。因为交通的限隔,谭伯英认为自己来自沿海地区,只了解沿海的人民。"长远的更加复杂的问题是:公路计划要穿过多种多样的质朴的原始边境民族、土著和部族地区,而每一种民族又有他们自己的传统和习俗,每一种民族都需要很好的研究和特别的对待。"① 因人员复杂,很多细节都需要考虑,如谭伯英就说到因滇缅公路危险地段多,而驾驶员有缅甸人、中国人、欧洲人和印度人,须找到一种使所有人都能看懂的信号标志。当谭伯英到达昆明后,他有意寻找着与家乡南京的相似性,就发现当地人的说话风格,丧葬习俗,还有诸如板鸭的吃食,都"有一种在家乡的感觉"②。面对修筑滇缅公路的任务,谭伯英首先是把自己融入云南边地,发现其亲切和丰富之处,从先前的忧虑而变得充满热情。他积极主动地去认识了解沿线参与修筑的各个民族,把这些曾经陌生的民族在抗战中对滇缅公路所做的贡献一一记录下来。

因为滇缅公路会穿越很多人烟稀少的地方,招募的劳工需要从百里外村寨成群结队来到各自所分配的不同工段,为了筑路行进的群体"就像是民族大迁移运动",他们穿过山林、乡野,长途跋涉直至公路两旁。"这是一支奇特的行军队伍;包含着各种各样的民族,他们的各式服装大部分都是用蓝色土布制作的,其中只有很少的男人是壮劳力,其他都是妇女和老头以及很多很多的孩子,孩子们都带着自家的宠物:狗、鸡和长尾巴的小鹦鹉。"③ 边地各族人民因修筑滇缅公路而汇聚。在艰苦的劳动过程中,谭伯英发现着各个民族的优长。

谭伯英强调作为高山民族的"倮倮"爱歌唱,"简朴、坚强","保存着一种独特的文化",男人们忙于农耕和狩猎,所以到公路上干活的都是

---

① 谭伯英:《修筑滇缅公路纪实》,谭伯英等《血路》,云南人民出版社2002年版,第8页。

② 谭伯英:《修筑滇缅公路纪实》,谭伯英等《血路》,云南人民出版社2002年版,第9页。

③ 谭伯英:《修筑滇缅公路纪实》,谭伯英等《血路》,云南人民出版社2002年版,第44页。

女人。"倮倮"妇女健壮且又爱干净,她们用一条绳子系在头上就能轻易背起几十斤重的岩石。铺垫路基的石块需按照规格敲打,有一些路段的工人把大石头放在下面,上面是符合要求的石块,以此来欺骗技术人员。而"倮倮"妇女敲出的石块"就跟一台石头破碎机制作的一样",整齐堆好的都是敲得合乎规格的石块,不会用大的或破碎的石块来换取报酬。不仅认真劳作,她们本身还是一道靓丽的风景:穿着有美丽刺绣的雪白短褂,衣服上还精心点缀着银饰,"但是她们毫不在乎工作中的粗糙、泥泞和肮脏",第二天出现在工地上时,又已换洗得干干净净。白天忙于家务,她们更愿意夜间来筑路,"在月光下,隐约看得见她们干净衣服上的白色部分在闪烁,她们边干活,边唱着她们自己的传统歌曲,那是一幅多么美妙的图画啊!这些歌曲全是民歌,歌唱太阳、月亮和江河"①。这是谭伯英注意到的"倮倮"妇女在具体劳作过程中所体现的坚韧与美好。而面对人们所说的在雨季时连鸟都飞不过的傣族地区,通过筑路的实地体验,谭伯英发现"傣族地区的土壤肥沃得简直令人难以置信",稻米"质量比有名的苏州大米还要好",他们生活轻松悠闲,傣族女孩美丽可爱,"以天性的善良和崇高的精神,竭尽全力地忠实工作"②。

谭伯英还写到,从龙陵向西的傣区路段艰苦异常,可以说是"最黑暗的阶段",疟疾流行,山崩、洪水时有发生,桥和护路墙经常被冲毁,还好得到三百多名高山狩猎民族居民的帮助,工程才能继续。刚开始时,这些民族居民和工程技术人员相处是"很小心和胆怯的。每天早上,从山寨默默来到公路上;晚上又悄然消失在群山中"。随着筑路时间的加长,彼此增进了解后,他们愿意在路边搭建茅棚居住,不再小心翼翼地辛苦回返,"变成最容易管理和最可信任的工人了"。谭伯英还专门强调这些高山民族天生具有对疟疾的免疫功能。随着蚊帐从保山运来以及蚊香也从上海运到,"汉族工程师如何在雨季的傣族地区藐视传统习俗和疾病而勤奋工作消息传到保山",更多健壮的小伙子来参加筑路,逐渐拥有了数量可观的劳动大军。面对众多汇聚起来的各个民族的路工,谭伯英深知"我的责任就是消除他们彼此之间的陌生感,尽可能

---

① 谭伯英:《修筑滇缅公路纪实》,谭伯英等《血路》,云南人民出版社 2002 年版,第 57 页。

② 谭伯英:《修筑滇缅公路纪实》,谭伯英等《血路》,云南人民出版社 2002 年版,第 70 页。

使他们像在家里一样轻松愉快"①。滇缅公路的修筑成为消除彼此"陌生感"的最好契机。

滇西地势险要,高山峻岭中的公路经常需要反复修整,雨季时,公路经常在夜间塌方,一旦发生塌方,工程人员就会到最近的寨子招募工人。谭伯英这样描写夜间前来清除塌方的人们:

> 有时整个家庭,包括老人和孩子,全部主动地离开他们暖和的床和成为他们庇护所的家,来到一个陌生的地方,在寒冷和潮湿中面对着不可预知的危险,在这条中国的生命线上清除障碍。
>
> 他们长途跋涉来工作,就像支坚定的军队,穿过泥滑的、松软的土路和山道,而且不知道已经到了哪里,甚至连前面都看不到,也不知道是否能在数个小时后,或者几天之内可以回家。他们就这样一个夜晚又一个夜晚地不停地干着。②

面对种种不便与艰难,谭伯英说他从没有听到任何一个人诉苦,在无数这样艰险困苦的日子里,公路不断向前延伸着。"它使我了解到中华民族是一个面对困难充满着坚定决心和乐观主义的优秀民族。"③谭伯英笔下的劳动大军是极具悲壮色彩的,环境恶劣、条件艰苦,疾病、死亡如影随形,但"他们始终士气高昂",还有很多没有被招募而自愿前来的工人,一些人甚至拒绝领工资,或是坚持自己带饭,"充满着爱国主义精神和乐观的情绪",只"因为他们深深懂得这条路对中国将意味着什么"。谭伯英还发现边地路工说话时"风格很高雅,带着古典的传统,言语间流露出古文中的修养和精神"。可他们很多人是没有受过教育的,"竟能用如此高水平的古文训条来表达他们的意思。这是从他们祖辈那里一代一代口传继承下来的。就是这些人,用这样的方法,将中国的精髓保留了若干世纪;他们是中国最有价值和最丰富的部分——

---

① 谭伯英:《修筑滇缅公路纪实》,谭伯英等《血路》,云南人民出版社2002年版,第78—79页。

② 谭伯英:《修筑滇缅公路纪实》,谭伯英等《血路》,云南人民出版社2002年版,第89—90页。

③ 谭伯英:《修筑滇缅公路纪实》,谭伯英等《血路》,云南人民出版社2002年版,第93页。

民族的栋梁"①。谭伯英从寻找云南边地与家乡南京的相似,到发现前来筑路的"倮倮人"、傣族及高山狩猎民族等各边地民族的优秀品质,再到强调滇缅公路沿线所保留着的古典文化精髓,最终肯定参与修路的边地各民族为"民族的栋梁"。从之前的陌生甚至惧怕到相处后的赞美与尊重,这都是因滇缅公路的修筑所带来的对边地民族的认识。

　　身穿各族服饰的筑路工人抢修着抗战生命线,在崇山峻岭间劈山凿石,这独特的风景线让在滇缅公路上行旅的人们留意并书写。孟才一路看到好几千的工人,其中有很多女人和小孩,合着家庭或是宗族,一起在路旁把笨重的砖石砌成了长壁,利用简陋的牛车搬运着砖石。从下关到保山,"我们每天看见结队的'怒夷'或'力些'的苗民,从他们山上的村落中出来,每人带着几袋米和一袋铺盖,有的背,有的挑"。穿着自己手织布服的"怒夷"都是"体强力壮的人,真是有力的工作者"②。王璧岑参加滇西慰劳团,从昆明到保山,他深深地感到这一条公路工程的伟大,看到沿途妇孺跋涉在二千多公尺的高山上继续做着保养与展宽路面的工作,不禁感慨这条公路是因云南各民族的汇聚才终能完成。③ 胡筠在《怀念滇缅路》中写道,英国人说"滇缅路是中国人用手指爬成的","我们更切当地说:滇缅路是由热血凝成的"。越过高黎贡山,即入摆夷区,他们"待人接物是和顺不过的,我永远忘不了他们那副真诚的面部表情。在月夜里,听一个摆夷姑娘在山上唱歌,常常导引你到一种令人悠然神往的,诗画交织成的境界去。纵使你不懂那歌词;但你总会觉到:那不是残害,不是侵夺;却是世界上多数人不惜血肉牺牲而谋求的和平"④。孟才强调体魄强壮的"怒夷"是有力的工作者,王璧岑感到参与筑路的云南各民族汇聚在一起的力量,胡筠书写滇缅公路沿线"摆夷人"的祥和。边地各民族在滇缅公路上的劳动与付出,不仅让人们改变了曾经对其模糊甚至可怕的认识,还传扬着他们的优长和为抗日战争做出的贡献。

---

　　① 谭伯英:《修筑滇缅公路纪实》,谭伯英等《血路》,云南人民出版社2002年版,第46页。
　　② 孟才:《把握国际交通的新路线——滇缅公路》,《旅行杂志》第13卷第6期,1939年6月1日。
　　③ 王璧岑:《烽火滇西话征程》,《大观楼旬刊》第4卷第5期,1944年。
　　④ 胡筠:《怀念滇缅路》,《旅行杂志》第17卷第5期,1943年5月31日。

## (二) 筑路民工的奉献精神

除了发现参与筑路的少数民族居民的优秀品质,很多作者还强调筑路工人群体的国家意识。萧乾就注意到修筑惠通桥的木工是粤人,铁工是印度人,石工是曾修筑滇越铁路的云南人,所以在这条"国防大道"上,不同地域、不同民族的人们为着同一目标汇聚于此,他在《血肉筑成的滇缅路》中,以具体事迹来书写边地民工的爱国意识。筑路的"老到七八十,小到六七岁,没牙的老媪,花裤脚的闺女",连赤着小脚板的孩童都在吃力地抱着簸箕往道路上添着土。① 为了便于管理,一千多桥工全部在平坝上搭棚聚住,夜间的洪泛卷去了三四十个伙伴。但面对惨剧他们没有怨言,工程处的梅君告诉作者,洪水过后的第二天他亲耳听到一个路工自言自语:"怨谁呢?我谁也不怨。这就叫国难呀。"② 龙陵潞江段上,来自梁河土司辖境的年近六十岁的老秀才张万有,祖孙三代都在修路,休息时老先生"用汉话,摆夷话对路工演讲这条国防大道的重要,并引用历史上举国对抗暴力的掌故"。筑路如此艰辛,"他却永远笑着。他是用一个老人的坚忍感动着后生"③。然而作者到了保山却得到了老先生因瘴气而死亡的消息。萧乾还写到在江畔峭岩绝壁上打炮眼的汉子,他手脚一如既往地勤快,收工时间已到,想再多打一个,然而自己却因这多出的一个被炸而亡。"这'规定'外的一个炮眼表征什么呢?没有报偿,没有额外酬劳,甚而没人知道。这是并没读过书知过大义的一个滇西农民,基于对国家赤诚的一份圣洁贡献了。"④ 光脚的孩童正在为抗战生命线添土;桥工面对危险的处境没有怨言,只因深知这是共赴国难;老秀才身体力行地在这条国防大道上"对抗暴力",直至逝去;为了多出力而牺牲的打炮眼的汉子以实际行动彰显着"大义",这是萧乾所看到的筑路民工们对国家最为赤城的"圣洁贡献"。

---

① 萧乾:《血肉筑成的滇缅路》,《人生采访》,上海:文化生活出版社1947年版,第364—365页。
② 萧乾:《血肉筑成的滇缅路》,《人生采访》,上海:文化生活出版社1947年版,第366页。
③ 萧乾:《血肉筑成的滇缅路》,《人生采访》,上海:文化生活出版社1947年版,第371页。
④ 萧乾:《血肉筑成的滇缅路》,《人生采访》,上海:文化生活出版社1947年版,第374页。

与萧乾关注到滇缅公路上具体的个人一样，木枫也写了为实现"西南国际交通线的巨大工程"而正在奉献一切的那些渺小又鲜活的生命——修筑一〇六号桥的工人徐四、李大师、赖二、罗三麻子。尤其是徐四，他是修筑石桥的得力膀臂，有包揽石活工程的本领，走过夷方，见识高，性情温和。因下了五六天的雨，在洗脚沟中心的一个石桥礅上，新加上的石条接口处的石灰已变得疏松。"为要使全部工程没头发丝样细的罅隙"而需再一次封泥，徐四负责填塞桥墩的空心，做得灵巧而精细。暴雨雷鸣，工友们害怕山洪要来都收拾家什快步离开，也纷纷喊在桥中心依然"热心工作"的徐四，但他为了收拾墨斗、铁尺、钢凿、大锤而耽误了逃离时间。洗脚沟已变成吞山河，他逆着狂怒的山洪走着，此时离沟岸还有四五丈远，徐四舍不得丢掉抢拾来的工具，只顾向沟岸上抛掷，自己却被急浪打沉下去。"只见他穿着的一套蓝色衣裤，浮动在黄色的水面上，脚手还伸舞了两下。再卷袭过一排大浪，就又淹没下去不见了。"山洪依然呼啸着，而那立在狂怒水流中的石桥礅上的"一〇六号桥"几个字因被浪花溅湿而显得尤为鲜明。① 木枫的《边疆动脉》也是写了普通民工的筑路故事。三召山为滇缅交界处一堵天然屏障，划属公路局总工程处第九分段管辖，路基已开筑到三召山的最高峰，地势陡斜非凡，这一段就派定毛十三、杜四、八斤、小福一组人完成。每天用锄头、簸箕挖土、抬土，用血汗打发走一串日子。八斤曾挖藕掘泥，所以发明了新奇的搾土方法，使效率大大提高。对于正在修筑的滇缅公路，毛十三对小福说："苦累些算甚么？你不记得，初初开工那天指导员说：公路修通了大家有好日子过。比方讲，用车子搬运长枪大炮去打日本，打败了日本中国得天下太平，那时，庄稼人种一坵田减上五箩，用车子驮山芋牛皮去外国地方做买卖。赚洋钱回来盖房子，讨老婆；到年头八节，骑着汽车去省城玩耍，比燕子飞得快，一个月路程三天赶拢。"② 木枫借"毛十三"对筑路意义的认识，赞扬着这些平凡的民工为着质朴的愿望而在滇西的大山之间做着最艰苦也最伟大的事情。

修筑滇缅公路是滇边人民以人力战胜雄伟险峻大自然的最佳体现，云南作家明白这一伟大壮举最能凸显家乡人民为国家民族做出的贡献，歌颂

---

① 木枫：《一〇六号桥——滇缅公路是怎样筑成的》，《七月》第 5 集第 2 期，1940 年 3 月。

② 木枫：《边疆动脉》，《七月》第 5 集第 4 期，1940 年 10 月。

这一事件有助于提高边地之于国家的重要性。王锡光（1900—1958），云南鹤庆县人，1938年至1939年任龙陵县长期间抢修的滇缅公路西段是非常艰难的地段，悬崖峭壁，多雨闷热，瘴疠时作，王锡光星夜风尘指导了四个月，"为鼓励工作人员及纪念民力起见"而写《筑路谣》。① 为了开辟生命线，云南边地人民不管老弱与妇孺都裹粮携锄于怒江边开凿高山，铺就坦途。"龙陵出工日一万，有如蚂蚁搬泰山。"路工衣衫褴褛，披星戴月，伴随着炸药轰出的飞沙走石，把公路推进一段又一段。"民众力量真魁伟，前方流血后方汗。不是公路是血路，百万雄工中外赞。"② 对于修筑滇缅公路，彭桂蕊③写的不是边地民族凿山开路的宏伟史实，在《他躺在石道上——纪念一个惨死的路工》一诗中，他把视角投向了一个因筑路惨死在路旁的无名工人。太阳炙烤着蔓草丛生的古道，一具尸身躺在道旁，来往的行人投去鄙夷的目光，捏着鼻子匆忙而过，以为死的是乞丐或匪徒，"只有流水在呜咽的替他哭诉/还有乌鸦在声声为他呼唤/他是为开辟民族生命线/挨饿受冷才躺在这古道旁"④。对于滇缅公路这条民族生命线，人们不断颂赞，歌颂边地几十万的筑路民工，彭桂蕊避开这模糊的群体，为牺牲的无名英雄默哀。前面已论述的彭桂萼，有一首诗作《怅望着高黎贡山》是写给李生庄⑤的，强调"暴日的战火，/缩短了万水千山，/它把我们，/拉到同一战场。"⑥ 在这一战场中，云南边地民族臂膀

---

① 王锡光：《滇缅公路歌并引》，中国人民政治协商会议云南省委员会文史资料委员会编《云南文史资料选辑》第52辑，云南人民出版社1998年版，第96页。

② 王锡光：《公路是血路》，谭伯英等《血路》，云南人民出版社2002年版，第183—184页。

③ 彭桂蕊（1917—1990），云南临沧人，彭桂萼胞弟。1938年昆华师范毕业后，先后在双江简师和缅云师范任教，并参加中华文艺界抗敌协会，与郭沫若、老舍、艾芜、臧克家等常有通信联系。"桂蕊骊骊秋正好，萼村炜炜岁常新。"是郭沫若与他们书信交往中所赠的对联。曲树程、杨芝明辑注：《郭沫若对联集》，四川大学出版社1994年版，第84页。

④ 彭桂蕊：《他躺在石道上——纪念一个惨死的路工》，《文学》第2卷第2期，1944年3月。

⑤ 李生庄是彭桂萼在云南省一中就读时的国文教师。李生庄（1904—1945），是艾思奇（原名李生萱）的胞兄。1926年考入东南大学攻读西洋哲学，并师从章太炎学习经史。1928年回到云南省立一中执教，兼任云南《民众日报》副主编。1930年回到腾冲任云南第一殖边督办公署秘书。1937年创办了《腾越日报》，1938年创办《晨曦》。

⑥ 彭桂萼：《怅望着高黎贡山》，彭桂蕊、王儒昌、彭联珊编辑《留芳集》，临沧行署文化局1989年版，第41页。

扣紧臂膀,坚持鏖战,削平了深山大谷的遮挡。李生庄所创作的《天生桥行》也充分体现了云南作家的自豪情绪:

> 江峰寺下天生桥,江烽寺上青天高,桥底长奔急流水,天风吹水鸣潇潇。
> 此时滇西古名镇,怪石嶙峋据形胜,一夫当关万莫开,山川锁錀此为甚。
> 左立削壁数千仞,右来苍山势雄浑,两山夹峙岩谷中,一水中流浪涛滚。
> 沿流岩上通行人,人行岩上欲销魂。昂首山巅帽欲坠,猿猱到此亦心碎。
> 噫嗟乎!崎岖道路斯为难,懋烈当年开云南。滇南自古称蛮地,蛮地信有蛮江山。
> 忆昔走马数经比,畏途巉崖进欲止,三尺狭路才通骑,蜀道之难亦难比。
> 忽惊鼙鼓来东胡,中原板荡遭兵殳,据取民族复兴地,后方特重西南隅。
> 君不见,天生桥畔危严中,兵车来去如凌风,滇缅公路凿山通,巧运人力依天工,抗战胜利期成功,滇南万古河山雄。①

李生庄在"序言"中说,1941年经下关天生桥时看见滇缅公路车辆往来,盛极一时,感而作《天生桥行》。"今局势变迁,抚今思昔,不禁慨然。惟念胜利之局,终必属我。"可以看到,除了与萧乾、木枫一样注意到了边地筑路工人的坚韧、无畏与牺牲之外,李生庄、王锡光、彭桂蕊作为云南作家都在极力书写修筑滇缅公路的困难,高山千仞,江流滚滚,比蜀道还难,然,滇人不畏难,劈山开路,此等壮举让"古称蛮地"的滇西成为民族复兴地。

### (三) 滇缅路上的华侨机工

滇缅公路上不仅汇聚了筑路的边地各民族,在公路上往返的华侨司机甚至为中国抗日战争服务的外国友人也被人们一再提及。陆诒就强调华侨

---

① 李生庄:《天生桥行》,《旅行杂志》第18卷第1期,1944年1月31日。

司机是这条路上运输的英雄，他们在海外本有幸福的家庭，物质条件优越，但为了参加祖国抗战，毅然抛下一切，在边境的大山中运输着抗战物资。陆诒曾在下关碰到一位四十余岁的华侨司机，交谈中得知他过去是在新加坡某中学当英文教员，月入一百五十盾（新加坡币），其授课时常勉励学生必须效忠祖国。他不是空谈救国，而是以身作则，在滇缅路上当了一位月入七十余元国币的司机。① 谢川舟深知"华侨在国外的地位是同祖国的强盛程度密切相关的"，因此回国抗战，被编在西南运输处第九大队二十六中队三十二分队，从1938年8月下旬开始在滇缅公路上服务。他回忆起在芒市南天门路段经常塌方阻车，少则几小时，多则几天几夜，干粮吃完后只能跑到地里啃生玉米。"晚上，一个人蜷缩在黑洞洞的旷野里，听见野兽嚎叫，心里有点虚。接受饿肚教训，我就带着铁锅、粮食出车，一旦车子抛锚，就地埋锅做饭。"② 虽然吃着这样的苦，谢川舟依然在坚持运送着抗战物资。董沛于1939年毕业分配到昆明西南运输总处工作了两月，担任汽车教官，"当时有学员四个大队共1000多人，都是华侨机工"，他们很多是商人、学生或是工人，学成后分布在滇缅公路的各个车队、修理厂、管理站或驻修所，都在不辞劳苦地勤奋工作，实践着他们回国服务的初衷。③ 张腾发从昆明到畹町、腊戍，感叹着"这条运输路线场面之伟大，正象征着新中国的生机，表示着中英美邦交的密切"，还留意到司机是一个归侨，驾驶技术很熟练，对人也很热情。④ 张腾发还说到在西南运输处运输大队中，有一个完全由印籍司机编成的队伍，他们有很好的技术和纪律，不分昼夜、不辞劳苦地为我们抢运着物资。"这种互助合作见义勇为的精神，值得我们感佩，也值得我们自省自励，引作今后待人律己的楷模。抗战建国，使命艰巨，我们要尽力争取友邦更大的援助，但尤其需要我们自己能够作更多更大的努力！"⑤

萧乾在《印缅友谊值得争取》中也说到了滇缅公路上的印度司机。中缅边境的人们把印度人的货车叫"卡拉车"，因其总在冷硬的机械外壳

---

① 陆诒：《缅游观感记》，《全民抗战》第156期，1941年2月8日。
② 谢川舟：《南洋机工》，谭伯英等《血路》，云南人民出版社2002年版，第219页。
③ 董沛：《抗战时期的西南运输处和华侨机工》，谭伯英等《血路》，云南人民出版社2002年版，第204—209页。
④ 张腾发：《缅甸观感》，《公路月报》第4期，1944年1月。
⑤ 张腾发：《缅甸观感（二）》，《公路月报》第5期，1944年2月。

上装饰得花花绿绿。作者一行的车陷入了泥沟而抛锚,"卡拉车"迎面而来,跳下"六条矫健如猿猴的好汉",说了一阵听不懂的"梵文",便挽起袖子,爬到轮下,掏泥、垫石、铲土、取绳,预备拖车。他们还被"我们"的司机喷得一脸煤气,溅得满身稀泥,蹲在前右轮系绳的"黑朋友"的手还被轮子擦出了血。但他抬着"那只受难的崇高的手"向大家笑着,"毫无怨色"。萧乾还说到同行中有一个"藐视实利"的公子哥王亚龙,他家在马来半岛开汽车公司,自身受过很好的教育,然而为了祖国抗战,他丢下家里产业,志愿回到祖国的滇缅路上做一名机工。他与作者见面都会行军礼,他在遮放因水土不服生病,作者前去探望时,亦"颤巍巍地要向我行个礼"。作者问他"为什么甘心替我们受这份苦",他这样回答:"先生,一个人只有一辈子好活。我必须有所爱,也有所恨呀!我爱中国文明,恨那倚势凌人的——先生,亚洲真要沦到这种人手里,亚洲就变成野蛮了。"①

抗战中的滇缅公路凝成一股向心力,边地各民族群众、华侨机工、印缅友人在这条路上奔忙出力,默默奉献。白光在《滇缅公路》一诗中写到为着"祖国出海的门户",司机不断转动车轮,工友筑路不论昼夜:

> 千百工友忙碌着修补,
> 他们来自中国内地,
> 更远自遥远的南洋,
> 和邻邦的印度。
> 不为钱财。只受
> 良心和正义的驱使,
> 坚强地,
> 英勇地,
> 他们担起了艰苦的重负。②

南洋、印度、内地的人们都在边地的公路上往返,道路蜿蜒漫长,只

---

① 萧乾:《印缅友谊值得争取》,《从滇缅路走向欧洲战场》,云南人民出版社2011年版,第87—88页。

② 白光:《滇缅公路》,《文艺长城》第4期,1939年9月10日。

因所有人担起了重负,却可通达胜利的彼方。

蒂克把修筑滇缅公路庞大的施工队伍看作是"在山峦的怀抱里"的"工厂":

> 工作在工厂里的
> 白色的面孔
> 黄色的面孔
> 黑得发光的面孔
> 笑嘻嘻地
> 说着不同的语言
> 做着同一的工作
> 虽然
> 他是来自太平洋东岸的
> 丰郁的国土
> 他是来自热带的
> 生满了阔树叶子的家乡
> 他是来自冰雪封锁的北国
> 他是生长在
> 亚洲大陆的黄河岸上
> 大家
> 都兴奋地
> 工作在一起
> 生活在一起
> 笑在一起
> 闹在一起
> 因为 他们都是
> 为争取未来的自由世界
> 而劳动的人们哪①

山峦里的工人,不同的肤色,不同的语言,不同的地域,却在此兴

---

① 蒂克:《向新世纪跃进》,《诗》第 3 卷第 3 期,1942 年 8 月。

奋"做着同一的工作",劈开山石,发出隆隆的巨响,只为了把公路伸向远方。滇缅公路"像无数巨大的/情感的链子/把天南的/抗拒着强暴的国土/西方的撕毁着/万世枷锁的国土/和 燃着奋斗火焰的/领导着奴隶们站起来的/东方的远阔的国土/紧紧地联在一起了"①。这条因与西南公路连接的现代公路,把天南与中原腹地的国土紧密联在一起,且这条通向海洋的公路还把中国与同是反抗侵略的远方世界连接。作为"情感的链子"的滇缅公路见证着各族各地的人们为抗战做出的贡献与牺牲。

在谭伯英、萧乾、木枫、张腾发、白光、蒂克等作者看来,滇缅公路成为彰显民族团结的向心力,各族人民因此而汇聚,来自全国各地的人们,还有华侨甚至外国友人都在这条路上践行着为抗战服务的责任。作者认识并发现着原本陌生、后发展的民族,亲见、亲闻筑路群体的坚韧与奉献,发现其特长与爱国精神。他们的书写不止在于筑路本身,而是歌颂滇缅公路在抗日战争中发挥的凝聚作用,让各族民众的宝贵品质在筑路这一行为中得以充分显现。

有关滇缅公路的书写,在普遍彰显参与筑路的各民族的无畏与牺牲外,明显呈现出两个关注重点:一是认为这条现代公路会使滇缅边地"跃进""新世纪"与"新世界",兴奋地呈现滇缅公路沿线城镇的现代化景象,展望滇缅边地因公路畅通所带来的资源开发和发展图景;二是强调为了修路,原本地图上"孤立的地方"变得彼此熟悉,边地各民族人民、华侨汇聚于同一条路上。人们因此得以发现边地少数民族的优长和传扬筑路工人的爱国意识,见证着爱和平的人们所做的贡献。强调滇缅公路的现代化与凝聚力,是因为他们已把被这条现代交通贯穿的滇缅边地纳入到了抗战建国的潮流之中。正如谭伯英所说:"筑路本身的成就已不仅仅是个工程项目的完成。它是个人类实验室,它证明了:通过诚实和公平的行为,数千年来的传统和偏见几乎可以在一夜之间消散,并可用进步的技术为未来社会建立一个牢固的基础。"②

---

① 蒂克:《向新世纪跃进》,《诗》第3卷第3期,1942年8月。
② 谭伯英:《修筑滇缅公路纪实》,谭伯英等《血路》,云南人民出版社2002年版,第85页。

## 第二节 中印公路——现代化的胜利之路

中印公路,时人对其有好几个称呼,因为是从印度雷多(或译为列多、利多)作为起点,被称为雷多公路(或是列多公路、利多公路),也为纪念史迪威的功绩,蒋介石定名为"史迪威公路"。"又因它是中美合力建造的,叫做华美路,又有人叫它做到东京路。有位记者幽默地说:'这正如一个大人对于他所欢喜的孩子,不知叫它什么才亲热!'"① 中印公路从1942年12月动工至1945年1月全线通车,是在与森林、洪水、战火中搏斗两年多后所得来的成果。从雷多经密支那后分为南北两线:北线跨过伊洛瓦底江,经龙陵、腾冲与滇缅公路相连,南线经八莫、南坎到畹町后与滇缅公路汇合,直至昆明,全程一千八百多公里。中美筑路工兵离家万里,在蛮荒大野中与大自然、日军战斗,每尺的路,都是在簇密如麻的原始森林中随刈伐随推进的,一面扫除瘴疠,一面创出工程上种种奇迹。对中印公路的书写主要集中在两个时期:一是1941年中印公路测勘队队员的记述;二是随军记者和驻印军的书写。虽然侧重点不同,但都以建构抗日战争时期的国家共同感为旨归。

### 一 勘路记——"中央人"对沿线民族的主动认识

1941年春,抗战局势严峻,对外交通之唯一路线滇缅公路随时有被截断的可能。当时供职交通部的严德一说:"部方遂组织中印公路测勘队,由袁梦鸿陈思诚两位工程师,分领北南两队,作者参与南队工作,负责作沿线经济地理调查,历时六月,步行直达印度……所经康南滇北及中缅未定界区与印度东北角,均为人迹罕至之区,地理情况,亦多发现。"② 中印路测勘队一行自西昌出发,在中甸分为两队,一队由副队长陈思诚率领,包括电信员、事务员、医师"并卫兵及人夫七十余名同行","另一队以袁梦鸿为队长,参加者以技术人员为主"③。袁梦鸿"统计全线可分三大段,由西昌至中甸,长约五百公里","由中甸至崖阳,

---

① 孙克刚:《史迪威公路通车》,《缅甸荡寇志》,国际图书出版社1946年版,第134页。
② 严德一:《中印公路之经济地理》,《边政公论》第6卷第2期,1947年6月。
③ 陈思诚:《中印路调查队记》,《新生月刊》第5卷第1期,1943年1月10日。

计四百公里","由崖阳至列多,长约五百六十公里"①。严德一、袁梦鸿、陈思诚等测勘队的专家都对此次勘线写有考察记。他们在对路线测定的过程中,是以现代科学的眼光去了解边地,所以他们都会欣喜地强调着国内人士总以为西南边疆有几个未解之谜,因这次完成中印路的测勘以及沿途与边地各民族居民的接触,"也算把一向以为是莫名其妙的几个谜,一齐打破了"②。这是带有现代地理学知识主动去认识边地自然以及调查边民国家观念的勘路之行。

严德一关心云南边疆地理,先后经历云南边境已五次。③ 1941 年在中印公路勘测队担任地理专员,从 5 月 21 日西昌出发算起,历时 191 天。④ 经过近"东西一千五百公里的旅行"⑤:

> 全程,要翻越十三四道高大的山岭,横跨廿多条急流大川,森林蔽塞,藤葛遍野,又有毒虫,猛兽,沿途人烟稀少,更找不到粮食给养。此行以前,真是从没有人走通的一条僻径,因为根本没有路;这次幸而获得各地夷民,拥护中央整个的国策,协助工作人员进行,帮忙一切给养运输的方便,才把全路走通。他们是中国的边民,从没有到过中央人,内心的热情,用全有的能力,表现出来,是不可以不

---

① 袁梦鸿:《中印交通问题》,《抗战与交通》第 82 期,1942 年 4 月 16 日。

② 严德一:《中印横断之行九种民族的访问和观感(下)》,《时事月报》第 26 卷第 5 期,1942 年 5 月 15 日。

③ 严德一自述:"始自民国二十三年,当因班洪问题由京入滇,最初经历滇越铁路沿线,复深入思普沿边之车里旧十二版纳及蒙自临安个旧等地,为期一年,是为纯粹之学术工作。二十六年开辟滇缅公路,因督察全线路工,又经历滇西各地,为时亦共十月。二十九年探查西宁大理交通路线,由青海西康沿澜沧江流域经阿墩子入滇西北边境,是为第三次经历滇边;三十年参加中印公路测勘,由西康宁属及木里土司地入滇,复穿越横断山脉与三大峡谷,而深入滇北段未定界内之求子江流域,并经历野人山北部之原始森林,步行而达印度东北部之亚森密;三十一年随中国工程远征队入缅赶筑中缅印之公路,因敌蹄追踪至缅北遂由密支那撤退返国,经腾冲后渡怒江而还,又得跨越高黎贡山之一段"。《云南边疆地理(上)》,《边政公论》第 4 卷第 1 期,1945 年 1 月。

④ 严德一:《中印公路测勘的回忆》,《中国科技史料》1980 年第 3 期。

⑤ 严德一:《中印横断之行九种民族的访问和观感(下)》,《时事月报》第 26 卷第 5 期,1942 年 5 月 15 日。

出,因此也可以认识他们各民族的风土人情。①

虽然没有路,"没有到过中央人",但"各地夷民"拥护着"国策",并积极协助这次勘路,身为"中央人"的作者就更有责任去认识这些"中国的边民"。所以严德一把沿途所见的"各民族的风土人情"写成《中印横断之行九种民族的访问和观感》,介绍了"倮夷""摩挲族""黎苏人""摆夷""怒子""野人山中并不野蛮的民族"以及传说父辈尚为有巢氏的"俅子"等九种民族的生活方式与居住环境,通过自己的亲历打破原始可怕的传闻,呈现边地民族人们真实的生活状态。严德一尤其关注中印线沿途边民"对于中国的倾向心",他把此次筑路当作是凝聚沿途各民族的重要机遇,所以他在文章末尾引述了曾深入云南边地的英国旅行家"黎谷利"的关于"中国势力的西进是靠汉人文化中一种伟大的和平技巧"的论述,并总结道:"现在,正是中国远征军西开保卫缅甸的义举,又是中国工程师帮助修通印缅交通路线的伟业,中印需要携手,汉人文化西进之前锋,已至到达孟加拉之日。"②

除了对九种民族的介绍,严德一以现代地理学的视角来认识这片传闻中的神秘之区。他从自然环境、人文概况、地方经济以及外交与边疆问题四个方面来介绍中印路测勘所经之地:澜沧江、怒江、高黎贡山、怒山山脉、野人山地等的地形地势、天时气候;倮㑩黑夷、摩挲西番、古宗喇嘛、黎苏摩些、怒子与俅子、克伱与开钦、坎底之摆夷与印度边境之民族的政治管辖、民族性与地方文化;测勘沿线的币制紊乱、衣食不足、人烟稀少的经济状况以及矿产蕴藏与高原畜牧的资源发展。严德一详述中缅未定界之悬案史略与勘路所见英国侵略之现状,强调此次线路调查意义深远,在云南边疆的地位将会提升的战时背景下,中印路的测勘不仅关乎道路工程的实施问题,更牵涉现代民族国家的边界危机以及边地民族的国家认同问题。

中印路调查队副队长陈思诚写有《中印公路南线视察记》,他与严德一一样都认为我国西南地理方面的"大谜",即阿墩子维西间,澜沧

---

① 严德一:《中印横断之行九种民族的访问和观感(上)》,《时事月报》第 26 卷第 4 期,1942 年 4 月 15 日。
② 严德一:《中印横断之行九种民族的访问和观感(下)》,《时事月报》第 26 卷第 5 期,1942 年 5 月 15 日。

江以西，怒山、高黎贡山、野人山一带的地方，"而本人恰是从大谜中，经过出来的，现在大谜已破"①。陈思诚详述了此次因勘路而破解"大谜"的过程：林青密茂，居民罕少，澜沧江、怒江、独龙河、恩梅开江、迈里江等均是狂流急湍，跋越维艰，森林密布，瘴疠时行，以此成为畏途。野人山"万古以来未曾开发，森林中须开路而行，行二十余日，不见一村落"，连当地人都以为葡萄是瘴疠之地。在葡萄时，招雇夫役及向导经野人山往印度，无一敢应者，只能"以政府之令逐村抽调，乃得成行，然为向导者，竟中途迷路，不辨方向，本队只凭地图及指南针，在森林中罔罔然行十余日……即个中人亦不知个中情形，其为大谜，可想而知"②。自高黎贡山以西至印度，勘测队所经，数百里皆是原始森林，虽有滑竿、马匹亦无所用之。有时以竹筏、溜索、独木船渡河，有时刺竹丛生，遍山都是，砍伐所不能通，唯一前进之法就是找寻野象行迹，依之而行。有时还需另雇刀斧工人到处开路，往往前行不通，只能折返重新开路，每日行程，少则三公里，多则不过十二公里。"总而言之，个中交通状况，皆是经过高山大川，森林绝壑，人迹罕到之地，皆利用原始人之原始交通方法而已。"③ 所以居澜沧江边之人，不知怒江边情形，居怒江边之人，不知独龙河边情形。破解大谜之经过，是一个于抗日战争时期带着特殊使命的队伍主动深入边地去调查了解的过程。陈思诚如实写出了边地交通的原始闭塞，以此来凸显此次筑路的必要性。通过勘测与考察，陈思诚介绍了南线的地理形势，交通、工程状况以及黎苏、怒子、傈子、摆夷等民族的分布情形，他也把此次筑路当作是加强民族凝聚力的机遇：

> 又各种民族，似乎去西愈远，愈有归向我国之心，本队测勘所及，见夫倮㑩、西番、古宗、黎苏诸族，除对于其旧日土司土牧，间接尊重我国政府命令外，其归向中央之诚，并无表现，但本队一到崖阳后，其当地之傈子根侬，甲长保长，便派代表来谒见本队，致送蔬果鱼肉各种土物，本队酬以银物，及我国地图，国旗……彼皆欣然接受……并对本队言称，自其先人以来，彼族皆向东方来的纳粮，不料

---

① 陈思诚：《中印公路南线视察记》，《西南公路》第195期，1942年5月11日。
② 陈思诚：《中印公路南线视察记》，《西南公路》第195期，1942年5月11日。
③ 陈思诚：《中印公路南线视察记（续）》，《西南公路》第196期，1942年5月18日。

其后东方的不来,而西方的来了,彼族只得向西方来的纳粮,并非彼族忘记东方来的人,实是东方的人不来,虽有归向之心,而是有心无力等语,其意至为可怜,本队到葡萄,到野人山,到塞地亚,到处受土人之欢迎,其热诚挚意,大约均是如此。①

陈思诚详述边地民族"有归向我国之心"的举动。测勘队送给边民"我国地图,国旗"也有其象征意义。陈思诚在《中印路调查队记》中也说道:"我等一行,每至一地,先宣扬中央政府之德意,或对民间作各种慰问,或对沿路部落之首脑,乡导人,农民,仆役等,馈赠礼物。"② 他认为须乘此筑路机会,只要"东方的人"去,即可凝聚有着"归向之心"的边民。陈思诚认识到中印路的测勘不仅是运用现代地理学知识对所经之地有清晰了解的过程,也是考察边地与国家之关系的重要契机。

同在北路担任地质学踏勘的林文英从永宁、中甸、阿墩子、德钦直到西藏,在中途写给赵静候处长的几封信中也写到边地民族"对中央极具好感",因"我国抗战四载,屹然未动","因而深佩中央之强毅,此为民国以来,未有之时机,当善为利用"③。北路技术队队长袁梦鸿勘经"崖洼崖阳,葡萄,而达印度另一铁路终点之列多"④。在《中印路测勘观感》⑤ 中介绍了西昌—盐源—永宁—中甸—德钦—鄂尔河沿线的山川形势、交通分布、种族人口甚或币制问题。袁梦鸿在《中印路测勘纪要》中也写到沿途"通行币制有六种之多",硬币有川洋、铜洋、藏洋,纸币有中票、滇票、卢比,从币制就可以想见沿线的复杂情形。⑥ 我们可以看到,测勘队员的考察记不仅仅是交通工程之问题,反而更多地关注着边地民族的现实状况以及对国家的认识之问题。

中印公路经历了三次筹建。⑦ 1941年的第一次筹建,因自然条件复

---

① 陈思诚:《中印公路南线视察记(续)》,《西南公路》第200期,1942年6月15日。
② 陈思诚:《中印路调查队记》,《新生月刊》第5卷第1期,1943年1月10日。
③ 林文英:《中印公路勘查情状》,《公路月报》第14期,1944年9月。
④ 袁梦鸿:《中印交通问题》,《抗战与交通》第82期,1942年4月16日。
⑤ 袁梦鸿:《中印路测勘观感》,《抗战与交通》第79期,1942年3月1日。
⑥ 袁梦鸿:《中印路测勘纪要(续二)》,《西南公路》第189期,1942年3月30日。
⑦ 参见徐康明:《滇缅战场上中印公路的修筑》,《抗日战争研究》1995年第1期。

杂,人烟稀少,对施工所需的人力、器材、粮食供应等都有极大困难。加以英国的干涉,如北路勘测队从德钦到达藏境,不料"被藏军拦阻,并拆毁沿路大桥三座,致无法前进"①。因此这一从四川到印度中经滇藏的中印公路的方案经讨论后,最终没有实施。但严德一、陈思诚、林文英、袁梦鸿等的中印测勘之行依然有着重要意义,尤其是他们所写的勘线调查记,以破解边疆之谜的目的,呈现的是边地民族的真实情状。他们认为此次中印公路的修筑可以加强民族的凝聚力和国家认同观念,也能借此解决疆界问题。所以在调查记中,他们以地理学知识介绍边地自然环境,以抗日战争中所承担的共同命运强调着边地同胞的国家观念,忧患于边界危机,想以此引起国人的注意。

## 二 通车记——亲历士兵对现代化工程的颂赞

### (一)"机械的能"

中、美、英反复商讨筑路方案后,伴随着滇西、缅北的反攻战,中印公路开始修筑,这是当滇缅公路缅甸段被日军侵占的时候,配合着军事推进的路线。"筑路从印缅交界线上开始,奔向山泽丛林之间,工程队以无上的威力,对付着原野和大川,随军事的胜利,新路一天天向前爬行延伸,爬过万水千山,克复了狂风豪雨,像一部巨大机器一般,山林中碾成了一条大路,今年的一月间,终于与中国的动脉相接通。"②潘世徵在《西征行——从昆明到保山》中写到中印公路的通车使"全昆明,全云南,全中国的人们,像冬眠初醒的长蛇似的,吐出了一口气来,他们欢欣,热望……兴奋着新的日子是来到了",尤其是这条路建设起来的目的"是为了祖国整个的抗战和反攻的前奏"③。中印公路全线通车之日,亦是中国远征军和驻印军胜利会师之时,潘世徵在写于1945年2月2日的《记史迪威路》中就叙述道:

史迪威路上的大批运输车,已由遥远的南国,风尘仆仆的来临,

---

① 袁梦鸿:《中印路测勘观感》,《抗战与交通》第79期,1942年3月1日。
② 潘世徵:《记史迪威路》,《战时西南》,上海:华夏文化事业社1946年版,第35页。
③ 潘世徵:《西征行——从昆明到保山》,《战时西南》,上海:华夏文化事业社1946年版,第19页。

八莫、腾冲、龙陵、芒市、畹町，二年来在敌人铁蹄之下呻吟着的同胞们，为浩浩荡荡的车辆声所惊醒，每个人都从被炮火所毁坏的断墙残壁之中，伸长着头颈来盼望。全中国的人们，久长的时间，被木炭车和破旧的车声听伤了耳朵，现在，一群新的有节奏的车声，立刻来加入行列之中，每个人也增加了新血液似的，活跃了起来。①

众多车辆"惊醒"了两年多来在日军铁蹄下受难的滇西同胞，"新的有节奏的车声"给全国人民"增加了新血液"。在潘世徵看来，中印公路不仅昭示着滇缅抗战反攻之胜利，更是"现代化"延伸至边地的标志。当首次在新路上驶过，驻印军士兵梁惠全"体味到名震全球的雷多公路的伟大"，中国驻印军先踏出一条血路，美国工兵"藉着开山机，挖泥机，碎石机，碾路机，跟着他们的足迹走"。梁惠全一再书写延展至此的现代化机械："雷多公路两旁是军区的所在，那里曾是古木参天的处女林，经过人们的伐拓，已经变成了帐篷群聚的营房，有中美军队，有仓库，工厂，停车场，小机场，还有绵延千里的储存库。"② 在中印公路的开辟上，"是最新式的机械，披荆斩棘，使荒无人烟之区，化险为夷，那些开山机尤厉害，轮子一碾过去，就把高低不平的山坡推平，开出一条路来"，如同"开天辟地的鬼斧神工"③。翻看随军记者或是驻印军战士对中印公路的书写，都会与潘世徵、梁惠全一样，除了叙述工兵战士为这一艰巨工程的英勇无畏地付出，最主要是在歌颂着造就这一贯穿原始森林区域的国际通道的现代化器械，不惜笔墨地书写着筑路机器的巨大效能。

孙克刚在《缅甸荡寇志》中的"史迪威公路通车"部分，写到中印公路沿途所经地区几乎都是人烟稀少的丛林，工兵的筑路工程紧随着战斗部队胜利的消息而推进，在茫茫林海中步兵作战时砍出来的几条泥泞小道是唯一可寻的人迹。"最初担任筑路任务的，是驻印军的工兵第十团，他们全凭人力，所用的工具，只有斧头，圆锹和十字镐，所以进展很慢。后来美国的机械化工兵团带来了开山机、平路机、打石机、排水机、起重机

---

① 潘世徵：《记史迪威路》，《战时西南》，上海：华夏文化事业社1946年版，第32页。
② 梁惠全：《我所知道的雷多公路》，《南开高中》创刊号，1945年7月。
③ 陆平、胡剑：《记史迪威公路首次通车》，《民主周刊》第1卷第10期，1945年2月24日。

等等现代化的筑路机器。"① 孙克刚这样描写用这些现代化机械筑路的情形:

> 如果说驻印军打胜仗是正义战胜暴力,那末,中美工兵能把中印公路修通,即是人类战胜自然,骨子里都是真理,而表面上却是奇迹。我们看到坦克车打扮的开山机,前头安置着两丈来长五尺来宽的刮刀,推起几千斤的泥土飞跑,挡在前面的山坡,只要不是石头的,经它几个来回,就劈出一条甬道,直径在一尺以下的树,经它一冲就倒,真好像旧小说上说的移山倒海,和那些住在山顶上还过着有巢氏生活的山头人对照起来,教人不禁有隔世之感!②

在孙克刚看来,中印公路是人类战胜自然的标志,现代化器械在原始森林中"移山倒海"的效果,一下子让"还过着有巢氏生活的山头人"跨越了几个世纪,中印公路因此成为云南边地走向现代化的通道。

1944年4月,谢永炎于印缅前线看着越过喜马拉雅山和胡康、孟拱河谷,向着云南延伸,完全起伏在茂密峻岭中的中印公路,不禁感叹:"它透过那些数千年以来无人问津的山岭和丛林","它是世界最险恶的一段公路"。但这种险恶,显然没有阻碍公路的开筑,"如今山头人,卡钦人,印度人,以及中美健儿们,正在积极亲密合作的不断的改善它,他们继续在流着汗"。除了人力,中印公路最主要是靠"二十世纪的怪物"而伸长,这一"怪物"就是"一部开山机、卷土机和压路机"③。谢永炎把三者称为是成就这条现代公路的"母体",是20世纪"最进步的机械力量":

> 中印公路的每一块土,都通过了它的手足,如同中美健儿献力于中印公路一样。石头经过这怪物便碎粉了,山地和崎岖也马上会平坦起来。至于完全没有路的荒径,它走过后,就诞生了公路。
> 它的功能平均一部机器至少可以抵当一百人在同一时间距离内的

---

① 孙克刚:《史迪威公路通车》,《缅甸荡寇志》,国际图书出版社1946年版,第133页。
② 孙克刚:《史迪威公路通车》,《缅甸荡寇志》,国际图书出版社1946年版,第134页。
③ 永炎:《中美联军血汗的结晶——一条战斗中诞生的中印公路》,罗时旸主编《我们的远征军(二)》,重庆:青年出版社1944年版,第386—387页。

工作效能。它只需要一个管理。

中印公路上,无论最前线或后方,这些怪物都在不分日夜的咆哮着。①

有了这些现代化机械的帮助,"到东京之路"逐渐成长,促使了日军的逐渐崩溃。《我们在中印公路最后的历程上》一文中,谢永炎把中印公路称为是"我们国家艰苦抗战八年,在最后胜利途中所希冀的对于反攻具有大作用的事业"②。筑路的壮举,坚定了战士们将由血汗铺就的国际公路回国的信念。所以谢永炎把中印公路视为由"二十世纪最进步的机械力量"铺就的"凯旋的大路"。

"一年来,我从印度到缅甸,紧紧跟随着盟军前进,看见他们战斗,又看见他们筑路,战斗一天天在胜利,公路也一天天在伸展。"③ 乐恕人在《中印公路的故事》中讲述着自己亲历的筑路故事:说着要"到东京去"的美国黑人工兵,在清理路基塌方的由英方组织的印度人、尼泊尔人劳工队,还有一再表达钦佩驻印军之英勇的美国工兵詹森和台维斯。作者讲述的目的是希望将来的旅人欣赏沿途风景的时候,不要忘记筑路的艰辛。在《我远征工兵在缅北》中,乐恕人开篇就强调"中印公路是一条用血肉打出来了的国际公路",工兵先用人力,翻山越岭,"砍倒野人山上的千年古树",然后由美国工兵的开山机削平路面,再用平路机去整理。"转战在中印公路上所见到美国工兵的筑路造桥机器,便有十几种,比如像开山机,平路机,压路机,碎石机,起重机,排水机,和空气压榨机等,全是筑路的利器绝非人工所能比拟。"④ 1944年8月,郑蜀生在雷多军区巡礼,看到打先锋的驻印军的鲜血浸润了丛林的土地,美国工兵循着中国士兵的血迹前进。"在这种万山重叠中,想单凭人类的双手来开辟

---

① 永炎:《中美联军血汗的结晶——一条战斗中诞生的中印公路》,罗时旸主编《我们的远征军(二)》,重庆:青年出版社1944年版,第387—388页。

② 永炎:《我们在中印公路最后的历程上》,罗时旸主编《我们的远征军(二)》,重庆:青年出版社1944年版,第438页。

③ 乐恕人:《中印公路的故事》,罗时旸主编《我们的远征军(二)》,重庆:青年出版社1944年版,第446页。

④ 乐恕人:《我远征工兵在缅北》,罗时旸主编《我们的远征军(四)》,重庆:青年出版社1944年版,第1300页。

一条路，可以说是不可能，美国的机械克服了这些困难，在公路上，硕大无朋的开山机、锯木机、碾路机、碎石机、掘沟机、起重机穿梭似的来往。"印缅边境，遍地都是两人合抱的树，绵延的大山，起伏的丘陵，"但是只要路线一决定，任你千山万险，也阻挡不了这些巨怪的前进"①。

1944年10月，吕德润在中印公路上有"七天巡礼"。"那险恶的山，原始的林，狂暴的雨，令人难以置信这可能性。怪不得公路修筑时，附近山头林深处的土人扶老携幼在公路旁睁着惊异的眼。"② 缅北新攻势开始，中印公路上的繁忙让作者想起"车辚辚，马萧萧"的古句。《炸药、斧头、开山机》一文，吕德润写了车子行进在孟拱河谷森林中，被美国兵拦停，原来是在炸树，凡是刀斧砍不倒的，就用炸药把它们炸倒。吕德润详细描述了现代化机械的鬼斧神工：

> 我们的车子绕过倒下的树，向前徐徐而进。在炸树声中，又响着阵阵怪叫。前面出现了几辆大坦克车似的开山机，车前面挂着一个长达十公尺宽约三公尺的大刀。那些被炸倒横在路中的树连干带枝被这大怪物推向两旁，有时更拖上连泥带土的一大堆。这时开车的弟兄几乎要踏破油门似的，几声高锐的怪叫，又把路面扫清了。紧跟着又有几辆开山机修平路面，而在标宽的地方，大刀斜着刮排水沟，这便是在此特殊地形的战场上横冲直闯的大力士。一般树干在一英尺以下的树，大力士一撞便可把它们撞倒。除了石山，一般土坡可被劈开一条路。③

作者详细描写了这一"人类征服自然"的过程，"大怪物""大力士"在边地森林中发挥着开天辟地的作用，中印公路在彰显人之伟力的轰鸣声中不断向前拓展。吕德润于1945年1月28日随首批车队从南坎到昆明，因看到过真实筑路情形，他对此次通车典礼深有感触：这"是个伟

---

① 郑蜀生：《雷多军区巡礼》，罗时旸主编《我们的远征军（二）》，重庆：青年出版社1944年版，第399页。

② 吕德润：《中印公路巡礼——人类征服自然》，罗时旸主编《我们的远征军（二）》，重庆：青年出版社1944年版，第454页。

③ 吕德润：《炸药、斧头、开山机》，罗时旸主编《我们的远征军（二）》，重庆：青年出版社1944年版，第457—458页。

大的纪念日","被封锁了两年八个月的祖国,今天有了一条陆上国际交通线"①。

贾之澄同战友驰骋在新路上,他在《史迪威公路印象记》中这样描写回国的车队:"七十辆小吉普,和十辆大卡车,组成了一股蜿蜒迂回的铁流,浩浩荡荡的吞蚀着那全球闻名长约一千一百里的史迪威路。"② 看着"飞轮滚转",听着深林中机械的声响,无论是骇人的"鬼门之关",还是幽暗的野人山,都没有了惧怕,"让车缓缓的驮着我们,像鹏鸟一样遨游在云雾里"。贾之澄赞颂着延伸至这荒无人烟的森林中的现代化力量:"伟大的工程师们的足迹展到了,连通了战时中国的大动脉——油管,一直从加城爬到昆明,经过了山沟,野林,河川,静静的伸长了腰肢,躺在荒野的原始森林里,又伸长过缅北平原,与长途电话一样的被称为史迪威路上媲美的兄弟。"③

《中印公路全程行》是 1944 年 11 月 20 日王建时于中印路上写下的旅行记。他随着由"五十部大卡车"组成的车队从雷多到密支那,在参天古木之间蛇形的行进。送别的朋友没有离愁、伤感,只有兴奋、欢欣,大家"以勇敢的步伐踏上征途"。到了"唐里沙坎",山顶满是军帐,"紫色的暮霭围绕着,大有古时的戍边的风味"。车队集结,"简直是一座'车城',媲美古代的'城围'"。置身于雄壮的行列之中,这曾经的万古迷踪现在已有"盘古般开天辟地的英雄"。筑路工程不断向前推进,作者还赞叹起路旁悦目的风景。④

随军记者和驻印军将士都在描述着现代化机器筑路的情形,都在彰显着延伸至边地的现代化力量。潘世徵因中印公路上新的有节奏的车声而欣喜。梁惠全描述着在荒无人烟之区的"最新式的机械"以及"处女林"中绵延千里的现代机器储存库。谢永炎、郑蜀生、吕德润分别把各式各样的筑器械称为:"二十世纪最进步的机械力量","二十世纪的怪物",前进的"巨怪","大怪物"和"大力士"。孙克刚宣称中印公路的修通是人类战胜自然。贾之澄自豪于中印公路上飞驰的"铁流"。因有"盘古

---

① 吕德润:《随首批车队到昆明》,孙克刚等《中国远征军在缅北》,云南人民出版社 2002 年版,第 178 页。
② 贾之澄:《史迪威公路印象记》,《西风》第 93 期,1947 年 4 月。
③ 贾之澄:《史迪威公路印象记》,《西风》第 93 期,1947 年 4 月。
④ 王建时:《中印公路全程行》,《旅行杂志》第 19 卷第 1 期,1945 年 1 月 31 日。

般开天辟地的英雄",王建时随车队回国时没有别愁,一路欣赏着这曾是神秘之区的美丽风景。中印公路的修筑与通车,在亲历者看来既是反攻胜利的标志,也是抗战所促成的延伸至边地的现代化力量的象征。

(二)战士的血

潘世徵、孙克刚、乐恕人都已提到过这样的筑路场景:中国工兵在前披荆斩棘,扫清敌寇,紧随其后的是各种"筑路利器"的战场。士兵的英勇成就着使用现代机器的可能,现代化器械又使得中印公路在反攻节节胜利的消息中迅速向着国境延伸。如郑蜀生所说:"雷多路就凭着我们的血,他们的汗,机械的能,开辟前进。"① 歌颂了"机械的能",更要纪念战士的血,作者们在彰显现代化力量的同时,也都看到了中国战士为修筑中印公路的付出与牺牲。

驻印军士兵陈忠鹏在《血肉砌成的中印公路》中记录了战士们"在数千年来未辟之原始森林中"出入,在枪林弹雨中前进。"为了争取光荣,及浪开中国的生命线,从未因牺牲过重而稍挫杀敌的雄志,于是就节节的推进,后面的美国朋友在我攻克之地,星夜不息,风雨无阻以新式的机械赶开公路,凡我军推进一地,公路就连接起了。"② 中印路的修筑是伴随着旺盛的反攻士气推进的,先有了"血"的铺就,然后筑路才有了可能。在对中印公路巡礼时,吕德润震惊于美国筑路器械强大力量的同时,也在歌颂中国驻印军的英勇无畏。雨季时,公路过于泥泞,机械不能工作,"于是我们工兵弟兄们持着刀斧,便在齐胸的泥水里过了四个多月"。虽然在诅咒着雨季,但工兵依然坚持挖泥、打桥桩,不停地改良与修理,还乐观地把雨季看作是对工程是否牢固可靠的一个检验。③ 吕德润为我们描述着九连的弟兄们虽身处泥泞几个月,他们仍将紧跟火线,在枪炮声中用刀斧开辟着这条国际通道。所以当吕德润一行返回时,一条长达一华里的开阔道路已经在迎接着他们,这便是战士们跟自然搏斗的结果。

贵阳中央日报社的随军记者戴广德也在赞扬着驻印军掩护筑路的功绩。印缅边境,山脉连绵不断,在战争到来前,阴森的丛林里,没有路,

---

① 郑蜀生:《雷多军区巡礼》,罗时旸主编《我们的远征军(二)》,重庆:青年出版社1944年版,第400页。

② 陈忠鹏:《血肉砌成的中印公路》,《银都周刊》复刊号,1946年6月15日。

③ 吕德润:《中印公路巡礼——人类征服自然》,罗时旸主编《我们的远征军(二)》,重庆:青年出版社1944年版,第456页。

没有人，只有粗莽的古树和刺人的藤蔓。战士们进入这片遮天蔽日的原始密林，有蚂蟥，有猛兽，有雨的障碍，还有可怕的疟疾，地上布满敌人纵深的阵地，树上隐伏着轻机枪。然而：

> 困难消灭不了我们的意志，障碍阻遏不住我军的战斗精神，我们在这地形复杂崎岖山地里，一面和大自然奋斗，一面和顽强的敌人肉搏。这是伟大的战争，这是艰苦的搏斗，前面打仗，后面开路，隆隆的炮声和沉重的开山机声交织在一起，一块土地一滴血，一寸公路一滴汗，在中美健儿汗血的交流中，这条富有历史意义的国际交通线，一寸，一尺，一丈，一里。由印度向缅甸伸长，向祖国边境伸长！①

掩护筑路是反攻缅北的前哨战，戴广德说在没有任何天时地利的艰苦条件下，"战斗范围，由狭而广，战果由小而大，打，打，打，打向大龙河，打向大奈河，打向孟拱河，打向密支那，打向祖国的边陲"②。在这原始丛莽中，只有"打"才能越来越靠近祖国边界，才有凯旋回家的希望。戴广德见证了中国驻印军的战斗精神，既要与大自然抗争，又要与敌人肉搏，所以中印公路是在隆隆炮声和筑路机械的轰鸣中向祖国延伸的。

面对这样一条具有伟大意义的国际通道，1944年10月，以滔在中印公路上写下了《已经不是初次了》这首长诗。诗人注意到走在新路上的人们"将眼光通到天地的边缘"，却无暇对路身"作一次深沉的忆想"。"人们舒畅地驰过这坦开的土地，/却并未望见印在泥灰里的汗和血。/而拓辟荆莽的人也从未曾回头来，/让记忆飞到自己的汗印上边，/或用步子在魁梧的路肢作一次旅行。/他们依旧走在先头，/用血与力的火焰焚毁路的障碍。"③旅人漠视路基中的血和汗，筑路工兵也不会夸耀自己的功勋，诗人就有必要提醒人们筑路之艰辛：举起锯斧砍伐蠹天古树的人倒在迸飞的血浆里；巨蟒从密林深处爬出，把人缠住直至慢慢窒息；成群的血褐色蚂蟥，头如钻子般钻进工兵的皮肤，偶然触碰，便是一手濡湿的血；工兵

---

① 戴广德：《掩护筑路》，《我们怎样打进缅甸》，贵阳：贵阳中央日报社1945年版，第39页。

② 戴广德：《掩护筑路》，《我们怎样打进缅甸》，贵阳：贵阳中央日报社1945年版，第39页。

③ 以滔：《已经不是初次了》，《抗战文艺》第10卷第1期，1945年3月。

夜宿深林，鼾息在疲劳的沉梦时，一只老虎走进来，衔住一个回去。然而这一切困难与牺牲已持续近两年，身为战士的诗人就有了强调这"已经不是初次了"责任：

> 已经不是初次了，
> 同他们所有的武装，工具，
> 在陷阱似的泥淖沉下去，
> 烂泥灭顶，人活埋了。
> 已经不是初次了，
> 怀着替人类替土地连同脉搏的心情，
> 他们执拗在每一段路上，
> 有着生命威胁的路上。
> 只轻轻把血迹留下来，
> 然后又消失在雨雾里。
> 在笔直的大路上行进的，
> 有为公家运送兵员，粮秣，弹药，
> 也有为"合作社"运送鸡鸭，豆腐和白菜，
> 他们何尝懂得路的由来
> 他们在路上飞驰，
> 像飞机自由地在天空翱翔。
> 有时他们也诅咒路蜿蜒昂首在山腰，
> 桥筑在岩崖脚上，
> 躺在横流的深涯上。①

以滔以"已经不是初次了"作为诗题，作为每一小节的领起，只为告诉人们"路的由来"。"今天，我初次走在路上，/望见路上巍峨的旷野伸向远极。/我初次听见了路诞生的传记，/和毒蛇猛兽咀嚼的故事。/对于造路造桥人每个名字，/燃炽最真的怀念的火。"②"初次"走上中印公路的诗人纪念着筑路工兵"已经不是初次了"的牺牲。

---

① 以滔：《已经不是初次了》，《抗战文艺》第 10 卷第 1 期，1945 年 3 月。
② 以滔：《已经不是初次了》，《抗战文艺》第 10 卷第 1 期，1945 年 3 月。

署名为"蕴章"的作者写下《中印公路七首》①。在诗人看来,苦战五年,海锁江封,但多难亦会兴邦,"甘从烽火觅和平"。中印路曲折迂回,千锄万铲后,劈通佛国迢迢路,豪情彰显:

> 西天遥远是耶非,
> 白马驮经数太稀,
> 汉使若于今日去,
> 梵章佛典压车归。

诗人借用唐僧取经的典故来歌颂让西天不再遥远的现代化道路。现代技术带来的速度与效率不仅拉近了空间距离,也体现了现代人战胜自然的豪情。中印路畅通后,诗人歌颂着公路繁忙的情形:"源源车水向东流,抢运匆忙夜未休,独有村童情趣好,笑将坦克数从头。"这条国际路线打破了封锁,对战局影响重大,对促成这一局势的筑路人更要铭记:

> 畅运经时战局新,
> 反攻指日扫倭尘,
> 纪勋如建凌烟阁,
> 先书辛勤筑路人。

随军记者和驻印军就在"先书辛勤筑路人",让人们知道"中美工程师即在世界上此一僻边之角落中,担任世人认为不可能之工作"②。1945年出版的由大公报馆编的《中印公路是怎样打通的》一书的前言中写有:"中印公路是怎样打通的?这是一个艰苦到不可想象的战争场面,血,汗,加上无比的忍耐力创造出来的奇葩!中国的陆军,工兵和民工是打通中印公路的主要动力。"中国战场反攻战,开始于中印公路之战,这些写于前线的战记"都是实地写生,有血,有汗,有光,有热"③。关于修筑中印公路的书写确实有工兵的血与汗,有现代化力量的光与热。

---

① 蕴章:《中印公路七首》,《电工通讯》第16期,1942年4月。
② 鲁莽:《史迪威公路开筑的经过》,《宇宙》第4期,1946年3月。
③ 大公报馆编:《中印公路是怎样打通的》,重庆:大公报馆1945年版,第1—2页。

严德一、陈思诚、林文英、袁梦鸿作为中印公路测勘队队员，他们的勘路之行，不仅在于道路修筑的工程问题，还以破解"大谜"之目的去认识边地，以科学眼光了解自然环境，以战时的国家共同感去调查边地民族的国家观念以及边界危机。潘世徵、梁惠全、孙克刚、谢永炎、乐恕人、郑蜀生、吕德润、贾之澄、王建时、陈忠鹏、戴广德、以滔等的中印公路见闻，书写着在那"数千年以来无人问津的山岭和丛林"中，20世纪最先进的筑路机器正在发挥着巨大力量，在这片"使人类感觉孤寂、疾病、死亡的荒区"①，工兵战士正在为着这条反攻回国的凯旋之路，与丛林、与日军搏斗着。因为中印公路的修筑，"这块原始森林的处女地。现在变成一个现代战争中有历史意义的军区"②。驻印军和随军记者所书写的中印公路是一条以战士的英勇和牺牲换取的贯穿了神秘边远之区的现代化公路。

抗日战争胜利后，中印公路失去了战略价值，这条用了两年多时间以巨大的牺牲在原始丛莽中修筑的公路，仅仅通行半年就结束了其历史使命。中印公路返本归原，成为丛莽。"战时使不闻名的地名，突然成为重要的新闻标题，不多久它却又在人们的脑海里渐渐消失。"③ 中印公路被冷落在边地高山莽林之中，道路也慢慢被热带丛林所吞噬。"尽管历史学家们或许将其礼赞为第二次世界大战期间最为伟大的工程壮举之一，但那些老兵们却一次又一次地断言：它只可跻身于现代历史上最被人遗忘的道路之列。"④ 于今，只能透过当时人的书写去寻找曾经的印迹，那真实存在过的历史因亲历者的书写依然雄浑悲壮。中印公路，是一条被勘路队员寄予解决边界问题以及作为加强边地各民族之凝聚力的厚望，被随军记者和驻印军当作是体现现代化力量以及彰显中华民族抗战之伟力的贯穿原始丛莽的国际交通路线。

---

① 钟以庄：《中印公路·中印油管》，《科学大众》第 3 卷第 3 期，1947 年 12 月。
② 戴广德：《掩护筑路》，《我们怎样打进缅甸》，贵阳：贵阳中央日报社 1945 年版，第 38 页。
③ 钟以庄：《中印公路·中印油管》，《科学大众》第 3 卷第 3 期，1947 年 12 月。
④ ［美］多诺万·韦伯斯特：《滇缅公路：二战"中缅印战场"的壮丽史诗》，朱靖江译，九州出版社 2015 年版，第 4 页。

## 第三节 "野人山"书写与民族国家观念表达①

　　位于中、缅、印三国交界的野人山,于清末中英勘界时被划为"未定界"区域。勘界之事引起时人忧虑:国土主权与民族归属界线模糊的旧帝国边疆,将有可能成为西方殖民者"入室掠夺"的后门缝隙。于是,很多旅行者和考察者不惧畏途,带着去认识边地国土和边胞的目的主动深入这传闻中原始偏僻的蛮烟瘴雨之地。1942年5月,中国远征军第一次入缅作战失败后,在翻越野人山时牺牲的人数比正式作战死伤的还多。② 1943年,中国驻印军入缅反攻,再次进入野人山。"在地图上一向是一块冷僻的处女地,无人注意。但当她一旦成为驻印军作战区域的时候,立即变为关心战局者注视的焦点。"③ 在亲历士兵的叙述中,野人山不仅是远征军为国牺牲的庄严战地,更是成为见证中国士兵征服自然、显示自身强力的地方。对野人山的叙述不是民族危亡常常感受到的国土沦陷和损失的屈辱,而是充分体现了扩张与胜利的民族自信。

　　勘界和两次入缅作战的历史让野人山进入国人视野,直到当下还一再被书写。④ 它被赋予众多符号,大有妖魔化、神秘化的倾向,一再被复魅

---

① 这一节的内容已发表:见董晓霞《抗战时期的"野人山"书写与民族国家观念表达》,《现代中国文化与文学》第34辑,巴蜀书社2020年版。
② 据杜聿明《中国远征军入缅对日作战述略》:至1942年8月,第五军总数42000人,战斗死亡人数7300人,撤退死伤人数14700人。杜聿明、宋希濂等:《远征印缅抗战》,中国文史出版社2010年版,第28页。
③ 何铁华、孙克刚编著:《印缅远征画史》,上海时代书局1947年版,第11页。
④ 如石钟山的《中国血》,宗璞的《西征记》,李开云的《花开血途》,金满的《远征:流在缅北的血》,叶晖南的《铁血远征》,吕运斌的《无名的丰碑》,先筅的《远征军日记》等小说。邓贤的《大国之魂》《父亲的一九四二》,章东磐的《父亲的战场》,蒋晓琴、邓海南的《国家记忆》,熊良钟的《血祭野人山》,何楚的《远征军生命线》,革非的《中国远征军女兵缅甸蒙难记》,李幺傻的《抗战纪实:丛林之虎》,王业腾的《魂兮归来:随中国远征军赴印缅抗战手记》,安于道《血战缅甸》等纪实文学,还有天下霸唱的《谜踪之国》,南派三叔的《怒江之战》等网络小说。

的野人山在当代叙述中成为一个惨烈恐怖、神秘辽远的异域殊方。① 当我们揭开附着的历史记忆和文化想象,回归到历史场域,发现与当代文学渲染神秘可怕的"异域"相反,野人山在现代时期的叙述中强调的是"同",即民族国家认同和抗战中的共同命运。

## 一 区域的认识

在鸦片战争之前,中国很多边疆地区与邻国缺乏明确的边界划定,更没有现代意义上的国界线。"民族国家是一种有着明确疆界的政治体制。"② 过去模糊的旧帝国边疆,在近代的资源争夺中逐渐被明确地以"边界线"划分、切割。19世纪末以来,殖民者、传教士大量进入西南边地探险。警觉其在边疆地区从事"学术调查研究"所包藏的政治野心③,中国知识分子积极深入边地考察,伴随大量边疆研究刊物的出现,边政学得以勃兴。④ 抗日战争爆发后,西南地区成为抗战建国的大后方,但云南边疆,曾有片马、江心坡、班洪问题等领土之争,很多旅行者和考察者深入曾经含糊不清并具有极大不确定性的滇缅边地,思考历史上的领土和现代中国

---

① 当代以"野人山"为题材创作的作品,一再书士兵在野人山的丛林迷失、异域处境以及战争的死亡与恐惧。对抗遗忘的纪实文学记录野人山战败和反攻的悲壮恢宏。传记与口述史不断提及惨烈经历,急于正名,难免过于凸显传奇性,其真实性遭到质疑。小说叙述参差不齐,众声喧哗中野人山也成为一个增加神秘性的叙述元素和想象空间:毒蛇猛兽、吸血蚂蟥、瘴气疟疾,野人山如同地狱,吞噬着士兵的生命,充斥着绝望、惧怕的情绪;野人吃人、强奸女兵,男兵娶了救他的野人留在深山;野人的生活习惯被描述得犹如原始部落;或把野人山视作寻宝探险之地。当然,现代时期也有渲染野人山传奇性的作品,如田堃的《野人山居随笔》谈及士兵与"山头女人"的性爱关系,"所写显得浮泛轻浅"。参见李光荣、宣淑君《季节燃起的花朵——西南联大文学社团研究》,中华书局2011年版,第203—206页。但就笔者所查阅的资料,所见甚少,就不论及。

② [美]杜赞奇:《从民族国家拯救历史:民族主义话语与中国现代史研究》,王宪明等译,江苏人民出版社2009年版,第6页。

③ 如20世纪20年代初,英籍传教士陶伦士(Thomas Torrance)在岷江上游地区传播基督教。他认为羌民应是古以色列人的后裔(王明珂:《羌在汉藏之间——川西羌族的历史人类学研究》,中华书局2008年版,第273—276页)。日本扬言"中国不成立其nationhood,所以中国不是一个近代有组织的国家",并抛出"满洲"非中国领土的观点(顾颉刚:《续论"民族"的意义和中国边疆问题》,《宝树园文存》第4卷,中华书局2011年版,第123页)。

④ 相关研究可参见孙喆、王江《边疆、民族、国家:〈禹贡〉半月刊与20世纪30—40年代的中国边疆研究》,中国人民大学出版社2013年版;汪洪亮《民国时期的边政与边政学(1931—1948)》,人民出版社2014年版。

的关系，以及如何把边民塑造成能够共同担负起抗战责任的国民之问题。

1894年，中英《续议滇缅界务商务条款》划定中缅两国的中段、南段的边界走向，野人山为北段未定界区域。1935年，中英重组勘界委员会，"英帝国主义对于滇缅疆界划分的目的，是在要争取二十五度三十五分以北的地域，尤其是夺取'通入西藏'的野人山"[1]。抗日战争初期，沿海封锁，因滇缅公路和滇越铁路，云南边疆遂成国防前线。野人山虽为茫茫原始森林，实属边防要隘。潜心研究云南边疆史地的童振藻在《野人山考》"绪论"部分就写明了考察原因：

> 东北外兴安岭沦入于俄，已崩一角，西南野人山又泰半为英所强占，复陷一隅，残缺不完……不过外兴安岭位交通较便之处，其形势为国人所深知，野人山在地域最僻之区，国人深知其形势者，恐不多见。余旅滇历年久，欲洞悉该山状况……以供留心该山形势者之参稽焉。[2]

因交通不便，野人山可以说是人们认识的空白区域，偶尔提及的不过是关于蛊毒、瘴气和野人的种种传说，边地的真实湮没在或神秘、荒诞，或危险、诡异的传闻中。为让国人"深知其形势"，助疆界问题之解决，很多旅行者、考察者"深入不毛"，致力于呈现野人山的真实面貌，探寻未定界与中华民族之渊源。滇缅抗战发生后，经历野人山撤退、反攻的士兵，也以自己的亲历书写着野人山的见闻。

### （一）人文地理考察

"四十年来，中英二国，屡因此而生交涉，边庭扰攘，至今未决，危机隐伏，一触即发……而政治问题之解决，尤有赖于地理状况之先行认识者也。"[3] 边界的危机，使得学术研究者有着强烈的使命感。抗日战争初期，出现了一些介绍野人山人文地理的文章[4]，不是单纯描摹边地风光

---

[1] 方秋苇：《明日之康藏滇桂问题》，上海：世界书局1936年版，第58页。

[2] 童振藻：《野人山考》，《禹贡》第6卷第2期，1936年9月16日。

[3] 林超：《滇缅北段未定界边境之地理及政治问题》，《地理学季刊》第1卷第2期，1933年6月1日。

[4] 如希伯的《滇边野人山部落之风俗》，《天南杂志》第1期，1929年5月1日；尹明德的《滇边野人山及恩梅开江迈立开江流域人种》，《地理学季刊》第1卷第2期，1933年6月1日；仲琦的《中缅未定界之史实》，《中国革命》第3卷第25期，1934年7月7日。

的山水游记，而是通过实地考察，为民众如实地描述野人山的历史和现状，旨在引起人们的关注。其中比较有代表性的是童振藻的长文《野人山考》。因野人山的"天险可以限隔中外，若为英所得，则英可长驱而入云南"，所以经过多年的走访调查，童振藻从其名称、山脉、位置、河流、气候、物产、人种、交通、隶属等方面作了详细介绍。值得注意的是，文中引用了大量有关野人山的文献，如"大明一统志卷八十七南甸宣抚司"，"大清一统志卷三百八十永昌府"，"姚文栋云南勘界记"，"薛福成出使日记续刻"。童振藻相信保存的文献是一种正统、典范观点的历史记忆。因英人强在高黎贡山树界桩，欲将野人山北段占为己有，童振藻就查找出记录野人山每一山脉、河流的文献记载，一一摘列，力证"上引各史乘所载关于野人山隶属吾国之证据，可见自古迄清，均为我有，并非属于缅甸"，"为我国天然长城之一隅"①，并附一张清晰的野人山地图，鲜明地标出其山脉、河谷均属于云南。童振藻的这一结论被大量转载。②

滇缅公路和中印公路的修筑以及两次入缅作战再次引起了人们对野人山隶属问题的关注：

> 今者界务问题解决时机已无可再延，而对此荒僻区域内置地理形势，仍嫌简略，尤于旧属之土官百姓，久失联络。幸我远征军之入缅工作者络绎不绝，深望对于未定界内情况之调查，政治工作之加强，不独裨益目前军事上之反攻，且更将收效于将来外交界务问题之解决，我中华大国之锦绣河山，领土完整，无几金瓯无阙。③

这是严德一"于民国三十年夏日云南贡山穿越俅子江流域经坎底（葡萄）入印度亚森林沿途之实地调查实录"——《中英滇缅未定界内之地理》的"附言"。野人山作为战区，战况见诸各大报刊，大多标明其地为"缅北"或"印缅边境"，孙克刚就强调"胡康河谷，本来是我国孟养宣慰司的土地"，"至于国界问题，我们不能有一点含糊，决不可把自己

---

① 童振藻：《野人山考》，《禹贡》第 6 卷第 2 期，1936 年 9 月 16 日。
② 参见《野人山考》，《史地社会论文摘要月刊》第 3 卷第 1 期，1936 年 10 月 20 日；《野人山考》，《清华周刊》第 45 卷第 1 期，1936 年 11 月 1 日。
③ 严德一：《中英滇缅未定界内之地理》，《边政公论》第 3 卷第 7 期，1944 年 7 月。

的地方，反称作'缅北'或'缅印边境'"①。由于事关远征军战事，野人山的地理风物也再次被人们关注。因英人蚕食我疆国，尹子建"游野人山久，特考其历史沿革，略举以说明之"②，在《滇西野人山记实》中介绍了具体的交通路线，并附"野人山之设治"。罗古③随着部队撤退到野人山，身处莽莽林海，想到"依自然地理形势，我们固有的领土孟关以西至太洛以东这块地区。该全是我们的疆域：大奈河以西才是缅甸领土，那么这个拉张卡正与国土对岸相望了。北望乡云，缅怀祖国，不禁怅触系之！"④ 令狐令得在《遥寄远征军将士们》中也强调："你们奔驰厮杀的所在／也是祖国横断山脉的余脉。"⑤ 罗古和令狐令得是通过山势走向建立起此地与祖国的联系。

面对国土野人山时，传闻中可怕的原始森林的景色就会变得可爱起来。王建时在《中印公路全程行》中形容野人山"风景悦目"，尤其是山间林隙中的田野"一片片金色的穗稻，播撒出成熟的香味"⑥。在《野人山轮廓》中，王建时也强调已有了"现代的建设"并成为"反攻缅甸重要基地"的野人山，是"土壤肥沃，物产丰富的一个'世外桃源'"⑦。林野则在野人山看到了"诗意"："雨景是迷人的，尤其是万山丛林中的雨景，举目四望，如烟如梦，真可入诗入画。"⑧ 他还在山中写下了诗歌《有寄》⑨，以"一窗明月满树风，有鸟掠过夜空"抒写犹如世外的静谧。万古深邃的野人山因循着无数的自然交替，"看月亮圆了，又缺了。看老树倒了，新树又茁长了。看野花开了，又落了。看

---

① 孙克刚：《缅甸荡寇志》，国际图书出版社1946年版，第46—47页。
② 尹子建：《滇西野人山记实》，《西南边疆》第16期，1942年12月。
③ 罗古，远征军新二十二师六十五团指导员，原名罗楚书（1908—1955），湖南省茶陵县下东儒仕坪人。1932年毕业于湖南大学政治系。1939年6月入西南游击干部训练班。1942年3月，随廖耀湘部入缅对日作战，历经战役失败，过野人山，印度整训，大反攻直至抗战胜利。参见徐文、丁涤勋、李循棠编著《中国驻印军印缅抗战——印缅抗日回忆录》，团结出版社2009年版，第148页；王成科编著：《辽阳近现代人物录》，辽宁民族出版社2010年版，第147页。
④ 罗古：《野人山历险记》，《印缅之征战》，南京：读者之友社1945年版，第44页。
⑤ 令狐令得：《遥寄远征军将士们》，《现代文艺》第5卷第1期，1942年4月25日。
⑥ 王建时：《中印公路全程行》，《旅行杂志》第19卷第1期，1945年1月31日。
⑦ 王建时：《野人山轮廓》，罗时旸主编《我们的远征军（二）》，重庆：青年出版社1944年版，第191页。
⑧ 林野：《野人山的天与地》，《经纬副刊》第1卷第2期，1944年11月1日。
⑨ 林野：《有寄》，《经纬副刊》第1卷第4期，1945年1月30日。

野草烧了，又在灰烬中绿起来"①。林野在雨中宿营时也是满怀期望，写有诗歌《野人山夜雨》："瞧那远处的山岭，/有一柱光亮扬起；/岂是山头人不耐/夜雨的连绵凄其，/想燃起火把迎接/一个晴朗的明天。"② 茁壮的新树，灰烬中又绿起来的野草，以及山岭中的一柱光亮，林野在野人山中感受到的风景不仅充满诗情画意，而且充满希望。吕德润在《原始的林》中写到野人山中神奇的天气，本是万里无云，突然生出一片云，接着便是一阵过路雨。"雨过天晴，小鸟叫，猴子闹。黄昏在这里更美，白云多是疏疏淡淡的像潮水退后的沙滩，有时陪衬上紫金色的晚霞，在树梢上流动。"③ 除了欣赏林中美景，吕德润还把野人山称为"一个没有读者的图书馆"，因为若用现代科学的眼光去看其丰富的资源，都是闻所未闻的，让人感到"新奇、伟大"。"我恳切向国内森林，土壤，天文，地质，生物，历史，地理，考古，语言……等学者专家呼吁，请你们重视这个没有读者的图书馆，目前正是好机会。"④ 当野人山被看作是"民族财产"时，尹子建已有美好的展望："吾人常呼为大地方，方数百里，是一大高原，土壤肥沃，山清水奇，当日英游历家所羡美，惜土人稀少，沃地荒芜，将来政府攫取此间，移民开垦，可充粮糈，足供野人山各地有余。"⑤

从对野人山的人文地理考察和资源开发的设想，体现了现代知识分子对野人山祛魅之后思量现代人与原始森林的距离，思考野人山与现代民族国家之关系的意识。他们运用地理学知识和科学眼光来消除成见，告诉人们传闻中原始、荒蛮的野人山蕴藏着丰富的资源，有着瑰丽的风景。对野人山的考察和隶属问题的讨论体现了国人的领土主权观念，界定的过程是一个具有悠久历史的土地想象的民族国家认同的结果。

（二）从"野人"到"边胞"

"我们总是未亲临却早已对一个地方有了先入之见，与我们相伴而行

---

① 林野：《野人山的新主人》，《经纬副刊》第 1 卷第 3 期，1944 年 12 月 15 日。

② 林野：《十四行——野人山夜雨》，《经纬副刊》第 1 卷第 2 期，1944 年 11 月 1 日。

③ 吕德润：《原始的林》，大公报馆编《中印公路是怎样打通的》，重庆：大公报馆 1945 年版，第 14—15 页。

④ 吕德润：《一个没有读者的图书馆》，大公报馆编《中印公路是怎样打通的》，重庆：大公报馆 1945 年版，第 19 页。

⑤ 尹子建：《滇西野人山记实》，《西南边疆》第 16 期，1942 年 12 月。

的是形影不离的厚重的文化包袱。"① 因地理疏远，边患威胁，在帝国中心观的影响下，云南边地民族的形象往往围绕着奇风异俗、妖异可怖来描绘，不仅是陌生的，而且因身处蛮烟瘴雨之地还潜伏着危险。从"野人山"的命名②就知道时人对此区域民族的可怕想象。如在武侠小说作家郑证因的《野人山》③中，深居大山的"野人"就非常残暴，烧杀抢掠，如同猛兽，不与现代文明人交往。古代中原正统文人对边地民族的描述，常以汉族儒家立场来讲述边民对中原的归化，体现出一种自我中心观。因勘界危机和抗日战争的激发，对"边"与"异"的同质化叙述有着凝聚国族意识的作用，现代知识分子不再从中心看边缘，而是从边地的角度思考处于未定界的野人山居民之于"中华民族"的意义。

在介绍野人山地理状况与壮丽景色的同时，如何淡化、消除民族之间的界线和隔阂，如何把"野人""土人"整合成国界内的边地民族，塑造成主动认同中华民族并一齐担起抗战责任的国民，这既是考察者需要思考的问题，亦是重要责任。考察者们主动去认识各民族，认为从房屋构造、婚丧嫁娶、宗教信仰等民族文化，到设治沿革、耕种方式，都与中华民族渊源甚深。其中，很多考察者都欣喜地强调着野人山中"古风"竟犹存。童振藻所见野人山中南部土官的穿着为"头插鸡尾，身着蟒袍，顶卦珊瑚珠，则与前清之官服相似"，"有太古遗风"④。尹子建在《滇西野人山记实》中说："野人无文字，记事刻木结绳，尚有太古情致。"⑤ 严德一在《中印横断之行九种民族的访问和观感》中以实地考察的经历告诉人们"野人山中的人并不野蛮"。他详述了勘测队员受到山中居民盛情接待的情形，强调其"许多礼俗，恐为文明世界的所不及"。同行的陈复初有感

---

① ［英］西蒙·沙玛：《风景与记忆》，胡淑陈、冯樨译，译林出版社2013年版，"导言"第6页。
② 童振藻就说："云南西部之野人山，因为野人所盘踞，遂以野人之名名之……野人山僻处滇西，距中原较远，人多忽之。"童振藻：《野人山考》，《禹贡》第6卷第2期，1936年9月16日。
③ 《野人山》讲述了忘恩负义的秦通、丁良唆使野人山苗人劫掠赵良材在缅甸买到的象牙和珠宝，广州宏达镖局的九现云龙郑子敏和铁雄保镖从虎踞关回来，路见不平，义愤填膺，二人决意进野人山，为受害的四镇百姓报仇。郑证因：《铁狮旗·野人山》，中国文史出版社2017年版。
④ 童振藻：《野人山考》，《禹贡》第6卷第2期，1936年9月16日。
⑤ 尹子建：《滇西野人山记实》，《西南边疆》第16期，1942年12月。

而发,得《野人山行》诗一首:面对进入村寨的"东方汉官",山民呈以鱼蔬,盛情款待;日暮,"高髻戴夷笠"的女子娉婷跳步、巧倩言笑,"文物久歆羡";送别时,"握手相慰劳/请歇居村院/辞以方中程/远送仍回旋",并"复言眷眷"道:"大人冒艰辛/万里临荒甸/定计开交通/是为民方便/野人乐厥成/聊贡心一片"。① 与严德一一样,在野人山中体会到古朴境界的还有张礼千。他从山中民族的生活方式感受到了可以沟通古诗意境的物象,写下《野人山杂诗五首》和《野人山竹枝词七首》。其中竹枝词录二:

> 阿昌多住莽西峰,门外青光万树松。
> 我爱山情无冷暖,白莲花日正寒冬。
> 红蓁花蛇近尺长,亦宜干肺亦宜汤。
> 有人续撰山馐谱,此味须书第一行。②

张礼千策骑西行,进入这"天梯万级接云霓"的山中,看着谷中"芙蕖披艳出寒溪",赞叹严冬盛花;感受到山民日常的返璞归真,赞其存有"古风"。他在此间还听到汉朝古乐器"觱篥"的声音,驻吟于这怀古幽思之处,感叹"斜阳作意留鸦背,小草多情惜马蹄"。

除了强调此地的"太古遗风",山中各民族与中原腹地的血脉渊源也被很多作者提及。吕德润在《原始的林》中说野人山的居民应"含有蒙古人血液,所以生的和我们差不多"③。在《野人山里谈土人》一文中,吕德润通过对野人山各民族衣食住行的观察,发现他们有"骑士风度的民族性","有独立性,爱自由",热情好客,而且"这个民族的皮肤颜色和我们一样。我们可从许多记载中证明他们一定含有中国的血统"④。张仁仲则强调此区域的山头人"不但是中国血统,而且他们的肤色面貌以

---

① 严德一:《中印横断之行九种民族的访问和观感(下)》,《时事月报》第26卷第5期,1942年5月15日。
② 张礼千:《滇西关隘》,《东方杂志》第43卷第14期,1947年8月。
③ 吕德润:《原始的林》,大公报馆编《中印公路是怎样打通的》,重庆:大公报馆1945年版,第15页。
④ 吕德润:《野人山里谈土人》,罗时旸主编《我们的远征军(二)》,重庆:青年出版社1944年版,第198页。

至衣食住行，和云南的苗族同胞毫无分别"①。尹子建也说："彼等祖先，或者本居云南，中土，元朝以武功开拓疆土，此种人为铁骑所驱，逃避山野间。"② 柳学鸥也谈及："这个民族的肤色和我们中国人一样，我们可以从许多记载中证明他一定含有中国的血统。"③ 公孙正则讲述了"野人山边胞"的传说：造物者有三个儿子，长为山头，因生性剽悍，躯体坚实，能抗大自然无情袭击，造物者就命其永居山陵，作为坚守边园的斗士；次乃摆夷，柔弱但有智慧，永居水边；最小的就是汉人，慧美且有高尚理想，为造物主所怜爱，故令其居住平原地带。"山头，摆夷，汉人都是同一血统，同一政治生命"，所以"他们对于祖国的热爱仍是与时俱增的，因为他们来自汉地，故有'客老'之称"④。当然，民族认同并不仅是我们认为，而也应是他们认为。吕德润在《野人山访问记》中谈起一个细节：有飞机失事落于山中，当地居民见到中国人，将其肉皮扯了一扯，表示相同，对美国人则不住地摇头。⑤ 林野在《野人山的天与地》中也说："由于肤色的相同，他们认为和汉人是兄弟……这次我军迂回袭击孟拱时，数度穿越日军警戒线，都是由于山头人的帮助，没有给敌人发觉。"⑥ "山头人"帮助战士们，这基于他们对中华民族的亲近与认同。

为了寻找民族认同的根据，除了强调古风尚存、血脉渊源外，很多作者还谈到了当地人对诸葛亮的崇拜。罗古身处野人山，看见当地人经过，想到的是我国的先人前辈一定在这一带地区经略过。"据一位懂喀亲语的翻译官说：此地土人知道中国，并且知道中国有一个孔明。我想他们也许就是孟获的后裔，而在血统里多少渗有中国边疆人民的血液。他们的皮肤头发和面孔都与中国人种无二样。"⑦ 吕德润强调"他们是孔明火烧藤甲兵后流入此地的"，"据土人自己讲，孔明曾教给他们文字，写在牛皮上，但是他们却把牛皮烧来吃了，所以他们现无文字"⑧。吕德润还在胡康河

---

① 张仁仲，《印缅随军记》，重庆：读者之友社1945年版，第1页。
② 尹子建：《滇西野人山记实》，《西南边疆》第16期，1942年12月。
③ 柳学鸥：《野人山中的山头人》，《茶话》第3期，1946年8月5日。
④ 公孙正：《野人山里的野人（四）》，《中美周报》第304期，1948年9月30日。
⑤ 吕德润：《野人山访问记》，《东方杂志》第40卷第11期，1944年6月15日。
⑥ 林野：《野人山的天与地》，《经纬副刊》第1卷第2期，1944年11月1日。
⑦ 罗古：《野人山历险记》，《印缅之征战》，南京：读者之友社1945年版，第70页。
⑧ 吕德润：《野人山访问记》，《东方杂志》第40卷第11期，1944年6月15日。

谷里的孟关看到供有诸葛亮的庙。①柳学鸥也说当地人对于《三国志》中的诸葛孔明印象很深刻,"都喜欢与汉族攀亲,风俗和汉人相似的地方很多"②。李明华在《野人山历劫记》中说到,在一个叫"仰隆"的地方,她认识了一个名为缘谷的"掸族"少女,会说中国话,喜欢中国菜,还说其族人原是诸葛亮的后裔。作者认为虽是无稽之谈,"可是她们一直坚决承认是诸葛亮的后裔,也以作中国人为荣!事后我在想,只要我们能赢得抗战胜利,使国家强盛起来,这些边疆民族,都会纷纷向我中华民族认同回归"③。诸葛亮"五月渡泸,深入不毛"的历史作为共同的集体记忆的遗存,是历史、文化意义上的关联,作者强调其在野人山保留至今的意图是体现了边胞对中华文化的认同。

当人们带着这样亲近的眼光去看,看到的不再是凶蛮残暴的"野人",而是可以认识的各种民族,有着可爱的品质。吕德润刚看到佩带腰刀的"土人"时,很担心会冷不防挨一刀,进一步接触后发现"事实上他们很温和,也常投来搭我们的汽车"④。还会帮战士们做工,且诚实、好客,不禁感叹"山头人是一种勇敢民族,崇义气,尚独立,个性坚强"⑤。公孙正写道,有的山民居所是富有诗意的竹楼,当月白风清的良宵,"边胞儿女"的弹唱是如此美好。他还介绍了黎苏、山头、摆夷的生活情形,说到"嗜酒如命的黎苏"时并没有贬义,只认为是环境所致,因为所住的区域多半是高山峻岭,气候凉爽。"在这个寒气袭击的非常环境里面,他们仍然穿着单薄的麻衣,不屈不挠的与大自然奋斗,绝不屈服。"⑥罗古在山中看到一个头上插着野鸡毛的土人首领,"身体非常高大,雄赳赳地率领好几十个土人,各拿着武器,扬长而去,体格都强壮,赤着膊子的,任你风吹雨打,日晒夜露,好像一辈子不会病的"⑦。在抗

---

① 吕德润:《一个没有读者的图书馆》,大公报馆编《中印公路是怎样打通的》,重庆:大公报馆1945年版,第18页。

② 柳学鸥:《野人山中的山头人》,《茶话》第3期,1946年8月5日。

③ 李明华:《野人山历劫记》,何福祥编《野人山余生记》,联邦书局1984年版,第297页。

④ 吕德润:《原始的林》,大公报馆编《中印公路是怎样打通的》,重庆:大公报馆1945年版,第15页。

⑤ 吕德润:《野人山访问记》,《东方杂志》第40卷第11期,1944年6月15日。

⑥ 公孙正:《野人山里的野人》,《中美周报》第301期,1948年9月9日。

⑦ 罗古:《野人山历险记》,《印缅之征战》,南京:读者之友社1945年版,第69—70页。

战环境中，人们呼唤一种强力，野人山居民的顽强生命力被一再称赞。他们被描述为自然的生命存在，不再是野蛮、可怕的"野人"，不再是语焉不详的奇观、异类，而是有强健、自由、古朴的价值观。

本尼迪克特·安德森认为民族是想象的，个人不可能认识大多数同胞，但是彼此联结的意象却活在每一个成员心里。① 为了抗日战争时期现代民族国家共同体的建构，现代知识分子把"想象"的对象变成了一个彼此密切联系的"感知"对象，实地考察野人山的诸多民族与华夏历史之渊源，建立起边地各少数民族与汉族之间长远的历史、文化与血缘关联。把传闻中的"野人"叙述为有生命强力并主动认同中华文化的"边胞"，这是以集体记忆来根基化甚至是扩张民族情感，形成观念共同体。

中英勘界，远征抗战局势以及现代化的路让这与世隔绝的野人山的真实面貌呈现在人们面前。为了国土完整、边界安全，现代知识分子主动去调查了解野人山的人文地理以及各民族的语言、文化和风俗，从其古朴的生活方式中看到其中蕴含的强大原始力量和生命活力，在考察、游历之中寻求着对国家和民族的信心，而随着远征士兵反攻的胜利，时人可以自豪地宣告："我们"是"野人山的新主人"。

### 二 "野人山的新主人"

野人山埋葬了第一次入缅作战失败后大撤退中的两万余远征军的生命，也见证了第二次入缅反攻的胜利，它已成为被抗战标记的一个地方。在亲历士兵笔下，败走野人山的牺牲是值得纪念的"国殇"，反攻是为袍泽的复仇，对野人山恶劣环境的渲染是衬托士兵保家卫国、守护边疆的决心和征服自然的强力。士兵在野人山的战绩是向世人最直接的证明，不仅战胜了敌人，还战胜了原始可怕的丛林。作为远征军战士的林野就在《野人山的新主人》中自豪地宣布："野人山原是万古深邃，人迹罕至的处女地，大自然而是统治者。可是现在，这统治摇动了，称为'万物之灵'的，伴着战神，闯了进来，从自然手里，夺去了一部分的统治权。"②

### （一）战火的"标识"

败退野人山，是中国远征军入缅作战时最悲壮、最惨烈的经历。率领

---

① ［美］本尼迪克特·安德森：《想象的共同体：民族主义的起源与散布》，吴叡人译，上海人民出版社2005年版，第6页。

② 林野：《野人山的新主人》，《经纬副刊》第1卷第3期，1944年12月15日。

撤退的第5军军长杜聿明说，五六月份的雨季中，蚊虫、蚂蟥等各种可怕的爬虫在原始森林里到处都是，破伤风、回归热、疟疾等疾病肆虐。"一个发高热的人，一经昏迷不醒，加上蚂蟥吸血，蚂蚁侵蚀，大雨冲洗，数小时内就变为白骨。官兵死亡累累，前后相继，沿途尸骨遍野，惨绝人寰。"① 作为远征军新二十二师六十五团指导员的罗古在《印缅之征战》中的"野人山历险记"部分，以日记的形式，从1942年5月1日到8月4日，每日一记，写下翻越野人山的过程，其中写得最多的就是士兵沿途的病亡。5月29日记："病的人真多，沿途的尸体与呻吟声，不绝于耳，惨不忍睹……今日我们取道于此种险境，拖死这么些官兵，暴尸露骨，累累皆是，病了没有医药，死了无人掩埋。"② "同是远征军，同是一个命运，兔死狐悲，物伤其类。"③ 虽然凄凉无语，但罗古却把所有苦难视为"卧薪尝胆"："夜沉露深，大地死寂，但有豺狼之声……我们想到那山上的落伍病兵以及英魂飘渺的尸体，必然被那些野兽蹂躏践踏，不禁泫然欲泣，这时夜色清幽，增人哀愁，个自儿满脑袋都是家国念头。"④ 在作者笔下，士兵的死亡被赋予了庄严与神圣的光环，不是埋骨荒山，而是为国捐躯。在国家危难的时刻，所有人承担起共同的命运，死去的是"袍泽"和"亲人"，未死的肩负起复仇和拯救的重任。

在罗古的日记中，7月16日记下了一个细节：在"卡拉卡"搭棚露营时，女兵李明华与"我们"汇合在一起。"她们能够逃出死亡线而仍随部队奔走，证明她们并不是弱者！"⑤ 罗古提到的李明华是远征军第5军政治部上尉干事，她经历了从野人山向印度转进的这段艰辛历程，并写下《野人山历劫记》。当时随部队撤退的女同志包括眷属约40人，但最后只有4人到达印度。作为劫后余生者，跋涉途中死亡的阴影如影随形，李明华记录下两个多月所经历的常人无法想象的艰难困厄。很多士兵饥不择食，因食用有毒的野菜而丧生。同住在一个芭蕉叶搭的棚子里的政工队的3个女兵，因病不能前行，作者把仅存的碎饼干留给她们，但3天后听到

---

① 杜聿明：《中国远征军入缅对日作战述略》，杜聿明、宋希濂等《远征印缅抗战》，中国文史出版社2010年版，第28页。

② 罗古：《野人山历险记》，《印缅之征战》，南京：读者之友社1945年版，第35页。

③ 罗古：《野人山历险记》，《印缅之征战》，南京：读者之友社1945年版，第45页。

④ 罗古：《野人山历险记》，《印缅之征战》，南京：读者之友社1945年版，第33页。

⑤ 罗古：《野人山历险记》，《印缅之征战》，南京：读者之友社1945年版，第63页。

后面赶来的战友说她们已经在棚子里长眠了。由 94 名缅甸华侨学生组成的华侨队，担任随军翻译，已倒下大半。本是满怀报国之志来参战，"如今却壮志未酬而暴骨荒山，怎不令人悲伤惋惜！所有罪恶都因日寇的侵略而起，想到他们和她们的惨死，更加增强了我内心的敌忾心与雪耻复仇的怒火"。夜幕低垂，需要涉过湍急的河水，因与同伴失去联系，独自不敢渡河，只能静坐于大树下。无情的雨下个不停，双脚浸在泥泞里，饥寒交迫，分不清是雨水还是泪水，但"矢志要亲眼看到日寇败亡"，"精神一振，泪水也停了"①。原始森林中，连绵的雨加剧了士兵的病亡，沿途尸体越来越多，物伤其类，难免让人产生极端绝望的情绪，但作者更多表现的是因战友逝去而激起的反攻复仇之决心。作为十几岁的女兵，能活着走出野人山，更多的是靠战友的帮助。李明华记下了沿途所遇见的体现"亲爱精诚"精神的战友：拉住不慎失足掉进河里的"我"的无名老战士；分给半漱口缸米汤的同乡；把同事送的一点糖和面粉做成面糊给"我们"吃的杨纯少校；帮忙搭棚子的杨、陈两位"班长伯伯"；特意留下照顾发烧的"我"的马、邱两位连长。在野人山已两个月，"我虽然天天与大自然搏斗，时时在死神手里挣扎，然而坚强的意志并未丧失，报国的志愿依旧坚定"②。靠着这些力量的支撑，李明华终于走出了野人山，到达了印度集训地。

亲历野人山撤退的穆旦，在 1945 年写下了《森林之魅——祭胡康河谷上的白骨》③，从宇宙恒常、自然循环的角度来看待"离开文明"的士兵们的这次"不和谐的旅程"。野人山在穆旦笔下是循着万物生长的腐烂与生机，创造与毁灭共存的系统。渺小的人类闯入这危机四伏之地，藤蔓、枯叶、毒虫、猿鸣、山洪……一切都让人"畏惧"。森林如同"温柔

---

① 李明华：《野人山历劫记》，何福祥编《野人山余生记》，联邦书局 1984 年版，第 277—279 页。

② 李明华：《野人山历劫记》，何福祥编《野人山余生记》，联邦书局 1984 年版，第 287 页。

③ 这首诗的题目经历了如下的变化：刊于 1946 年《文艺复兴》第 1 卷第 6 期，为《森林之歌——祭野人山上的白骨》；刊于 1947 年《文学杂志》第 2 卷第 2 期，为《森林之歌——祭野人山上死难的兵士》。《森林之魅——祭胡康河谷上的白骨》是 1947 年 5 月穆旦本人自费印行的《穆旦诗集（1939—1945）》中的题目，并不是易彬所说的"它最初刊行时题为《森林之歌——祭野人山死难的兵士》"，见易彬《从"野人山"到"森林之魅"——穆旦精神历程（1942—1945）考察》，《中国现代文学研究丛刊》2005 年第 3 期。

而邪恶"的死神:"欢迎你来,把血肉脱尽。""绿色的毒"散布着绝望与疾病,一切都由这原始系统"无形的掌握"。疲于奔命的挣扎、疾病、饥饿的折磨,士兵的死亡,只是纳入更为原始的循环,滋养了林中的树与花,终汇入亘古体系而归于平息。目睹了远征军败走野人山的惨状,在人们欢庆抗战胜利时,穆旦只能用原始森林的节律来告慰自己和亡灵:"如今静静的,在那被遗忘的山坡上,/还下着密雨,还吹着细风,/没有人知道历史曾在此走过,/留下了英灵化入树干而滋生。"① 士兵遗骨终归于既毁灭一切又能滋生万物的无常自然里。因"你们死去为了要活的人们的生存",野人山中的白骨由此值得怀念和祭奠。

杜运燮参加了缅北反攻,重新进入这片隐伏着创伤记忆的野人山。他没有渲染森林的恐怖、死亡的凄凉,而是在《给永远留在野人山的战士》中一再歌颂败退时在野人山牺牲的士兵,认为其"英勇的脚步"依然在林中"前进"。

> 已经用血肉筑过一座新长城
> 震惊人类,还同样要用生命
> 建一座高照的灯塔于异邦,
> 给正义的火炬行列添一分光,
> 还同样把你们的英勇足迹印过
> 野人山,书写从没有人写过的
> 史诗。就在最后躺下的时候,
> 你们知道,你们并没有失败,
> 在这里只是休息,为着等待
> 一天更多的伙伴带着歌声来。

野人山的战士"以最有耐心的姿势躺着",等待着:

> 终于,歌声来了:看不见
> 有疲倦的,每一张脸是个肯定;
> 开路车,枪炮,飞机,兴奋的眼光,

---

① 穆旦:《穆旦精选集》,北京燕山出版社 2006 年版,第 52 页。

> 他们全都招手,向你们走近。
> 艰苦的季节已经过去,阳光
> 把新路渲染成一条河流。①

再次进入野人山,被看作是为牺牲在此的"正义战士"复仇,所以诗人兴奋于"渐强的凯旋歌声"回荡在山林。马尔俄的《林中的脚步》也抒发了类似的情感。反攻战打响,作者感到倒在林中的人都站了起来,"我清楚地听见那些步伐整齐的声音向前走去"②。林中脚步声象征着反攻时坚定的前行。为了凸显牺牲士兵的伟大,杜运燮还以写于胡康河谷的《林中鬼夜哭》中的一个同样死在野人山的日本士兵的独白作为忏悔:"死是我一生最有意义的时候",然而忆起"富士山的白发","我只能哭"③。野人山中日本兵"静夜的哭声"衬托出中国远征军的正义与光荣,他们不需深夜悲吟,因为反攻的胜利告慰了英灵。

1944年初,于右任以《暗香·野人山下一战士》来悼念牺牲在野人山的战士:

> 野人山下,有荷戈战士,歌声相亚。白骨夕阳,废垒幽花自开谢。于役而今至此,依依是,孤怀难写;但盼得,血洗关河,百战作强者。
> 歌罢!倚征马。见照耀丛林,星月如画。几番泪洒,想念流亡岁寒也。展望光明大路,愁万垒,皇天应讶!等怎时,才赐与,白云四野。④

"荷戈战士"又来到这埋葬了数万战友的野人山,缅怀战友,以战绩告慰亡灵。士兵的死亡因其保卫国土的神圣使命而变得庄严且富有悲壮豪迈的诗意,所以有"白骨夕阳"和"废垒幽花"的意象。

---

① 杜运燮:《给永远留在野人山的战士》,杜运燮、张同道编选《西南联大现代诗钞》,中国文学出版社1997年版,第256—257页。
② 马尔俄:《林中的脚步》,李光荣编选《西南联大文学作品选》,人民文学出版社2011年版,第180页。
③ 杜运燮:《林中鬼夜哭》,《诗四十首》,上海:文化生活出版社1946年版,第21页。
④ 于右任:《暗香·野人山下一战士》,《中华乐府》第1卷第1期,1945年5月1日。

在作者的叙述中，败退野人山的死亡不是哀伤、惨烈的恐怖遭遇，而是悲壮的牺牲，是为了抗日救国、捍卫国土而做出的伟大付出。"我们存在的价值和内含，它们是超越生命和死亡的东西，不再为它们的对立面所触动，而在这些东西之中生命最终走向自己，走向它自身的最高意义。"① 把个人的受难与民族国家的危难联系在一起后，士兵的"死"是为了民族国家的"生"，野人山成为士兵愿为之献身的"国土"，留存于野人山的英灵是神圣庄严的献祭。负载着沉痛、悲壮历史的野人山因此而成为我们民族记忆中的一个印记，成为一个时间无法穿透的场所。

### （二）征服野人山

野人山是集训了一年多的中国驻印军入缅反攻时首要跨过的自然障碍。丛林作战具有巨大的挑战性，诡变的气候，可怕的虫兽，加之瘴疠横行、地势险要，还有不知隐藏于何处的敌人，这些潜伏的威胁随时会吞噬士兵的性命。野人山到底有多么危险可怕，林中掩映的撤退时牺牲士兵的遗骨就是悲痛的证明。除了把野人山写成见证士兵为抗战而牺牲的庄严之地，野人山的自然环境也是远征士兵一再描述的对象。

署名为"紫人"的作者在《从野人山到印度》中记录了亲历撤退的朋友的讲述，极力渲染这密林的危险。② 孙克刚把野人山称为人类不相通的"绝域"。密林层层叠叠，日光很难透进来，林中的士兵只感到天昏地暗。"四围活动的生物是在蔓长的杂草里爬行着悉悉作声的大蟒，和从脚踝爬上来从树叶上落下来的吸血蚂蟥，地下泥深没膝，没有路，只有累累白骨可作我们的指路标牌。"③ 野人山因第一次撤退的惨烈，也被称为"鬼门关"："到处都是荆棘，只有一条羊肠小道蜿蜒在悬崖绝壁的中间，两旁白骨累累，那是当年十数万印缅难民由缅转印在通过这蛮荒的山林时饥病而死的遗骸。"④ 这片土地经历了战争与恐怖、绝望与胜利、死亡与重生。树林深处，掩盖着士兵遗骨，森林蕨类植物间散落着徽章。"那一带未定界的崇山峻岭中，陡岩峭壁里，多少的幽灵是我们

---

① ［德］齐美尔：《桥与门——齐美尔随笔集》，涯鸿等译，上海三联书店1991年版，第43页。
② 紫人：《从野人山到印度》，《礼拜六》第7、8、9期，1945年。
③ 孙克刚：《缅甸荡寇志》，国际图书出版社1946年版，第44页。
④ 何铁华、孙克刚编著：《印缅远征画史》，上海：上海时代书局1947年版，第46页。

的袍泽！我们的亲人！"①

面对本应扬威国外却丧师辱国的撤退中的遗迹，中国将士激起了复仇豪情。经过在印度兰姆伽长时间的丛林作战训练，部队整装待发。罗古这样描述出征时的感受："出发的号角尖锐而挺劲地叫了。健儿们登上了运输车，又是一阵呼吼：'洗雪爬野人山的耻辱！'"②被称为"中国第一部彩色影集"和"胜利后第一本畅销书"的《印缅远征画史》，中英双字，配有大量彩色照片。作者所选的照片都是表现士兵手持现代化武器，驾驶卡车、坦克开进野人山，充分显现了军队的整齐威严、飒爽英姿。"反攻缅甸"部分的第一张配图就是"反攻号角响了"③：一个士兵在蓝天白云下目视前方，吹着冲锋号。低角度拍摄显得士兵高大威武，人物占据满了整张照片的空间。还有一张照片是士兵们在森林里开路，图旁配文："'前头没有路'，只有一片林海，我军砍树开路前进。"④照片的选择与构图的空间策略，承载了特定的意识形态观念，成为彰显士气和民族精神的表达场所。

借助现代化军事工具，以作战军事地图俯瞰的科学眼光，野人山成为必须攻克的地方。吕德润在《雨的世界》中用"神勇强渡进击"来描述战士们进入野人山的无畏。戴广德的《我们怎样打进缅甸》以"攻入胡康河谷"记录战绩。张仁仲在《印缅随军记》中这样写道："无论什么恶劣的天气，困苦的环境，或穷山恶水地理条件之下，只要冲锋号一响，敌人的工事……无不被我们摧毁无余。"⑤野人山险恶之环境并没有阻挡住我军战士的强力和抗战的决心："他们更会拿着这些武器，越过了缅北的幽邃的莽林，荒蛮的草野，和蜿蜒千里的奇峰叠峦以及高至八千英尺的崇山峻岭；他们会和风雨，和瘴疠，和虫兽，和山洪，和饥寒，和疾病，和……挣扎！搏斗！"⑥孙克刚强调在这种极端恶劣的环境中，新三十八

---

① 罗古：《沉痛的纪念周——野人山之余哀》，《印缅之征战》，南京：读者之友社1945年版，第78页。
② 罗古：《胡康河谷的战斗》，《印缅之征战》，南京：读者之友社1945年版，第79页。
③ 何铁华、孙克刚编著：《印缅远征画史》，上海：上海时代书局1947年版，第47页。
④ 何铁华、孙克刚编著：《印缅远征画史》，上海：上海时代书局1947年版，第54页。
⑤ 张仁仲，《印缅随军记》，重庆：读者之友社1945年版，第1页。
⑥ 罗古：《沉痛的纪念周——野人山之余哀》，《印缅之征战》，南京：读者之友社1945年版，第76页。

师的健儿在 8 个月的丛林战中，抵抗敌人的袭击和蚂蟥、疟蚊的毒害，士兵们证明了"人定胜天，一般人认为几乎是不可能通过的野人山，我们终于在三十二年的初冬季节通过了"①。同是作为战士的作者，以"进击""攻入""摧毁""越过""搏斗"等具有主动性的动词，来彰显远征将士战胜敌人、征服自然的顽强与无畏。

中印公路的修筑会经过野人山，路的畅通就是战士"降服"野人山的力证之一。险恶的山、原始的林、暴雨山洪、毒虫猛兽，无不表明在此修建公路简直天方夜谭。在炸药、开山机的轰鸣声中，坚韧、无畏的士兵把野人山"降伏"了，中印公路的修筑，证明"中华民族之伟力已经在无边的野人山中植其根基了"②。《印缅远征画史》中有一张照片：一个中国士兵背着一只老虎，旁边标注着"野人山中的野味"③。这不是渲染丛林迷失和异域惊魂，彰显的是战士征服野人山的自豪与兴奋。士兵笔下的野人山是作战舆图中必须攻克的地方。士兵们不仅战胜了日军袭击，还不畏艰险，披荆斩棘，与原始森林顽强抗争。基于抗日战争中的共同命运，曾经视为"魔鬼居住的地方"的野人山成为见证中国士兵征服自然，显示自身强力的地方。

在民族国家危难之际，很多学者力证中华民族自古以来就是一个包容性很强的民族，夷汉是一家。顾颉刚指出："'中华民族是一个'这是信念，也是事实。我们务当于短期中使边方人民贯彻其中华民族的意识，斯为正图。"④"中华民族"一词成为抗日战争时期整合各民族和现代国家建构的思想武器，对于增强民族凝聚力和抵御外侮有积极的意义。因西方殖民帝国的威胁以及滇缅抗战的发生，历来人迹罕至的神秘野人山，通过旅行者和考察者的主动深入和远征军士兵的抗战经历，被构建成民族国家意义上的"国界"，"野人"则是与中华民族有历史、文化与血缘渊源的"边胞"，强健而古朴。时人相信"这个原始的地方经过新时代的健儿的血汗灌溉后将繁盛起来"⑤。野人山不再是恐怖之所，不是死亡之旅，亦

---

① 孙克刚：《缅甸荡寇志》，国际图书出版社 1946 年版，第 45 页。
② 罗古：《胡康河谷的战斗》，《印缅之征战》，南京：读者之友社 1945 年版，第 81 页。
③ 何铁华、孙克刚编著：《印缅远征画史》，上海：上海时代书局 1947 年版，第 50 页。
④ 顾颉刚：《中华民族是一个》，《宝树园文存》第 4 卷，中华书局 2011 年版，第 94 页。
⑤ 吕德润：《原始的林》，大公报馆编《中印公路是怎样打通的》，重庆：大公报馆 1945 年版，第 15 页。

不是辽远、神秘的空间，而"是一座铁的长城，边荒的坚强的堡垒"①。现代知识分子的实地考察和亲历士兵的生死体验，让野人山成为一个体现人们思考边地与国家，边陲与边界之关系的地方，是值得铭记的历史发生地。野人山发挥了环境、场景或视野的作用，当作者思考如何才能再现一个在地域空间及文化习俗上都区别于我们自身的"他者"变成"我们"时，带上了民族国家认同的认识装置。现代时期的知识分子具备把野人山看成彰显民族凝聚力的国土的能力，他们的社会主体意识在这一观看的过程中扮演了重要角色，这个社会主体身份主要是由抗战时期的民族国家认同塑造出来的公共自我。

## 本章小结

贯通云南边地版图的两条线——滇缅公路与中印公路，不仅连接了边地与中央，前方与后方，且把异域与祖国，中国与世界也联系起来。一条是滇缅抗战的触发因素，另一条是滇缅抗战胜利的标志，两条路贯穿着滇缅抗战的始终，成为形成"国家共同感"的纽带。滇缅公路的修筑者、亲历者强调这条现代公路促进着边地的现代化，彰显了汇聚于此的各民族的优秀品质和国家意识，不仅拉近了边地与内地的发展距离，还加强了中央人与边地人的情感联系。中印公路的测勘队队员为了破解边疆之"谜"，呈现着公路沿线人文地理的真实情况以及各民族的国家意识和边界危机；随军记者和驻印军既彰显着现代化机械的鬼斧神工也在感念着筑路工兵的牺牲。中印公路的相关作品显示了地理现代性和科技现代性的胜利。围绕两条公路线的书写，是以"平面化"和"同质化"的视角来看边地，而围绕野人山的书写，是以现代地理学眼光和"牺牲"—"国土"之关系来展开。考察者为助疆界问题之解决深入未定界考察后呈现着这"空白区域"的真实面貌，亲历战士纪念败走野人山的"国殇"，歌颂征服野人山的反攻，相关书写都体现了构建民族国家意义上的"国界"的复杂过程。所以，与滇缅抗战相关的两条公路与一山脉联结起了人们的国家共同感。

---

① 公孙正：《滇缅北段（二）》，《中美周报》第297期，1948年8月12日。

# 结　语

　　因为滇缅抗战的发生，旅行者、考察者，云南本土作家以及远征军将士和随军记者与云南边地建立了特殊的联系，通过旅行、采访、调查、行军、战斗、勘测、筑路等行动，以及与之相应的记录、抒情、日记、报道等文学实绩，把想象的对象变成与自己密切相关的感知对象。因为抗日战争时期的国家共同感，滇缅抗战所促使和激发的"边地中国"形象的建构是一个纳入"现代中国"同一发展进程的过程。强调的是边地与内地中原的"同"与"似"，而不是以往的"殊"与"异"。

　　当人们迁至后方并做好长期抗战准备时，出于抗战建国和开发西南的需要，很多旅行者、考察者沿着滇缅路和滇越道走入边地，或流亡、旅寓，或探险、考察。他们不作无益的悲叹，而是带着救亡图存的目的积极主动地调查了解。"睹山川之壮丽而思国防，览方物之多庶而念建设，不知不觉之中，民族意识于焉发扬，则其影响所及，尤不在浅也。"① 旅行者、考察者深入滇缅、滇越边地，就是带着合"华夏"（中心）与"四方"（边地）而为"中华民族"的国族理想所引起的焦虑和使命感而产生的探索行动。他们大多已经历了西迁、南渡的逃难、离乱与迁徙，因生存空间的转换甚至生活方式的改变，滇缅、滇越边地旅行记既是战时个人的生活片段记录，也是一种在民族创伤或社会动荡时期的风景感知。他们书写殖民符号消隐后滇越道上"车窗山水"的诗意与壮丽，强调不再是"神秘区域"的滇缅线上滇边之"伟大"和风景之"相似"。通过记录边地与中原文明渊源甚深的文化习俗和诗意风景，书写孔明传说在边地的流传以及强调野蛮之"可爱"，从而把"边夷"塑造成为抗战中一齐抵御外侮的同胞。以发现边地丰富之处的目的来看边城风貌时，静穆祥和的芒

---

① 唐渭滨：《吾人之希望》，《旅行杂志》第 18 卷第 1 期，1944 年 1 月 31 日。

市，具有中原气息的保山以及美丽幽静的车里，都已不再是蛮烟瘴雨的落后神秘之区。旅行者、考察者把书本上的抽象知识变成了实在体验，把想象的"图像符号"变成印有时代和个人记忆的文学实绩。他们在战火中亲自丈量祖国的山河，不是古代文人的羁旅行役，不是个人休闲式的游山玩水，不是少数人的南行漂泊，而是一个民族坚实而伟大的步履。滇缅、滇越边地因此变成被行动、叙述和符号激活的被视为独特风景的地方。

云南作家楚图南认为云南文艺要有自身独特的抗战文学主题，不应舍近求远，"在云南，我们理解云南"①。云南本土作家对抗战中的边地是一种"在"且"理解"的内部视角，相较旅行者、考察者这些"外边人"，他们对于家乡边地与"现代中国"的关系有自己独特的表述。滇缅公路的修筑，家乡的沦陷与克复，这是他们能够亲历并与之密切相关的战争体验。眼见山河破碎，亲历流离失所，作为"文化持有者"，关注的是自己所熟悉的那些裹挟在大时代洪流中的边地人民。彭桂萼把抗日战争当作是促进边地融入大时代浪潮并体现边民国家认同的重要契机，他把澜沧江畔的家乡抓住这一契机的动态呈现了出来。不仅强调汇入的过程是主动的，而且主动担起启蒙责任，号召"各色原人"奏响"战歌"，以其抗战实绩直接表明边地民族对国家的认同。白平阶以书写横断山脉中边地各民族修筑滇缅公路的故事，来表明家乡人民参与抗战建国的主体意识的觉醒。公路使边地人民与"外省人""新人物"相遇，而白平阶赞扬的是家乡人民的沉默坚韧和埋头苦干的精神，因知道筑路是国家大事，他们身体力行，正默默奉献一切的力，造就了滇缅公路的奇迹。马子华关注陷入战火的滇南边地，在没有亲赴滇边考察之前，他以知识分子的启蒙立场忧患于边民的国家认同危机，塑造在抗日战争中觉醒的形象以呼吁边地民族奋起反抗。以边区政务督导员的身份实地考察后，对抗日战争时期边地民族的国家认同问题不再作理所当然的谴责和怒其不争的呐喊，而是以一种实在的态度向人们讲述边地人民在战乱中的苦难，以及"国家""民族"和"移民"等漂亮说词背后的真相。他们没有看风景之人的惊奇与优越，不是浮光掠影式地展览所谓的"奇风异俗"或是"野蛮落后"，他们体察着家乡在抗日战争年代的命运变迁，强调的是滇缅抗战激发了边地对国家的认同，提高了国家对边地的重视。这就与旅行者、考察者的外部视角构成了

---

① 高寒：《抗战文学的现实主义与云南文艺》，《文化岗位》第 2 期，1938 年。

互补和反思的对话。

　　远征军将士和随军记者在战火中扛起武器而成为边地的保卫者。对于所要守卫的边地国土，跟随战士的叙述视角会呈现出独特的一面，许多从未留意的地名随着滇缅抗战的相关报道和书写出现在人们面前。这是近代中国第一次"扬威异域"，既指在缅印战场中国际地位的彰显、国家形象的树立，也指因战争之故让人们对于滇缅边地有了进一步的认识，让边地人民有了更为明确的国家认同。面对正为其流血牺牲的国土，远征军将士和随军记者书写身边正在发生的战争，有着明确的创作目标：为了让人们知道将士们正在滇缅边境"一寸山河一寸血"地恢复着我们的国土；为了描摹被将士们在出征、撤退与反攻、凯旋的过程中"印遍"了深刻"足迹"的滇缅边地；为了告诉国人"一致抗日"的边地各民族在战火中的处境与抗争；为了把前线的光明带到后方，振作国人的抗战信念，在异域彰显胜利的意志。在凸显远征之正义和保家卫国之豪情的同时，以亲历者的身份和战争体验，以极具现场感的文字，思考着士兵与战争，牺牲与国土之间的关系。远征抗战因此成为象征，成为抒情，成为一股凝聚各方力量与彰显抗战建国之希望的向心力。因带有战士之责任与对家国的深厚感情的相关书写，滇缅边地也在远征军抗战的往返征战路线中变得鲜明。

　　抗日战争时期，在辗转迁徙至云南边地的知识分子的创作中很少看到古诗词中常见的"偏安"和"南渡"心态，根本原因在于现代交通的发展。公路把云南边地与广大国土联结起来，"把传统知识人以都城为中心来看待国家，乃至世界的'天下模式'，转化成了以平面化和同质化的国土为立足点的现代性'民族国家'认同模式"①。滇缅公路是滇缅抗战的触发因素，中印公路是在滇缅公路被阻断后开始抢修，于缅北大反攻的胜利曙辉中筑成的，一条是抗战生命线，一条是彰显中华民族伟力的胜利之路，两条路贯穿着滇缅抗战的始终，成为形成并巩固"国家共同感"的纽带。筑路参与者、旅行考察者、云南本土作家和远征军将士，不仅强调滇缅公路的畅通会促进云南边地的现代化发展，而且因筑路这一行为，使原本藏在深山大谷的边地各民族大量出现，还汇聚了来自全国各地的技术人员、司机甚至华侨机工，行旅在滇缅路上的人们得以发现他们的优长和爱国精神。而对于中印公路的书写，测勘队队员的勘察记是以现代地理学

---

① 段从学：《中国·四川抗战新诗史》，中国文联出版社2015年版，第63—64页。

的科学眼光去破解边地之谜，以抗日战争中的国家共同感去调查边地民族的国家观念和认同危机。而亲历士兵不仅以赞颂筑路过程中现代化器械的巨大功效来凸显原始森林中的人之伟力，且也铭记着战士们为实现这条胜利之路的付出与牺牲。位于中、缅、印三国交界的野人山，因勘界和滇缅抗战而进入国人视野，在把野人山叙述为国土时，旅行者、考察者是带有历史、文化记忆的实证，而远征军将士是克复后的自豪宣告。滇缅公路、中印公路以及野人山的相关书写，更为深入具体地体现了滇缅抗战在云南边地融入"现代中国"的同一进程之中所起的推动作用。

  旅行者、考察者，云南边地作家以及远征军将士、随军记者，作为滇缅抗战中"边地中国"形象建构主体，无论是要把曾经的"异域殊方"纳入到"现代中国"同一性的知识框架中的努力与实践，还是以特有的亲近感呈现边地的国家观念，或是身体力行地宣告着边地国土不可侵犯的主权，都体现了滇缅抗战对边地融入现代中国同一发展进程的促进作用，都是在思考边地之于现代民族国家的意义。他们笔下的战时边地河山，连接起了同在一片国土上人们的亲近感，不是简略描摹抽象性或几何学的空间，而是触碰这带有历史文化记忆的可产生共鸣的地方，把滇缅抗战中的边地具象化，把边地的文学版图清晰化。

# 参考文献

## 中文著作

《光明日报》书评周刊编：《边地中国》，中国社会科学出版社2014年版。

艾芜：《艾芜全集》第12卷，四川文艺出版社2014年版。

白平阶：《驿运》，宁夏人民出版社2015年版。

包亚明主编：《后现代性与地理学的政治》，上海教育出版社2001年版。

陈碧笙：《滇边散忆》，长沙：商务印书馆1941年版。

戴广德：《我们怎样打进缅甸》，贵阳：贵阳中央日报社1945年版。

大公报馆编：《中印公路是怎样打通的》，重庆：大公报馆1945年版。

杜运燮：《诗四十首》，上海：文化生活出版社1946年版。

杜运燮、张同道编选：《西南联大现代诗钞》，中国文学出版社1997年版。

杜聿明、宋希濂等：《远征印缅抗战》，中国文史出版社2010年版。

杜聿明、郑洞国等：《亲历滇缅抗战》，团结出版社2011年版。

段从学：《穆旦的精神结构与现代性问题》，人民出版社2014年版。

段从学：《中国·四川抗战新诗史》，中国文联出版社2015年版。

方秋苇：《明日之康藏滇桂问题》，上海：世界书局1936年版。

方国瑜：《滇西边区考察记》，昆明：云南大学西南文化研究室1943年版。

傅光明编：《萧乾文集》，浙江文艺出版社1998年版。

顾颉刚、史念海：《中国疆域沿革史》，长沙：商务印书馆1938年版。

光未然:《光未然诗存》,作家出版社1998年版。

葛兆光:《宅兹中国:重建有关"中国"的历史论述》,中华书局2011年版。

葛兆光、徐文堪等:《殊方未远:古代中国的疆域、民族与认同》,中华书局2016年版。

胡嘉:《滇越游记》,长沙:商务印书馆1939年版。

何铁华、孙克刚编著:《印缅远征画史》,上海时代书局1947年版。

黄仁宇:《缅北之战》,上海:大东书局1945年版。

黄仁宇:《黄河青山》,生活·读书·新知三联书店2007年版。

黄炎培:《苞桑集》,上海:开明书店1946年版。

黄杰:《滇西作战日记》,史政编译局1982年版。

黄裳:《黄裳文集·春夜卷》第6卷,上海书店出版社1998年版。

青年军人丛书编辑委员会编:《青年远征军士兵创作选》,军事委员会全国知识青年志愿从军编练总监部1945年版。

青年军人丛书编辑委员会编:《青年远征军士兵创作选续集》,军事委员会全国知识青年志愿从军编练总监部1945年版。

青年军人丛书编辑委员会编:《青年远征军剪影》,军事委员会全国知识青年志愿从军编练总监部1945年版。

李拂一:《车里》,上海:商务印书馆1933年版。

李航:《缅甸远征记》,桂林:文献出版社1944年版。

李光荣、宣淑君:《季节燃起的花朵——西南联大文学社团研究》,中华书局2011年版。

李光荣编:《西南联大文学作品选》,人民文学出版社2011年版。

李涯:《帝国远行:中国近代旅外游记与民族国家建构》,中国社会科学出版社2011年版。

雷石榆:《八年诗选集》,粤光印务公司1946年版。

罗家伦:《黑云暴雨到明霞》,上海:商务印书馆1943年版。

罗时旸主编:《我们的远征军(全四册)》,重庆:青年出版社1944年版。

罗时旸主编:《活跃的青年军:远征军青年军生活纪实》,重庆:青年出版社1946年版。

罗古:《印缅之征战》,南京:读者之友社1945年版。

刘兆吉编：《西南采风录》，上海：商务印书馆1946年版。

刘小枫：《儒教与民族国家》，华夏出版社2007年版。

老舍：《老舍全集》第14卷，人民文学出版社2013年版。

马子华：《滇南散记》，云南人民出版社1983年版。

穆旦：《穆旦诗集（1939—1945）》，人民文学出版社2000年版。

蒙树宏：《云南抗战时期文学史》，云南教育出版社1988年版。

潘世徵：《战怒江》，上海：文江图书文具公司1945年版。

潘世徵：《战时西南》，上海：华夏文化事业社1946年版。

彭和清编：《缅甸大战实录》，青年文化服务社1942年版。

彭桂萼：《留芳集》，临沧行署文化局1989年版。

彭桂萼：《彭桂萼诗文选集》，德宏民族出版社1998年版。

彭桂萼：《沧江号角——彭桂萼抗战诗歌集》，香港天马出版有限公司2005年版。

青年远征军陆军第二〇八师政治部编：《青年远征军第二〇八师预备干部结训特辑》，青年远征军陆军第二〇八师政治部1946年版。

孙克刚：《缅甸荡寇志》，国际图书出版社1946年版。

孙克刚等：《中国远征军在缅北》，云南人民出版社2002年版。

孙喆、王江：《边疆、民族、国家：〈禹贡〉半月刊与20世纪30—40年代的中国边疆研究》，中国人民大学出版社2013年版。

谭伯英等：《血路》，云南人民出版社2002年版。

汪永泽：《川缅纪行》，上海：独立出版社1942年版。

王璧岑：《烽火滇西话征程》，昆明：大观出版社1945年版。

王儒昌等编辑：《彭桂萼诗文选编》，临沧地区行署文化局1991年版。

王明珂：《华夏边缘：历史记忆与族群认同》，浙江人民出版社2013年版。

吴致皋：《滇西作战实录》，自刊，1948年版。

魏荒弩、吴朗编：《遗忘的脚印》，花城出版社1985年版。

魏荒弩：《渭水集》，北京大学出版社1997年版。

温春来：《从"异域"到"旧疆"：宋至清贵州西北地区的制度、开发与认同》，生活·读书·新知三联书店2008年版。

向尚、李涛等：《西南旅行杂写》，上海：中华书局1937年版。

薛绍铭：《黔滇川旅行记》，上海：中华书局1937年版。

谢彬：《云南游记》，上海：中华书局1938年版。

谢永炎：《战火燃烧的缅甸》，成都：今日新闻社1942年版。

邢公畹：《红河之月》，天津人民出版社1957年版。

萧乾：《人生采访》，上海：文化生活出版社1947年版。

萧乾：《未带地图的旅人：萧乾回忆录》，中国文联出版公司1998年版。

萧乾：《从滇缅路走向欧洲战场》，云南人民出版社2011年版。

乐恕人：《缅甸随军纪实》，重庆：胜利出版社1942年版。

严德一：《云南边疆地理》，重庆：商务印书馆1946年版。

袁世硕、严蓉仙编：《冯沅君创作译文集》，山东人民出版社1983年版。

姚荷生：《水摆夷风土记》，云南人民出版社2003年版。

杨念群：《何处是"江南"：清朝正统观的确立与士林精神世界的变异》，生活·读书·新知三联书店2010年版。

杨钟健：《抗战中看河山》，生活·读书·新知三联书店2014年版。

杨绍军：《追忆与想象：西南联大的文学书写》，人民出版社2022年版。

郑子健：《滇游一月记》，上海：中华书局1937年版。

赵君豪编：《西南印象》，中国旅行社1939年版。

中国旅行社编：《昆明导游》，中国旅行社1941年版。

曾昭抡：《缅边日记》，上海：文化生活出版社1941年版。

朱君允：《灯光》，上海：商务印书馆1947年版。

朱自清：《朱自清全集》第2卷，江苏教育出版社1996年版。

臧克家主编：《中国抗日战争时期大后方文学书系》第6编，重庆出版社1989年版。

詹安泰：《詹安泰全集》第4卷，上海古籍出版社2011年版。

张问德：《偏安腾北抗战集·秋生草堂诗文录》，云南美术出版社2005年版。

张仁仲：《印缅随军记》，重庆：读者之友社1945年版。

张中良：《抗战文学与正面战场》，社会科学文献出版社2014年版。

张中良：《民族国家概念与民国文学》，花城出版社2014年版。

**现代报刊作品**

艾芜：《日本轰炸缅甸的时候》，《青年文艺》第 1 卷第 4 期，1943 年 3 月 10 日。

白平阶：《金坛子：她们怎么筑滇缅路》，《今日评论》第 1 卷第 23 期，1939 年 6 月 4 日。

白平阶：《风箱》，《今日评论》第 2 卷第 19 期，1939 年 10 月 29 日。

白平阶：《古树繁花》，《世界文艺季刊》第 1 卷第 1 期，1945 年 8 月。

白光：《滇缅公路》，《文艺长城》第 4 期，1939 年 9 月 10 日。

陈嘉：《滇越路上——旅途杂记之三》，《宇宙风》第 94、95 期合刊，1940 年 3 月 1 日。

陈沧来：《滇越道中——西南对外大动脉》，《华美》第 1 卷第 30 期，1938 年 11 月 12 日。

陈宗祥：《论边疆探险事业》，《旅行杂志》第 18 卷第 5 期，1944 年 5 月 31 日。

陈才：《追忆滇南芒市的摆夷》，《旅行杂志》第 18 卷第 2 期，1944 年 2 月 29 日。

陈洪进：《中缅边境印象记——由昆明经缅境至佛海车里》，《时事类编》第 55 期，1940 年 8 月 10 日。

陈思诚：《中印公路南线视察记》，《西南公路》第 195 期，1942 年 5 月 11 日。

陈思诚：《中印公路南线视察记（续）》，《西南公路》第 196 期，1942 年 5 月 18 日。

陈思诚：《中印路调查队记》，《新生月刊》第 5 卷第 1 期，1943 年 1 月 10 日。

陈忠鹏：《血肉砌成的中印公路》，《银都周刊》复刊号，1946 年 6 月 15 日。

曹立瀛：《洱源散记》，《今日评论》第 5 卷第 4 期，1941 年 2 月 2 日。

曹立瀛：《洱源散记（下）》，《今日评论》第 5 卷第 5 期，1941 年 2 月 9 日。

蔡文星：《车里小记》，《东方杂志》第 42 卷第 20 号，1946 年 10 月 15 日。

车虹：《狂飙——献给学生远征军》，《文艺先锋》第 5 卷第 1、2 期合刊，1944 年 8 月 20 日。

戴欲仁：《滇行纪程》，《旅行杂志》第 14 卷第 3 期，1940 年 3 月 1 日。

大威：《滇西南之行》，《旅行杂志》第 18 卷第 2 期，1944 年 2 月 29 日。

蒂克：《向新世纪跃进》，《诗》第 3 卷第 3 期，1942 年 8 月。

丁宜中：《新满江红——步原韵为远征军作》，《甘行周讯》第 91 期，1945 年 1 月 14 日。

方和昌：《滇越道上》，《金中学生月刊》第 2 期，1939 年 12 月 10 日。

高曼：《送征友》，《诗星》第 3 卷第 1 期，1942 年 8 月 10 日。

高华年：《迤南行——参加南开大学文学院边疆人文研究室调查记》，《旅行杂志》第 17 卷第 4 期，1943 年 4 月 30 日。

公孙正：《野人山里的野人（四）》，《中美周报》第 304 期，1948 年 9 月 30 日。

胡先骕：《滇越道中》，《文史季刊》第 1 卷第 3 期，1941 年 9 月。

胡筠：《怀念滇缅路》，《旅行杂志》第 17 卷第 5 期，1943 年 5 月 31 日。

胡再生：《浣溪沙（送本局青年远征军罗珊、王筠青、姜瑞英三女士）》，《西北公路》第 6 卷第 4、5、6 期合刊，1945 年 2 月 16 日。

洪本：《驻印远征军军区归来》，《中央周刊》第 6 卷第 21 期，1944 年 1 月 6 日。

何适：《腾冲克复贺远征军》，《中国青年》第 11 卷第 4 期，1944 年 10 月 15 日。

金洪根：《禄丰西灵寺》，《旅行杂志》第 15 卷第 3 期，1941 年 3 月 1 日。

金洪根：《云南边区》，《旅行杂志》第 15 卷第 5 期，1941 年 5 月 1 日。

金洪根：《一平郎行》，《旅行杂志》第 15 卷第 9 期，1941 年 9 月

1日。

金洪根：《摆夷杂写——滇缅风光之一》，《旅行杂志》第15卷第10期，1941年10月1日。

金洪根：《滇缅路风景线》，《旅行杂志》第15卷第12期，1941年12月1日。

金洪根：《滇西驿道半月行程》，《旅行杂志》第16卷第6期，1942年6月1日。

金峰：《远征归来》，《西风》第79期，1945年8月。

鞠孝铭：《蒙化屐痕》，《旅行杂志》第17卷第6期，1943年6月30日。

鞠孝铭：《邓川的访问》，《旅行杂志》第17卷第12期，1943年12月31日。

鞠孝铭：《滇西风土杂忆》，《旅行杂志》第18卷第8期，1944年8月31日。

鞠孝铭：《大理的风花雪月》，《宇宙风》第138期，1944年8月。

蒋云峰：《滇腾古道写归程》，《旅行杂志》第14卷第12期，1940年12月1日。

贾之澄：《史迪威公路印象记》，《西风》第93期，1947年4月。

李希泌：《腾冲琐记》，《西南边疆》第11期，1940年9月。

李景汉：《摆夷的摆》，《边政公论》第1卷第7、8期合刊，1942年3月10日。

李同愈：《滇越路步行过境记（上）》，《文潮》创刊号，1944年1月1日。

李俊辅：《滇西边地人民的生活状况》，《旅行杂志》第18卷第5期，1944年5月31日。

李荫：《从军旅行到印度》，《旅行杂志》第19卷第1期，1945年1月31日。

李根源：《曲石诗录卷十三：腾冲战役纪事诗》，《大盈江》新4号，1948年4月10日。

李根源：《滇缅战场纪事诗》，《中华乐府》第1卷第1辑，1945年5月1日。

刘玻：《牛铃：滇边散记之一》，《世界新潮》第1卷第1辑，1947年

10月20日。

罗家伦：《远征军歌》，《三民主义半月刊》第5卷第11期，1944年12月1日。

令狐令得：《遥寄远征军将士们》，《现代文艺》第5卷第1期，1942年4月25日。

芦戈：《给远征军》，《新新新闻旬刊》第4卷第23期，1942年2月21日。

卢绍华：《开往缅北前线》，《大观楼旬刊》第3卷第7期，1943年4月30日。

卢葆华：《送长子绍华联大外语系被征调飞缅北前线翻译爰谱八声甘州二阙寄意》，《大观楼旬刊》第3卷第9期，1943年6月5日。

卢葆华：《寄阿子绍华于缅北前线"木兰花慢"及"意难忘"各一阙且勉其报国也》，《大观楼旬刊》第3卷第10期，1943年6月30日。

卢静：《夜莺曲》，《人世间》第1卷第2期，1942年11月15日。

陆诒：《缅游观感记》，《全民抗战》第156期，1941年2月8日。

陆夷：《远征缅甸随军日记》，《时与潮副刊》第2卷第1期，1943年2月1日。

陆夷：《远征缅甸随军日记（续）》，《时与潮副刊》第2卷第3期，1943年4月1日。

陆夷：《远征缅甸随军日记（续）》，《时与潮副刊》第2卷第4期，1943年5月1日。

陆平、胡剑：《记史迪威公路首次通车》，《民主周刊》第1卷第10期，1945年2月24日。

林超：《滇缅北段未定界边境之地理及政治问题》，《地理学季刊》第1卷第2期，1933年6月1日。

林茨：《八莫撤退记》，《旅行杂志》第17卷第10期，1943年10月31日。

林文英：《中印公路勘查情状》，《公路月报》第14期，1944年9月。

林野：《野人山的天与地》，《经纬副刊》第1卷第2期，1944年11月1日。

林野：《十四行——野人山夜雨》，《经纬副刊》第1卷第2期，1944年11月1日。

林野：《野人山的新主人》，《经纬副刊》第 1 卷第 3 期，1944 年 12 月 15 日。

林野：《有寄》，《经纬副刊》第 1 卷第 4 期，1945 年 1 月 30 日。

吕德润：《会师记》，《书报精华》第 2 期，1945 年 2 月 20 日。

吕德润：《野人山访问记》，《东方杂志》第 40 卷第 11 期，1944 年 6 月 15 日。

梁惠全：《我所知道的雷多公路》，《南开高中》创刊号，1945 年 7 月。

柳学鸥：《野人山中的山头人》，《茶话》第 3 期，1946 年 8 月 5 日。

鲁莽：《史迪威公路开筑的经过》，《宇宙》第 4 期，1946 年 3 月。

铭：《滇越行》，《新命》第 2 卷第 5、6 期合刊，1940 年 10 月 20 日。

穆木天：《赠澜沧江畔的歌者》，《战歌》第 2 卷第 2 期，1941 年 1 月。

木枫：《一〇六号桥——滇缅公路是怎样筑成的》，《七月》第 5 集第 2 期，1940 年 3 月。

木枫：《边疆动脉》，《七月》第 5 集第 4 期，1940 年 10 月。

孟才：《把握国际交通的新路线——滇缅公路》，《旅行杂志》第 13 卷第 6 期，1939 年 6 月 1 日。

马子华：《山野的风》，《每月诗歌》第 2、3 期合刊，1936 年 1 月 1 日。

马子华：《边荒》，《新云南》创刊号，1939 年 1 月 28 日。

马子华：《风》，《文化岗位》第 2 卷第 1 期，1939 年 4 月 18 日。

马子华：《丛莽中》，《文学月报》第 3 卷第 1 期，1941 年 6 月 1 日。

磐陀：《滇越道上》，《旅行杂志》第 14 卷第 9 期，1940 年 9 月 1 日。

彭桂萼：《今日滇省之西南角》，《边事研究》第 9 卷第 5 期，1939 年 7 月 20 日。

彭桂萼：《南方的秋晨》，《南方》第 3 卷第 6 期，1940 年 2 月 29 日。

彭桂萼：《后方的岗位们》，《战歌》第 2 卷第 2 期，1941 年 1 月。

彭桂萼：《假如我们的家乡成了战场》，《诗星》第 3 卷第 1 期，1942 年 8 月 10 日。

彭桂萼：《固守着这座营盘》，《诗星》第 3 卷第 1 期，1942 年 8 月 10 日。

彭桂萼：《迎远征军》，《文学评论》第 1 卷第 1 期，1943 年 12 月。

彭桂萼：《论云南西南沿边的治安及建设》，《边事研究》第 5 卷第 3 期，1937 年 2 月 20 日。

彭桂蕊：《他躺在石道上——纪念一个惨死的路工》，《文学》第 2 卷第 2 期，1944 年 3 月。

彭桂蕊：《滇边探险家》，《蜀道》1941 年 8 月 27 日第 4 版。

钱伯明：《滇缅公路历程记》，《旅行杂志》第 13 卷第 5 期，1939 年 5 月 1 日。

若定：《入缅国军前哨战》，《文摘月报》第 2 卷第 3 期，1942 年 5 月 31 日。

仁凯：《滇缅战役回忆录》，《平汉路刊》1948 年 10 月 30 日—1949 年 1 月 30 日连载第 4 版。

帅雨苍：《路南的夷民生活》，《旅行杂志》第 14 卷第 2 期，1940 年 2 月 1 日。

帅雨苍：《大理风光》，《旅行杂志》第 14 卷第 3 期，1940 年 3 月 1 日。

帅雨苍：《阿迷洲记》，《旅行杂志》第 14 卷第 5 期，1940 年 5 月 1 日。

孙福熙：《西南是建国的田园》，《旅行杂志》第 12 卷第 11 期，1938 年 11 月 1 日。

佘贵棠：《滇缅公路纪行》，《旅行杂志》第 14 卷第 12 期，1940 年 12 月 1 日。

硕果：《芒市之夜》，《妇女月刊》第 3 卷第 5 期，1944 年 4 月。

田绍英：《滇越道中（下）》，《新语》第 8 卷第 20 期，1940 年 10 月 15 日。

田汝康：《忆芒市——边地文化的素描》，《旅行杂志》第 17 卷第 3 期，1943 年 3 月 31 日。

童振藻：《野人山考》，《禹贡》第 6 卷第 2 期，1936 年 9 月 16 日。

汪典存：《滇越道中》，《民族诗坛》第 2 卷第 1 辑，1938 年 12 月。

韦烽：《滇缅公路一重镇：保山》，《兼明》第 2 期，1939 年 7 月 10 日。

王启熙：《昆明芒市间的旅程——滇缅公路行程片段》，《旅行杂志》

第 15 卷第 3 期，1941 年 3 月 1 日。

　　王伟：《记云南驿》，《旅行杂志》第 16 卷第 12 期，1942 年 12 月 31 日。

　　王伟：《滇居幽趣》，《旅行杂志》第 20 卷第 6 期，1946 年 6 月 1 日。

　　王建时：《中印公路全程行》，《旅行杂志》第 19 卷第 1 期，1945 年 1 月 31 日。

　　萧乾：《野草的一生——滇缅视察报告》，《中华周报》第 1 卷第 7 期，1944 年 11 月 5 日。

　　萧乾：《摆夷族的今昔——缅滇视察报告》，《中华周报》第 1 卷第 8 期，1944 年 11 月 12 日。

　　雪山：《滇越旅途三日记》，《新中华》第 5 卷第 4 期，1937 年 2 月 25 日。

　　徐以蔚：《大理的三月街》，《旅行杂志》第 17 卷第 12 期，1943 年 12 月 31 日。

　　徐学谦：《记迤南途中》，《旅行杂志》第 17 卷第 4 期，1943 年 4 月 30 日。

　　夏语冰：《破阵子：赠慈溪学生远征军》，《四川兵役季刊》第 1 卷第 1 期，1940 年。

　　徐弘士：《除夕送钟儿乘飞机去滇应远征军之召》，《时代精神》第 11 卷第 5、6 期合刊，1945 年 3 月。

　　宣伯超：《云岭的牧歌》，《狼烟文艺丛刊》第 4 期，1941 年 12 月 20 日。

　　姚和生：《车里水摆夷的社会组织》，《旅行杂志》第 17 卷第 3 期，1943 年 3 月 31 日。

　　姚和生：《车里水摆夷的自然环境》，《旅行杂志》第 17 卷第 6 期，1943 年 6 月 30 日。

　　亦园：《芒市竹枝词》，《电工通讯》第 19 期，1942 年。

　　以滔：《驿站》，《诗星》第 2 卷第 4、5 期合刊，1942 年 4 月 1 日。

　　以滔：《第五个春天》，《诗与散文》第 2 卷第 1 期，1942 年 4 月。

　　以滔：《代邮——给参加滇缅之役的官兵同志们》，《诗》第 3 卷第 4 期，1942 年 11 月。

　　以滔：《国境》，《长风文艺》第 1 卷第 2 期，1943 年 4 月 10 日。

以滔：《邮讯》，《长风文艺》第 1 卷第 2 期，1943 年 4 月 10 日。

以滔：《悼》，《长风文艺》第 1 卷第 2 期，1943 年 4 月 10 日。

以滔：《爱》，《长风文艺》第 1 卷第 2 期，1943 年 4 月 10 日。

以滔：《祝福》，《枫林文艺丛刊》第 1 辑，1943 年 7 月 7 日。

以滔：《客地》，《长风文艺》第 1 卷第 4、5 期合刊，1943 年 10 月 10 日。

以滔：《山中》，《火之源文艺丛刊》第 2、3 辑合刊，1944 年 9 月 1 日。

以滔：《已经不是初次了》，《抗战文艺》第 10 卷第 1 期，1945 年 3 月。

以滔：《国旗飘在密支那》，《诗丛》第 2 卷第 1 期，1945 年 5 月。

亚痕：《寄——一个远征的友人》，《诗与散文》第 2 卷第 1 期，1942 年 4 月。

于原：《月圆会——远征军节日之一》，《联合画报》1944 年 1 月 7 日第 6 版。

于原：《战猛关——缅北诗笺之一》，《联合画报》1944 年 3 月 24 日第 6 版。

萤光：《滇西战役之一角——北风坡激战记》，《建政月刊》创刊号，1946 年 4 月 1 日。

严德一：《中印横断之行九种民族的访问和观感（上）》，《时事月报》第 26 卷第 4 期，1942 年 4 月 15 日。

严德一：《中印横断之行九种民族的访问和观感（下）》，《时事月报》第 26 卷第 5 期，1942 年 5 月 15 日。

严德一：《中英滇缅未定界内之地理》，《边政公论》第 3 卷第 7 期，1944 年 7 月。

严德一：《云南边疆地理（上）》，《边政公论》第 4 卷第 1 期，1945 年 1 月。

严德一：《中印公路之经济地理》，《边政公论》第 6 卷第 2 期，1947 年 6 月。

严德一：《中印公路之经济地理（续）》，《边政公论》第 6 卷第 3 期，1947 年 9 月。

严德一：《中印公路测勘的回忆》，《中国科技史料》1980 年第 3 期。

袁梦鸿：《中印路测勘观感》，《抗战与交通》第 79 期，1942 年 3 月 1 日。

袁梦鸿：《中印路测勘纪要（续二）》，《西南公路》第 189 期，1942 年 3 月 30 日。

袁梦鸿：《中印交通问题》，《抗战与交通》第 82 期，1942 年 4 月 16 日。

蕴章：《中印公路七首》，《电工通讯》第 16 期，1942 年 4 月。

尹子建：《滇西野人山记实》，《西南边疆》第 16 期，1942 年 12 月。

曾瑞：《偷渡怒江记》，《周报》第 15 期，1945 年 12 月 15 日。

张凤岐：《一个原始农业生产的边区：车里》，《西南边疆》第 2 期，1938 年 11 月。

张印堂：《滇缅沿边问题》，《西南边疆》第 12 期，1941 年 5 月 30 日。

张继志作文，萧乾、邓光摄影：《从昆明到仰光》，《良友》第 154 期，1940 年 5 月。

张腾发：《缅甸观感》，《公路月报》第 4 期，1944 年 1 月。

张腾发：《缅甸观感（二）》，《公路月报》第 5 期，1944 年 2 月。

张腾发：《撤离仰光》，《公路月报》第 8 期，1944 年 5 月。

张谦：《从军日记》，《西风》第 77 期，1945 年 6 月。

张礼千：《滇西关隘》，《东方杂志》第 43 卷第 14 期，1947 年 8 月。

章宗培：《滇越旅行导游（续完）》，《西南公路》第 21 期，1939 年 1 月 9 日。

周修荃：《滇缅道中——伟大事业成功于急需之时》，《旅行杂志》第 14 卷第 1 期，1940 年 1 月 1 日。

钟以庄：《中印公路·中印油管》，《科学大众》第 3 卷第 3 期，1947 年 12 月。

赵晚屏：《芒市摆夷的汉化程度》，《西南边疆》第 6 期，1939 年 5 月。

赵晚屏：《芒市摆夷的汉化程度（续）》，《西南边疆》第 7 期，1940 年 10 月。

赵贤贵：《纪永昌城》，《旅行杂志》第 17 卷第 8 期，1943 年 8 月 31 日。

赵令仪:《去国草》,《文艺生活》第 2 卷第 2 期,1942 年 4 月 15 日。

赵令仪:《关山月——遥寄苏莉》,《诗星》第 3 卷第 1 期,1942 年 8 月 10 日。

赵令仪:《懑》,《大公报·文艺》第 217 期,1942 年 12 月 17 日。

赵令仪:《缱绻草——故乡的春天》,《长风文艺》第 1 卷第 3 期,1943 年 6 月 10 日。

赵令仪:《兵车行——入缅回忆之一》,《诗月报》创刊号,1943 年 6 月 10 日。

赵令仪:《湖畔草》,《大公报·文艺》第 284 期,1943 年 7 月 28 日。

赵令仪:《无题二章》,《长风文艺》第 1 卷第 6 期,1943 年 12 月。

赵令仪:《断章之二》,《火之源文艺丛刊》第 2、3 辑合刊,1944 年 9 月 1 日。

朱定时:《从密支那归来——纪二年前的往事》,《旅行杂志》第 18 卷第 6 期,1944 年 6 月 30 日。

周一志:《从密支那撤退回忆记》,《旅行杂志》第 17 卷第 11 期,1943 年 11 月 30 日。

周一志:《抢渡怒江》,《旅行杂志》第 18 卷第 5 期,1944 年 5 月 31 日。

**中文期刊论文**

曹万生:《中国"抗战文学"特点之再思考》,《四川师范大学学报》(社会科学版)2007 年第 2 期。

陈桃霞:《论抗战视野下的中国远征军书写》,《河南师范大学学报》(哲学社会科学版)2014 年第 6 期。

段从学:《现代新诗的国家想象:从"地图中国"到"土地中国"》,《文艺争鸣》2017 年第 8 期。

段从学:《〈小镇一日〉:"路"与"内地的发现"》,《文艺争鸣》2018 年第 11 期。

段从学:《"边地书写"与"边地中国"的现代性问题——以抗战时期的"大西南"为例》,《西南民族大学学报》(人文社会科学版)2019 年第 2 期。

段从学:《"现代文学"和"现代中国"相互敞开》,《文艺理论与批评》2019 年第 5 期。

段从学：《作为大后方文学中心意象的"路"与现代"国家共同感"的发生》，《学术月刊》2019 年第 7 期。

段美乔：《试论抗战时期西南旅行记的勃兴》，《现代中国文化与文学》2009 年第 11 辑。

房福贤：《百年历史视野中的中国抗战文学——有关抗战文学问题的再认识》，《文艺争鸣》2013 年第 8 期。

金春平：《风景叙事与小说主体的现代性理念流变——以新时期到新世纪的西部边地小说为中心》，《当代作家评论》2014 年第 3 期。

金春平：《论西部边地文化小说叙事的现代性焦虑》，《云南社会科学》2014 年第 3 期。

刘大先：《"边地"作为方法与问题》，《文学评论》2018 年第 2 期。

刘大先：《中国少数民族文学研究七十年》，《东吴学术》2019 年第 5 期。

刘大先：《"文学的中华民族共同体意识"笔谈》，《中国当代文学研究》2021 年第 3 期。

李永东：《小说中的南京大屠杀与民族国家观念表达》，《中国社会科学》2015 年第 6 期。

李永东：《战时国家之城的形象建构——老舍的重庆想象与民族国家观念》，《文学评论》2018 年第 5 期。

李永东：《中国现代文学的中国话语建构》，《山东社会科学》2019 年第 1 期。

李永东：《中国现代文学研究的地方路径》，《当代文坛》2020 年第 3 期。

李怡：《抗战作为中国文学的资源——主持人语》，《西南民族大学学报》（人文社会科学版）2005 年第 9 期。

李怡：《地方性文学报刊之于现代文学的史料价值》，《中国现代文学研究丛刊》2010 年第 1 期。

李怡：《少数民族知识、地方性知识与知识等级问题》，《民族文学研究》2010 年第 2 期。

李怡：《作为方法的"民国"》，《文学评论》2014 年第 1 期。

李怡：《"大文学"需要"大史料"——再谈"在民国发现史料"》，

《当代文坛》2016年第5期。

李怡：《国家观念与民族情怀的龃龉——陈铨的文学追求及其历史命运》，《文学评论》2018年第6期。

李怡：《作为社会思潮的国家民族意识与中国现代文学》，《天津社会科学》2022年第1期。

李怡：《从地方文学、区域文学到地方路径——对"地方路径"研究若干质疑的回应》，《探索与争鸣》2022年第1期。

李怡：《作为社会思潮的国家民族意识与中国现代文学》，《天津社会科学》2022年第1期。

李直飞：《历史的记忆与悲壮的叙述——论中国远征军的文学书写》，《重庆师范大学学报》（哲学社会科学版）2012年第6期。

李光荣：《文学抗战的艺术呈现——论西南联大抗战文学》，《社会科学研究》2014年第5期。

李光荣：《稀世珍品：杜运燮所佚组诗〈机场通讯〉初读札记》，《现代中国文化与文学》2018年第25辑。

蓝华增：《中华民族救亡的勇士之歌——白平阶三四十年代反映修筑滇缅公路的边地小说评介》，《民族文学》1994年第6期。

雷鸣：《民族国家想象的需求与可能——论十七年小说的边地书写》，《中国现代文学研究丛刊》2013年第1期。

马绍玺：《边地风景体验与西南联大诗歌》，《文学评论》2005年第1期。

马绍玺：《边地风景与少数民族诗歌的民族国家想象——以晓雪、饶阶巴桑、张长早期诗歌为例》，《民族文学研究》2012年第5期。

马绍玺：《声音里的西南联大——文化抗战与西南联大学者演讲》，《文学评论》2022年第2期。

彭兴滔：《从边地认识中国文学的多样性》，《西南民族大学学报》（人文社会科学版）2016年第4期。

秦弓：《抗战文学对正面战场问题的表现——抗战文学与正面战场研究》，《陕西师范大学学报》（哲学社会科学版）2006年第2期。

秦弓：《抗战文学研究的概况与问题》，《抗日战争研究》2007年第4期。

秦弓：《现代文学的历史还原与民国史视角》，《湖南社会科学》2010

年第 1 期。

闻黎明：《关于西南联合大学战时从军运动的考察》，《抗日战争研究》2010 年第 3 期。

闻黎明：《西南联合大学的青年远征军》，《江淮文史》2014 年第 2 期。

王学振：《抗战文学研究的边界问题》，《南方文坛》2014 年第 4 期。

王学振：《抗战文学的飞虎队题材》，《当代文坛》2015 年第 2 期。

王学振：《论抗战文学的内迁题材》，《中国现代文学研究丛刊》2015 年第 7 期。

王学振：《抗战文学的空袭题材》，《当代文坛》2016 年第 2 期。

王学振：《论全面抗战时期的少数民族题材文学——对书写内容、叙事模式、创作主体的考察》，《民族文学研究》2020 年第 1 期。

王晓文：《边地：一个新的文化空间的理论视野——对 1919—1949 中国现代文学史的另一种构想》，《山东社会科学》2009 年第 3 期。

王春林：《论近年长篇小说对边地文化的探索》，《文学评论》2009 年第 6 期。

徐新建：《边地中国：从"野蛮"到"文明"》，《西南民族大学学报》（人文社会科学版）2005 年第 6 期。

易彬：《从"野人山"到"森林之魅"——穆旦精神历程（1942—1945）考察》，《中国现代文学研究丛刊》2005 年第 3 期。

易彬：《"滇缅公路"及其文学想象》，《中国现代文学研究丛刊》2007 年第 4 期。

易彬：《捐赠、馆藏与作家研究空间的拓展——从中国现代文学馆所藏多种穆旦资料谈起》，《文艺争鸣》2018 年第 11 期。

易彬：《诗艺、时代与自我形象的演进——编年汇校视域下的穆旦前期诗歌研究》，《中国现代文学研究丛刊》2020 年第 4 期。

易彬：《作家传记文献搜集与考订的难题——从穆旦翻译美国史资料说起》，《南方文坛》2022 年第 2 期。

于京一：《"边地小说"：一块值得期待的文学飞地》，《中国现代文学研究丛刊》2011 年第 2 期。

杨绍军：《西南联大的文学书写内涵及其发展脉络》，《云南师范大学学报》（哲学社会科学版）2019 年第 6 期。

杨绍军：《西南联大文学书写的时空转换》，《学术界》2020 年第 11 期。

杨绍军：《西南联大文学书写的战争记忆》，《学术界》2021 年第 7 期。

杨绍军、张婷婷：《西南边地形象的想象建构——以罗常培、费孝通、曾昭抡的考察记为中心的讨论》，《学术探索》2022 年第 5 期。

张中良：《中国现代文学的民族国家问题》，《文学评论》2014 年第 4 期。

张中良：《重新认识抗战文学的历史地位》，《中国现代文学研究丛刊》2014 年第 9 期。

张中良：《民国文学历史化的必要与空间》，《文艺争鸣》2016 年第 6 期。

张中良：《1949 年前后大陆作家关于抗日战争之文学书写的变迁》，《文艺争鸣》2017 年第 5 期。

张中良：《抗战文学经典的确认与阐释》，《山东社会科学》2018 年第 6 期。

周维东：《抗战文学的分野与联动——新民主主义文化理论的形成与战时区域政治》，《北京师范大学学报》（社会科学版）2015 年第 3 期。

周维东：《抗战文学的"正面战场"与"正面形象"》，《文艺争鸣》2015 年第 7 期。

周维东：《"民国文学"到底研究什么？——澄清关于"民国文学"研究的三个误解》，《四川大学学报》（哲学社会科学版）2016 年第 4 期。

周维东：《"大文学史"的边界》，《扬子江评论》2017 年第 4 期。

周维东：《"区域间"与抗战文学的空间想象》，《文艺争鸣》2020 年第 7 期。

赵锐：《"西南作家最值得注意者"——论白平阶》，《中国现代文学研究丛刊》2021 年第 3 期。

## 学位论文

曹辉：《论打通中印公路之战》，硕士学位论文，西北工业大学，2006 年。

柴舒文：《抗战词坛的战争书写》，硕士学位论文，山东大学，2021年。

董晓霞：《滇缅抗战与现代文学》，硕士学位论文，西南大学，2012年。

段凌宇：《现代中国的边地想象——以有关云南的文艺文化文本为例》，博士学位论文，首都师范大学，2012年。

荆盼盼：《云南抗战题材电视剧的历史记忆分析》，硕士学位论文，云南师范大学，2014年。

刘敏：《中国远征军文学作品审美特征论》，硕士学位论文，云南大学，2018年。

王晓文：《中国现代边地小说研究》，博士学位论文，山东师范大学，2009年。

王晓伟：《抗战文学的区域性差异与民族性整合》，硕士学位论文，陕西师范大学，2010年。

王峰：《滇缅公路与战时云南社会变动》，硕士学位论文，昆明理工大学，2011年。

韦丹凤：《滇缅公路研究（1937—1942）——基于战时公路工程史的视角》，博士学位论文，北京科技大学，2019年。

于京一：《想象的"异域"——中国新时期边地小说研究》，博士学位论文，山东大学，2010年。

赵建波：《民族国家叙事下国家认同问题研究》，博士学位论文，山东大学，2021年。

**译著**

［奥地利］里尔克著，叶廷芳选编：《里尔克散文》，人民文学出版社2008年版。

［德］齐美尔：《桥与门——齐美尔随笔集》，涯鸿等译，上海三联书店1991年版。

［德］卡尔·施米特：《政治的概念》，刘宗坤译，上海人民出版社2004年版。

［法］加斯东·巴什拉：《空间的诗学》，张逸婧译，上海译文出版社2009年版。

［法］费尔南·布罗代尔：《菲利普二世时代的地中海和地中海世界》，唐家龙、曾培耿等译，吴模信校，商务印书馆1996年版。

［法］费尔南·布罗代尔：《论历史》，刘北成、周立红译，北京大学出版社2008年版。

［法］雅克·勒高夫等主编：《新史学》，姚蒙编译，上海译文出版社1989年版。

［美］埃德加·斯诺：《马帮旅行》，李希文等译，云南人民出版社2002年版。

［美］多诺万·韦伯斯特：《滇缅公路：二战"中缅印战场"的壮丽史诗》，朱靖江译，九州出版社2015年版。

［美］易劳逸：《毁灭的种子：战争与革命中的国民党中国（1937—1949）》，王建朗、王贤知、贾维译，江苏人民出版社2010年版。

［美］W. J. T. 米切尔编：《风景与权力》，杨丽、万信琼译，译林出版社2014年版。

［美］温迪·J. 达比：《风景与认同：英国民族与阶级地理》，张箭飞、赵红英译，南京：译林出版社2011年版。

［美］费正清、罗德里克·麦克法夸尔主编：《剑桥中华人民共和国史（1945—1965）》，王建朗等译，上海人民出版社1990年版。

［美］杜赞奇：《从民族国家拯救历史：民族主义话语与中国现代史研究》，王宪明等译，江苏人民出版社2009年版。

［美］约瑟夫·R. 列文森：《儒教中国及其现代命运》，郑大华、任菁译，中国社会科学出版社2000年版。

［美］本尼迪克特·安德森：《想象的共同体：民族主义的起源与散布》，吴叡人译，上海人民出版社2005年版。

［日］柄谷行人：《日本现代文学的起源》，赵京华译，中央编译出版社2013年版。

［西］胡安·诺格：《民族主义与领土》，徐鹤林、朱伦译，中央民族大学出版社2009年版。

［英］安东尼·吉登斯：《民族—国家与暴力》，胡宗泽、赵力涛译，生活·读书·新知三联书店1998年版。

［英］鲍曼：《现代性与大屠杀》，杨渝东等译，译林出版社2002年版。

［英］西蒙·沙玛：《风景与记忆》，胡淑陈、冯樨译，译林出版社2013年版。

［英］雷蒙·威廉斯：《乡村与城市》，韩子满、刘戈、徐珊珊译，商务印书馆2013年版。

# 后　　记

　　身为滇西人，滇缅抗战对我来说绝不仅仅是已逝的历史或是书本上的知识。记忆中，小时候总是跟着伙伴们漫山遍野到处跑，有一次，为了去摘碾房山上的大树杜鹃花，掉进了半人深的壕沟，因人矮坡陡，沿着沟渠走了很久才爬出，也才发现壕沟布满整座山腰。回家后我把此次冒险之旅跟爷爷说起，爷爷说是滇西抗战时期远征军挖的战壕，那是我第一次对这段历史真实的触碰。高中时，学校组织到国殇墓园扫墓，悼念收复腾冲时牺牲的远征军将士，看到整座山都是一排排只简单镌刻着阵亡士兵名字、籍贯的斑驳墓碑，庄严肃穆地掩映在松林之中。这些沧桑的墓碑与儿时想象的在碾房山上战壕中作战的模糊身影联系了起来，让我更加敬畏这段历史。大学时，因要完成暑期调查报告，让爷爷带着我去访问过乡里曾经修筑史迪威公路和参加滇西抗战的老人。所以硕士学位论文选题时，就毫不犹豫地选择关注滇缅抗战书写，从题材史的角度作了初步介绍，但因研究视阈狭窄，相关作品、史料收集有限，一直留有遗憾。读博时就有意翻阅现代报刊，查找收集了大量文史资料，希望以此能尽量体察那已然逝去的历史文化氛围和获得许多丰富的细节。阅读和写作的过程，因所涉及的地域是我亲近的故土，总会让我感怀。所以论文中有大量引述和文本细读，不仅是想以"大文学"视野来细致全面地说明滇缅抗战激发了"边地中国"融入现代中国同一发展进程的动态过程，并展现出不同观看主体所建构的具体的边地形象，从而厘清滇缅抗战时期云南书写与国家认同这一问题，也是想借此机会把湮没于历史长河之中的带有写作者生命历程和战时体验的作品呈现出来。如今，跟我讲家乡抗战故事的爷爷已逝去十余年，拜访过的抗战老兵也都亡故，看到高黎贡山总想到青山埋忠骨，远征军阵亡将士的英魂是否归乡。所以，博士学位论文的写作于我来说，不仅是学业上的探索，亦是人生记忆的一个承续。

读博是一个清除硕士阶段那个意气风发、自以为是的旧我，越来越知道自己无知并不断求知的过程。博士学位论文的写作也是一个不断试炼并突破自己的经历。这当中，严谨治学、学高身正的导师段从学教会了我很多，尤其是不要空想，应熟悉多少材料说多少话，一定要多看书，多翻阅现代时期的报刊，自己才能发现新材料并有新的问题意识，还有写作时要去理解具体的社会历史场景，对其需怀有温情和敬意并保持现实关怀。导师的言传身教，其为师为学的品格和精神，是指导我前行的力量。

　　博士学位论文写作过程中，除了导师的悉心教导，也得到了很多老师的帮助。在读研时就开始以邮件向其请教的上海交通大学的张中良老师，从开题报告到初稿的写作都给我很大鼓励。虽然跟张老师仅有一面之缘，但每次请教都能得到耐心细致的回复。张老师可以说是我从事抗战文学研究的榜样，他使我明白学术研究需保持矢志不渝的激情，文学批评是生命与生命之间的沟通，要通过抗战文史资料的发掘整理，回到历史去寻找答案，需从史料、文本出发，多实学，少玄学。因论题所涉及对象的庞杂，问题的宏大，开题后我依然陷入自我怀疑之中，很感谢四川大学的李怡老师对选题的肯定，并鼓励我做学术需要突破的勇气，使我有了继续探讨的信念。

　　直到博士毕业后的那个假期，在我无意间跟母亲聊天时，我才突然发现之所以一直坚持关注滇缅抗战文学，不仅源自家乡的抗战历史遗迹，而且是因为幼年时母亲给我讲了很多滇西抗战的故事。2020年2月23日，母亲突发疾病去世，这是伴随一生的伤痛，想以纪念母亲的一首诗来作结：

### 杨树青——只有妈妈记得的远征军老兵

　　小时候，妈妈经常给我讲故事。
　　妈妈说，梦见在天上飞，是因为鸟儿把你梳掉的头发衔着去做鸟巢了。
　　妈妈说，山肚子里有暗海，通往另一个奇异而美丽的世界。
　　这都是可爱且充满童趣的故事，我知道。
　　但我不知道妈妈为什么会讲很多滇缅抗战的故事。
　　妈妈说，远征军从怒江撤退时，桥已被炸毁，很多士兵就直接开着卡车入江，形成汽车桥，以自己的死亡来渡别人。

妈妈说，修筑滇缅公路时，那些装飞机空投物资的口袋质量非常好，人们会争抢来做衣服。

直到半年前，妈妈说，小时候有一个爷爷常常照顾她。

四五岁，妈妈经常被外公打得不敢回家的时候，

爷爷就会带着她，给她做饭，告诉她不要害怕。

爷爷是远征军，留在滇西回不去了。

我问妈妈，您知道这个老兵叫什么名字吗？

"杨树青"，妈妈毫不迟疑地回答。

我震撼于妈妈的笃定，我知道那是她灰暗童年的一点温暖，

所以妈妈记住了这抹光亮。

我也终于知道妈妈为什么会有那么多真实而具体的远征军抗战故事。

我想象着妈妈围在火塘前听老兵讲"故事"的专注和静谧，

我怀想着小时候的自己听妈妈讲这些故事的吃惊和好奇。

我也终于知道自己为什么硕博士论文都在关注滇缅抗战文学。

老兵——妈妈——我

是一条神奇的时空线。

我庆幸，我做的研究也是在向更多人讲述远征军的故事。

我感恩，我的妈妈给我播下了对历史，对人事，应有温情和敬意的种子。

妈妈，故事依然会继续延续的。